백석
시를

읽는
시간

지은이

이경수 李京洙, Lee Kyung-soo

1968년 대전에서 태어났다. 고려대학교 국어국문학과를 졸업하고 같은 대학원에서 석사, 박사학위를 받았다. 현재는 중앙대학교 국어국문학과에서 현대시와 시론을 가르치며 문학평론가로 활동하고 있다. 저서로 『불온한 상상의 축제』, 『한국 현대시와 반복의 미학』, 『바벨의 후예들 폐허를 걷다』, 『춤추는 그림자』, 『다시 읽는 백석 시─백석 시전집』(공저), 『이용악 전집』(공편저), 『이후의 시』, 『너는 너를 지나 무엇이든 될 수 있고』 등이 있다.

백석 시를 읽는 시간

초판 1쇄 발행 2021년 9월 10일
초판 2쇄 발행 2022년 10월 10일
지은이 이경수 **펴낸이** 박성모 **펴낸곳** 소명출판 **출판등록** 제1998-000017호
주소 서울시 서초구 사임당로14길 15 서광빌딩 2층
전화 02-585-7840 **팩스** 02-585-7848
전자우편 somyungbooks@daum.net **홈페이지** www.somyong.co.kr

값 24,000원
ISBN 979-11-5905-627-7 93810
ⓒ 이경수, 2021

백석
시를

이경수 지음

읽는
시간

TIME TO READ
BAEK SEOK'S POETRY

백석이라는 시인의 존재를 처음 알게 된 것은 대학교 2학년 무렵이었다. 1988년에 월북 시인들에 대한 해금 조치가 이루어지면서 월북 시인, 작가들의 전집이 쏟아져 나왔고 자연스럽게 백석이라는 시인의 시를 접하게 되었다. 그 무렵까지의 우리 시사에서는 다소 생소했던 북방 특유의 분위기와 평북 정주 지역의 방언이 풍기는 낯섦으로 인해 처음 읽은 백석의 시는 꽤 신선한 충격으로 다가왔었다. 처음 읽은 시는 『사슴』 시편 수록 시들이었고 「여우난곬족」류의 시가 풍기는 낯선 분위기에 매료되었다. 이후 석사논문을 쓸 무렵에는 「남신의주유동박시봉방」의 매력에 빠져 있었고, 한동안은 일제 강점기 말 발표된 백석의 만주시편들에 푹 빠져 「흰 바람벽이 있어」, 「북방에서」 등을 읊고 다녔다. 박사논문에서도 비교 대상으로 삼은 세 명의 시인 중에 백석이 포함되어 있었고, 그 후에도 백석 시를 대상으로 여러 편의 논문을 썼지만 아직도 백석 시의 매력이 다 소진된 것 같지는 않다. 요즘도 문득 백석 시의 새로운 매력에 빠져 새로운 논문을 써 보고 싶다는 충동에 사로잡히곤 한다. 읽을 때마다 백석의 시는 새로운 매력으로 다가왔고, 오래 백석 시를 읽어 왔다고 생각하는 지금도 문득 낯선 매력에 사로잡힐 때가 있는 것을 보면 백석은 좋은 시인이자 살아 있는 시인인 것 같다.

2014년에 백석 시의 어석 연구의 성과를 충실히 대조하고 백석 시 전편을 대상으로 한 편 한 편에 해설을 붙인 『다시 읽는 백석 시』라는 시 전집 겸 연구서를 공저로 발간하고 나니, 비로소 박사논문을 쓴 이후에 써 온 백석 시에 관한 논문들을 정리해 책으로 묶어야겠다는 생각이 들었다. 현대시 연구자로서 걸어온 길을 돌아보면 삼사십대에는 내내 수풀을 헤치며 앞으로 나아가기에 분주했던 것 같다. 이제 잠시 멈추어 서서 그동안 걸어온 길을 돌아보며 앞으로 새롭게 열어갈 길을 긴 호흡으로 모색해야 할 때가 왔음을 느낀다. 이 책이 그 분기점이 되길 바란다.

이 책의 제1부에는 분단 이전까지의 백석 시를 대상으로 그 특유의 미학과 형식적 특징을 밝히는 논문들을 주로 실었다. 「백석 시의 낭만성과 동양적 상상력」을 쓸 무렵은 젊은 연구자들을 중심으로 백석 시의 근대성에 대한 관심이 부상하던 시기였다. 백석 시가 지닌 근대성에 기본적으로 동의하면서도 나는 백석 시에서 토속성과 근대성은 양립할 수 있고, 토속적인 언어를 활용하는 백석 특유의 방식에서 바로 백석 시의 근대성이 작동한다는 문제의식을 가지고 있었다. 이 글에서 동양 고전의 인용이나 은둔의 상상력 등에 주목하게 된 계기는 바로 여기에 있었다. 「백석 시에 쓰인 '-는 것이다'의 문체적 효과」는 백석 시의 문체 미학을 백석이 즐겨 사용한 종결형 표현 '-는 것이다'의 활용을 통해 분석해 본 논문이다. 한국 현대시의 문체 연구는 제대로 성장하지도 못하고 낡은 연구처럼 취급되는 현실에 처해 있지만 아무런 제약 없이 연구할 수 있는 환경이라면 현대시의 문체 연구에 매진하고 싶다는 생각을 오랫동안 해 왔다. 부족하나마 그런 시도를 해 본 연구여서 기억하고 싶은 꿈처럼 내겐 의미를 지니는 논문이다. 「백석 시에 나타난 문화의 충돌과 습합」은 백석 시에서 다양한 문화 체험과 이질적인 문화

간의 충돌과 습합의 체험이 나타난다는 발상에서 시작된 논문이다. 여행, 음식, 종교를 중심으로 백석 시에 다양한 문화 현상의 동시적 공존과 습합이 나타남을 규명해 보고자 했다. 「백석의 기행시편에 나타난 장소의 심상지리」는 백석의 이향 체험과 기행시편의 관계를 장소의 심상지리를 중심으로 살펴본 논문이다. 백석은 꽤 여러 편의 기행시편을 남긴 '거리'의 시인이자 기행시편에조차 '방'이 자주 등장하는 독특한 시인이다. 이 글을 쓰면서 이방인의 체험과 정서를 드러내는 데 백석 시에서 거리와 방이 긴밀히 작동하고 있음을 깨달을 수 있었다.

제2부에는 분단 이후 북에 머무르게 되면서 백석이 남긴 창작물들을 대상으로 쓴 논문들과 북한에서 쓴 시들까지 포함한 백석 시 전편을 대상으로 한 논문들을 실었다. 백석의 동화시 창작과 『동화시집』 번역, 아동문학에 대한 비평 등에 주목한 비교적 최근의 글들이다. 「마르샤크의 『동화시집』 번역을 통해 본 『집게네 네 형제』 창작의 의미」는 백석이 번역한 마르샤크의 『동화시집』의 실물을 확인한 후 쓰게 된 논문이다. 마르샤크의 『동화시집』 번역이 이후 『집게네 네 형제』의 창작에 직접적인 영향을 끼쳤음을 『동화시집』 번역 전후의 백석의 아동문학에 대한 인식과 두 권의 동화시집의 구성과 체제를 면밀히 검토함으로써 규명하였다. 특히 동화시라는 장르에서 백석이 '-네'라는 종결어미를 사용했음에 주목하여 백석 시의 종결어미에 대한 연구의 맥을 잇는 성과를 제출하였다. 「백석의 동화시 창작과 음악성 실현의 의미」는 백석의 아동문학에 대한 비평, 그중에서도 고리키와 마르샤크에 관한 글에서 '음악성'이라는 용어가 자주 출현한다는 사실에 착안하여 고리키와 마르샤크에게 음악성이 어떤 의미를 지니는지 살펴보고 백석의 아동문

학비평에 등장하는 '률동'과 음악성을 고찰한 논문이다. 이 글에서는 백석이『동화시집』의 번역과 동화시의 창작에서 개성적인 의성어와 의태어를 활용함으로써 음악성을 실현하고자 했음을 규명하였다. 「백석 시에 나타난 '마음'의 형상화 방식과 의미」는 한국연구재단의 토대연구과제로 '동서양 고전과 현대 과학을 아우르는 마음 비교용어사전 DB 구축' 프로젝트를 수행하면서 인지시학과 '마음'이라는 시어에 관심이 생겨서 쓰게 된 논문이다. 백석 시만큼 '마음'이라는 시어가 자주 등장하고 개성적인 용법을 보이는 시도 드물다고 할 수 있는데, 이 글에서는 백석 시 전편을 대상으로 '마음'의 형상화 방식이 어떻게 변화하는지 그 의미를 살펴보고자 했다. '마음'이라는 용어는 학문 영역에 따라 다양한 함의로 사용되어 왔는데, 한국 현대시를 대상으로 '마음'의 용법이나 형상화 방식을 면밀히 살펴보고 마음 모형을 구축하는 연구를 앞으로도 수행하고 싶다는 바람을 가져본다. 「백석의 시와 산문에 나타난 '아이-시인'의 표상」은『백석 시의 물명고-백석 시어 분류 사전』을 완독하고 나서 구상하게 된 논문이다. 분류 사전의 형식을 띤『백석 시의 물명고-백석 시어 분류 사전』에서는 분단 이전 백석 시의 시어들을 분류해 제시하고 용례를 밝혀 놓았는데 분류되어 있는 많은 시어들 중에서 '아이'와 '시인'이라는 표제어가 유독 눈에 들어왔다. 백석의 시에서 아이와 시인은 전 시기에 걸쳐서 긴밀히 연관되어 있고 그것이 백석 시의 원천을 형성하고 있다는 생각에서 비롯된 논문으로, 이 글을 쓰면서「촌에서 온 아이」라는 시를 새롭게 읽을 수 있었다. 더 나아가 분단 이후 동화시의 번역과 창작 및 아동문학비평에 몰두한 백석의 행보를 연속성 속에서 설명할 수 있는 가능성을 '아이-시인'의 표상을 통해 찾을 수 있다는 생각을 이 글을 쓰면서 정리해 볼 수 있었다.

제3부에는 백석 시 연구에 대한 메타적 성격의 연구와 1930년대 후반기 시사 속에서 백석과 이용악의 시를 비교한 논문을 실었다. 「백석 시 전집 출간 및 어석 연구의 현황과 과제」는 2012년 백석의 탄생 100주년을 맞이하면서 쏟아져 나온 여러 권의 백석 시 전집을 검토하는 과정에서 쓰게 된 논문이다. 『다시 읽는 백석 시』를 준비하면서 발견하게 된 기존 백석 시 전집의 몇 가지 오류를 바로잡고 전집 출간 및 어석 연구의 현황과 앞으로의 과제를 살펴본 글로 이것을 통해 문헌 고증적 연구의 중요성을 실감하게 되었다. 「1930년대 후반기 시에 나타난 '가난'의 의미」는 1930년대 후반기를 대표하는 백석과 이용악의 시에 나타난 '가난'의 의미를 비교 분석한 논문으로, 오늘의 문학에 대한 관심과 고민으로부터 착상하게 되었다. 백석과 이용악의 시에서 가난은 물리적 궁핍과 빈곤이라는 일반적인 개념을 넘어서서 시인의 내면적 공간을 가리키는 새로운 의미를 획득하게 된다는 것이 이 글의 관점이었다. 자발적 가난의 원형이자 시적 주체의 도덕적 염결성을 보여주는 백석 시의 가난과 부끄러움과 죄의식의 내면 공간을 가리키는 이용악 시의 가난은 일제 말의 민족적 현실과 그로 인한 상실감과도 긴밀히 연결되어 있었다. 마지막으로 수록한 「어석 연구의 새로운 지평을 연 백석 시어 분류 사전」은 고형진의 『백석 시의 물명고 — 백석 시어 분류 사전』에 대한 서평의 성격을 띤 글이다. 10여 년의 공력이 녹아 있는 백석 시어 분류 사전을 읽으면서 배우고 깨달은 점이 더 많았다.

여기 묶은 글들은 2004년부터 2015년까지 쓴 글들이라 편차도 있고 백석 시를 바라보는 관점에서도 시차가 나타나는 것이 사실이다. 최근의 논문에서는 아동문학 창작자이자 비평가, 그리고 번역가로서의 백석에 대한 관심을 주로 표명해 왔다. 이 책을 마지막으로 한동안은 백석 시에 대한 논문을 쓰지 않게 될 것 같지만 혹여 쓰게 된다면 백석의 번역시를 비롯한 번역물에 대한 연구를 진행하고 싶은 바람은 있다. 국문학 연구자로서의 한계를 극복하고 백석의 번역물에 대한 연구에 도전해 볼 수 있는 자신이 설 때 시도해 보고 싶은 연구 과제이다.

1993년 백석 시의 화자 연구로 석사논문을 쓸 당시만 해도 백석이라는 이름을 생소하게 여기는 이들이 많았다. 지금은 연구자나 시인에게는 물론 일반 독자 대중에게도 사랑받는 시인이 되어서 처음 백석 시의 매력에 빠지던 시절을 떠올릴 때마다 아득하게 느껴지곤 한다. 꽤 오랫동안 백석 시에 대해 연구해 오면서 한 시인의 시세계와 미학을 제대로 이해하는 일의 어려움과 즐거움을 동시에 느꼈다. 내게 백석은 시 연구의 즐거움을 깨닫게 해 준 시인이기도 했고 연구자로서의 한계와 맞닥뜨리게 한 시인이기도 했다. 그래도 여전히 백석 시를 좋아하고 연구 대상으로서도 아직 매력을 느낀다는 것으로 위안을 삼아 본다. 고백건대 국문학 연구자로서 내가 걸어 온 길의 중심에 백석의 시가 있었다. 그 결과물이 초라해 부끄럽기도 하지만, 한 사람의 연구자로서 성장하기 위해 고군분투하며 살아온 지난 삶의 흔적이 고스란히 느껴져서 가슴이 뜨거워지기도 한다. 이제 백석 시를 읽는 시간의 설렘과 즐거움을 떠나보내고 새로운 즐거움에 빠져 보려고 한다.

2021년 5월 흑석동에서

저자 씀

책머리에   3

1부 백석 시의 근대성과 문체

백석 시의 낭만성과 동양적 상상력-유토피아 의식을 중심으로   15
  1. 낭만성과 유토피아 의식   15
  2. 창작 의식의 낭만성과 '당나귀'의 의미   19
  3. 고전의 인용과 은둔의 상상력   26
  4. 자의식의 공간으로서 '가난'의 의미   35
  5. 모계적 공동체로서의 유토피아   42
  6. 동양적 상상력의 근대적 작동 방식   51

백석 시에 쓰인 '-는 것이다'의 문체적 효과   54
  1. 문체론적 연구 방법의 효용성   54
  2. '-는 것이다'의 활용과 기능   57
  3. '-는 것이다'의 변형들과 그 기능   73
  4. '-는 것이다'의 문체적 효과   78

백석 시에 나타난 문화의 충돌과 습합-여행·음식·종교를 중심으로   81
  1. 이질적인 문화의 공존   81
  2. 여행의 체험을 습득하는 방식   84
  3. 습득과 환기의 매개로서의 음식   94
  4. 불교와 무속의 습합   100
  5. 의인화의 전략과 공동체적 유대의 강화   106
  6. 세계와 대면하는 방식   108

백석의 기행시편에 나타난 장소의 심상지리　110

1. 백석의 기행시편과 심상지리　110
2. 이향 체험과 기행시편의 상관관계　115
3. '있어야 할' 서민적 생활 체험의 장소로서 '거리'와 '장'
　　ー'남행시초' 연작시　119
4. 쓸쓸히 사라져가는 북방의 정서를 드러내는 공간으로서 '북관'과 산
　　ー'함주시초'·'서행시초' 연작시　129
5. 자기 극복과 연대의 장소로서 이국의 '방'과 '거리'ー만주시편　139
6. 식민지 조선의 다른 표상　146

2부　백석의 동화시와 시인의 표상

마르샤크의『동화시집』번역을 통해 본
　　　　　　　　　　　『집게네 네 형제』창작의 의미　151

1. 동화시의 번역과 창작　151
2. 『동화시집』번역 전후의 아동문학에 대한 인식　153
3. 『동화시집』과『집게네 네 형제』의 구성 및 체제　162
4. 종결어미 '-네'의 활용과 그 의미　165
5. 『동화시집』의 번역이 동화시 창작에 미친 영향　181

백석의 동화시 창작과 음악성 실현의 의미 184

  1. 동화시와 음악성 184

  2. 고리키와 마르샤크의 아동문학관兒童文學觀과 음악성 187

  3. 백석의 아동문학비평에 사용된 '률동'과 음악성 195

  4. 시어의 음악성 실현과 개성적인 의성어·의태어의 활용 204

  5. 음악성 실현의 의미 217

백석 시에 나타난 '마음'의 형상화 방식과 의미 219

  1. 현대시와 '마음' 219

  2. '마음'의 출현 빈도와 환경 223

  3. 분단 이전 시의 '마음'의 형상화 방식과 의미 228

  4. 분단 이후 시의 '마음'의 형상화 방식과 의미 242

  5. '마음'의 상태를 표현하는 형용사들의 활용과 의미 변화 249

  6. 백석 시에 나타난 '마음'의 의미 254

백석의 시와 산문에 나타난 '아이-시인'의 표상 256

  1. '아이-시인'의 표상 256

  2. 미래의 시인으로서 아이의 품성 259

  3. 고독과 순수의 표상으로서 시인의 천명天命 266

  4. 아동문학의 시성詩性과 '아이-시인'의 결합체로서 동화시의 선택 281

  5. '아이-시인'의 공동운명체 294

3부 백석 시 연구 현황 검토와 시사적 의의

백석 시 전집 출간 및 어석 연구의 현황과 과제 297
  1. 백석 시 전집 출간 현황 297
  2. 어석 연구의 현황과 쟁점 315
  3. 앞으로의 과제 322

1930년대 후반기 시에 나타난 '가난'의 의미 326
  1. '가난'의 시적 계보 326
  2. 자발적 가난의 도덕적 염결성—백석의 시 328
  3. 부끄러움과 죄의식의 내면 공간으로서의 가난—이용악의 시 342
  4. 1930년대 후반기 시와 '가난'의 의미 351

어석 연구의 새로운 지평을 연 백석 시어 분류 사전
        —『백석 시의 물명고—백석 시어 분류 사전』서평 354
  1. 이 책의 특징 및 의의 354
  2. 기존 시어 풀이의 결정판 357
  3. 해소되지 않은 의문들 363
  4. 남은 과제 369

참고문헌 373
수록 글 발표 지면 380
찾아보기 381

1부

백석 시의 근대성과 문체

백석 시의 낭만성과 동양적 상상력
－유토피아 의식을 중심으로

백석 시에 쓰인 '－는 것이다'의 문체적 효과

백석 시에 나타난 문화의 충돌과 습합
－여행·음식·종교를 중심으로

백석의 기행시편에 나타난 장소의 심상지리

백석 시의 낭만성과 동양적* 상상력
— 유토피아 의식을 중심으로

1. 낭만성과 유토피아 의식

1988년 월북·재북 문인들에 대한 해금 조치가 이루어진 후 본격적으로 진행된 백석 시에 대한 연구는 양적으로나 질적으로 많이 축적되었다. 선행 연구들의 연구 성과는 결과적으로 백석의 문학사적 위상에 변화를 가져왔을 만큼 집중적으로 이루어졌다. 백석 시에 대한 선행 연구는 크게 장르 인식에 대한 접근,[1] 주제론적 접근,[2] 창작방법론을 비

---

* 동양은 대립적 짝인 서양을 연상시키는 말이므로 오해의 소지가 있지만, 이 글에서는 한국을 비롯한 중국의 고전을 직접 인용하거나 읽은 흔적이 드러나는 시 작품을 통해 백석 시에 나타난 동양적 상상력을 살펴보고 이러한 상상력이 백석 시 전체에 걸쳐서 근대적으로 작동하는 방식을 살펴보려는 목적에서 중국과 한국을 포괄하는 개념으로 '동양'이라는 용어를 제한적으로 선택하였다.

1 윤여탁, 「1920~30년대 리얼리즘 시의 현실인식과 형상화 방법에 대한 연구」, 서울대 박사논문, 1990; 고형진, 『한국 현대시의 서사지향성 연구』, 시와시학사, 1995.

2 김재홍, 「민족적 삶의 원형성과 운명애의 진실미, 백석」, 『한국문학』 192, 1989.10; 김윤식, 「허무의 늪 건너기」, 『민족과문학』 2-1, 1990.봄; 신범순, 「백석의 공동체적 신화와 유랑의 의미」, 윤여탁·오성호 편, 『한국현대리얼리즘시인론』, 태학사, 1990; 최학출, 「1930년대 한국 모더니즘 시의 근대성과 주체의 욕망체계에 대한 연구」, 서강대 박사논문, 1995; 이명찬, 「1930년대 후반 한국 현대시의 고향 의식 연구」, 서울대 박사논문, 1999; 최정례, 「백석 시 연구」, 고려대 석사논문, 2001; 박주택, 「낙원의 원상과 영혼의 풍경」, 『문예연구』 30, 2001.가을; 김신정, 「백석 시의 '가난'에 대하여」, 『문예연구』 30, 2001.가을; 심재휘, 「기억의 재현」, 『문예연구』 30, 2001.가을; 이혜원, 「백석 시의 동심 지향성과 그 의미」, 『한국문학연구소 제15회 연구발표회 발표 자료집』, 고려대 한국문학연구소, 2002.

롯한 형식주의적 접근,[3] 어휘적 차원의 접근[4] 등 다양한 방면에서 이루어졌다. 다각적인 연구들은 백석의 시를 리얼리즘 시로 보느냐 모더니즘 시[5]로 보느냐 하는 기본 입장에서부터 갈라지거나 리얼리즘적 관점과 모더니즘적 관점을 통합하는 절충적인 태도를 보이기도 했다.

백석 시에 대한 주제론적 접근은 토속성, 고향 상실 의식, 낭만성의 성격을 밝히는 데 주로 집중되었다. 백석 시의 토속성을 탐구하는 데 주력한 연구들은 주로 『사슴』1936의 세계를 해명하는 데 관심을 기울여 왔다. 평북 정주 지방의 방언 사용이 두드러진 『사슴』 소재 시편에 대해서는 『사슴』이 출간된 당대에서부터 '토속성'이 두드러진다는 평가가 이루어졌다.[6] 그러나 백석의 시에 나타난 토속성은 의도적인 방언 사용과 관련지어 볼 때 근대성과 대립되거나 배치되는 성격의 토속성이라고 보기는 어렵다. 최근의 연구들은 토속성의 근대적 성격을 규명해 내었다는 점에서 백석 시의 토속성에 대한 한층 진전된 이해에 이르렀다고 평가할 수 있다.[7] 고향 상실 의식에 주목한 연구들은 백석의

---

3   이숭원, 「풍속의 시화와 눌변의 미학」, 『한국시문학의 비평적 탐구』, 삼지원, 1985; 정효구, 「백석 시의 정신과 방법」, 『한국학보』 15-4, 일지사, 1989; 김명인, 『한국 근대시의 구조 연구』, 한샘, 1988; 이경수, 「백석 시의 반복 기법 연구」, 『상허학보』 7, 상허학회, 2001; 이경수, 「한국 현대시의 반복 기법과 언술 구조-1930년대 후반기의 백석·이용악·서정주 시를 중심으로」, 고려대 박사논문, 2002.
4   고형진, 「백석 시 연구」, 고려대 석사논문, 1983; 이동순 편, 『백석 시 전집』, 창작과비평사, 1987; 조영복, 「백석 시의 언어와 정치적 담론의 소통성」, 『한국 현대시와 언어의 풍경』, 태학사, 1999.
5   백석 시에서 모더니티를 발견한 대표적인 견해는 김기림, 「『사슴』을 안고」, 『조선일보』, 1936.1.29에서 찾아볼 수 있다.
6   오장환, 「백석론」, 『풍림』 5, 1937.4, 19쪽.
7   이러한 관점의 연구로는 최정례, 「백석 시 연구」, 고려대 석사논문, 2001; 최학출, 「1930년대 한국 모더니즘 시의 근대성과 주체의 욕망체계에 대한 연구」, 서강대 박사논문, 1995; 이경수, 앞의 글 등이 있다.

『사슴』에 실린 시들과 그 이후에 신문이나 잡지에 발표된 시들 사이에 고향을 형상화하는 태도에 있어서 커다란 차이가 나타난다는 사실에 주로 착안한다. 고향의 원형을 재구하는 초기의 방식과 자족적인 원형으로서의 고향을 잃어버렸다는 상실감을 주로 그린 후기시의 방식을 관통하는 의식은 고향 상실 의식이라고 할 수 있다. 1930년대 후반기 시에 나타나는 고향 상실 의식은 대개 잃어버린 조국과 겹쳐짐으로써 깊이 있는 울림을 자아내곤 했다. 『사슴』에 수록된 시들에 나타나는 자족적 고향에 대한 형상화를 낙원 지향성, 또는 낙원 회복의 꿈과 관련지어 해석한 선행 연구[8]는 궁극적으로 낭만성과 관련지어 백석의 시를 이해하는 시각을 깔고 있다.

백석의 시가 낭만성을 지닌다는 데 대해서는 많은 연구자들이 동의해 왔으나, 그의 시에서 낭만성이 구체적으로 어떻게 발현되는지에 주목하여 면밀히 살펴보는 연구는 진전되지 못했다. 그러나 어떤 상상력에 의해 구체적으로 낭만성이 어떻게 발현되는지를 설명하지 못한다면 '낭만성'을 백석 시만의 고유한 특징이라고 규정할 수는 없을 것이다. '낭만성'은 적지 않은 시에서 나타나는 특징이지만, 그것이 백석 시에서는 어떻게 발현되는지 그 구체적인 작동 방식을 해명하는 연구가 이루어질 때 비로소 다른 시인의 시와는 구별되는 백석 시의 낭만성에 대해 논의할 수 있을 것이다.

이 글은 이러한 문제의식 아래 백석 시에서 낭만성이 구체적으로 어떻게 발현되는지 밝히고자 하였다. 이 글에서는 한시의 영향을 받았거

---

8   박주택, 『낙원회복의 꿈과 민족정서의 복원』, 시와시학사, 1999.

나 동양 고전을 직접 인용하거나 동양 고전을 읽은 흔적이 보이는 시들에 문제의 핵심이 있다고 보았다. 평북 정주 지방의 방언을 적극적으로 활용했다는 데 주목하여 백석 시의 토속성을 지적한 연구들은 이미 있었지만 백석 시의 동양적 상상력은 연구자들에게 관심의 대상이 되지는 못했다. 최근에 와서는 근대성이라는 관점에서 백석 시의 미의식에 접근하거나 그의 창작방법론을 밝히는 연구들이 주로 이루어졌는데, 이런 방향으로 연구가 집중되면서 백석 시에 나타난 동양적 상상력에 주목하는 시각을 제약한 측면도 있었을 것으로 보인다.

이 글은 백석의 시가 다양한 방법론으로 접근하는 것을 가능하게 해주는 열린 텍스트라는 입장을 기본적으로 취하고 있다. 동양적 상상력에 주목한다고 해서 그것이 백석 시의 근대성을 부정하는 것은 물론 아니다. 오히려 동양적 상상력을 활용하는 방식에서 백석 시가 지닌 근대적 성격을 다시 한번 확인할 수 있다는 것이 이 글의 독특한 시각이다.

유토피아utopie라는 단어는 장소를 의미하는 그리스어 토포스topos라는 실사와 양질을 뜻하는 접두사 'eu-'와 부정을 나타내는 'ou-'라는 두 개의 접두사가 합성된 단어로서, '좋은 장소'와 '어디에도 없는 곳'이라는 이중적인 의미를 지닌다.[9] 1516년에 토마스 모어가 『유토피아』를 출간한 이후 '유토피아'는 서구적인 개념으로 자리 잡아 왔다. 때로는 종교적인 색채가 드리워지기도 했고 때로는 이념적인 색채를 강하게 띠기도 했지만, 유토피아 의식이 서구적인 세계 인식을 드러내는 것이라는 데에는 대체로 동의해 왔다. 그러나 유토피아에 대한 이와 같은 제한적

---

9   티에리 파코, 조성애 역, 『유토피아』, 동문선, 2002, 10쪽.

인식은 유토피아라는 용어가 탄생하게 된 배경을 지나치게 의식한 탓이기도 하다. 사실 행복하고 이상적인 곳이지만 현실에는 존재하지 않는 곳으로서의 이상향에 대한 인식은 어느 세계에서나 있어 왔고, 그런 이상향을 희구하는 것은 문학의 본질적인 속성이기도 하다. 적어도 한국 현대시와 유토피아 의식을 관련지어 논할 수 있으려면 유토피아 의식을 태생적 한계에 가두어 서구적인 것이라 단정하는 시선을 극복할 필요가 있을 것이다. 이 글은 유토피아를 꿈꾸는 것이야말로 인간의 본질적 속성이며 인간의 심층에 접근하는 문학 역시 그런 의미에서 유토피아 의식을 드러내는 경우가 많다는 전제에서 출발한다. 도달할 수 없는 이상향에 대해 그린 시들은 어느 시기에나 있었지만, 이 글에서는 그중에서도 1930년대 후반기의 백석의 시에 나타난 유토피아 의식에 주목하고자한다. 그것은 백석 시에 나타난 동양적 상상력의 연원을 밝히는 일이기도 하다.

2. 창작 의식의 낭만성과 '당나귀'의 의미

백석의 『사슴』 이후의 시에는 현실 도피적이거나 은둔적인 태도가 종종 드러난다.[10] 선행 연구는 백석 시의 이러한 성향에 대해 크게 주목하지 않았지만, 백석 시의 낭만적 상상력을 해명하기 위해서는 현실 도피적 태도로 대표되는 백석 시의 낭만적 상상력이 어디에서부터 연

---

10 이경수, 앞의 글, 71~73쪽.

원하는지 밝히는 작업이 선행되어야 한다. 낙원 회복 의식이라는 관점에서 백석의 시를 해석한 박주택은 『사슴』 소재 시편에서는 신화적 시간에로의 회귀라는 방향으로 낙원 회복의 꿈이 나타나다가 여행을 통해 그의 낙원 찾기가 강화된다고 보았다. 결국 낙원 찾기 과정에서 만나는 가난하고 소외된 민족 공동체와 민족정서를 시로 체현시키려고 했다고 백석 시의 낙원 회복 의식을 평가하였다.[11] 그런가 하면 백석의 후기시에 현실 도피적 태도가 나타난다는 데 주목한 다른 선행 연구들도 있었으나, 대체로 부분적인 언급에 그쳤다.[12]

이 글에서는 백석의 후기시에 지속적으로 나타나는 동양적 상상력이 그의 시에 나타나는 낭만성을 해명하는 데 결정적 요인으로 작용한다고 보았다. 좀 더 흥미로운 것은 이러한 상상력이 궁극적으로 백석의 시작 태도를 드러내 준다는 데 있다. 이 장에서는 선행 연구에서 서구적 상상력과 관련지어 주로 해석해 온 「나와 나타샤와 힌당나귀」를 중심으로 백석 시의 동양적 상상력이 그의 창작 의식과 어떻게 관련되는지를 밝히고자 한다.

가난한 내가

아름다운 나타샤를 사랑해서

오늘밤은 푹푹 눈이나린다

나타샤를 사랑은하고

---

11 박주택, 앞의 책, 224~225쪽.
12 이경수, 앞의 글, 71~73쪽.

눈은 푹푹 날리고

나는 혼자 쓸쓸히 앉어 燒酒를 마신다

燒酒를 마시며 생각한다

나타샤와 나는

눈이 푹푹 쌓이는밤 힌당나귀타고

산골로가쟈 출출이 우는 깊은산골로가 마가리에살쟈

눈은 푹푹 나리고

나는 나타샤를 생각하고

나타샤가 아니올리 없다

언제벌서 내속에 고조곤히와 이야기한다

산골로 가는것은 세상한데 지는것이아니다

세상같은건 더러워 버리는것이다

눈은 푹푹 나리고

아름다운 나타샤는 나를 사랑하고

어데서 힌당나귀도 오늘밤이 좋아서 응앙 응앙 울을것이다

— 「나와 나타샤와 힌당나귀」 전문, 『女性』 3-3, 1938.3, 16~17쪽

　흰눈이 푹푹 내려 쌓이는 밤, 오지 않는 마음 속 연인 '니타샤'를 그
리워하면서 홀로 소주잔을 기울이며 '산골로 가는 것'을 꿈꾸는 이 시
는, 백석의 대표적인 연애시戀愛詩로 해석되어 왔다. 흰눈이 온 세상을
뒤덮고 있는 풍경이나 이국적인 여인 나타샤, 역시 이국적인 분위기를

풍기는 "흰당나귀" 등은 이 시의 분위기를 이국적인 낭만의 정취로 해석하게 하는 데 기여해 왔다. 이 시에서 '눈'이나 '흰 당나귀'는 온 세상이 하얀색으로 가득한 정서적 색채나 깊이를 표현하기 위한 도구로서 취급되어 왔을 뿐 백석의 창작 의식을 해명하는 중요한 소재로서 평가되지는 못했다.

그런데 사실 이 시에서 그리고 있는, 흰 눈이 쌓여 있는 곳을 당나귀를 타고 거니는 풍경은 맹호연이나 두보의 한시에서 흔히 볼 수 있는 시상詩想으로, 이러한 '기려행騎驢行'의 시상은 선비들의 풍류를 나타내는 '기려도騎驢圖'라는 유형의 그림에서 종종 볼 수 있는 것이었다. '기려도'란 선비가 당나귀를 타고 가는 모습을 그린 그림을 말하는데, 때로는 계절적 배경을 강조하여 풍설風雪이 분분한 겨울 경치를 배경으로 당나귀를 타고 다리를 건너는 선비의 모습을 그렸다.

기려행이 구체적으로 시상과 어떤 관련을 맺고 있는지를 해명한 글은 구양수의 『귀전록歸田錄』에서 찾을 수 있다. 『귀전록』에서 구양수는 시문을 구상하는 데 가장 좋은 분위기 세 가지를 들면서, 그 첫 번째로 당나귀의 등 위에 앉아 있을 때를 들었다.[13] '기려행'은 대체로 두 가지 의미를 띠고 있었다. 첫째, 특별한 목적지가 없이 소요하는 것을 의미하며, 둘째, 매사를 관조할 수 있을 만큼의 느린 움직임을 의미한다. 결국 이는 시상의 출발점인 동시에 세상에 대한 시인의 태도를 보여 주는 이미지라고 할 수 있다.

---

13 『귀전록』에서 구양수가 시문을 구상하는 데 가장 좋은 분위기로 든 것은 당나귀의 등 위에 앉아 있을 때(驢上), 잠자리에 누워 있을 때(枕上), 화장실에 앉아 있을 때(廁上)였다. 이 세 가지 중에서도 풍류 정신과 가장 잘 통하는 것은 당나귀에 앉아 있을 때, 즉 '기려행'이라고 할 수 있겠다. 구양수, 『귀전록』, 台北 : 藝文印書館, 1965.

백석의 시 「나와 나타샤와 힌당나귀」는 '기려행', 그중에서도 풍설이 흩날릴 때 당나귀를 타고 거니는 선비의 모습을 나타내는 이미지를 그 바탕에 깔고 있다. 물론 '기려행'의 일반적인 이미지를 그대로 따온 것은 아니며, 흰눈이 푹푹 내리는 계절적 배경과 당나귀를 타고 간다는 설정을 주로 빌려 왔다고 볼 수 있다. 그러나 「나와 나타샤와 힌당나귀」에 전체적으로 깔려 있는 현실 도피적 분위기는 '기려행'의 영향을 받은 것이라고 보아야 한다. 특히 당나귀의 등 위에 타고 앉아 시구를 찾는다는 표현이나 당나귀의 등에 타고 앉아 술을 마시는 풍경이 당송대의 한시에 심심찮게 등장한다는 사실로 미루어볼 때 「나와 나타샤와 힌당나귀」에 등장하는 소재와 분위기는 이와 무관하다고 보기는 어려울 것이다.

　물론 눈, 당나귀, 술과 같은 유사한 소재를 사용하고 은둔적 태도를 보였다고 해서 인용한 백석의 시를 한시漢詩의 이미지를 현대어로 번역해 놓은 것 정도로 한정지어 이해하는 것은 정당하거나 올바른 태도라고 볼 수 없다. 백석 시의 우수함은 옛것의 계승이나 인용에 있는 것이 아니라 거기에 현대적인 정서와 분위기를 더하고 있는 데 있다.

　당나귀의 등 위에서 흔들리며 시구詩句를 찾는 낭만적 태도라든가 당나귀를 타고 산골로 가는 것은 세상한테 지는 것이 아니라 세상 같은 건 더러워서 버리는 것이라는 말에서 느껴지는 현실 도피적 태도는 '기려행'의 일반적인 이미지를 계승한 것이라고 볼 수 있나. 그러나 한시에서 주로 인용된 기려행이 선비의 유유자적하는 소요逍遙를 드러내는 것이었다면, 인용한 백석 시의 경우에는 기려행의 기본 정서에 이국적 여인과의 비현실적이고 낭만적인 사랑을 덧씌움으로써 연애시의 요소를 더

해준다. 목적지 없이 느릿느릿 소요하는 '기려행'의 태도와 오갈 데 없
는 비현실적 사랑의 분위기는 기막힐 정도로 잘 어울린다.

백석이 시를 쓰고 발표하며 주로 활동했던 시기는 어느 때보다도 검
열의 억압과 횡포가 심했던 일제 말기였다. 1936년에 100부 한정판
으로 『사슴』이라는 시집을 펴낸 이후에 1940년대 초반까지 그는 신
문, 잡지 등에 시를 발표하다가 일제 말기 2~3년 동안은 절필을 하였
다. 백석의 후기시에 종종 드러나는 현실 도피적인 태도는 맑은 물에
갓끈을 씻고 흐린 물에 발을 씻는[14] 은둔적 태도와 통하는 것이라고 볼
수 있다. 도가의 사상이나 유가의 사상 중에서도 은둔적 태도를 나타내
는 구절이나 일화들을 그의 시에 종종 인용하고 있는 데서도 이러한
사실을 확인할 수 있다. 시인으로서 백석이 선택한 태도는 적극적인 저
항의 태도는 아니었지만, 오히려 세상한테 지지 않겠다는 결벽의 태도
가 시인으로서의 염결성을 훼손하지 않고 일제 말기에도 그를 진정한
시인으로 남게 했다는 점이야말로 이 시대의 아이러니였을 것이다.

현실에 대한 태도는 백석에게서는 시인으로서의 창작 의식과 다르지
않은 것이었다. 전통적으로 시상의 착상과 밀접한 관련을 맺고 있던
'당나귀'는 백석의 시에서 시인과 정서적으로 공감하는 생명체이자 자
연물로서 새로운 의미를 부여받는다. 더구나 그것은 '흰당나귀'로서 세
상의 때에 물들지 않은 순백의 영혼을 지녔다는 점에서 시인의 분신이
라고 볼 수 있다. 이러한 자기 염결적 태도는 자폐적인 성향에 갇힐 위
험도 지니고 있었지만, 백석의 경우에는 눈 덮인 하얀 세상에 "응앙 응

---

14 굴원, 『초사』, 「어부편」. 滄浪之水淸兮 可以濯吾纓 滄浪之水濁兮 可以濯吾足[창랑의 물
   이 맑으면 갓끈을 씻고 창랑의 물이 흐리면 발을 씻겠다].

앙" 울려 퍼지는 '당나귀의 울음소리'를 통해 정서적 공감을 확장하는 데 성공하게 된다. 시는 백석 시인에게 자신의 내면을 들여다보고 세상을 향한 공감의 폭을 넓히는 각별한 존재였던 것이다.

그러면 기려행을 거쳐 시인이 도달하고자 하는 곳은 어디인가? 그는 "출출이 우는 깊은 산골"로 가서 사랑하는 여인과 함께 "마가리"에 살고자 한다. 인적이 드문 깊은 산골 오막살이에서 사랑하는 여인과 함께 평화롭게 산다는 상상력은 익숙하고 보편적인 낭만적 정서이지만, 1920년대 시에 종종 등장하던 비극적 낭만성과는 다소 거리가 있다. 1920년대 시에서는 이루어질 수 없는 사랑의 비극성을 고취하기 위해 '죽음'과 '밀실'이 종종 동원되었지만, 「나와 나타샤와 힌당나귀」에 등장하는 시적 공간은 몽환적이고 적막한 곳이기는 하지만 비극성이 강조되지는 않는다. 오지 않는 여인을 홀로 기다리는 상황은 비극적일 법도 한데, 백석의 시는 비극성에서 한발 비켜 서 있다. 그것은 시의 화자가 비록 상상 속에서나마 흰눈이 푹푹 내려 쌓이는 밤에 흰 당나귀를 타고 산골로 가는 모습과 일치되어 있기 때문일 것이다. 눈 내리는 밤에 홀로 소주잔을 기울이는 화자와 그의 상상 속에서 흰 당나귀에 올라타 눈 속을 걸어 깊은 산골 '마가리'에 이르는 주체는 하나가 된다. 당나귀의 움직임에 따라 그의 등에서 느껴지는 반복적인 리듬감은 이 시의 기본문장을 변주하며 반복되는 리듬으로 표출된다. 백석은 기려행과 흰눈의 은둔적이고 몽환적인 이미지에 기대어 더러운 현실로부터 시의 화자를 격리시켜 놓는다. 그것은 세상한테 지는 것이 아니라는 화자의 말은 도피적 변명이라기보다는 불우不遇하고 혼탁한 세상에서는 관직에서 물러나 은둔할 것을 권고한 유가적 처세술의 영향으로 보아야 할 것이다. 실제로 백석 시인은 정세가 급변하는 일제 말기에는 작품 활동을 하지 않는 선택을 감행한다. 일제 말기 수많은 문인들이 친일로부터 자유롭지 못했음을 상기할 때 이러한 백석의 선택을 현실 도피적이라고 몰아붙일 수만은 없을 것이다.

3. 고전의 인용과 은둔의 상상력

백석의 『사슴』 이후의 시에는 동양의 고전을 인용한 흔적이 드문드문 나타난다. 평북 정주 지방의 방언 사용이라는 언어적 특성이 두드러진 백석 시에 대해서는 초기의 연구에서는 주로 토속적 성향이 주목받아 왔고, 최근의 연구에서는 토속성의 근대적 성격을 해명하는 연구가 이루어졌다. 백석 시를 리얼리즘으로 볼 것이냐 모더니즘으로 볼 것이냐라는 대립적 시각에 따라 연구가 진행되어 오다 보니, 백석 시에서 나타나는 동양적 상상력에 주목하는 연구는 진척되지 않은 것이 사실이다. 그러나 이 글에서는 백석 시의 낭만적 성격을 해명하는 데 백석 시에 나타난 동양적 상상력을 분석하는 것이 의미가 있다고 본다. 이 장에서는 백석 시에 인용된 고전의 성격을 살펴봄으로써 그의 시에 나타나는 동양적 상상력이 낭만성과 어떤 관계를 지니는지 해명해 보고자 한다.

어진 사람이 많은 나라에 와서
어진 사람의 즛을 어진사람의 마음을 배위서

수박씨 닦은것을 호박씨 닦은것을 입으로 앞니빨로 밝는다

　수박씨 호박씨를 입에 넣는 마음은
　참으로 철없고 어리석고 게으른 마음이나
　이것은 또 참으로 밝고 그윽하고 깊고 무거운 마음이라
　이마음안에 아득하니 오랜 세월이 아득하니 오랜 지혜가 또 아득하니 오
랜 人情이 깃들인것이다
　泰山의 구름도 黃河의 물도 옛님군의 땅과 나무의 덕도 이마음안에 아득하
니 뵈이는것이다

　이 적고 가부엽고 갤족한 히고 깜안 씨가
　조용하니 또 도고하니 손에서 입으로 입에서 손으로 올으날이는 때
　벌에 우는 새소리도 듣고싶고 거문고도 한곡조 뜯고싶고 한 五千말 남기
고 函谷關도 넘어가고싶고
　기쁨이 마음에 뜨는 때는 히고 깜안 씨를 앞니로 까서 잔나비가 되고
　근심이 마음에 앉는때는 히고 깜안 씨를 혀끝에 물어 까막까치가 되고

　어진 사람이 많은 나라에서는
　五斗米를 벌이고 버드나무아래로 돌아온 사람도
　그 넓자개에 수박씨 닦은것은 호박씨 닦은것은 있었을것이다
　나물먹고 물마시고 팔벼개하고 누었든 사람도
　그 머리 맡에 수박씨 닦은것은 호박씨 닦은것은 있었을것이다.

— 「수박씨, 호박씨」 전문, 『人文評論』 9, 1940.6, 34〜35쪽

백석이 만주 신경新京에 거주하면서 쓴 시 「수박씨, 호박씨」에는 동양의 고전이 인용되어 있다. 수박씨와 호박씨를 앞니로 발라 먹는 평화로운 풍경 속에서 시의 화자가 떠올리는 것은 어진 사람이 많은 나라의 지나간 세월들이다. 백석의 시에는 지나간 과거의 오랜 시간이 축적되어 있는 사물이나 어휘가 종종 등장하는데,[15] 이 시 역시 예외가 아니다. 낯선 이국땅에 와서도 시의 화자가 낯섦보다는 익숙함을 느끼는 이유는 이국땅을 흘러 지나간 시간을 떠올렸기 때문이다. 더구나 그 시간은 독서의 체험을 통해 이미 화자에게 익숙한 것이다. 호박씨, 수박씨를 입에 넣는 마음속에 이곳에서 살아온 사람들의 아득하니 오랜 세월과 지혜와 인정이 깃들여 있음을 시의 화자는 잘 알고 있다. 따라서 그는 낯선 곳에서 친근함마저 느낀다.

인용한 시에는 동양 고전과 한시에서 익숙하게 보아온 상상력이 등장한다. 중국의 한시나 고전에 흔히 등장하는 태산과 황하는 물론이고 삼황오제三皇五帝로 통칭되는 "옛님군"까지도 인용된다. 이곳 사람들의 일상적이고 사소한 행위나 마음 하나에서도 그들에게 쌓여온 세월의 흔적을 읽어내고자 하는 것이다. 수박씨, 호박씨를 까먹는 한가로운 풍경에서 화자가 먼저 떠올리는 것은 노자老子와 얽힌 일화이다. 중국 춘추 시대의 사상가 노자는 초나라 사람으로 주왕周王을 섬겼지만 주의 쇠망을 예견하고 주나라를 떠났는데 그때 함곡관 관령 윤희의 간청으로 써 준 책이 『도덕경』이라고 흔히 불리는 『노자』였다.[16] 『도덕경』이

---

15 이러한 백석 시의 특징에 대해 밝힌 연구로는 심재휘, 「1930년대 후반기 시 연구」, 고려대 박사논문, 1997; 최정례, 앞의 글 등이 있다.
16 이경수, 앞의 글, 71쪽.

바로 오천 개의 말들로 이루어져 있었기 때문에 "오천말"을 남기고 갔다고 한 것이다. 노자가 말하는 도道는 한 마디로 '무위자연無爲自然'인데, 인위적인 것으로부터 벗어나 자연 그대로의 삶을 추구함으로써 도를 회복할 수 있다고 보았다. 이 시의 화자는 문득 노자를 떠올림으로써 그와 같은 '무위자연'의 삶을 살고 싶은 심정을 드러낸다. '무위자연'은 백석 시의 화자가 도달하고자 한 이상향의 하나라고 볼 수 있다. 이상 사회의 추구는 대개 현실에 대한 강한 불만을 역설적으로 드러내는 표현 양식으로 나타나거나 이상과 현실의 괴리를 화해시키려는 이념적·정치적 운동의 사상적 실천으로, 심지어 어떤 경우에는 강력한 종교적 열정을 동반하며 현실을 전면 부정하고 새로운 세계의 도래를 신앙하는 혁명적 실천으로 나타나기도 한다.[17] 백석 시의 경우에는 첫 번째 유형에 가장 가깝다고 할 수 있다. 실제로 이 시기의 백석 시에서는 은둔적이고 도피적인 삶의 태도가 느껴진다.

잔나비와 까막까치는 한시에 흔히 등장하는 소재들인데, 이 시에서는 자연의 일부가 되고 싶어 하는 화자의 심정을 반영한 매개물로 쓰였다. 화자의 탈속脫俗의 욕망이 자연물에 의탁된 것이다. 다만 한시에서

---

17 김시천, 『철학에서 이야기로 – 우리 시대의 노장 읽기』, 책세상, 2004, 99쪽. 김시천은 이 책에서 이상사회의 추구를 원망(resentment) 형태의 표현으로 보고 이상사회를 유토피아, 아르카디아, 천년왕국의 세 가지 유형으로 나누어 본 미야시 젠키치의 견해에 따라 노장사상에서 추구하는 이상 사회를 도가적 아르카디아와 도가적 유토피아로 나누어 본다. 그는 아르카디아를 현실 정치에서 몸을 빼내 전원, 자연, 비정치적인 것을 아름답게 보면서 현실 정치권력에서 이탈하려는 탈정치적 성격을 지닌 것으로 봄으로써 현실정치가 따라야 할 이념에 비춰 현실의 문제를 지적하며 정치 개혁을 기대하고 정치적 가치를 추구하는 유토피아와는 구분하였다(위의 책, 99~101쪽). 이러한 김시천의 분류에 따르면 백석의 시에서 그린 이상향은 아르카디아에 가깝다고 볼 수 있겠으나, 이 글에서는 이상향인 동시에 어디에도 없는 세계라는 유토피아의 본래의 의미를 받아들여 유토피아의 의미를 좀 더 포괄적으로 이해하고자 하였다.

잔나비와 까막까치가 등장하는 경우가 대체로 쓸쓸하고 적막한 분위기를 나타낸다는 점을 상기해 보면,[18] 인간 세계를 벗어나 자연의 일부가 되고 싶어 하는 화자의 바람 뒤에는 적막하고 쓸쓸한 현실이 숨어 있음을 짐작해 볼 수는 있다. 그가 끊어 버리고자 하는 세속이 여전히 화자를 괴롭히고 있는 것이다.[19]

옛 성현들에 대한 화자의 심정적 동일시는 계속된다. 4연에는 도연명과 공자에 얽힌 일화가 등장한다. 오두미五斗米를 버리고 버드나무 아래로 돌아온 사람은 '오류선생五柳先生'으로 알려진 도연명陶淵明을 가리킨다. 오두미는 하급관리에게 나라에서 녹으로 주던 곡식으로, 벼슬길에 있음을 의미하는 것이다. 당시 도연명은 잠시 벼슬길에 오르기도 했지만 '오두미' 때문에 향리의 소인에게 허리를 굽힐 수는 없다는 뜻을 밝히고 사임했다고 한다. 이후 그는 유명한 「귀거래사歸去來辭」를 쓰고 은둔 생활에 들어갔다고 한다. 도연명의 시에는 전원생활을 토대로 한 구체적인 삶의 모습이라든가 따뜻한 인간미가 잘 드러나 있는데, 이런 점은 백석 시에서도 공통적으로 느껴지는 정서라고 할 수 있다. 물질적인 것에 자존심을 팔지 않았던 도연명의 정신은 백석의 시정신으로 계승된다.

백석이 4연에서 인용한 『논어』「술이」편에 등장하는 공자의 말 역시 의롭지 않은 부귀보다는 의로운 가난에 기꺼이 거했던 공자의 정신

---

18 이에 대해서는 이경수, 앞의 글, 73쪽.

19 「북방에서」,「남신의주유동박시봉방」 같은 백석의 『사슴』 이후 시에는 고향을 떠나 방랑하는 화자가 등장하는데, 이들은 고향을 떠나 있으면서도 심리적으로나 정서적으로 고향에 매여 있는 존재들로서 진정한 의미에서 자유롭지는 못했다. 백석의 이 시기 시에 지배적으로 나타나는 적막하고 쓸쓸한 정서는, 버리고 왔지만 끊임없이 상기되는 고향/조국 때문이었을 것으로 추정된다.

을 나타낸다. 거친 밥을 먹고 물 마시고 팔베개를 해도 그 속에 즐거움이 있다는 말은 가난에 기꺼이 거하는 안빈낙도安貧樂道의 정신을 표상하는 것으로 백석 시인이 지향하는 바이기도 했다. 그의 『사슴』 이후의 시에 '가난'에 대한 탐색이 종종 등장하는 것도 이러한 시인의 지향과 관계있는 것으로 보인다. 의롭지 않은 부귀를 따르는 일은 뜬구름 같은 것임을 알았기 때문에 공자는 여러 나라를 떠돌며 유세했지만, 자신의 의지를 굽혀 타협하거나 하지는 않았다. 결국 공자는 불우不遇해서 그의 능력을 알아보고 등용하는 군주를 만나지 못했다.

인용한 시에서 백석 시인이 고사와 함께 구체적으로 떠올린 인물들은 노자, 도연명, 공자 등인데, 이들은 모두 세속적인 가치와 화합하지 못하고 은둔하거나 떠돌았던 인물들이다. 이들의 모습은 시공의 차이와 사상적 편차를 뛰어넘어 시인 백석의 자전적 모습과 겹쳐진다. 일제 말기에 백석 역시 고향을 떠나 만주 등지를 떠돌아다녔으며, 일제 말기 2~3년간은 시를 발표하지 않고 절필했다. 이러한 그의 선택은 적극적인 저항의 성격을 지니는 것은 아니었지만, 일제 말기의 문인이 선택할 수 있는 소극적 저항의 한 사례를 보여 준다. 그는 옛 성현들의 처세를 본받아 혼탁한 세상에서 최소한의 자존심과 자긍심을 지키려고 했던 것이다. 「남신의주유동박시봉방」에서 시인이 마음속으로 그려 본 "굳고 정한 갈매나무"는 시인이 마지막까지 지키고자 했던 정신을 표상하는 상징물이라고 할 수 있다.

오늘은 정월보름이다
대보름 명절인데

나는 멀리 고향을 나서 남의나라 쓸쓸한 객고에 있는 신세로다

넷날 杜甫나 李白같은 이나라의 詩人도

먼 타관에 나서 이 날을 맞은일이 있었을것이다

오늘 고향의 내집에 있는다면

새옷을입고 새신도 신고 떡과 고기도 억병 먹고

일가친척들과 서로 몽여 즐거이 웃음으로 지낼것이였만

나는 오늘 때문은 입듯옷에[20] 마른물고기 한토막으로

혼자 외로히 앉어 이것저것 쓸쓸한 생각을하는것이다

넷날 그 杜甫나 李白같은 이나라의 詩人도

이날 이렇게 마른물고기 한토막으로 외로히 쓸쓸한 생각을 한적도 있었을 것이다

나는 이제 어늬 먼 왼진 거리에 한고향사람의 조고마한 가업집이 있는것을 생각하고

이집에가서 그 맛스러운 떡국이라도 한그릇 사먹으리라한다

우리네 조상들이 먼먼 넷날로 부터 대대로 이날엔 으레히 그러하며 오듯이

먼 타관에 난 그 杜甫나 李白같은 이나라의 詩人도

이날은 그어늬 한고향 사람의 주막이나 飯館을 찾어가서

그 조상들이 대대로 하든 본대로 元宵라는떡을 입에대며

스스로 마음을 느꾸어 위안하지 않었을것인가

그러면서 이 마음이 맑은 넷 詩人들은

먼훗날 그들의 먼 훗자손 들도

그들의 본을 따서 이날에는 元宵를 먹을것을

---

20 "입듯옷"은 '입든옷'의 오기인 것으로 보이나, 아직 백석 시의 텍스트 확정 작업이 엄밀하게 이루어지지 않았으므로 이 글에서는 원문에 충실하게 인용하고자 하였다.

외로히 타관에 나서도 이 떡을 먹을것을 생각하며

그들이 아득하니 슬펐을듯이

나도 떡국을 노코 아득하니 슬플것이로다

아, 이 正月대보름 명절인데

거리에는 오독독이 탕탕 터지고 市소리 뻘뻘높아서

내쓸쓸한 마음엔 작고 이 나라의 녯詩人들이 그들의 쓸쓸한 마음들이 생

각난다

내 쓸쓸한 마음은 아마 杜甫나 李白같은 사람들의 마음인지도 모를것이다

아모려나 이것은 녯투의 쓸쓸한 마음이다

— 「杜甫나李白같이」 전문, 『人文評論』 16, 1941.4, 28~29쪽

    남의 나라 땅에서 대보름 명절을 맞은 화자가 떠올리는 이는 당나라
의 대표적 시인 두보와 이백이다. 백석이 『사슴』 이후에 발표한 후기시
에는 시인 자신을 연상케 하는 1인칭 성인 화자가 종종 등장하는데, 이
시 역시 그렇다. 시의 화자는 두보와 이백과 자기 자신을 동일시하려고
한다. 두보나 이백 역시 먼 타관에서 명절을 맞은 적이 있었을 거라는
말은 단지 화자의 추측에 불과한 것은 아니다. 실제로 두보와 이백은
오랫동안 방랑생활을 한 것으로 알려져 있다. 두보는 20대 전반은 강
소江蘇, 절강浙江에서, 20대 후반에서 30대 중반까지는 하남河南, 산동山
東 등지에서 방랑 생활을 했다고 한다. 이후에도 관직에 오를 기회를
잡지 못해 궁핍하고 불우한 생활을 계속한 것으로 알려져 있다. 시선詩
仙으로 불리는 이백은 25세 때 촉나라를 떠난 이후 평생 유랑 생활을
했다고 한다. 현종의 부름을 받아 잠시 벼슬길에 오르기도 했지만 그의

기질 때문에 오래가지는 못했다. 일찍이 도교에 심취한 그의 시는 도교적 색채를 드러내기도 했다.

고향을 떠나 객지에서 지내는 이의 외로움과 쓸쓸함은 백석의 후기시[21]에 종종 나타나는 감정이다. 평범한 날들도 그럴 것인데 새 옷에 화려한 음식에 친척들이 모여 북적하게 지내는 명절이야 두 말할 나위도 없을 것이다. 『사슴』에 실려 있던 초기시 「여우난곬族」에 그려진 풍요롭고 북적거리는 명절과 이 시에 그려진 명절날의 분위기는 대조적이다. "마른물고기 한토막으로" 달래기에는 그 쓸쓸함이 클 것이다. 화자에게 쓸쓸함을 견디게 하는 힘은 오히려 두보나 이백 같은 시인과 자신을 동일시하는 데서 온다. 두보와 이백도 오랜 세월을 방랑하며 쓸쓸하고 불우한 생애를 살았지만, 그들이 남긴 시는 동양의 고전으로 시공을 초월해 사랑받고 있다. 일상생활에서 많은 제재를 취한 두보의 시적 특징이라든가 꾸밈이 없고 낭만적인 이백의 시의 성향은 백석의 시가 지니고 있는 느낌과도 흡사한 면이 있다. 직접적으로 영향 관계를 따져보기는 어렵지만, 백석이 이들의 시에서 자신과 공통된 성향을 발견한 것은 추측 가능한 일이라고 할 수 있다.

백석의 후기시에 나타나는 은둔의 상상력은 이와 같이 고전을 인용한 시에만 나타나는 것은 아니다. 1947년에 발표된 「적막강산」이라는 시에도 "산으로 오면 산이 들썩 산 소리 속에 나 홀로 / 벌로 오면 벌이 들썩 벌소리 속에 나 홀로" 있는 적막감이 그려져 있다. 이 시의 계절

---

21 이 글에서는 시집 『사슴』 발간 이후부터 분단 이후 북한 체제에 귀속되어 발표하기 이전까지의 시를 가리켜 '후기시'라 지칭했다. 북한 체제에서 발표한 백석 시를 연속성 속에서 논하기 위해서는 백석 시에 대한 시대 구분과 명칭의 합의가 선행되어야 한다.

적 배경은 생명 활동이 왕성한 여름인데,[22] 그렇게 북적대고 흥성거리는 계절에도 화자는 쓸쓸함과 외로움을 느끼고 있다. 외따로 떨어진 곳에 홀로 있는 화자의 모습은 그의 후기시에서 흔히 볼 수 있는 광경이다. 백석의 후기시에 나타나는 은둔의 상상력은 현실 도피적인 그의 성향을 드러내는 것이기는 하지만, 그 배면에는 세상과 화합하지 못하는 시인의 성향이 깔려 있다. 그리고 은둔의 상상력의 근저에는 앞에서 살펴본 것 같이 그가 즐겨 읽거나 섭렵했던 동양 고전의 영향이 자리 잡고 있는 것으로 보인다.

4. 자의식의 공간으로서 '가난'의 의미

『사슴』 이후의 백석 시에는 유독 '가난'이라는 시어가 자주 등장한다. '가난'은 백석 시에서 주로 시인과 상상적으로 동일시되어 있는 화자가 처한 상황으로 그려진다. '가난한 나'라는 수식어는 그의 후기시에서 쉽게 찾아볼 수 있다. 그런데 백석의 시에서 '가난'이 중요한 의미를 지니는 것은 단지 자주 등장하는 시어이기 때문은 아니다. '가난'을 그리고 '가난'을 대하는 시인의 태도가 독특하기 때문이다. 백석 시에 나타나는 '가난'은 다른 시인들의 시에서 시적 화자를 둘러싼 배경이지 환경으로 그려지는 '가난'과는 성격이 좀 다르다. 백석 시의 '가난'이 지니는 성격에 대해서는 이미 김신정의 선행 연구가 있었지만,[23]

---

22 이경수, 위의 글, 65쪽.
23 김신정, 「백석 시의 '가난'에 대하여」, 『문예연구』 30, 2001.가을.

이 글에서는 동양적 상상력과 유토피아를 지향하는 낭만성이라는 관점에서 백석 시의 '가난'에 접근해 보고자 한다.

오늘저녁 이 좁다란방의 흰 바람벽에

어쩐지 쓸쓸한것만이 오고 간다

이 흰 바람벽에

히미한 十五燭전등이 지치운 불빛을 내어던지고

때글은 다낡은 무명샷쯔가 어두운 그림자를 쉬이고

그리고 또 달디단 따끈한 감주나 한잔 먹고싶다고 생각하는 내 가지가지 외로운 생각이 헤매인다

그런데 이것은 또 어인일인가

이 흰 바람벽에

내 가난한 늙은 어머니가 있다

내 가난한 늙은 어머니가

이렇게 시퍼러둥둥하니 추운날인데 차디찬 물에 손은 담그고 무이며 배추를 씻고있다

또 내 사랑하는 사람이 있다

내 사랑하는 어여쁜 사람이

어늬 먼 앞대 조용한 개포가의 나즈막한 집에서

그의 지아비와 마조 앉어 대구국을 끓여놓고[24] 저녁을 먹는다

벌서 어린것도 생겨서 옆에 끼고 저녁을 먹는다

---

24 "끓여놓고"는 '끓여놓고'의 오기이다.

그런데 또 이즈막하야 어느사이엔가

이 힌 바람벽엔

내 쓸쓸한 얼골을 처다보며

이러한 글자들이 지나간다

— 나는 이 세상에서 가난하고 외롭고 높고 쓸쓸하니 살어가도록 태어났다

  그리고 이세상을 살어가는데

  내 가슴은 너무도 많이 뜨거운것으로 호젓한것으로 또 사랑으로 슬픔으

로 가득찬다

  그리고 이번에는 나를 위로하는듯이 나를 울력하는듯이

  눈질을하며 주먹질을하며 이런 글자들이 지나간다

— 하눌이 이세상을 내일적에 그가 가장 귀해하고 사랑하는것들은 모두

  가난하고 외롭고 높고 쓸쓸하니 그리고 언제나 넘치는 사랑과 슬픔속에

살도록 만드신것이다

  초생달과 바구지꽃과 짝새와 당나귀가 그러하듯이

  그리고 또 「프랑시쓰·쨈」과 陶淵明과 「라이넬·마리아·릴케」가 그러

하듯이

— 힌 바람벽이 있어 전문, 「文章」 3-4, 1941.4, 165~167쪽

'흰 바람벽'은 시인과 상상적으로 동일시되어 있는 화자의 내면을
비추어 보는 자성적自省的 공간이다. 바람벽은 바깥의 바람을 막는 역할
을 하는 벽으로 그림자 등이 비치는 곳이다. 바람벽이 유독 흰 빛깔로
그려진 것은 백석이 후기시에서 시인 자신의 내면과 관련된 사물이나
공간, 대상 등에 일관되게 '흰색'을 사용한 것과 관련이 있어 보인다.

그의 시에서 바람벽은 그림자만 비치는 공간이 아니라 화자의 자의식이 투영된 공간이므로 '흰 바람벽'으로 형상화된 것이다. 무채색의 흰 빛깔은 그의 시에서 민족적 색채로서의 의미를 부여받기도 하지만,[25] 아무것도 가진 것 없는 무소유의 빛깔이라는 의미를 지니기도 한다. 그런 점에서 흰 사물이나 존재들은 '가난'한 존재를 형상화한 빛깔이기도 하다. 백석 시에 그려진 가난이 단지 물리적인 가난만을 가리키지 않는다는 것을 이로부터 짐작해 볼 수 있다.

위의 시에서 가난은 어머니로부터 화자인 나에게로 이어져 내려오는 것으로 그려져 있다. 화자에게는 "가난한 늙은 어머니"가 있고 화자 자신도 "가난하고 외롭고 높고 쓸쓸하니" 살아가도록 운명 지어졌다고 생각한다. 운명적으로 화자와 닮은 존재로는 "초생달과 바구지꽃과 짝새와 당나귀"가 있고, 프란시스 잼과 도연명과 라이너 마리아 릴케라는 시인이 있다. 시인이 자신의 분신이자 닮은꼴로 떠올리는 존재들은 소박하고 고고한 이미지의 자연물이거나 자연친화적이고 은둔적이며 낭만적이고 고독한 시를 쓴 시인들이다. 그는 소박하지만 고고한 아름다움을 지닌 존재들을 자신과 병치해 놓음으로써 '가난'에 고고한 정신적 높이를 부여한다. 따라서 이 시에서 화자에게 가난은 극복의 대상이라기보다는 잘 맞는 옷처럼 편안히 거주할 수 있는 공간에 가깝다. 백석 시의 가난은 이원적인데, 「여승」이나 「팔원」 같이 제삼자가 등장하는 시에서는 궁핍한 식민지 현실을 떠올리게 하는 사회적이고 물리적인 의미에서의 가난이 등장하지만, '가난한 나'가 등장하는 내성적 성향의

---

25 「국수」 같은 시가 대표적이다.

시에서는 화자가 처한 정서적이고 정신적인 상황을 의미하는 자의식적 공간으로서 가난이 그려진다. 후자의 가난은 앞 장에서 살펴본 바와 같이 안빈낙도安貧樂道의 정신을 계승한 것이라 볼 수 있다.

이 시의 화자는 가난하고 외롭고 높고 쓸쓸하니 살아가도록 태어난 것을 자신의 운명이라고 생각한다. 그것은 정확하게 시인의 운명과 겹친다. 가난은 백석의 시에서 외로움과 짝을 이룬다. 그것은 단지 물질적 의미에서의 빈곤은 아니다. 풍요롭지 못하고 결핍된 자의식적 공간이 가난으로 표현된 것이다. 화자의 가난은 어머니의 가난으로부터 계승된 것이지만 어머니의 가난과 동일하지는 않다. 오히려 『사슴』에 실려 있는 유년 화자가 등장하는 풍요롭고 자족적인 세계로부터 떨어져 나온 화자의 외상의 표현이 가난이라고 보는 것이 정확할 것이다. 그 세계로 돌아갈 수 없는 거리감이 백석의 시에서는 가난이라고 표현된 것이다. 유독 그의 후기시에 '가난'이 자주 등장하는 까닭은 그 때문이다. 따라서 가난은 1930년대 후반기의 시인 백석에게 존재론적 조건이 된다. 외롭고 높은 고고孤高함은 가난과 더불어 시인의 조건을 형성한다. 외로움은 가난과 짝을 이뤄 시인의 소외감을 나타내 준다. 세상으로부터 소외되었다고 느끼는 시인은 사실은 세상으로부터 스스로를 소외시킨 것이기도 하다. 외로움은 높은 정신과 짝을 이루었을 때 추하지 않고 자존심을 지킬 수 있는 것이 된다. "세상 같은 건 더러워 버리는 것"「나와 나타샤와 흰당나귀」이라는 백석의 후기시에 나타나는 일관된 태도의 일단이 여기서도 느껴진다. 그러나 고고함이 지나쳐 현실과의 관련을 잃어버리면 홀로 높아져 시인의 길을 벗어나게 될 수도 있다. 백석의 시가 고고함을 중시하면서도 천상이나 영원성의 세계로 비약하지 않고 현실과의 관련을 잃어버리지 않는 태도는 "쓸쓸"함이라는 말에서 나타난다. 끊임없이 발을 디디고 있는 현실을 돌아보고 이상과 현실 사이의 아득한 거리를 느낄 수 있을 때 비로소 쓸쓸함이라는 정서는 발생한다. 그리고 그것은 시인으로서의 마지막 조건이 된다. 허무에 도달하기는 쉽지만, 허무의 정신을 견인堅忍하기는 쉽지 않다. 일찍이 김윤식이 언급했듯이, 허무의 늪을 건너는 백석 시의 태도에는 소박하지만 놀라운 정신이 숨어 있다. 그 견인의 정신을 지탱해 주는 힘은 그의 시의 배후에 도사리고 있는 동양적 상상력에 있다고 생각한다.

> 내가 이렇게 외면하고 거리를 걸어가는것은 잠풍날씨가 너무나 좋은탓이고
> 가난한동무가 새구두를신고 지나간탓이고 언제나 꼭같은 넥타이를매고
> 곻은사람을 사랑하는 탓이다
>
> 내가 이렇게 외면하고 거리를 걸어가는것은 또 내 많지못한 월급이 얼마
> 나 고마운탓이고
> 이렇게 젊은나이로 코밑수염도 길러보는탓이고 그리고 어늬 가난한집 부
> 엌으로 달재 생선을 진장에 꼿꼿이 짖인것은 맛도 있다는말이 작고 들려오
> 는 탓이다

— 「내가이렇게외면하고」 전문, 『女性』 3-5, 1938.5, 18~19쪽

백석의 시에는 가난을 부끄러워하지 않고 기꺼이 그 안에 거하며 즐기는 안빈낙도安貧樂道의 태도가 보인다. 동시대의 시인 이용악의 시에서도 '가난'은 종종 소재로 등장하지만 그의 시에서 '가난'은 제발 들

키고 싶지 않은 부끄러움이자 먹을 것을 걱정하는 물리적 고통과 절망으로 그려진다. 그런 점에서 이용악 시의 가난은 사회적 성격이 강하다. 반면에 백석의 시에서 가난은 「여승」이나 「팔원」 같은 시를 제외하고는 그렇게까지 비참하게 그려지지는 않는다. 특히 시인과 상상적으로 동일시된 1인칭 화자가 등장하는 시에서는 물리적인 비참함보다는 정서적인 색채를 강하게 띠고 나타난다. 이때 가난은 대개 화자의 자의식과 관련된다.

인용한 시에서 화자는 자신이 이렇게 외면하고 거리를 걸어가는 이유에 대해 구구절절이 늘어놓는다. 날씨 탓도 해보고 변심한 가난한 친구 핑계도 대보고 많지 않은 월급이지만 자신이 얼마나 고마워하고 있는지를 이야기해 보기도 하지만, 이 시에서 묻어나는 정서는 쓸쓸함과 상실감이다. 거리는 타인들과 마주칠 수 있는 가능성을 지닌 공간이자, 관찰이 가능한 공간이다. 하지만 화자에게는 거리를 걸어가는 그러한 상황이 달갑지 않아 보인다. 애써 외면하고 거리를 걸어가는 이유는 사람들과 마주치고 싶지 않거나, 보고 싶지 않은 모습을 보지 않기 위해서인 것처럼 보인다. 변심해 가는 세상이 화자에게는 외면의 이유이자 대상이었는지도 모른다. 백석 시인이 몇몇 시를 통해 경의를 바친 바 있는, 안빈낙도와 청렴결백한 은둔의 태도를 보인 시인이나 사상가들처럼 그 역시 살고 싶었겠지만, 요동치는 세상이 그에게 유혹으로 다가오기도 했을 것이다. 이 시에서는 애써 태연한 체하지만 유혹에 예민해진 화자가 감지된다. 유혹에 흔들리지는 않았더라도 쉽게 변하는 세상의 모습에는 적어도 흔들리거나 상처받았을 것이다. 이때 시인의 분신인 화자가 취하는 태도는 세상사의 잡다하고 사소한 일들로부터 고개를 돌리고 그것을 외면하는 것이다. 물론 이러한 화자의 태도에 대해서도 도피적이라고 평가할 수는 있을 것이다. 그러나 기질적으로 투사와는 거리가 멀었던 백석 시인으로서는 아마도 식민지 말기를 견디는 최선의 선택이 세상으로부터 고개를 돌리는 방식이었을 것이다. 스스로를 고립시킴으로써 그는 세상의 더러움으로부터 몸을 피한다. 그러면서도 그의 시는 종교적 세계로 귀의하거나 청정한 자연 세계에 스스로를 유폐하지는 않는다. 그는 차라리 어디에도 정착하지 못하고 떠돌아다니는 쓸쓸한 방랑을 선택한다. 백석의 시는 쓸쓸한 정취를 통해 훼손된 현실과 지향하는 현실 사이의 아득한 거리를 상기시키는 방식으로 가혹한 시대를 견뎌낸다. 이때 가난은 시인이 거주할 수 있는 내면의 공간이라는 성격을 지니게 된다. '가난한 나'는 백석의 후기시에서 반복적으로 나타나는 화자의 모습인데, 그것은 종종 '흰색의 나'로 변주되기도 한다. 세속의 때에 물들지 않은 순결하면서도 자존심을 잃어버리지 않은 영혼을 '가난한 나', 또는 '흰색의 나'로 표현한 것이다. 그가 거주한 순결한 자의식의 공간은 마침내 거칠고 가혹한 시대를 거치면서도 시인으로서의 자신의 모습을 상실하지 않게 하는 힘으로 작용하게 된다. 그런 점에서 '가난'은 식민지 말기 지식인의 정신세계를 상징하는 철학적이고 정신사적인 의미를 부여받게 된다.

5. 모계적 공동체로서의 유토피아

이 장에서는 이상에서 살펴본 백석 시에 나타난 동양적 상상력에 대한 논의들을 토대로 백석 시가 지향하는 유토피아의 모습을 구체적으로 그려 보고자 한다. 그것은 「나와 나타샤와 힌당나귀」에서 백석이 사랑하는 여인과 함께 당나귀를 타고 가려고 했던 "깊은 산골 마가리"의 세계를 구체적으로 그려 보는 것이기도 하다. 물론 그의 후기시는 이미 회복할 수 없는 이상향과 현실과의 아득한 거리를 의식하고 있었지만, 백석 시인을 쓸쓸한 허무에 발 담그게 한 회복할 수 없는 세계는 도대체 어떤 모습을 지닌 세계였는지 검토해 볼 필요가 있다.

> 달빛도 거지도 도적개도 모다 즐겁다
> 풍구재도 얼럭소도 쇠드랑볕도 모다 즐겁다
>
> 도적괭이 새끼락이나고
> 살진 쪽제비 트는 기지게길고
>
> 홰냥닭은 알을낳고 소리치고
> 강아지는 겨를먹고 오줌싸고
>
> 개들은 게몽이고 쌈지거리하고
> 놓여난 도야지 둥구재며오고
>
> 송아지 잘도 놀고
> 까치 보해 짖고

신영길 말이 울고가고
장돌림 당나귀도 울고가고

대들보우에 베틀도 채일도 토리개도 모도들 편안하니
구석구석 후치도 보십도 소시랑도 모도들 편안하니

— 연자ㅅ간 전문, 朝光 2-3. 1936.3. 298~299쪽

    인용한 시는 백석 시인이 지향한 유토피아가 어떤 모습을 지닌 세계
인지를 짐작하게 해 주는 시이다. 자연물과 동물과 사물과 인간이 갈등
없이 편안하고 평화롭게 공존하는 세계는 이질적인 것들이 공존하는
세계의 모습을 형상화한 것이다. 이것은 백석의 초기시로부터 후기시
에까지 이어지는 일관된 경향이라고 할 수 있다. 다만 후기시에는 도달
할 수 없는 세계에 대한 아득한 거리감과 쓸쓸함의 정서가 두드러질 뿐
이다.

    이렇듯 평화로운 공존의 세계는 지배와 피지배의 이분법적인 관계가
온전히 살아있는 대립적 세계 속에서는 실현 불가능한 것이다. 시인 백
석이 살았던 당대는 지배자로서의 식민지 종주국과 피지배자로서의 식
민지가 대립하고 있는 불평등하고 폭력적인 세계였다. 그러나 시를 통
해 백석이 그린 세계 속에는 지배자도 피지배자도 없다. 저마다의 개성
을 지닌 다양한 존재들이 종차種差를 불문하고 더불어 평화롭게 어우러
져 있는 세계인 것이다. 그런데 이질적인 것들이 공존공생共存共生하는
이러한 세계는 서구의 근대적인 자연관과는 거리가 먼 세계이다. 서구
의 근대적 자연관은 미지의 존재로서의 자연을 손아귀에 넣어 인지하

려는 욕망으로부터 비롯된다. 따라서 자연에 대한 인간의 우위를 점하고, 자연을 지배하고 닦달하는 태도를 기본적으로 보인다. 그에 비해 동양적 자연관은 이분법적이고 대립적인 시선을 벗어나 더불어 사는 존재로 자연을 인식하는 경향이 있었다.[26] 앞서 살펴본 백석의 시「수박씨, 호박씨」에도 인용된 도연명은 오류선생五柳先生이라는 별명으로 불리기도 했는데, 버드나무와 도연명 자신을 나란히 병치시켜 놓을 정도로 자연물에 대해 동등한 시선을 지니고 있었다. 이러한 특징이 백석의 시에서는 이질적인 것들이 공존하는 유토피아의 모습으로 자연스럽게 형상화된다. 예로부터 한시에서도 자연물에 의탁해 정서를 드러내거나 선경후정先景後情의 방법으로 자연물과 인간을 나란히 놓는 태도는 일반적인 것이었다. 자연을 스스럼없는 친구로 대하거나 더불어 공존하는 존재로 다루려는 기본적인 태도는 백석의 시에도 일관되게 나타나는 것인데, 이러한 백석 시의 성향은 동양적 자연관에 바탕을 둔 상상력과 연관된 것이라 볼 수 있다.

온 마을사람들이 둘러앉아 국수를 먹으며 하나가 되는 평화롭고 아름다운 풍경을 그리고 있는 시「국수」에도 음식물에 영혼을 불어넣는 백석 시 특유의 태도가 나타나 있다. 이것은 자연과 사물을 비롯해서

---

26 장파는『동양과 서양, 그리고 미학』에서 중국의 창작론은 '마음으로 조화를 본받는다(心師造化)'는 원칙을 지니는데, 여기서 '조화'는 자연을 가리킨다고 보았다. 이것은 자연을 눈앞에 대상으로 두고 모방하는 서구의 창작론과 다르다고 보았다. 장파, 유중하 외역,『동양과 서양, 그리고 미학』, 푸른숲, 1999, 374~375쪽. 유약우는 좀 더 단순명쾌하게 중국 시인들에게 자연은 창조주의 구체적 현시(顯示)가 아니라 그 자체일 뿐이며, 자연을 운동의 원동력으로 관찰하는 것이 아니라 하나의 실재(實在)로 받아들인다고 설명하였다. 따라서 중국시에서 자연은 인간에게 적대적인 존재이거나 투쟁의 대상이 되지 않고 오히려 자연의 일부로서 인간이 그려진다고 보았다.(유약우, 이장우 역,『중국시학』, 명문당, 1994, 93쪽)

타자를 대하는 전통적 태도와 근본적으로 관련이 있어 보인다. 시인이 그리는 공동체는 "곰의 잔등에 업혀서 길여났다는 먼 녯적 큰마니"의 전설과 "집등색이에 서서 자채기를 하면 산넘엣 마을까지 들렸다는 먼 녯적 큰아바지"의 전설이 전해 내려오는 곳이다. 이처럼 시인이 그리는 공동체에는 샤머니즘적 색채가 자욱하다. 태곳적으로부터 형성된 그 마을에는 국수 한 그릇을 앞에 두고 온 마을 사람들이 둘러앉아 행복한 시간을 보낼 수 있는 소박하고 고담한 사람들이 산다. 그곳에서 국수는 이미 음식물의 차원을 벗어나 마을 사람들의 의젓한 마음과 텁텁한 꿈과 하나가 되는 존재로 거듭난다.

그런데 과거의 풍요로운 모습을 지향한다고 해서 백석의 시가 가부장제적 질서가 살아있는 과거의 복원이나 회귀를 지향하는 것은 아니다. 그가 꿈꾸는 유토피아적 세계에는 가부장제적 위계질서가 잘 드러나지 않는다. 오히려 그의 시에는 아버지와 할아버지의 모습보다는 어머니와 할머니의 모습이 더 두드러진다. 그것은 「흰 바람벽이 있어」에서 시인의 자의식적 공간인 흰 바람벽에 비치는 존재가 누구인지를 생각해 보아도 짐작할 수 있다. 그의 흰 바람벽에는 "내 가난한 늙은 어머니"와 "내 사랑하는 어여쁜 사람"이 비친다. 아버지와 할아버지의 자리는 그곳에 없다.[27]

백석의 시에는 유독 여성의 형상이 두드러지게 나타나는데, 특히 몇몇 시에서는 모계 사회적 공동체의 모습을 띠고 나타나서 주목할 필요가 있다.

---

27   백석의 시에서 아버지와 할아버지, 삼촌 등의 존재가 등장하지 않는 것은 아니지만, 어머니, 할머니, 고모, 이모, (사랑하거나 사랑했던) 여인 등의 모습이 출현하는 비중이 압도적인 것은 사실이다.

승냥이가새끼를치는 전에는쇠메듩도적이났다는 가즈랑고개

가즈랑집은 고개밑의
山넘어마을서 도야지를 잃는밤 즘생을쫓는 깽제미소리가 무서웁게 들려오는집
닭개즘생을 못놓는
멧도야지와 이웃사춘을지나는집

예순이넘은 아들없는가즈랑집할머니는 중같이정해서 할머니가 마을을가면 긴담배대에 독하다는막써레기를 멫대라도 붗이라고하며

간밤엔 셤돌아래 승냥이가왔었다는이야기
어느메山곬에선간 곰이 아이를본다는이야기

나는 돌나물김치에 백설기를 먹으며
녯말의구신집에있는듯이
가즈랑집할머니
내가날때 죽은누이도날때
무명필에 이름을써서 백지달어서 구신간시렁의 당즈깨에넣어 대감님께 수영을들였다는 가즈랑집할머니
언제나병을앓을때면
신장님달련이라고하는 가즈랑집할머니
구신의딸이라고생각하면 슳버졌다

토끼도살이올은다는때 아르대즘퍼리에서 제비꼬리 마타리 쇠조지 가지

취 고비 고사리 두릅순 회순 ⅲ나물을하는 가즈랑집할머니를딸으며

나는벌서 달디단물구지우림 둥굴네우림을 생각하고

아직멀은 도토리묵 도토리범벅까지도 그리워한다

뒤우란 살구나무아레서 광살구를찾다가

살구벼락을맞고 울다가웃는나를보고

미꾸멍에 털이멫자나났나보자고한것은 가즈랑집할머니다

찰복숭아를먹다가 씨를삼키고는 죽는것만같어 하로종일 놀지도못하고 밥도안먹은것도

가즈랑집에 마을을가서

당세먹은강아지같이 좋아라고집오래를 설레다가였다

— 「가즈랑집」 전문, 『사슴』, 선광인쇄주식회사, 1936

마을의 우환을 돌보는 무당이자 병든 사람을 치료해 주는 의사의 역할까지 도맡아 한 가즈랑집 할머니를 만나기 위해서는 가즈랑 고개를 넘어 가야 한다. 가즈랑집 할머니가 사는 가즈랑집은 가즈랑 고개 밑 깊고 으슥한 곳에 있다. 그곳에는 밤이면 항상 짐승을 쫓는 소리가 들려온다. 아무 때나 멧돼지가 제 집 드나들듯 드나드는 곳이어서 닭, 개, 짐승을 기를 수도 없는 곳이다. 이러한 장치들은 가즈랑집과 그 집주인인 할머니를 신화화하고 신비화하는 장치들이다. 거기엔 물론 이야기도 빠질 수 없다. 간밤엔 섬돌 아래까지 승냥이가 왔었다는 이야기, 어

느 산골에선가는 곰이 아이를 본다는 황당무계한 이야기들이 그곳에서는 사실처럼 전해진다. 물론 아무도 그것을 의심하지 않는다. 그런 점에서 백석이 그리는 가즈랑집을 둘러싼 세계는 전근대적이다. 재단하고 통제하는 근대적 계몽의 시선이 들어오기 이전의 미분화된 세계가 그곳에는 있다. 따라서 가즈랑집이 위치해 있는 무속적 세계에서 자연과 인간과 귀신은 경계를 넘어 자연스럽게 어울린다. 가즈랑집 할머니는 귀신과도 마을 사람들과도 자유롭게 소통하며 서로간의 이야기를 들어주고 상처를 치유해 주는 존재이다. 백석의 시에서 그리는 유토피아는 부계적 위계질서에 의해 지배되는 세계가 아니다. 가즈랑집 할머니를 통해 시인이 그리려 한 유토피아는 이질적인 것들이 평화롭게 공존하는 모계 사회적 전통에 가까운 모습이다. 그의 시에서 가즈랑집 할머니는 지배자가 아니라 치유자의 형상을 하고 있다.

그 밖에도 시인이 그리는 유토피아가 모계적 공동체에 가깝다는 것을 알려 주는 작품으로 「고야古夜」, 「넘언집 범같은 노큰마니」 등이 있다. 유년의 기억 속에 남아 있는 여러 밤의 풍경을 그리고 있는 「고야」에는 '아배는 타관 가서 오지 않고 엄매와 나(유년의 화자)와 단둘이서' 무서움에 떠는 밤이 등장한다. 그 밖에도 이 시에서 그리는 이러저러한 밤에 화자와 함께 하는 것은 '엄매'와 '망내고무'와 '일가집 할머니' 등의 여성이다. 심지어 어머니나 고모가 들려주는 이야기 속에도 '닭보는 할미'라든가 '쌔하얀 할미귀신' 같은 여성이 주로 등장한다. 1939년 4월에 『文章』에 발표된 「넘언집 범같은 노큰마니」에는 집안의 최고 어른으로서 엄격함과 자상함을 함께 갖춘 "아배에 삼춘에 오마니에 오마니"인 '노큰마니'가 등장한다. 그런데 흥미로운 것은 '노큰마니'가 사는 집 역시 "색동헌겊"과 "뜯개조박" 등이 내걸린 무속적 공간인 "국수 당고개"를 넘어가야만 이를 수 있는 깊고 으슥한 곳에 자리 잡고 있다 는 점이다. 엄격하지만 유년의 화자에게만은 한없이 자상한 '노큰마니' 의 모습은 여러 가지 면에서 '가즈랑집' 할머니를 연상시킨다. 이들은 대모이자 최고 어른으로서 마을이나 일가의 중심에 자리한다. 이렇듯 유년의 화자가 등장하는 백석의 시에서 여성 형상이 자주 출현하는 것 은 실제로 유년의 화자가 어머니라든가 할머니, 고모 같은 여성들과 주 로 유년의 밤을 함께 보냈기 때문이기도 하겠지만, 시인이 그리워하는 고향의 모습이 여성 중심의 모계 사회적 속성을 지니고 있기 때문이기 도 할 것이다. 물론 거기에는 시인이 선택한 화자가 유년의 화자의 모 습을 하고 있다는 사실 또한 중요하게 작용한 것으로 보인다. 백석 시 의 동화적 상상력에 대해서는 이미 적지 않은 선행 연구들이 있었지 만[28] 이러한 동화적 상상력의 바탕에는 여성 중심의 모계 사회적 특징 이 자리를 잡고 있었을 것이다.[29] 그리고 그것은 시인이 그리는 유토피 아, 즉 가부장제적 위계질서가 붕괴되고 이질적인 것들이 평화롭게 공 존하는 세계로 자연스럽게 이어진다.

백석이 그리는 유토피아는 가부장제적 위계질서가 사라진 사회라는 점에서 모계적 사회의 속성을 지니고 있으나, 이질적인 것들이 평화롭

---

28 이경수, 「백석 시 연구 — 화자 유형을 중심으로」, 고려대 석사논문, 1993; 이혜원, 「백석 시의 동심 지향성과 그 의미」, 『한국문학연구소 제15회 연구발표회 발표 자료집』, 고려 대 한국문학연구소, 2002.
29 백석 시에는 여성 형상이 자주 출현할 뿐만 아니라 언어적이고 형식적인 측면에서도 여 성적 특성이 나타난다. 수다스럽고 분산적이고 병렬적인 말하기의 특성은 구술적인 특성 이기도 하면서 동시에 여성적 말하기의 특성으로 볼 수도 있다. 이러한 특성을 살린 백석 시의 형식은 여성적 글쓰기라는 차원에서도 접근 가능한 것으로 보인다.

게 공존하는 유토피아는 이상향인 동시에 어디에도 없는 곳이다. 그나마 자연의 모습이 그가 그리는 유토피아의 모습에 가장 가깝다고는 볼 수 있겠지만 말이다. 백석의 시는 은둔적이고 도피적이고 주변적인 태도를 지니는데, 이러한 성향은 동양적 자연관이라든가 동양적 상상력과 밀접한 관련을 맺고 있었던 것으로 보인다. 결국 이러한 분위기가 가부장적 지배 질서가 온존해 있는 공동체가 아니라 모계적이고 원시적이고 이질적인 공동체를 지향하게 한 것으로 보인다. 백석의 시는 이질적인 것들이 각자의 개성을 잃지 않으면서 평화롭게 공존하는 모계적 공동체로서의 유토피아를 꿈꾸는데, 사실상 그 꿈에 도달하지는 못한다. 그의 낭만성이 감상주의에 빠지지 않고 현실과의 거리에서 쓸쓸함을 자아내게 하는 힘을 지닌다는 점에서 백석 시에 근대적 의식이 작동하고 있음을 짐작할 수 있다.

6. 동양적 상상력의 근대적 작동 방식

이상에서 살펴본 바와 같이 백석의 시에 나타난 유토피아 의식은 낭만성의 연원을 밝히는 것을 통해 구명할 수 있었다. 이 글에서는 백석 시의 낭만성을 동양적 상상력과의 관련 아래 일관되게 분석하고자 하였다. 백석의 시는 동시대의 정지용의 시처럼 표나게 동양적 상상력을 표방하지는 않았다. 그런 까닭에 백석의 시를 대상으로 동양적 상상력을 분석하는 연구는 지금까지 이루어지지 않았던 것이 사실이다.[30] 근대성이라는 관점에서 백석의 시를 해명하고자 하는 견해가 최근에는 지배적이었는데, 아마도 이러한 연구 성향이 백석 시의 동양적 상상력에 접근하는 데 장애물로 작용했을 것이라는 추정도 가능하다. 그러나 이러한 관점은 백석 시의 새로움을 밝히는 데는 유용하지만, 단지 그것이 새로워서 의미가 있다거나 근대적이므로 새롭다는 식의 순환 논리에 빠질 가능성이 있다. 오히려 백석의 시가 지닌 새로움을 정확하게 파악하기 위해서는 그의 시가 동양적 상상력에 기반을 두고 있으면서도 그로부터 얼마나 달아났는지를 분석하는 방식이 더 유용할 것으로 보인다. 동양적 상상력에 기반한 시는 토속적이거나 낡은 것이고, 근대적 상상력에 기반한 시는 근대적이고 새로운 것이라는 식의 낡은 이분법에서 이제는 벗어나야 한다. 백석의 시는 그런 의미에서의 낡은 이분법을 근본적으로 분쇄시킨다는 점에서 무엇보다도 새롭다.

백석의 시는 「나와 나타샤와 힌당나귀」처럼 동양적 상상력에 바탕을 둔 창작의식이 나타나는 시도 눈에 띄고, 동양 고전이나 옛 시인들을 언급하면서 맑은 물에 갓을 씻고 흐린 물에 발을 씻는 식의 은둔의 상상력에 기반한 시도 여러 편 씌어졌다. 백석의 후기시에 집중적으로 나타나는 자의식적 공간으로서의 '가난'이라든가, 초기시로부터 후기시에 이르기까지 지속적으로 등장하는 여성 형상을 중심으로 한 모계사회적 공동체의 특성에서도 동양적 상상력은 일관되게 나타난다. 다만 이상에서 살펴본 바와 같이 백석의 시가 즐겨 활용한 동양적 상상력은 가부장적 지배질서가 온존하는 세계와는 거리가 멀었다. 그는 은둔적이고 도

---

30 백석의 『사슴』에 등장하는 이미지즘 시에 대해서 동양적 자연의 허정의 세계와 여백의 미를 관조적으로 보여 준다고 간략하게나마 언급한 것 정도가 전부이다. 박주택, 앞의 글, 46쪽.

피적이며 주변적인 세계관과 이미지를 주로 활용했는데, 그것은 궁극적
으로 1930년대 후반기 시인으로서 백석이 자기 자신에게 던진 '나는
누구인가?'라는 자의식적인 질문과 만남으로써, 시인이 처한 현실과의
괴리가 자아내는 쓸쓸함을 형상화하는 방향으로 나아가게 된다. 그것이
백석 시의 동양적 상상력이 근대적인 질문과 만나는 자리이며, 동시에
백석 시의 동양적 상상력이 근대적으로 작동하는 방식이었다.

백석 시에 쓰인 '-는 것이다'의 문체적 효과

1. 문체론적 연구 방법의 효용성

이 글은 백석의 시에 집중적으로 쓰인 '-ㄴ/는 것이다'라는 문장의
종결형이 그의 시에서 일으키는 문체적 효과를 해명하는 것을 목적으로
한다. 백석 시의 표현 특징에 대해서는 이미 많은 선행 연구가 이루어졌
지만,[1] 그의 독특한 표현 형식에 대해 문체론적 관점에서 접근하여 해명
한 연구는 그리 많지 않다.[2] 다른 시인들의 경우에도 사정은 크게 다르

---

1 김명인, 「백석시고」, 우보 전병두박사 화갑기념논문집 편찬위원회, 『우보 전병두박사 화
   갑기념 논문집』, 1983; 이숭원, 「풍속의 시화와 눌변의 미학」, 『한국시문학의 비평적 탐
   구』, 삼지원, 1985; 김명인, 『한국 근대시의 구조 연구』, 한샘, 1988; 김영민, 「백석 시
   의 특질 연구」, 『현대문학』 411, 1989.3; 정효구, 「백석 시의 정신과 방법」, 『한국학보』
   57, 1989.겨울; 고형진, 「1920~30년대 시의 서사지향성과 시적 구조」, 『한국 현대시
   의 서사지향성 연구』, 시와시학사, 1995; 심재휘, 「1930년대 후반기 시 연구」, 고려대
   박사논문, 1997; 고형진, 「백석 시와 '엮음'의 미학」, 박노준·이창민 외, 『현대시의 전
   통과 창조』, 열화당, 1998; 방연정, 「1930년대 후반 시의 표현방법과 구조적 특성 연
   구」, 한국교원대 박사논문, 2000; 이경수, 「백석 시의 반복 기법 연구」, 『상허학보』 7,
   상허학회, 2001; 이경수, 「한국 현대시의 반복 기법과 언술 구조—1930년대 후반기의
   백석·이용악·서정주 시를 중심으로」, 고려대 박사논문, 2002.
2 김명인, 『한국 근대시의 구조 연구』, 한샘, 1988; 고형진, 「백석 시와 '엮음'의 미학」, 박
   노준·이창민 외, 『현대시의 전통과 창조』, 열화당, 1998; 이경수, 「백석 시의 반복 기법
   연구」, 『상허학보』 7, 상허학회, 2001; 이경수, 「한국 현대시의 반복 기법과 언술 구조
   —1930년대 후반기의 백석·이용악·서정주 시를 중심으로」, 앞의 글 등을 넓은 의미에
   서 문체론적 관심을 표명한 연구로 분류할 수 있다.

지 않다.

문체론은 일반적으로 문학 연구 방법론으로서 낡았다는 인상을 주는 게 사실이지만, 그렇다고 해서 체계적인 문체 연구가 이루어져 왔거나 구체적인 문체 연구의 사례가 풍부한 것은 아니다. 일반적인 시각과 실제의 연구 성과 사이에 이러한 불균형을 초래하게 된 데는 문체론을 미시적인 형식주의의 방법론으로 한정해서 이해해 온 편협한 시각이 작용하고 있었던 것으로 보인다. 형식주의적 방법론에 대한 회의와 비판이 국문학계에 일어나게 되면서 문체론에도 영향을 미치게 된 것이다. 더구나 문체론은 소설의 연구 방법론으로 더 적합하다는 편견까지 작용하면서 시의 연구 방법론으로서 문체론은 더욱 소외당해 왔다고 할 수 있겠다. 그러나 산문화되어 가고 있는 현대시에 와서는 시를 대상으로 한 문체 연구의 효용성이 증가하고 있다. 시각적으로 산문적이면서도 독특한 리듬의 효과를 자아내고 있는 백석 시의 경우에는 문체론적 연구 대상으로도 적합하다고 판단된다.

문체론은 어휘와 문법적 요소에 대한 미시적인 분석으로부터 한 작가의 고유의 문체를 밝혀내는 통계적인 방법, 역사주의적인 시각으로 문체의 역사를 밝히는 방법, 구조주의적 문체론 등에 이르기까지 광범위한 영역을 포괄할 수 있는 연구 방법이다.[3] 따라서 문체론을 지극히 협소한 내재적 연구 방법론으로 한정짓는 태도에는 문제가 있다고 하지 않을 수 없다. 오히려 수사학을 비롯한 비유론까지도 넓은 의미의 문체론에 포함될 수 있다. 그러나 문체론의 범주를 지나치게 확장하는

---

3 B. 조빈스키, 이덕호 역, 『문체론』, 한신문화사, 1999.

것은 유용한 연구 방법으로서 문체론을 활용하는 데는 오히려 장애가 될 수 있다.

이 글에서는 한 시인의 시에서 집중적으로 많이 쓰인 표현들이나 문법적 요소의 경우에는 일차적으로 문체 연구의 대상이 될 수 있다고 보았다. 더구나 그런 표현들이 일반적인 용례를 벗어나 독특하게 쓰였다면, 좀 더 의미 있는 문체 연구의 대상이 될 수 있다. 이러한 시각은 일탈적 문체를 의미 있는 것으로 연구하는 방법론과도 일맥상통한다.

백석 시의 경우, 그런 관점에서 문체 연구의 대상이 될 만한 문법적 요소로는 관형사형 전성어미를 나열한 '-는 -는 -는……'과 연결 어미 '-는데'의 반복적 활용, 문장의 종결형인 '-ㄴ/는 것이다'의 활용 등을 눈여겨볼 만하다. 관형사형 전성어미를 나열적으로 반복한 '-는 -는 -는……'의 형태와 연결 어미 '-는데'의 반복적 활용이 지니는 의미와 효과에 대해서는 선행 연구에서 이미 살펴보았으므로,[4] 이 글에서는 '-ㄴ/는 것이다'의 문체적 효과에 주목하여 백석 시의 특징을 살펴보고자 한다. 특히 '-ㄴ/는 것이다'는 백석의 특정 시기의 시에 집중적으로 출현하는 종결형인 데다가, 사용 빈도가 높을 뿐만 아니라 궁극적으로는 백석의 시작 방법론과도 긴밀한 관련을 가지는 것으로 보이므로, 문체론적 연구 방법을 활용해서 분석하는 것이 유용하다고 판단된다.

---

4   이경수, 앞의 글, 51~52쪽.

2. '-는 것이다'의 활용과 기능

문장의 종결형인 '-ㄴ/는 것이다'가 백석의 시에 쓰이기 시작한 것은 시집『사슴』이후에 발표된 시들에서부터이다. 시집『사슴』소재의 시에서는「오금덩이라는 곳」의 2연에서 단 한번 '-는 것이다'라는 형태가 출현한다.[5] 이때 쓰인 '-ㄴ/는 것이다'는 "젊은새악시들"이 모여 "비난수"를 하는 1연의 상황에 대한 부연 설명의 기능을 한다. 부연적 기능은 '-ㄴ/는 것이다'라는 종결형의 일반적인 용례에 해당하는 것으로 특별히 눈여겨볼 만한 것은 아니다.

그런데『사슴』이후에 발표된 시들에 오면 사정이 달라진다. 문장의 종결형에 '-ㄴ/는 것이다'라는 표현 형태가 쓰인 시들이 눈에 띌 정도로 많이 나타나기 시작한다. 특히 시인을 연상시키는 1인칭 성인 화자가 등장하는 시들에 오면 '-ㄴ/는 것이다'의 출현 빈도는 훨씬 더 높아진다.[6] 그렇다고 해서 백석이『사슴』출간 이후의 시기부터 이 표현을

---

5 어스름저녁 국수당 돌각담의 수무나무가지에 녀귀의탱을 걸고 나물매 갖추어놓고 비난수를하는 젊은새악시들
— 잘먹고가라 서리서리물러가라 네소원풀었으니 다시침노말아라

벌개늪역에서 바리깨를뚜드리는 쇠ㅅ소리가나면
누가눈을잃어서 부증이나서 찰거마리를 불으는것이다
마을에서는 피성한눈슭에 절인팔다리에 거마리를붙인다
—「오금덩이라는 곳」1, 2연

6 '-ㄴ/는 것이다'가 문장의 종결형으로 쓰인 시들은 다음과 같다.「나와 나타샤와 힌당나귀」,「개」,「꼴두기」,「넘언집 범 같은 노큰마니」,「童尿賦」,「수박씨, 호박씨」,「許俊」,「歸農」,「국수」,「힌 바람벽이 있어」,「杜甫나 李白같이」,「七月 백중」,「南新義州柳洞朴時逢方」. 그 밖에도 '-ㄴ/는 것이다'의 변형이라고 할 수 있는 '-ㄴ/는 것인데'라든가 '-ㄴ/는+명사+이다'의 형태가 긴 문장의 종결형으로 쓰인 시들로「昌原道」,「固城街道」,「三千浦」,「膳友辭」,「외가집」,「내가 이렇게 외면하고」,「夜雨小懷」,「球場路」,「澡塘에서」등이 있다.「木具」처럼 '-는 것'으로 각 연이 종결된 시도 '-ㄴ/는 것이다'

사용하기 시작한 것은 아니다. 1935년에『조선일보』에 연재한 단편소설「마을의 遺話」에서는 '-ㄴ/는 것이다'가 전체 269개의 문장 중에서 53회나 쓰였다.[7] 같은 해에 연재된「닭을 채인 이야기」에도 '-ㄴ/는 것이다'는 여러 번 나타난다. 반면에 같은 시기에 쓰인 수필들에는 '-ㄴ/는 것이다'가 거의 쓰이지 않았다. 이로 미루어볼 때 백석은 상당히 의식적으로 '-ㄴ/는 것이다'라는 종결형을 사용했음을 알 수 있다. 이후 북한에서 출간한 동화시집『집게네 네 형제』에 수록된 시에는 '-ㄴ/는 것이다'가 단 한 번도 등장하지 않으며, 북한에서 발표한 다른 시들에서도 '-ㄴ 것이어니'가 한 번「공무여인숙」, '-ㄴ 것이어라'가 두 번「축복」나타날 뿐이다.[8]

백석의『사슴』이후의 시 중에서도 시인의 자전적 목소리에 근접해 있는 1인칭 성인 남자의 목소리를 지닌 화자가 등장하여 주로 내면의 세계를 그리고 있는 시들에서 '-ㄴ/는 것이다'라는 종결형이 집중적으로 쓰였다는 사실로 미루어볼 때, 백석이 특별한 시적 효과를 노리고 의식적으로 이 표현을 사용했음을 알 수 있다. 이 글에서 문체론적인 관점에서 백석 시에 쓰인 '-ㄴ/는 것이다'를 분석해 볼 가치가 있다고 판단한 것은 이러한 이유에서이다.

백석 시에서 '-ㄴ/는 것이다'는, 그것이 종결형으로 쓰인 문장의 종류와 쓰인 환경—다른 문장성분들과의 배치 및 시 전체의 언술 구조적

의 변형이라고 볼 수 있겠다.

[7] 문장의 개수는 마침표와 물음표, 느낌표 등의 문장의 종결을 나타내는 부호를 기준으로 세었다. 그렇게 해서 헤아린 269개의 문장 중에 의문문과 감탄문, 종결형이 생략된 문장 등(도합 25회)이 포함되어 있다는 것을 고려하면, '-ㄴ/는 것이다'라는 종결형이 53회나 쓰였다는 것은 상당히 높은 빈도임을 알 수 있다.

[8] 김재용 편,『백석 전집』, 실천문학사, 1997, 351쪽, 356~357쪽.

위치와 관계—에 따라 몇 가지 서로 다른 문체적 효과를 나타낸다. 아래 항목에서는 '-ㄴ/는 것이다'의 기능을 세 가지로 분류하여 살펴보고자 한다.

1) 논평적 기능과 발화 주체의 분리

백석의 시에 출현하는 '-ㄴ/는 것이다'가 담당하는 첫 번째 기능은 논평적 기능이다. 이러한 기능을 하는 '-ㄴ/는 것이다'는 '나'라는 1인칭 화자가 등장하는 문장에서 주로 쓰이는데, 언술의 주체인 문장의 주어와 발화의 주체인 화자는 일치되어 있는 것처럼 보이지만, '-ㄴ/는 것이다'가 이들을 분리시키는 역할을 한다.[9] '-ㄴ/는 것이다'라는 종결어미를 통해 논평을 하는 발화 주체를 언술의 주체로부터 분리시키는 기능을 하는 것이다. 자기 자신의 내면을 돌아보는 내성적內省的인 성향의 시에서 논평적 기능을 하는 '-ㄴ/는 것이다'가 주로 출현한다.

> 어느 사이에 나는 아내도 없고, 또,
>
> 아내와 같이 살던 집도 없어지고,
>
> 그리고 살뜰한 부모며 동생들과도 멀리 떨어져서,
>
> 그 어느 바람 세인 쓸쓸한 거리 끝에 헤매이었다.

---

9 라캉은 발화 주체와 발화된 것의 주체가 일치하지 않는다는 것을 보여 주기 위해 "I said, 'I am lying'"이라는 문장을 예로 들어 설명하였다. 발화의 주체를 (I), 발화된 것의 주체를 「I」라고 표시하면, "(I) said, 「I」 am lying"이 된다. 즉, (I)는 I am lying이라고 말하는 발화의 주체이고, 「I」는 I am lying이라는 발화된 문장 속의 주체이다(Anika Lemaire, 이미선 역, 『자크 라캉』, 문예출판사, 1994, 118쪽). 이 글에서는 같은 개념을 번역하면서 김인환이 사용한 '발화(énonciation, enunciation)의 주체 / 언표(énoncé, utterance)의 주체'라는 용어를 쓰기로 한다.(김인환, 『비평의 원리』, 나남, 1994, 285쪽)

바로 날도 저물어서,

바람은 더욱 세게 불고, 추위는 점점 더해 오는데,

나는 어느 木手네 집 헌 삿을 깐,

한 방에 들어서 쥔을 붙이었다.

이리하여 나는 이 습내 나는 춥고, 누긋한 방에서,

낮이나 밤이나 나는 나 혼자도 너무 많은 것 같이 생각하며,

딜옹배기에 북덕불이라도 담겨 오면,

이것을 안고 손을 쬐며 재우에 뜻 없이 글자를 쓰기도 하며,

또 문 밖에 나가디두 않구 자리에 누어서,

머리에 손깍지 벼개를 하고 굴기도 하면서,

나는 내 슬픔이며 어리석음이며를 소 처럼 연하여 쌔김질하는 것이었다.

내 가슴이 꽉 메어 올 적이며,

내 눈에 뜨거운 것이 핑 괴일 적이며,

또 내 스스로 화끈 낯이 붉도록 부끄러울 적이며,

나는 내 슬픔과 어리석음에 눌리어 죽을 수 밖에 없는 것을 느끼는 것이었다.

그러나 잠시 뒤에 나는 고개를 들어,

허연 문창을 바라보든가 또 눈을 떠서 높은 턴정을 쳐다보는 것인데,

이 때 나는 내 뜻이며 힘으로, 나를 이끌어 가는 것이 힘든 일인 것을 생각
하고,

이것들보다 더 크고, 높은 것이 있어서, 나를 마음대로 굴려 가는 것을 생
각하는 것인데,

이렇게하여 여러 날이 지나는 동안에,

내 어지러운 마음에는 슬픔이며, 한탄이며, 가라앉을 것은 차츰 앙금이 되

어 가라앉고,

외로운 생각만이 드는 때 쯤 해서는,

더러 나줏손에 쌀랑쌀랑 싸락눈이 와서 문창을 치기도 하는 때도 있는데,

나는 이런 저녁에는 화로를 더욱 다가 끼며, 무릎을 꿀어 보며,

어니 먼 산 뒷옆에 바우 섶에 따로 외로이 서서,

어두어 오는데 하이야니 눈을 맞을, 그 마른 잎새에는,

쌀랑쌀랑 소리도 나며 눈을 맞을,

그 드물다는 굳고 정한 갈매나무라는 나무를 생각하는 것이었다.

　　　　—「南新義州 柳洞 朴時逢方」전문, 『學風』 1-1, 1948.10, 104~105쪽(강조는 인용자)

　인용한 시는 논평적 기능을 하는 '-ㄴ/는 것이다'가 가장 집중적으로 나타난 경우이다. 전체 32행의 긴 시가 겨우 5개의 문장으로 이루어져 있다. 그중에서도 24행이 '-ㄴ/는 것이다'가 쓰인 3개의 문장으로 이루어져 있으니 한 문장당 평균 8행을 차지하는 셈이다. '-ㄴ/는 것이다' 앞에 오는 동사는 '새김질하다', '느끼다', '생각하다'이다. '-ㄴ/는 것이다'의 변형인 '-ㄴ/는 것인데'까지 고려하면 '쳐다보다', '생각하다'라는 동사와도 함께 쓰여서 동작을 나타내는 동사가 2번(새김질하다, 쳐다보다), 심리 상태와 관련된 행위를 나타내는 동사가 3번(느끼다, 생각하다(2번)) 쓰였다. 그런데 '새김질하다'의 대상이 슬픔과 어리석음이라는 것을 생각해 보면, 그것 역시 '생각하다'와 같은 의미를 지니는 동사라고 볼 수 있으며, '쳐다보다'는 동작을 나타내는 것이기는 하되 움직임이 없는 정적인 동사라고 할 수 있다. 이렇듯 마음의 작용인 생각이나 감정과 관련된 동사 뒤에 '-ㄴ/는 것이다'라는 종결 어미

가 붙어 쓰임으로써, 언뜻 보기에 발화 주체와 행위의 주체가 '나'로 일치되어 있는 것처럼 보이는 시에서 생각하고 행동하는 주체와 발화하는 주체를 분리시키는 기능을 하게 된다.

'-ㄴ/는 것이다'라는 종결형이 쓰이지 않았다면, 이 시는 '나'라는 화자가 자신이 지나온 과거의 시간을 회상하며 슬픔과 어리석음에 잠겼다가 '갈매나무'를 떠올리며 자기 앞에 주어진 운명을 끌어안고 나아가겠다고 다짐했던 지난날의 한 장면을 보여 주는 시가 되었을 것이다. 그런데 '-ㄴ/는 것이다'라는 종결형이 쓰임으로써 이 시는 '나'의 심리 변화를 바라보는 또 하나의 '나'를 분리시키는 역할을 하게 된다. 이 시를 읽으면서 독자들이 지나온 시간을 되새김질하며 고뇌하는 '나'의 내면을 바라보는 '나'의 분신을 의식하게 되는 까닭은 여기에 있다. '-ㄴ/는 것이다'는 이 시에 자의식적인 효과를 더하게 된다. 백석 시에서 자신의 내면을 들여다보는 반성적 기능이 두드러진 데는 시인과 근접한 1인칭 화자의 출현 이외에도 '-ㄴ/는 것이다'라는 종결형이 일으키는 효과가 단단히 한몫을 했다고 평가할 수 있다.

그런데 발화 주체와는 애초에 분리되어 있는 사물 주어가 나타나는 문장에서도 '-ㄴ/는 것이다'가 논평적 기능을 담당하기도 한다. 이런 경우에 사물 주어는 대체로 의인화되어 있어서 '-ㄴ/는 것이다' 앞에 오는 동사가 사물 주어의 행위를 나타낸다. 표면적으로는 사물 주어만 등장하고 화자가 표면에 부각되어 있지 않은 시이지만, '-ㄴ/는 것이다'의 쓰임으로 인해 논평적 기능을 하는 발화 주체가 사물 주어로부터 분리되어 배후에 모습을 드러내게 되는 경우라고 할 수 있다.

눈이 많이 와서

산엣새가 벌로 날여 멕이고

눈구덩이에 토끼가 더러 빠지기도하면

마을에는 그무슨 반가운것이 오는가보다

한가한 애동들은 여둡도록 꿩사냥을 하고

가난한 엄매는 밤중에 김치가재미로 가고

마을을 구수한 즐거움에 싸서 은근하니 흥성 흥성 들뜨게 하며

이것은 오는것이다

이것은 어늬 양지귀 혹은 능달쪽 외따른 산녑 은댕이 예데가리밭에서

하로밤 뽀오한 흰김속에 접시귀 소기름불이 뿌우현 부엌에

산멍에같은 분틀을 타고 오는것이다

이것은 아득한 녯날 한가하고 즐겁든 세월로 부터

실같은 봄비속을 타는듯한 녀름 볓속을 지나서 들쿠레한 구시월 갈바람속
을 지나서

대대로 나며 죽으며 죽으며 나며 하는 이 마을 사람들의 으젓한 마음을 지
나서 텁텁한 꿈을 지나서

집웅에 마당에 우물든덩에 함박눈이 푹푹 싸히는 여늬 하로밤

아배앞에 그어린 아들앞에 아배앞에는 왕사발에 아들앞에는 새끼사발에
그득히 살이워 오는것이다

이깃은 그 곰의 잔등에 업혀서 길여났다는 면 녯적 큰마니가

또 그 집등색이에 서서 자채기를 하면 산넘엣 마을까지 들렸다는

면 녯적 큰 아바지가 오는것같이 오는것이다

아, 이 반가운것은 무엇인가

이 히수무레하고 부드럽고 수수하고 슴슴한것은 무엇인가

겨울밤 쩡 하니 닉은 동티미국을 좋아하고 얼얼한 댕추가루를 좋아하고
싱싱한 산꿩의 고기를 좋아하고

그리고 담배내음새 탄수내음새 또 수육을 삶는 육수국 내음새 자욱한 더
북한 삿방 쩔쩔 끓는 아르굳을 좋아하는 이것은 무엇인가

이 조용한 마을과 이마을의 으젓한 사람들과 살틀하니 친한것은 무엇인가

이 그지없이 枯淡하고 素朴한것은 무엇인가

— 「국수」 전문, 『文章』 3-4, 1941.4, 162~164쪽

앞서 인용한 「남신의주유동박시봉방」이 '나'라는 1인칭 주어가 등장
하는 문장에서 행위의 주체와 발화의 주체가 분리된 경우에 해당하는
반면, 「국수」에서는 '-ㄴ/는 것이다'가 쓰인 문장의 주어가 '이것'이라
는 사물 주어로서 발화 주체와는 처음부터 분리되어 있다. '이 ~것은
무엇인가'라는 물음과 '이것은 ~ 오는 것이다'라는 대답을 자문자답
의 형식으로 반복하면서 '이것'에 대한 정보의 양을 늘려 가는 스무고
개 놀이의 형식을 취하고 있는 점이 특징적인 시이다. 문답의 형식을
빌리고 있는 시이므로, 발화 주체는 문장의 주어인 '이것'과는 엄밀하
게 분리되어 있다.

그러나 '이것은 오는 것이다'라는 문장의 반복에서 알 수 있는 것처럼
'이것'이라는 사물 주어는 의인화되어 있다. 기본 문장이 변주, 확장되
는 구조를 통해서 먹거리로서의 '국수' 이상의 의미로 확장되는 '이것'

은[10] '오는' 행위의 주체가 된다. 대대로 이어져 내려온 국수에 얽힌 사연과 의미를 전달해 주는 역할을 하는 발화 주체는 언술의 주체와 분리되어 이야기 전달자의 역할을 하게 된다.

『사슴』 소재의 시 중에도 유년의 과거를 회상하는 시는 많았지만, 그 시에 등장하는 행위의 주체이자 화자는 어린이의 모습을 하고 있는 경우가 많았다. 논평적 기능을 하는 '-ㄴ/는 것이다'가 이런 유형의 시에는 쓰이지 않았다는 사실은 시인의 의식적인 선택이었던 것으로 보인다. 똑같이 유년의 고향을 그린 시인데도 『사슴』 소재의 시들이 고향이 주는 안온한 풍경에 동화되도록 독자를 이끄는 데 비해, 『사슴』 이후의 시들이 이미 훼손된 고향의 모습을 환기하는 데 주로 기여하는 이유는 분명 '-는 것이다'의 사용과 관련되어 있다. 『사슴』 소재의 시들이 이야기의 요소, 즉 서사적 사건과 인물의 사연 등을 대체로 많이 포함하고 있었던 데 비해, 『사슴』 이후의 자기 내면에 침잠하는 시들에서는 이야기의 요소는 많이 사라진 대신 '-ㄴ/는 것이다'가 발화 주체를 도드라지게 함으로써 이야기의 내용보다 이야기의 주체를 더 부각시킨다.

발화 주체의 분리가 가장 눈에 띄게 나타나는 경우는 백석의 초기 단편소설들에서 찾아볼 수 있다. 그중에서도 「마을의 遺話」는 제목도 '마을에 남겨진 이야기'라는 의미를 가지고 있지만, 이야기를 들려주는 발화 주체를 부각시키는 성격이 가장 두드러지는 소설 작품이다. 소설이라기보다는 옛날 이야기를 연상시키는 「마을의 遺話」에는 자그마치 53회나 '-는 것이다'라는 종결어미가 쓰였는데, '-는 것이다'는 대부

---

10 이경수, 앞의 글, 70쪽.

분의 경우에 이야기를 들려주는 발화 주체의 존재를 부각시키는 역할을 했다.[11]

2) 통합적 기능과 연대감의 형성

백석의 시에서 '-ㄴ/는 것이다'가 종결형으로 쓰인 또 하나의 유형은 병렬적 반복의 구조를 지닌 시의 마지막 연 마지막 문장에 등장하는 경우이다. 이러한 유형의 시에서는 '-ㄴ/는 것이다'가 시의 끝부분에 종결형으로 한번 등장해서 시를 마무리하는 경우가 많다. '-ㄴ/는 것이다'는 여기서 시의 정서에 통일감을 부여하는 통합적 기능을 수행한다. '-ㄴ/는 것이다'가 통합적 기능을 담당하는 경우, '-ㄴ/는 것이다' 앞에는 사물 주어가 등장하거나 제삼자가 언술의 주체로 등장한다.

봄철날 한종일내 노곤하니 벌불 작난을 한날 밤이면 으레히 싸개동당을 지나는데 잘망하니 누어 싸는 오줌이 넙적다리를 흐르는 따끈따끈 한 맛 자리에 펑하니 괴이는 척척한 맛

첫 녀름 일은저녁을 해 치우고 인간들이 모두 터앞에 나와서 물외포기에 당콩포기에 오줌을 주는때 터앞에 밭마당에 샛길에 떠도는 오줌의 매캐한 재릿한 내음새

긴 긴 겨울밤 인간들이 모두 한잠이 들은 재밤중에 나혼자 일어나서 머리

---

11 이미 선행 연구에서 밝혔지만, 옛날이야기의 어투는 '-는데'에서도 찾아볼 수 있다.(이경수, 앞의 글, 61쪽.)

말 쥐발같은 새끼오강에 한없이 누는 잘매럽던 오줌의 사르릉 쪼로록하는
소리

　그리고 또 엄매의 말엔 내가 아직 굳은 밥을 모르던때 살갗 퍼런 망내고무
가 잘도 받어 세수를 하였다는 내 오줌빛은 이슬같이 샛맑았기도 샛맑았다
는 것이다.

— 「童尿賦」 전문, 『文章』 1-5, 1939.6, 106~107쪽

　부賦는 문장의 수식을 펼쳐서 문학작품을 제작하고 사물을 관찰하여
감정과 사상을 표현한 한시漢詩의 표현 수법의 하나로 세밀한 묘사를
활용한다는 특징을 가지고 있다.[12] '아이의 오줌에 부치는 시'라고 할
수 있는 이 시는 '부'의 형식을 염두에 두고 쓰였다. 1~4연은 각각 촉
각, 후각, 청각, 시각의 감각적 이미지가 환기하는 아이의 오줌에 얽힌
사연이나 추억을 늘어놓는 방식으로 구성되었다. 각 연은 대개 계절적
배경이나 시간적 배경을 뜻하는 '언제'로부터 시작해 촉각, 후각, 청각
을 뜻하는 명사—맛, 내음새, 소리—로 끝나는 구성을 가지고 있다.
각각의 연이 명사로 끝나는 구성은 연의 독립성을 강화하는 역할을 한
다. 그런데 유독 4연만은 이러한 구성을 따르지 않는다. 1~3연의 구
성을 따른다면 4연도 '이슬같이 샛맑았기도 샛맑은 빛'으로 끝나야 했
겠지만, 4연은 "이슬같이 샛맑았기도 샛맑았다는 것이다"로 끝났다. 행
위의 주체로서 '나'는 이미 등장했지만, 발화의 주체는 배후에 숨어 있

12　유협, 최동호 역편, 『문심조룡』, 민음사, 1994, 120쪽.

다가 '-는 것이다'라는 종결형과 함께 문면에 드러나게 된다. 그런데 이 시에서는 단지 발화 주체를 행위의 주체와 분리하는 기능만 하는 것이 아니라, 1, 2, 3연에서 독립적으로 나열되어 있던 아이의 오줌에 얽힌 사연을 '-는 것이다'라는 발화 주체의 출현을 통해 하나로 통합하는 기능을 한다. 백석의 시는 이질적인 요소들이 독립적으로 나열되어 있으면서도 그것을 통합하여 연대감을 형성하려는 특징을 강하게 보이는데, '-는 것이다'는 백석의 시에서 바로 이러한 정서 및 분위기 통합의 기능을 하고 있는 것으로 보인다.

황토 마루 수무낡에 얼럭궁 덜럭궁 색동헌겊 뜯개조박 뵈짜배기 걸리고 오쟁이 끼애리 달리고 소삼은 엄신 같은 딥세기도 열린 국수당고개를 몇번이고 튀튀 춤을 뱉고 넘어가면 곬안에 안윽히 묵은 녕동이 묵업 기도할 집이 한채 안기었는데

집에는 언제나 셴개같은 게산이가 벅작궁 고아내고 말같은 개들이 떠들석 짖어대고 그리고 소거름 내음새 구수한 속에 엇송아지 히물쩍 너들씨는 데

집에는 아배에 삼춘에 오마니에 오마니가 있어서 젖먹이를 마을 청능 그늘밑에 삿갓을 씨워 한종일내 뉘어두고 김을 매려 단녔고 아이들이 큰마누래에 작은 마누래에 제구실을 할때면 종아지물본도 모르고 행길에 아이 송장이 거적떼기에 말려나가면 속으로 얼마나 부러워 하였고 그리고 끼때에는 붓두막에 박아지를 아이덜 수대로 주룬히 늘어놓고 밥한덩이 질게한술 들여틀여서는 먹였다는 소리를 언제나 두고 두고 하는데

일가들이 모두 범같이 무서워하는 이 노큰마니는 구덕살이같이 욱실욱실
하는 손자 증손자를 방구석에 들매나무 회채리를 단으로 쪄다두고 딸이고
싸리갱이에 갓진창을 매여 놓고 딸이는데

　내가 엄매등에 업혀가서 상사말같이 항약에 야기를 쓰면 한창 퓌는함박꽃
을 밑가지 채 꺾어주고 종대에 달린 제물배도 가지채 쪄주고 그리고 그 애끼
는 게산이 알도 두손에 쥐어 주곤 하는데

　우리 엄매가 나를 갖이는 때 이 노큰마니는 어늬밤 크나큰 범이 한마리 우
리 선산으로 들어오는 꿈을 꾼 것을 우리엄매가 서울서 시집을 온것을 그리
고 무엇 보다도 내가 이 노큰마니의 당조카의 맏손자로 난것을 다견하니 알
뜰하니 깃거히 녁이는것이었다

　　　　　　　　─ 「넘언집 범같은 노큰마니」 전문, 『文章』 1-3, 1939.4, 124~125쪽

　인용한 시는 「동뇨부」만큼 병렬적 반복의 구조가 선명하게 드러나는
것은 아니지만, 마지막 연을 제외하고는 모두 연결 어미 '-는데'로 각 연이
마무리되고 있다는 점에서 형태적으로는 병렬적 반복의 구조가 변형된
시라고 볼 수 있다. '국수당 고개 → 집 → 노큰마니 → 노큰마니와 나 사이
의 일화'라는 방향으로 좁혀져 가는 이 시의 초점 대상은 '노큰마니'이다.
'노큰마니'와 얽힌 추억을 떠올리는 주체는 '나'이지만, 추억에 대한 서술은
'나'라는 주체가 중심이 되어 진행된다기보다는 오히려 초점 대상인 '노큰
마니'를 언술의 주체로 삼아 서술하고 있다. '노큰마니'가 초점 대상으로
부각되는 것은 3연부터인데, 여기서 가난했던 지난 시절에 대해 회상하는

행위의 주체는 '노큰마니'가 된다. 그것은 나와 얽힌 추억을 서술하는 5, 6연의 경우에도 마찬가지이다. 심지어 6연에서는 내가 이 '노큰마니'의 당조카의 맏손자로 난 것을 "다견하니 알뜰하니 깃거히" 여기는 '노큰마니'의 생각까지도 서술되어 있다. '-는데'를 사용해서 이어지던 회상이 바로 마지막 연의 "넉이는것이었다"를 통해서 마무리되는 것이다.

이 시에서도 종결어미 '-는 것이(었)다'는 기본적으로 논평적인 성격을 지니면서 '발화의 주체'를 강하게 환기하는 역할을 한다. "다견하니 알뜰하니 깃거히" 여기는 주체는 노큰마니이지만, 여기에 '-는 것이었다'라는 어미가 쓰임으로써 노큰마니가 그렇게 여기는 것에 대해 논평하는 발화의 주체가 부각된다. 첫 번째 유형과 마찬가지로 이 시에 쓰인 '-는 것이(었)다'도 화자의 목소리가 단일하게 통일되어 있는 것처럼 보이는 백석의 시에 거리距離를 형성하는 역할을 일차적으로 한다. 그러나 이 시의 경우는 '-는 것이다'의 역할이 단지 발화의 주체를 분리시키는 데서 끝나지 않는다. 각 연이 '-는데'라는 연결 어미로 끝나는 구조를 통해 시각적으로는 병렬적 구조를 차용하고 있는 이 시는, 초점 대상을 향해 좁혀 가는 의미 구조를 통해 연쇄의 효과를 자아낸다. 제일 마지막 연 마지막 문장에 종결 어미로 등장하는 '-는 것이다'는 이러한 연쇄적 의미 구조와 맞물려 초점 대상 '노큰마니'를 향해 시적인 분위기가 모아지는 통합적 기능을 이 시에 부여해 준다. 궁극적으로 그것은 '노큰마니'로부터 나에게로까지 이어져 내려오는 연대감을 환기하는 역할을 한다.

3) 부연적 기능과 동격 구문의 활용

종결어미 '-는 것이다'는 일반적으로 부연의 기능을 담당한다. 백석의 시에 처음 출현한 '-는 것이다'도 앞서 살펴보았듯이 앞 문장에 대한 부연의 역할을 수행했고, 그의 단편소설에 쓰인 '-는 것이다' 중에도 앞의 내용을 부연 설명하는 기능을 하는 경우가 적지 않았다. 이러한 기능은 '-는 것이다'의 일반적인 의미에 포함되어 있으므로 백석의 시에서 잦은 빈도로 활용되고 있다는 것을 제외하면 그리 주목할 만한 것은 아닐 수도 있다. 그러나『사슴』소재의 시편에서부터 백석의 시에 부연적 반복의 활용이 두드러졌다는 사실을 고려하면, '-는 것이다'가 지니는 부연적 기능이 일반적인 문장 표현으로서의 의미를 넘어 백석 시의 독특한 문체를 구성하는 의미 있는 요소로서 작용하고 있다는 추정을 해 볼 수 있을 것이다. 이 장에서는 부연적 기능을 하는 종결형 '-는 것이다' 중에서도 '-는 것은 -는 것이다'라는 형태로 쓰인 문장에 특히 주목하고자 한다.

'-는 것은 -는 것이다'의 형식으로 이루어진 문장은 'A는 B이다' 형식의 문장을 변형한 형태이다. 여기서 B는 대체로 A를 다시 풀이하거나 대체하는 역할을 한다. 그러므로 A는 문장에서 주어의 역할을, B는 서술어의 역할을 하지만, 의미상으로는 동격을 이룬다.

눈은 푹푹 나리고
나는 나타샤를 생각하고
나타샤가 아니올리 없다
언제벌서 내속에 고조곤히와 이야기한다

산골로 가는것은 세상한데 지는것이아니다

세상같은건 더러워 버리는것이다

눈은 푹푹 나리고

아름다운 나타샤는 나를 사랑하고

어데서 힌당나귀도 오늘밤이 좋아서 응앙 응앙 울을것이다

　　　　　　　　　　　—「나와 나타샤와 힌당나귀」 3~4연, 『女性』 3-3, 1938.3, 16~17쪽(강조는 인용자)

　산골로 가는 것은 세상한테 지는 것이 아니다. 산골로 가는 것은 세상 같은 건 더러워서 버리는 것이다. 강조 표시한 두 번째 문장에서 '산골로 가는 것은'이라는 주어가 생략되어 있기는 하지만, 이 문장은 '-는 것은 -는 것이다'의 구성을 지닌 문장이다. "(산골로 가는 것은) 세상같은건 더러워 버리는것이다"는 바로 앞 문장 "산골로 가는것은 세상한데 지는것이아니다"에 대한 부연 설명이자, 산골로 가는 것이라는 삶의 선택을 세상 같은 건 더러워서 버리는 것이라는 은둔적 삶의 태도로 다시 풀어서 말하는 방식이다. 백석의 후기시에서는 이러한 은둔적 삶의 태도가 드러나는 경우가 적지 않다. 물론 그것은 상상 속에서 그치는 경우가 대부분이지만 말이다.

　백석보다 앞 세대의 시인 중에서 '-는 것이다'라는 종결형을 집중적으로 사용하거나 의미 있게 사용한 예는 거의 찾아볼 수 없었다. 한용운의 시에서 '-는 것이다'라는 종결형이 일부 쓰이기는 했는데, 산발적으로 쓰인 데다가 그의 대표작들에는 거의 쓰이지 않았기 때문에 문체적 효과를 일으킨다고 보기는 어렵다. 그렇지만 역설적 진리를 표현한

문장에서 '-는 것이 -는 것이다'나 '-는 것은 -는 것이다'라는 형태가 종종 눈에 띄고 일반적인 진리를 나타내는 문장에서도 '-는 것이다'라는 종결형이 쓰였다는 점은 주목할 만하다.[13] 특정 문체의 역사적 변천이나 영향 관계에 대해서는 좀 더 세밀한 연구가 필요하겠지만, '-ㄴ 것은 -ㄴ 것이다'라는 동격 구문을 활용해서 새로운 의미 지정 및 부연적 효과를 발휘한 시인으로서 백석 이전에 한용운이 있었음은 기억해 둘 필요가 있겠다.

3. '-는 것이다'의 변형들과 그 기능

백석의 시에는 그 밖에도 '-는 것이다'의 변형이라고 할 수 있는 '-는 것인데', '-는 것', '-는+명사+이다' 등의 형태가 자주 출현한다. '-는 것인데'는 '-는 것이(다)'와 연결 어미 '-ㄴ데'가 결합된 형태로, 백석 시에 종종 등장한다. '-는데'는 백석의 시에서 주로 이야기를 전환하는 기능을 한다. '-는 -는 -는⋯⋯'과 함께 구어적인 어투를 시에 효과적으로 활용한 예라고 볼 수 있겠다. '-는 것인데'는 백석의 시에서 주로 논평과 이야기 전환을 겸한 기능을 담당하거나 부연과 이야기 전환을 겸한 기능을 담당한다. '-는 것'은 「木具」처럼 명사형으로 종

---

13 "즐겁고 아름다운 일은 양이 많을수록 좋은 것입니다"(「사랑의 측량」), "사람은 반드시 다하지 못한 한을 끼치고 가게 되는 것이다"(「계월향에게」), "사랑의 속박은 단단히 얽어매는 것이 풀어주는 것입니다"(「선사의 설법」), "내가 당신을 기다리고 있는 것은 기다리고자 하는 것이 아니라, 기다려지는 것입니다"(「자유정조」), "이 적은 주머니는 짓기 싫어서 짓지 못하는 것이 아니라, 짓고 싶어서 다 짓지 않는 것입니다"(「수의 비밀」), "곁눈으로 흘겨보는 것은 사랑의 보에 가시의 선물을 싸서 주는 것입니다."(「차라리」)

결되는 시에서 일부 쓰였는데, '이다'라는 서술격조사가 생략되면서 논평의 기능은 사라진 대신 관형사형 전성어미 '-는'의 역할이 좀 더 강화된다. '-는' 앞에 오는 수식어들이 '것'이라는 명사에 축적되면서 '-는 것'은 통합적 기능과 부연적 기능을 대체로 겸하게 된다. '-는 것인데'와 '-는 것'은 대체로 2장에서 분석한 '-는 것이다'의 문체적 효과와 기능 안에 포함된다고 할 수 있으므로, 이 장에서는 '-는+명사+이다'라는 표현에 한정해서 문체적 효과 및 기능을 살펴보고자 한다.

'-는+명사+이다'는 '-는 것이다'의 '것'이 다른 명사로 대체된 것을 제외하면 '-는 것이다'와 같은 문법적 구성으로 이루어진 표현이다. 백석의 후기시에서 이 표현은 높은 빈도로 쓰이는데, 대체로 '-는 것은 …… -는+명사+이다'의 구성으로 이루어진 문장에서 종결형으로 활용된다.

'A는 B이다'의 변형이라고 할 수 있는 '-는 것은 …… -는+명사+이다'의 구성을 갖춘 문장은 백석의 시에서 여러 가지 방식으로 변주되어 확장된다. 다음 세 가지 유형은 백석 시의 대표적인 언술 구조를 보여 주는 동시에 그의 시에서 문장을 구성하는 방식을 보여 준다는 점에서 흥미롭다.

(가)

솔포기에 숨엇다

토끼나 꿩을 놀래주고십흔 山허리의길은

업데서 따스하니 손녹히고십흔 길이다

개덜이고 호이호이 회파람불며

시름노코 가고십흔 길이다

궤나리봇짐벗고 따ㅅ불노코안저

담배한대 피우고십흔길이다

승냥이 줄레줄레 달고가며

덕신덕신 이야기하고십흔 길이다

덕거머리총각은 정든님업고오고십흘길이다

— 「昌原道 – 南行詩抄(一)」 전문, 「조선일보」, 1936.3.5

(나)

캄캄한 비속에

새빨안 달이 뜨고

하이얀 꽃이 퓌고

먼바루 개가 짖는밤은

어데서 물외 내음새 나는밤이다

캄캄한 비속에

새빨안 달이 뜨고

하이얀 꽃이 퓌고

먼바루 개가 짖고

어데서 물외 내음새 나는 밤은

나의 정다운것들 가지 명태 노루 뫼추리 질동이 노랑나븨 바구지꽃 모밀국수 남치마 자개짚섹이 그리고 千姬라는 이름이 한없이 그리워지는 밤이로구나

— 「夜雨小懷–물닭의소리」 전문, 『朝光』 4-10, 1938.10, 67쪽

(다)

내가 언제나 무서운 외가집은

초저녁이면 안팎마당이 그득하니 하이얀 나비수염을 물은 보득지근한 복쪽재비들이 씨굴씨굴 모여서는 쨩쨩 쨩쨩 쇳스럽게 울어대고

밤이면 무엇이 기와곬에 무리돌을 던지고 뒤우란 배낡에 쩨듯하니 줄등을 헤여달고 부뚜막의 큰 솥 적은 솥을 모주리 뽑아놓고 재통에 간 사람의 목덜미를 그냥그냥 나려 눌러선 잿다리 아래로 처박고

그리고 새벽녘이면 고방 시렁에 채국채국 얹어둔 모랭이 목판 시루며 함지가, 땅바닥에 넘너른히 널리는 집이다.

— 「외가집」 전문, 『현대조선문학전집』 1, 조선일보사출판부, 1938(강조는 인용자)

(가)는 'A는 B이다'에서 B에 해당하는 부분을 여러 개의 문장으로 확장한 예이다. 'A는 B1이다 B2이다 B3이다 B4이다……'와 같은 방식으로 술어부가 확장되어 하나의 주어부 아래 여러 개의 술어부가 병렬적으로 놓인 것이다. 창원도昌原道, 즉 창원으로 가는 산허리 길이 어떤 길인지를 각 연마다 나열하는 방식으로 A를 대체하면서 B의 의미를 확장하고 있다. 백석의 시 중에는 병렬적 반복의 구성을 취하고 있

는 시가 여러 편 있는데, (가)도 그러한 구성을 보여 주는 대표적인 예라고 할 수 있다.

(나)는 'A는 B이다'라는 기본 문장을 'A는 B이다. A＋B는 C이다'라는 방식으로 확장해 가는 구조를 띠고 있다. 3개의 연이 두 개의 문장으로 이루어져 있는데, 두 개의 문장은 모두 '-는 것은 ～ -는＋명사＋이다'의 구조를 가지고 있다. 주어부는 관형사형 전성 어미 '-는' 앞에 여러 개의 절을 덧붙이는 방식으로 확장되고, 술어부는 내용이 교체된다. 물론 술어부 안에도 안긴문장이 포함되어 문장의 길이가 확장되는 변화가 일어난다.

(다)는 'A는 B이다'라는 기본 문장에서 술어부가 확장된 형태인데, 전체가 하나의 문장으로 이루어졌다는 점에서 (가)와는 다르다. 'B이다'라는 술어부는 '-고'라는 연결 어미로 이루어진 여러 개의 절을 안은문장이 된 것이다. 각각의 절은 '초저녁이면 ～ -고 / 밤이면 ～ -고 / 그리고 새벽녘이면 ～ -는'이라는 문장 구조로 이루어져 있다. 내가 외갓집을 무서워하는 이유가 각 행에 병렬적으로 나열되어 있는 구조이다.

백석의 시에서는 이처럼 병렬적으로 구성되어 있는 절을 시 전체가 안고 있는 형식의 구성이 종종 활용된다. 사실 백석의 시만큼 안은문장을 적극적으로 활용한 시도 드물다. 일반적으로는 영어 번역투의 문장에서 안은문장을 많이 발견하게 되지만, 백석 시의 경우에는 이러한 특징이 구어적인 어투의 활용과 긴밀히 관련되어 있는 것으로 보인다. '-는 -는 -는……'이 반복되는 백석 시의 독특한 표현은 옛날이야기를 구연하는 방식을 차용한 것으로 보인다는 점을 선행 연구에서 이미 밝

힌 바 있는데,[14] '안은문장'의 적극적인 활용도 같은 맥락으로 이해할
수 있을 것으로 보인다.

'A는 B이다'라는 기본 문형의 확장적 변형으로 이루어진 (가), (나),
(다)에서 '-는+명사+이다' 구문은 동격 구문을 활용한 것으로, 2장
3절 '부연적 기능과 동격 구문의 활용'에서 살펴본 부연적 기능과 같은
역할을 한다. 그런데 A를 대체하는 내용이 병렬적으로 확장되면서 관
형사형 전성 어미 '-는' 뒤에 오는 명사로 앞의 내용들이 수렴되고 시
전체를 정서적으로 통합하는 기능까지 아우르게 된다. 'A는 B이다'라
는 문장 구조는 흔한 것이지만, 백석의 시에서 이러한 문장 구조가 활
용되는 방식은 대개 수식부가 길어진 안은문장으로 이루어져 있으므로
이러한 문체적 효과가 나타나는 것이다.

4. '-는 것이다'의 문체적 효과

시집 『사슴』 이후부터 남북이 분단되기 이전의 시기까지 신문이나
잡지에 발표된 백석의 시에서 집중적으로 쓰인 '-는 것이다'는 그것이
쓰인 환경에 따라 다양한 문체적 효과를 발휘하였다. 첫째, 끊임없이
발화 주체를 환기함으로써 언술의 주체인 '나'와 발화의 주체인 '나'를
분리하여 거리감을 조성하고 반성적 기능을 유발하였다. 둘째, 언술의
주체가 '나'가 아닌 제삼자나 사물인 경우에는 발화 주체의 목소리를

---

14 고형진, 「백석 시와 '엮음'의 미학」, 박노준·이창민 외, 『현대시의 전통과 창조』, 열화
    당, 1998; 이경수, 앞의 글, 55쪽.

환기하여, 이질적인 요소들이 나열되어 병렬적으로 구성된 백석의 시에 정서적인 통일감을 부여하는 기능을 했다. 이질적인 요소들이 독립적으로 나열되어 있는 것처럼 보이는 백석의 시가 정서적 통합을 이루는 힘은 '-는 것이다'의 문체적 효과와 관련되어 있다. 셋째, 'A는 B이다'의 동격 구문에서 주로 활용되어 앞의 문장이나 주어부를 부연하는 기능을 했다. 백석이 의식적으로 활용한 종결형 '-는 것이다'는 이상에서 살펴본 바와 같이 논평적이고 반성적인 기능, 정서 통합의 기능, 부연적 기능 등의 효과를 발휘하는데 이러한 문체적 효과는 그의 시작 방법인 반복 기법이 일으키는 효과와 긴밀히 관련되어 있는 것으로 보인다. 따라서 '-는 것이다'는 1930년대 후반기에 백석의 시가 지니고 있었던 현대성의 자리를 확인시켜 주는 문체의 일종이라고 평가할 수 있겠다.

'-는 것이다'는 묘사를 거부하고 독자와의 거리를 조정하는 산문적인 종결형으로 흔히 논의되어 왔다.[15] 백석의 경우에도 산문적인 성향이 더 두드러진 시에서 주로 '-는 것이다'라는 종결형이 사용된 것은 사실이나, 일반적인 '-는 것이다'의 용법에서 벗어나 백석 특유의 문체적 효과를 구현하는 데까지 나아간다는 점을 눈여겨보아야 한다. 특히 병렬적 반복의 구조를 지닌 시의 마지막 문장의 종결형으로 사용되어 정서 통합의 기능을 수행하는 점은 '-는 것이다'의 일탈적 문체 활용의 예로 평가할 수 있을 것이다. '안은문장'을 유난히 많이 활용한 백석의

---

15 소설의 문체 연구에서 '-것이다'의 용법은 대체로 서술대상에 대해 거리 조정의 기능을 하는 것으로 논의되어 왔다.(박유희, 「1950년대 소설의 반어적 기법 연구」, 고려대 박사 논문, 2002, 29~30쪽.)

시가 'A는 B이다'의 변형인 '-는 것은 -는 것이다'의 문형을 다양한 방식으로 확장하고 있는 점도 그의 구어적 문체 활용과 관련지어 좀 더 깊이 있게 연구되어야 할 것이다. 아울러 '-는 것이다'라는 종결형이 한국 현대시의 문체사에서 어떻게 변용되어 왔는지를 살펴보는 작업도 후속 연구를 통해 이루어져야 할 것으로 기대된다.

백석 시에 나타난 문화의 충돌과 습합
— 여행·음식·종교를 중심으로

1. 이질적인 문화의 공존

1980년대 후반부터 본격적으로 시작된 백석 시에 대한 연구도 어느새 20년의 역사를 갖게 되었다. 그 사이에 각종 학위논문과 소논문의 대상으로서 백석의 시는 폭발적인 인기를 누려왔다. 백석 시에 대한 선행 연구들은 서지적 연구, 구조적 연구, 주제론적 연구 등 다양한 방법론으로 축적되어 백석 시에 대한 이해를 넓히는 데 기여해왔다. 백석시의 토속성, 낭만성, 근대성을 해명하려는 연구도 상당 부분 진척되었다. 이러한 연구 성과의 토대 위에서 이 글이 가진 문제의식은 다음과 같은 것이었다. 백석 시에 일관되게 나타나는 이질적인 것의 동시적 공존이라는 성향이 어디에서부터 발생하는 것인가?[1] 이 글에서는 이 질문에 대답하기 위해 백석의 여행 시편과 음식, 종교 등이 등장하는 시를 중심으로 백석의 시가 세계와 만나 작동하는 방식에 대해 살펴보고

---

1 필자는 선행 연구에서 언술 구조에 대한 분석을 통해 이질적인 것이 동시적으로 공존하는 백석 시의 성향을 밝힌 바 있다.(이경수, 「한국 현대시의 반복 기법과 언술 구조-1930년대 후반기의 백석·이용악·서정주 시를 중심으로」, 고려대 박사논문, 2002) 이글에서는 관점을 달리하여 백석 시가 세계와 만나 작동하는 방식에 주목해 봄으로써 백석 시의 동시적 구조의 원천을 해명해 보고자 하였다.

자 한다.

백석의 시에는 다양한 문화가 동시에 출현하는 것을 확인할 수 있다. 불교와 무속과 기독교, 토속적인 것과 근대적인 것, 고향과 타향, 설화와 과학, 언어적 측면에서는 방언과 표준어 등의 이질적이면서 심지어 대립적이기까지 한 문화가 한 시인의 시세계 속에 공존하는 것을 확인할 수 있다. 흥미로운 것은 백석의 시에서 이러한 성향이 선조적이고 단계적인 발전의 과정을 거치는 것이 아니라 동시적으로 공존하고 있다는 데 있다.

이 글에서는 백석의 시에서 이질적이고 다양한 문화가 등장하는 구체적인 면면을 확인하고, 그것이 어떤 방식으로 백석의 시에 작용하면서 이질적인 것의 공존이라는 특징을 나타내게 되는지를 추적해 보고자 한다. 그 방법으로 우선 백석의 여행 시들에 주목하고자 한다. 여행은 근대적인 체험의 형식이라고 할 수 있다. 돌아올 곳을 마련해 두고 떠나는 여행은 고향이나 거주지가 아닌 다른 지역에 가서 그곳의 낯선 문물과 접하면서 일어나는 충격과 그 체험을 바탕으로 주체와 타자에 대한 인식의 폭을 넓히고 교정할 수 있는 좋은 계기가 되기도 한다. 근대인들에게 여행은 낯선 체험의 순간을 제공해 주고, 새로운 세계를 인식할 수 있는 계기를 마련해 주었다. 백석의 경우도 마찬가지여서, 백석 시에 나타난 다양한 문화의 충돌을 확인하기 위해서는 여행 시를 살펴보는 일이 필수적이다. 낯선 곳에 가서 그곳을 이해하고 파악하는 방식을 통해 백석의 시가 세계와 만나 작동하는 방식을 짐작해 볼 수 있을 것이다.

두 번째로 이 글에서 주목하는 것은 음식이 등장하는 시들이다. 백석의 시에서 음식이라는 소재의 활용이 중요한 의미를 지님은 이미 여러 선행 연구에서 밝힌 바 있다. 특히 최근의 연구에서는 음식을 소재적인 차원에서 해석하는 시선에서 벗어나 백석 시에서 음식이 지니는 이율배반적 정서 환기의 효과를 규명해 내기도 했다.[2] 이 글에서는 백석 시의 음식이 일으키는 이율배반적 정서 환기의 효과가 이질적인 것이 동시적으로 공존하는 백석 시의 구조미학과 근본적으로 관련되어 있다는 판단 아래, 백석 시에서 음식의 기능을 여행과 기억이라는 행위와 관련지어 해석해 보고자 한다. 백석의 시에서 음식이 등장하는 경우는 대체로 두 가지이다. 유년의 고향을 기억에 의존해 재구하는 시들에서 음식이 등장하기도 하고, 낯선 곳에 여행가서 그곳을 인식하는 매개로 음식이 채택되기도 한다.

세 번째로 이 글은 다양한 종교가 형성하는 문화 현상에 대해서도 관심을 가지고 있다. 백석 시에는 무속은 물론 불교적 상상력이 드러난 시가 종종 눈에 띈다. 아울러 자연으로 돌아가는 도가적 상상력도 눈에 띈다. 그런가 하면 그는 남강 이승훈이 설립한 오산학교에서 수학했고, 캐나다의 장로교회 선교사들이 설립한 기독교계 학교인 함흥영생고보 및 영생여고보에서 영어 교사로 근무하기도 했다.[3] 그의 시에 직접적으로 드러나는 것은 아니지만 기독교적 세계관은 백석에게도 얼마간 스며들어 있었을 것으로 추정된다. 백석의 시에서 다양한 종교들은 서로 충돌하기보다는 공존하며 서로 자연스럽게 녹아드는 모습을 보인다.

---

2   소래섭, 「백석 시와 음식의 아우라」, 『한국근대문학연구』 16, 한국근대문학회, 2007.10.
3   송준에 따르면 함흥영생고보는 매일 예배로 조회를 시작할 만큼 기독교의 기풍이 강하고 사립학교 특유의 민족정신이 살아있는 학교였다고 한다.(송준, 『남신의주유동박시봉방 ─세계 최고의 시인 백석 일대기』 I, 지나, 1994, 247~251쪽)

무속 같은 민간신앙과 불교, 기독교, 도교 등의 다른 종교들이 자연스럽게 공존하는 모습은 우리 종교문화가 가지고 있는 특색이기도 하다.

마지막으로 다양한 문화 현상의 동시적 공존과 습합을 보여주고 있는 백석 시의 특징이 백석이 여러 편의 시에서 취하고 있는 의인화의 전략과 관련이 있음을 밝혀 보고자 했다. 백석의 시에서는 사람이 아닌 생물이나 무생물에 대해서도 '너'라고 지칭하거나 그것들과의 관계를 '우리'라고 지칭하는 경우를 흔히 볼 수 있다. 이 글에서는 이러한 의인화의 전략이 백석 시가 세계를 대면하는 방식과 관련이 있을 거라고 보았다.

2. 여행의 체험을 습득하는 방식

백석은 평북 정주가 고향인 시인이지만 고향을 떠나 있는 시간이 제법 많았다. 일본 동경으로 유학을 가기도 했고, 서울에 있는 조선일보 계열사에서 나오던 잡지 『朝光』과 『女性』지의 편집을 맡아 하기도 했다. 그런가 하면 그의 시에 드러나듯이 한반도의 남쪽과 서쪽을 여행하기도 했고, 만주 지역을 떠돌기도 했다. 이러한 다양한 여행 체험이 그가 세계를 인식하는 데 결정적인 영향을 미쳤으리라는 추측을 해 볼 수 있다.

여행이 근대적 형식임은 주지의 사실이다. 백석의 경우에도 그가 세계를 인식하고 주체와 타자에 대한 인식을 통해 주체 형성의 계기를 마련하는 데 여행 체험은 깊은 영향을 미친 것으로 보인다. 백석의 시 중 해방 이후 북한에서 쓴 동화시집과 몇 편의 시를 제외한 97편 중 여행 체험과 관련해서 읽을 수 있는 시는 48편으로 자그마치 49%나 차지한다. 그만큼 새롭고 낯선 세계의 체험이 백석의 시세계에도 절대적인 영향을 미친 것으로 이해할 수 있다. 그러므로 여행 시를 통해 백석이 세계를 인식하는 방식이 어떠하며 백석의 시가 세계와 만나 작동하는 방식이 어떤지 이해하는 것은 타당한 방법론이라고 볼 수 있다.

특히 주목할 만한 것은 백석의 시가 여행의 체험을 습득하는 방식이다. 백석은 늘 사람과 음식을 매개로 낯선 세계와 만난다. 풍경을 그리는 시들도 일부 있지만,[4] 대개 백석의 여행 시에서는 사람을 그림으로써 낯선 풍경에 인간적인 색채를 더한다. 사람이 들어있는 풍경과 빠져있는 풍경은 분명 그 질감에서 차이가 난다. 백석의 경우 사람이 들어있지 않은 풍경조차도 다른 생물체로 채우고 있어서 풍경만 객관적으로 묘사하는 시와는 차이가 있다. 이러한 특징은 백석의 시가 세계와 대면하는 방식을 보여준다.

넷날엔 統制使가있었다는 낡은港口의처녀들에겐 넷날이가지않은 千姬라
는이름이많다

미역오리같이말라서 굴껍지처럼말없이 사랑하다죽는다는

이 千姬의하나를 나는어늬오랜客主집의 생선가시가있는 마루방에서맞났다

저문六月의 바다가에선조개도울을저녁 소라방등이붉으레한마당에 김냄
새나는비가날였다

— 「統營」 전문, 『사슴』, 선광인쇄주식회사, 1936

---

4 「연자간」과 「昌原道—南行詩抄(一)」 정도를 제외하고는 백석의 여행 시는 대체로 사람과 음식을 매개로 낯선 세계를 인식하는 특징을 보인다.

남해의 경관이 아름다운 도시 통영은 이순신 장군이 한산도대첩을 치른 역사적 장소이기도 하다. 옛날엔 통제사가 있었다는 역사적 사실을 환기하며 이 지명에 시인이 유독 '넷날'이라는 의미를 부여한 데는 이런 배경이 작용하고 있다. 거기에 시인이 체험한 통영의 개성적 색채를 더해주는 것은 "미억오리같이말라서 굴껍지처럼말없시 사랑하다죽는다는 / 이千姬의하나"를 등장시킴으로써이다. 슬픈 운명을 타고난 것처럼 보이는 이 낡은 항구의 처녀의 운명을 빌려, 통영이라는 도시에 외롭고 쓸쓸한 정서적 색채가 부여된다. 시의 화자는 '김 냄새 나는 비'와 함께 그 분위기에 자연스럽게 녹아든다. 비유적으로 쓰인 표현이긴 하지만, '미억오리—굴껍지—김냄새'로 이어지는 이미지는 바닷가 마을의 쓸쓸함과 그에 어울리는 바닷가 처녀의 외롭고 슬픈 운명을 암시한다.

　　낡은 항구의 처녀들에게 흔했다는 '千姬'라는 이름도 이 처녀들의 슬픈 운명을 암시한다. 처녀들에게서 느껴지는 순수함과 그녀들에겐 너무 버거워 보이는 '千'이라는 세월의 무게가 충돌하여 이 시에서는 아이러니가 발생한다. 그런데 낡은 바닷가의 비린내가 '처녀—천희'의 대립과 모순을 하나의 분위기 속에 공존하게 한다. 통영은 백석에게 여행지이고 그곳에서 그는 나그네일 수밖에 없었지만, 그의 시는 사람과 음식의 매개를 통해 통영이라는 낡은 항구의 이질적이고 모순적인 분위기를 그대로 흡수해서 보여준다. '처녀—천희'의 대립으로 발생하는 아이러니가 '김 냄새 나는 비'라는 후각적 감각의 작용을 통해 쓸쓸함이라는 정서를 강화하는 점은 백석 시의 독특한 정서적 환기 효과이자 개성이라고 할 수 있다.

旅人宿이라도 국수집이다

모밀가루포대가 그득하니 쌓인 웃간은 들믄들믄 더웁기도하다.

나는 낡은 국수분틀과 그즈런히 나가누어서

구석에 데굴데굴하는 木枕들을 베어보며

이山골에 들어와서 이 木枕들에 새깜아니때를 올리고간 사람들을 생각한다

그사람들의 얼골과 生業과 마음들을 생각해본다

― 「山宿-山中吟」 전문, 「朝光」 4-3, 1938.3, 202쪽

백석의 본격적인 여행 시라고 할 수 있는 '남행시초', '함주시초', '서행시초' 연작시들은 일제 말 조선 땅은 물론 만주 지역을 유랑한 백석의 생애를 환기한다. 평북 정주의 시인이었지만 또한 고향을 벗어나 떠돈 시기도 많았던 백석은 이 시의 화자처럼 산 속 여인숙에 묵은 적도 있었을 것이다. 이 여인숙은 국숫집이기도 하다. 여인숙과 국숫집을 겸하다 보니 손님이 묵는 방에도 윗간에는 메밀가루포대가 그득히 쌓여 있고 낡은 국수분틀도 놓여 있다. 그곳에서 이 시의 화자는 '구석에 데굴데굴하는 목침들을 베어 보며' 이 여인숙을 거쳐 간 사람들을 생각한다.

여행객들이 잠시잠깐 머물다 가는 여인숙을 시적 공간으로 채택한 이 시에서 화자 외에 그곳에 머물렀던 사람들이 직접 등장하지는 않는다. 다만, 여기에 묵으면서 '이 木枕들에 새까마니 때를 올리고 간 사람들'을 떠올리는 방식으로 이 시는 여인숙에 머물렀던 사람들을 등장시킨다. 그 사람들의 얼굴과 생업과 마음들을 생각해 보는 화자를 따라 독자들도 자연스럽게 산 속의 여인숙을 거쳐 갔을 사람들의 얼굴과 생

업과 마음들을 헤아려 보게 된다. 그들이 남긴 흔적이라고는 목침에 새까마니 전 때뿐이지만, 화자와 더불어 그들이 남기고 간 흔적을 더듬으며 그들에 대해 생각하고 나면 그들의 사연과 외롭고 쓸쓸한 마음이 충분히 이해하고도 남을 것처럼 느껴진다. 직접 음식을 먹는 모습을 그린 것은 아니지만, '메밀국수 포대'와 '낡은 국수분틀'이 그들이 이곳에 머물면서 국수를 먹던 모습을 연상하게 한다. 여러 사람을 거치면서 새까맣게 때가 전 목침이나 낡은 국수분틀은 세월의 무게를 짐작게 한다. 잠시잠깐 머물다 떠나는 나그네들의 생리와 그런 순간들이 모여 만든 흔적의 시간이 이 시에 쓸쓸함을 자아내는 데 기여한다. 그 쓸쓸함의 정서를 매개하는 것이 그곳에 머물렀던 사람들과 그들이 먹었을 음식에 대한 상상이라는 점이 흥미롭다.

조선일보사가 후원하는 장학생이 되어 일본 동경의 청산학원으로 유학을 갔다 온 백석은 조선일보사 직원과 함흥영생고보의 영어교사를 거쳐 1939년 말 경에 돌연 만주 신경으로 떠난다. 해방 후 신의주를 거쳐 고향에 돌아올 때까지 일제 말의 백석은 만주에서 생활하게 된다. 일제 말기 백석의 만주행이 지니는 의미를 어떻게 해석해야 할 것인지에 대해서는 안동의 세관에서 일했다는 것 외에는 자세히 밝혀진 행적이 없으므로 현재로선 그가 만주로 간 이후에 발표한 시와 산문을 근거로 추측해 볼 수밖에 없다.

일제 말 조선총독부의 만주에 대한 정책을 보면, 내선일체를 달성하는 과정에서 동반해야 할 기본지침으로 선만일여鮮滿一如를 내세운 점을 확인할 수 있다. 특히 미나미 조선총독은 선만일여의 실천으로 내선일체內鮮一體를 달성하려는 데 주력했다. 조선총독부와 만주국은 서울에 선만척식주식회사, 신경에 만선척식주식회사를 각각 세우고 1937년부터 정책이민을 본격적으로 실시하였다.[5] 백석이 만주로 간 시기가 1939년이었으므로 그의 만주행도 이러한 이민정책과 무관하지 않을 거라는 추측을 해 볼 수 있다. 그러나 만주행을 선택한 그의 내면에 대해서는 좀 더 숙고를 요한다. 우선 만주에 간 이후에 백석은 만주국 국무원 경제부에서 잠깐 근무했고, 이후 안동의 세관에서 일한 것 외에는 이렇다 할 행적이 밝혀져 있지 않다. 그의 시에도 좀 더 내성적 성향이 강해진 것 외에는 특별한 변화가 눈에 띄지는 않는다. 오히려 그의 좋은 시들 중 상당수는 이 시기에 쓰이고 발표되었다는 사실을 기억할 필요가 있다. 백석의 만주행에 대해 우리가 섣불리 판단할 수 없는 이유는 아마도 여기에 있을 것이다.

어디까지나 추정에 불과하지만, 백석과 한설야의 인연을 생각하면, 일제 말에 한설야가 만주국에 대해 보인 태도와 관련지어 백석의 만주행을 이해해 볼 수도 있을 것이다. 일제 말 '동아협동체론'에 대해 한설야는 자본가와 군부를 근절할 수 있다면 새로운 지역공동체의 가능성이 있지만 그렇지 못할 경우에는 일본 제국의 또 다른 식민주의적 침략에 지나지 않음을 인식하고 있었던 것으로 보인다.[6] 한설야와의 친분 관계를 고려할 때 백석 역시 일제의 만주이민정책에 대해 전적인 지지나 비판의 태도를 가지고 만주행을 선택했다기보다는 만주라는 지역에서 그와는 다른 가능성의 여지를 열어놓고 있었던 것이 아닐까 추측해 본다.

---

5   신주백, 「만주인식과 파시즘」, 방기중 편, 『일제하 지식인의 파시즘체제 인식과 대응』, 혜안, 2005, 139~140쪽.
6   김재용, 「일제말 한국인의 만주 인식」, 민족문학연구소 편, 『일제말기 문인들의 만주체험』, 역락, 2007, 41쪽.

특히 일제 말의 상당 시간을 유랑하며 보냈던 백석으로서는 만주라는 이방의 공간을 직접 체험해 보고 싶다는 생각을 했을 수도 있다. 일제의 정책에 의한 것이든 일제에 대한 비판적 공간으로서든 만주는 식민지 조선과는 또 다른 가능성을 지닌 지역으로 당시 조선에 받아들여졌던 것으로 보인다.

「北方에서」 같은 시를 보면, 고향을 떠나는 시인의 마음은 일단 상실감과 절망감으로 가득했던 것 같지만, 고향과 떨어진 만주에서 그는 자신의 지난 삶을 돌아볼 수 있었던 것으로 보인다. 그가 만주로 간 이후인 1940년에 『만선일보』에 발표한 백석의 두 편의 글, 「슬픔과 진실」, 「조선인과 요설」에는 식민지 조선인으로서 시인이 느끼는 비애와 답답함이 토로되어 있는 것을 발견할 수 있다. 특히 「조선인과 요설」에서는 조선인으로서 그가 느끼는 갑갑한 현실에 대해 "입을 다물고 생각하고 노하고 슬퍼하라"[7]는 전언을 남기기도 한다. 이렇게 볼 때 백석은 식민지 조선이라는 현실을 소극적으로 부정하는 도피의 공간이자 일말의 다른 가능성이 열려 있는 공간으로 만주를 선택한 것이 아닐까 싶다.

　　　뭐배거리는
　　　비오듯 안개가 나리는속에
　　　안개가튼 비가 나리는속에

　　　뭐배거리는

7　백석, 「조선인과 요설」, 『만선일보』, 1940.5.26.(김재용 편, 『백석 전집』(증보판), 실천문학사, 2003, 488쪽에서 인용)

콩기름 쪼리는 내음새속에

섶누에번디 삶는 내음새속에

異邦거리는

독기날 별으는 돌물네소리속에

되광대 켜는 되양금소리속에

손톱을 시펄하니 길우고 기나긴 창쫘쯔를 즐즐 끌고시펏다

㲱頭꼭깔을 눌러쓰고 곰방대를 물고가고시펏다

이왕이면 ㉱내노픈 취향돌배 움퍽움퍽 씹으며 머리채 츠렁츠렁 발굽을

차는 꾸냥과 가즈런히 쌩馿車 몰아가고시펏다

— 「安東」 전문, 「조선일보」, 1939.9.13

    인용한 시는 백석이 만주 신경으로 떠나기 전에 발표한 시이다. 당시 백석은 함흥영생고보에서 수학여행으로 만주 등속을 다녀왔다고 한다.[8] 이 시에서 그리는 안동은 그때 이미 시인이 다녀온 것으로 추정해 볼 수 있다. 이방 거리의 이국적이고 낯선 느낌을 이 시의 화자는 시각, 후각, 청각이라는 감각을 통해 전하고 있다. 대개 낯선 지역에 가면, 눈에 보이는 풍경이 다르고 코끝을 스치는 냄새가 다르고 들려오는 소리가 다르다. 제일 먼저 낯섦을 체감하는 것은 우리 몸의 그런 감각이다. 만주,

---

8   송준에 따르면, 백석은 1938년 5월 5일 4학년 학생들을 인솔하여 만주로 수학여행을 떠났다. 수학여행지는 학생들이 이구동성으로 원해서 만주로 결정되었다고 한다.(송준, 『남신의주유동박시봉방 – 세계 최고의 시인 백석 일대기』 II, 지나, 1994, 191쪽)

일본, 조선의 여기저기를 떠돌아다녀 본 백석은 누구보다도 그런 느낌을 정확하게 알고 있었을 것이다. 이렇게 이 시의 1～3연에선 여행자의 시선이 드러난다. 흥미로운 것은 4연인데, 여기에 오면 낯선 이국의 풍경에 동화되고 싶어 하는 화자가 등장한다. 세 개의 '-고시펏다'라는 종결어미를 통해 이방인으로서의 거리감에서 벗어나 그곳 사람들과 같은 복식을 하고 그곳 여인과 나란히 '쌍마차' 타고 가고 싶다는 바람을 드러낸다. 물론 화자의 바람은 어디까지나 바람으로 그치고 말지만, 몸의 감각으로 감지한 낯선 거리를 화자의 바람, 즉 마음을 통해 극복하고자 하는 이 시에서 이질적인 것이 동시적으로 공존하는 백석 시 미학의 특징을 다시 한번 확인할 수 있다.

어진 사람이 많은 나라에 와서
어진 사람의 줏을 어진사람의 마음을 배위서
수박씨 닦은것을 호박씨 닦은것을 입으로 앞니빨로 밝는다

수박씨 호박씨를 입에 넣는 마음은
참으로 철없고 어리석고 게으른 마음이나
이것은 또 참으로 밝고 그윽하고 깊고 무거운 마음이라
이마음안에 아득하니 오랜 세월이 아득하니 오랜 지혜가 또 아득하니 오랜 人情이 깃들인것이다
泰山의 구름도 黃河의 물도 옛님군의 땅과 나무의 덕도 이마음안에 아득하니 뵈이는것이다

이 적고 가부엽고 갤죽한 히고 깜안 씨가

조용하니 또 도고하니 손에서 입으로 입에서 손으로 올으날이는 때

벌에 우는 새소리도 듣고싶고 거문고도 한곡조 뜯고싶고 한 五斗말 남기

고 函谷關도 넘어가고싶고

기쁨이 마음에 뜨는 때는 히고 깜안 씨를 앞니로 까서 잔나비가 되고

근심이 마음에 앉는때는 히고 깜안 씨를 혀끝에 물어 까막까치가 되고

어진 사람이 많은 나라에서는

五斗米를 벌이고 버드나무아래로 돌아온 사람도

그 넓차개에 수박씨 닦은것은 호박씨 닦은것은 있었을것이다

나물먹고 물마시고 팔벼개하고 누었든 사람도

그 머리 맡에 수박씨 닦은것은 호박씨 닦은것은 있었을것이다.

— 「수박씨, 호박씨」 전문, 『人文評論』 9, 1940.6, 34~35쪽

1939년 말에 만주 신경에 간 후에도 백석은 꾸준히 지면에 작품을 발표한다. 「北方에서」, 「흰 바람벽이 있어」 등 그의 대표작 중 상당수가 이 시기에 쓰인다. 「北方에서」에는 고향을 버리고 떠나오면서 그가 느꼈을 회한과 상실감이 절절하게 그려지기도 했고, 「흰 바람벽이 있어」에는 가난하고 외롭고 높고 쓸쓸하니 살아가도록 태어난 존재로 시인으로서의 자신의 운명을 되새기며 사랑하는 이들과 떨어서 지내는 외로운 심경을 극복하려는 모습이 아름답게 그려진다.

인용한 시는 사람과 음식을 통해 낯선 곳을 체험하고 있다는 점에서 백석의 여행 시에 일관되게 나타나는 특징을 잘 보여주고 있다. 로마에

가면 로마법을 따르라는 말처럼 그는 어진 사람이 많은 나라에 와서 어진 사람의 짓과 마음을 배우고자 한다. 그 첫 번째 시도는 '수박씨, 호박씨'를 발라 먹는 데서 시작된다. 그 지역의 풍습에 따라 음식을 입에 넣는 행위를 통해 백석은 오랫동안 이곳에 살아온 사람들의 세월과 지혜와 인정까지도 보아낸다. 시인이 떠올리는 이곳의 사람들은 하나같이 혼탁한 세상에 속세에서 물러나 은둔했던 인물들이다. 그런 인물들을 떠올리며 시인은 그들과 자신을 동일시하기에 이르렀을 것이다. 일제 말의 백석의 은둔은 현실 도피라고 비판받을 수도 있겠지만, 화합할 수 없는 현실에 대해 "세상 같은 건 더러워 버"「나와 나타샤와 흰당나귀」린다는 소극적 부정의 태도를 견지한 점은 당시 식민지 조선의 시인이 취할 수 있었던 최소한의 자존심이었음을 인정할 필요가 있다. 이 시기에 그는 자신의 내면을 들여다보는 시를 쓰다가 그나마 조선어로 발표가 어려워진 시점부터는 절필을 한다.

3. 습득과 환기의 매개로서의 음식

백석 시에 다양한 음식 문화가 등장한다는 사실은 초창기 연구에서부터 지적되어 온 사실이지만, 소재적 차원에서 음식에 접근하는 연구나 후각이라는 감각과 관련지어 백석 시의 음식을 이해하려는 연구에서 대체로 벗어나지 못했다. 그런 점에서 음식이 등장하는 백석의 시가 이율배반적 정서 환기의 효과를 지닌다는 소래섭의 연구[9]는 소재적 차원에서 한 발 더 나아가 백석 시의 핵심적 특성을 '음식'을 매개로 적극적으로 밝혀 보고자 했다는 데 의의가 있다.

음식을 먹는 행위는 낯선 대상을 가장 직접적으로 체험하는 방식이기도 하다. 음식을 삼키거나 씹어 넘김으로써 음식과 그것을 먹는 사람은 하나가 된다. 그것은 두 세계가 만나는 장면이기도 하다. 백석의 시에서 음식은 시인이 세계와 어떻게 대면하는지를 보여주는 매개 역할을 한다. 또한 시집 『사슴』에 실린 시들에서 음식은 대개 과거의 기억을 환기하는 매개체로 작용한다. 마치 마르셀 프루스트의 『잃어버린 시간을 찾아서』에서 마들렌 과자가 잃어버린 기억을 떠올리게 하는 매개 역할을 했던 것처럼, 백석 시에서 음식은 과거 유년의 기억 속으로 시의 화자를 데려다놓는 역할을 한다.

> 내일같이명절날인밤은 부엌에 찌듯하니 불이밝고 솥뚜껑이놀으며 구수한내음새 곰국이무르끓고 방안에서는 일가집할머니가와서 마을의소문을펴며 조개송편에 달송편에 쥔두기송편에 떡을빚는곁에서 나는밤소 팟소 설탕든콩가루소를먹으며 설탕든콩가루소가가장맛있다고생각한다
> 나는얼마나 반죽을주물으며 흰가루손이되어 떡을빚고싶은지모른다
>
> — 「古夜」 부분, 『사슴』, 선광인쇄주식회사, 1936

명절날의 기억은 곰국이 무르끓는 구수한 냄새로부터 환기된다. 한번 각인된 그 냄새는 쉽게 잊히지 않고, 같은 음식 냄새만 맡으면 명절날의 기억을 떠오르게 하는 효과를 발휘한다. 미각으로 기억되는 음식

---

9 소래섭, 앞의 글; 소래섭, 「백석 시에 나타난 음식의 의미 연구」, 서울대 박사논문, 2008.

역시 다르지 않다. '설탕 든 콩가루소' 송편의 맛을 기억하는 화자에게 그것은 명절날의 기억 속으로 들어가게 하는 장치가 된다. 화자는 명절날이면 반죽을 주무르며 '흰가루손'이 되어 떡을 빚고 싶다는 생각을 하곤 했었다. 명절날 밤 '흰가루손'이 되어 송편을 빚는 어머니와 할머니의 모습과 그 속에 동참하고 싶었던 화자의 욕망이, 아직 미각에 남아있는 '설탕 든 콩가루소' 송편의 맛을 매개로 기억 바깥으로 끌어올려진다. 이렇게 백석의 시에서 음식은 기억을 환기하는 매개체가 된다.

> 호박닢에싸오는 붕어곰은 언제나맛있었다
>
> 부엌에는 빨앙게질들은 八모알상이 그상웋엔 샛파란 싸리를그린 눈알만 한盞이 뵈었다
>
> 아들아이는 범이라고 장고기를잘잡는 앞니가뻐드러진 나와동갑이었다
>
> 울파주밖에는 장군들을따러와서 엄지의젓을빠는 망아지도있었다
>
> —「酒幕」전문, 『사슴』, 선광인쇄주식회사, 1936

호박잎에 싸오는 붕어곰은 '언제나' 맛있었다. 시의 화자가 기억하는 주막은 호박잎에 싸오는 붕어곰의 맛으로 먼저 기억된다. 붕어곰 맛을 통해 주막을 떠올린 화자에게는 연달아 빨갛게 길든 '八모알상'과 그 상 위에 놓여 있던 싸리가 그려진 눈알만 한 잔이 생각난다. 그리고 연쇄적으로 그 주막집에 잔고기를 잘 잡고 앞니가 뻐드러진 자신과 동

갑인 범이라는 아이가 있었다는 사실도 기억해낸다. 울바자 밖에는 장꾼들을 따라와서 어미의 젖을 빠는 망아지도 있었다. 서로 이질적인 풍경을 묶어주는 매개는 '주막'이라는 공간인데, 이 모든 것이 어우러진 주막의 풍경은 '호박잎에 싸오는 붕어곰'의 맛으로 먼저 환기된다.

> 明太창난젓에 고추무거리에 막칼질한무이를 뷔벼익힌것을
>
> 이 투박한 北關을 한없이 끼밀고있노라면
>
> 쓸쓸하니 무릎은 꿀어진다
>
> 시큼한 배척한 퀴퀴한 이 내음새속에
>
> 나는 가느슥히 女眞의 살내음새를 맡는다
>
> 얼근한 비릿한 구릿한 이 맛속에선
>
> 깜아득히 新羅백성의 鄕愁도 맛본다.
>
> ——「北關 – 咸州詩抄」 전문, 『朝光』 3-10, 1937.10, 210쪽

백석의 시에 종종 등장하는 북관은 함경도를 가리킨다. 흥미로운 것은 '명태창란젓에 고추무거리에 막칼질한 무를 비벼 익힌 것'을 이 시에서 '투박한 北關'이라고 지칭하고 있는 점이다. 앞서 살펴본 것처럼 백석의 여행 시에서 음식은 여행지라는 새로운 세계와 대면하는 중요한 매개이다. 이 시는 북관에서 먹은 음식과 북관 자체를 동일시함으로써 백석의 여행 시에서 음식이 하는 역할을 단적으로 보여준다.

투박한 북관의 음식을 맛봄으로써 시인이 느끼는 것은 쓸쓸함이다.

음식과 하나된 시의 화자는 쓸쓸함에 감염된다. 북관의 음식은 특유의 "시큼한 배척한 퀴퀴한" '내음새'와 "얼근한 비릿한 구릿한" '맛'을 통해 까마득한 여진과 신라에 대한 기억을 환기한다. 습득과 환기라는 작용은 이렇게 한 편의 시에서 동시에 일어나기도 한다. 흥미로운 것은 '신라 백성의 향수'를 저 북관의 음식에서 떠올린 데 있다. 여진의 살 냄새를 맡은 것이야 지역적으로도 유사하니까 이해할 수 있다 하더라도 하필 신라 백성의 향수를 떠올린 이유는 무엇일까? 아마도 여기서의 신라는 통일신라를 가리키는 것으로 보아야 할 것이다. 일제 강점기라는 현실 속에서 시인은 이 땅이 하나로 통일되어 전성기를 구가했던 오래전의 기억을 의도적으로 떠올린 것이다. 그가 시각과 후각과 미각을 동원해 묘사한 음식의 맛은 투박한 북관의 맛으로 정리되는데, 그로부터 쓸쓸함이 발생하는 까닭은 신라 백성이던 시절과 일제 강점기 북관의 대비를 통해서이다.

거리에서는 모밀내가 낫다
부처를 위하는 정갈한 노친네의 내음새가튼 모밀내가 낫다

어쩐지 舂川부처님이 가까웁다는 거린데
국수집에서는 농짝가튼 도야지를 잡어걸고 국수에 치는 도야지고기는 돗
바늘 가튼 털이 드문드문 백엇다
나는 이 털도 안뽑은 도야지 고기를 물구럼이 바라보며
또 털도 안뽑는 고기를 시껌언 맨모밀국수에 언저서 한입에 끌꺽 삼키는
사람들을 바라보며

　북신은 평안북도 영변군의 한 지명이다. 서행시초 연작시 중 한 편인 이 시에는 투박한 북방의 정서가 실감나게 그려져 있다. 거리 가득한 "모밀내"를 노친네의 냄새로 비유하면서 시작되는 이 시에는 '모밀국수'와 '도야지고기'라는 평안북도를 대표하는 음식이 등장한다. 후각으로 독자들의 코끝을 자극한 시인은 돗바늘 같은 털이 드문드문 박힌 '도야지고기'를 묘사함으로써 다시 독자들을 시각적으로 자극하고 이어 털도 안 뽑은 고기를 시키면 '맨모밀국수'에 얹어 한입에 꿀꺽 삼키는 사람들을 통해 독자의 미각을 자극한다. 후각과 시각과 미각이 어우러진 음식은 마침내 화자의 마음을 움직인다. 가슴에 뜨끈한 것을 느낀 화자의 상상력은 소수림왕과 광개토대왕을 생각하기에 이른다. 털도 안 뽑은 고기를 시키면 맨 메밀국수에 얹어 한입에 꿀꺽 삼키는 투박하고 건강해 보이는 저 사람들의 모습에는 북방의 대륙을 호령하던 시절의 화려했던 과거가 어른거린다. 지금은 일제의 식민지로 전락한 신세지만 드넓은 대륙을 향해 활달하게 달리던 시절이 저들에게도 있었음을 시인은 음식을 통해 기억해낸다. 음식을 통한 과거의 환기는 이내 화자에게 쓸쓸함을 자아낸다. 물론 그것은 현재와 과거의 거리 차로 인한 상실감 때문이다.

4. 불교와 무속의 습합

백석의 시에서 무속의 흔적을 찾아보기는 어렵지 않다. 『사슴』에 실린 여러 편의 시에서 무당이 굿을 하는 모습을 발견할 수 있고, 민간에 전해오는 각종 금기와 미신 등을 찾아볼 수 있다. 『사슴』에 등장하는 '가즈랑집 할머니'나 『사슴』 이후의 "넘언집범같은노큰마니"는 마을의 일을 주재하고 관장하는 대모신의 이미지에 가깝게 그려지는데 이로부터도 모계 사회에 계승되는 무속의 흔적을 찾을 수 있다. 그런가 하면 백석 시에서 두드러진다고 보기는 어렵지만 불교의 흔적을 찾아볼 수 있는 시도 몇 편 눈에 띈다. 이 장에서는 백석 시에서 불교와 무속이 어떤 식으로 접합되며, 불교와 무속을 대하는 시인의 태도가 어떤 것인지를 살펴봄으로써 백석 시에서 다양한 종교 문화가 충돌하고 공존하는 모습을 확인하고자 한다. 흥미로운 것은 백석이 오랫동안 영어 교사로 근무했던 함흥영생고보와 잠깐 몸담았던 함흥영생여고보는 캐나다의 장로교회 선교사들이 설립한 기독교 학교라는 사실이다. 그의 시에 직접적으로 드러나지는 않지만, 그는 기독교에도 조예가 깊은 시인이었다. 그가 주로 가르친 과목이 영어 과목이었다는 사실도 이러한 추측에 힘을 실어준다. 기독교적 체험이 그의 시에 미친 영향은 없는지 살펴보는 것도 이 장의 몫이다.

백석 시에서 불교적 상상력이나 불교의 흔적이 느껴지는 시가 많은 것은 아니지만, 소재적 차원에서 활용되거나 비유적으로 동원되는 경우는 적지 않다.[10] 「가즈랑집」에서 '가즈랑집 할머니'는 "중같이 정"한 모습으로 그려지며, 「미명계」의 마지막 연에서는 "어데서 서러웁게 목탁을 뚜드리는 집"이 그려진다. 마을에서 샤먼에 가까운 존재인 가즈랑집 할머니를 중같이 정한 모습으로 비유하고 있다는 것은 불교와 무속이 그만큼 친연성을 가지고 습합되어 있음을 의미하는 것이다. 서럽게 목탁을 두드리는 집에 대한 묘사 역시 기복적인 민간 신앙으로 정착한 한국적 불교의 모습을 보여준다. 인력으로 해결할 수 없는 어려운 일이 생겼을 때 무당을 찾아 굿을 하듯이, 민간에서는 절을 찾고 스님을 찾기도 했던 것이다. 이러한 기복 신앙의 전통은 지금까지도 이어진다. 이미 「추일산조」에서도 산을 올라가는 순례중의 모습과 어젯밤 "이 산 절에 재"가 든 사실이 서술된 바 있다. 「오금덩이라는곧」에서는 '탱'이 등장하며, 「北新－西行詩抄(二)」에서는 "香山부처님"이 등장하고 "모밀내"를 "부처를 위하는 정갈한 노친네의 내음새"에 비유하기도 한다. 백석 시에서 그려지는 불교는 이렇게 무속적 성격과 습합된 형태로 그려진다.

女僧은 合掌하고 절을했다
가지취의 내음새가났다
쓸쓸한낮이 넷날같이 늙었다
나는 佛經처럼 설어워졌다

平安道의 어늬 山깊은 금덤판
나는 파리한女人에게서 옥수수를샀다

---

10   백석 시를 불교와 관련해서 읽은 글로는 소략하나마 유임하, 「지상의 쓸쓸한 삶과 생명에의 자비」, 『한국문학과 불교문화』, 역락, 2005, 62~71쪽이 있다.

女人은 나어린딸아이를따리며 가을밤같이차게울었다

섭벌같이 나아간지아비 기다려 十年이갔다
지아비는 돌아오지않고
어린딸은 도라지꽃이좋아 돌무덤으로갔다

山꿩도 설게울은 슳븐날이있었다
山절의마당귀에 女人의머리오리가 눈물방울과같이 떨어진날이있었다

— 「女僧」 전문, 「사슴」, 선광인쇄주식회사, 1936

인용한 시에서는 지아비와 어린 딸을 잃은 기구한 운명의 여인이 머리를 깎고 중이 된 슬픈 사연이 그려진다. 화자는 어린 딸아이를 데리고 옥수수를 팔며, 먹고 살기 위해 안간힘을 쓰던 시절의 그녀를 알고 있었다. 가난 때문에 가을밤같이 차게 울던 그녀의 서러운 삶을 화자는 기억하고 있는데, 운명은 예나 지금이나 여전히 그녀의 편이 아니었다. 소중한 존재들을 모두 잃은 그녀의 모습을 시의 화자는 "가지취의 내 음새"로 묘사한다. 쓸쓸한 낯의 안쓰러운 여인의 모습을 후각적 감각으로 표현한 것이다.

백석의 시에서 불교는 서러움의 정서를 동반하는 경우가 많다. 섭벌같이 나아간 지아비를 기다려 십 년이 갔지만 지아비는 돌아오지 않고 가난 때문에 결국 딸아이마저 잃고 만다. 이렇듯 기구한 사연을 지닌 여인의 마지막 선택은 머리를 깎고 중이 되는 것이었다. 실제로 여승 중에는 저런 기구한 사연을 지닌 경우가 적지 않았다. '불경처럼 서럽다'는

비유가 가능한 것은 불교가 민간에서 차지하는 그런 문화적 분위기를 시인이 감지하고 있었기 때문이다. 무속과 습합된 한국 불교의 성격이, 백석의 시에 서러움의 정서로 불교적 상상력을 동원하게 한 문화적 원천이 되었다고 볼 수 있겠다. 서러운 속세의 삶을 버리려는 여인의 모습을 바라보며 '山꿩'도 서럽게 울고 시의 화자도 이내 서러워진다. 그 서러움의 정서는 독자에게 감염되어 공감의 정서를 불러일으킨다. 불교는 백석의 시에서 이렇게 서럽고 쓸쓸한 정취를 형성한다.

거미새끼하나 방바닥에 날인것을 나는아모생각없이 문밖으로 쓸어벌인다
차디찬밤이다

어니젠가 새끼거미쓸려나간곤에 큰거미가왔다
나는 가슴이짜릿한다
나는 또 큰거미를쓸어 문밖으로 벌이며
찬밖이라도 새끼있는데로가라고하며 설어워한다

이렇게해서 아린가슴이 싹기도전이다
어데서 좁쌀알만한 알에서 가제깨인듯한 발이 채 서지도못한 무척적은 새끼거미가 이번엔 큰거미없서진곤으로와서 아물걸인다
나는 가슴이 메이는듯하다
내손에 올으기라도하라고 나는손을내어미나 분명히 울고불고할 이작은것은 나를 무서우이 달이나벌이며 나를서럽게한다
나는 이작은것을 곻이 보드러운종이에받어 또 문밖으로벌이며

거미새끼 한 마리가 방바닥에 내려온 것을 문밖으로 쓸어버리자 어
느새 거미새끼의 어미인 것처럼 보이는 큰 거미가 나타난다. 화자는 가
슴에 짜릿한 아픔을 느끼며 큰 거미마저 쓸어서 문밖으로 버린다. 찬
바깥이지만 새끼 있는 데로 가라는 연민의 마음이다. 그리고 화자의 아
린 가슴이 사그라지기도 전에 막 알에서 깨어난 듯한 아주 작은 새끼거
미가 다시 큰 거미가 없어진 곳에 와서 아물거린다. 화자는 가슴이 메
는 듯해서 어린 거미를 고운 종이에 받쳐 다시 바깥으로 내보낸다.

거미와 같은 작은 생명체에게도 연민의 감정을 느끼고 어미와 새끼
가 떨어져서 헤매는 이런 풍경을 수라지옥이라고 느끼는 화자의 마음
은 자비심에 가깝다. 생명 존중의 태도가 다른 생명에 대한 자비로 나
타난 것이다. 백석의 시는 미물은 물론 무생물에게도 이런 자비와 연민
과 동화의 감정을 드러내곤 한다. 이 시의 불교적 상상력의 밑바탕에는
공동체적 유대감을 강하게 드러내는 정서가 흐르고 있다. 백석의 시가
불교와 만나는 자리는 샤머니즘에 기초한 공동체적 유대감 속에서 이
해될 필요가 있어 보인다.

백석 시에서 기독교의 흔적을 찾기란 불교의 흔적을 찾는 일보다 더
어렵다. 그의 고향에 기독교가 꽤 일찍 들어왔고, 그가 다닌 오산학교
나 이후 근무한 영생고보, 영생여고보 등이 기독교계 학교였음을 생각
하면 이는 매우 특이한 현상이라고도 볼 수 있다. 그의 시에 기독교적

영향이 직접적으로 드러나는 것은 아니지만, 근대에 대한 백석의 인식에는 기독교의 영향이 작용하고 있었다고 볼 수 있다. 다만 그는 사상적으로든 시적 경향에서든 어느 한쪽에 급격히 경사되기보다는 여러 이질적인 영향들을 통합할 줄 아는 안목과 기질을 지니고 있었던 것으로 보인다.

백석 시 전반에 분명히 드러나는 것은 아니지만, 「나와 나타샤와 흰 당나귀」나 「흰 바람벽이 있어」 등의 『사슴』 이후에 발표한 시에서는 기독교적 영향 관계 속에서 읽을 만한 면이 발견되기도 한다. 상상 속 여인 나타샤와 함께 떠나고 싶어 하는 '마가리'에서 기독교적 이상향의 흔적을 발견할 수 있으며,[11] 자기 응시의 공간인 흰 바람벽을 들여다보는 화자의 태도[12]라든가 하늘로부터 주어진 운명을 언급하는 부분에서도 기독교적 영향의 흔적을 확인할 수 있다. 다만 이런 경우에도 백석의 시는 기독교적 세계관으로 귀의하기보다는 토속적인 것과 근대적인 것, 동양적인 것과 서양-근대적인 것 등이 공존하는 성향을 드러낸다는 점이 특징적이다.[13]

---

[11] 이에 대해서는 '낙원 회복의 꿈'이라는 관점에서 해석이 가해지기도 했다.(박주택, 『나원회복의 꿈과 민족정서의 복원』, 시와시학사, 1999)

[12] 이러한 백석 시의 태도는 이후 윤동주에게 계승되어 청교도적 태도로 그 모습을 드러내기도 한다.

[13] 「나와 나타샤와 흰당나귀」에 나타난 유토피아에 대해 동양적 상상력이라는 관점에서의 분석과 기독교적 낙원이라는 관점에서의 분석이 모두 이루어진 것도 이러한 백석 시의 성향에 기인한 바 크다.

5. 의인화의 전략과 공동체적 유대의 강화

백석의 시에는 각종 생물체는 물론 무생물에 대해서도 의인화해서 친숙하게 대하는 상상력이 종종 등장한다. 그런 시에서는 대개 아이의 시선이 드러나는 점도 주목을 요한다. 백석의 시는 아이의 시선을 빌려 타자와 자신을 동화시키고자 한다. 아이의 시선에 의해 타자는 '우리' 안에 포괄된다. 이러한 의인화의 전략은 백석의 시에 이질적인 세계가 공존하는 것을 가능하게 해준다. 그의 시에 드러나는 연대감은 때로는 대상을 가리지 않고 발휘되기도 한다.

낡은 나조반에 흰밥도 가재미도 나도나와앉어서
쓸쓸한 저녁을 맞는다

흰밥과 가재미와 나는
우리들은 그무슨이야기라도 다할것같다
우리들은 서로 믿없고 정답고 그리고 서로 좋구나

우리들은 맑은물밑 해정한 모래톱에서 하구긴날을 모래알만 헤이며 잔뼈가 굵은탓이다
바람좋은 한벌판에서 물닭이소리를들으며 단이슬먹고 나이들은탓이다
외따른 산골에서 소리개소리배우며 다람쥐동무하고 자라난탓이다

우리들은 모두 욕심이없어 히여졌다

착하디 착해서 세괏은 가시하나 손아귀하나 없다
너무나 정갈해서 이렇게 파리했다

우리들은 가난해도 서럽지않다
우리들은 외로워할 까닭도없다
그리고 누구하나 부럽지도않다

흰밥과 가재미와 나는
우리들이 같이 있으면
세상같은건 밖에나도 좋을것같다

— 「膳友辭 – 咸州詩抄」 전문, 「朝光」 3-10, 1937.10, 212~213쪽

   화자가 낡은 나조반을 마주하고 흰밥에 '가재미' 반찬으로 홀로 저녁을 먹는 상황을 그린 시이다. 자신과 성질이 유사한 동식물 및 무생물을 벗 삼아 '오우가' 등을 지었던 옛 선인들을 본받아 시인은 흰밥과 가재미를 '선우膳友'라 일컫는다. 이들에겐 '하얗다'는 공통점이 있다. 물론 흰색은 시각적 색채의 의미를 넘어 맑고 깨끗하다는 기질이 닮은 존재로 그려진다. 백석의 시에서 '흰색'은 더러운 세상과 거리를 둔 시인의 내면을 상징하는 색채 이미지로 자주 등장한다. 밥과 반찬을 벗 삼은 시인은 '흰밥과 가재미와 나'를 '우리들'이라고 지칭한다. '-와 / 과'로 나열된 "흰밥과 가재미와 나는" 백석의 시에서 서로 동등한 인격체로 다루어진다. 이들끼리 형성하는 *끈끈한* 유대감은 세상과 이들을 분리시켜 그들만의 이상적 공동체를 이루어낸다.

백석의 시에서 두드러지게 나타나는 의인화의 전략은 주체와 타자 간에 유대감을 강화하는 것은 물론이고, 주체와 타자 간의 경계를 이분법적으로 나누지 않고 더불어 공존하는 관계로 인식하게 한다. 백석의 시에서 다양한 문화의 충돌이 습합으로 귀결되는 데는 이러한 의인화의 전략이 결정적으로 작용하고 있다고 볼 수 있다. 음식을 매개로 낯선 세계와 대면하거나 다양한 문화 현상이 충돌할 때 백석 시는 생명이 있든 없든 모든 대상에 생명력을 부여해주는 의인화의 전략을 주로 활용함으로써 주체와 타자 간의 공동체적 유대를 강화한다. 백석의 시를 감싸 안는 이러한 유대감으로 인해 이질적인 것이 각각의 개성을 잃지 않으면서 공존하는 동시적 구조가 형성된다.

6. 세계와 대면하는 방식

이 글에서는 여행, 음식, 종교를 매개로 백석 시에 나타난 다양한 문화의 충돌과 공존, 습합의 과정을 살펴보았다. 백석의 시는 낯선 여행지에서 사람과 음식을 통해 그 지역의 문화와 풍습을 습득했다. 특히 음식은 백석의 시에서 체험의 습득과 환기의 매개로서 기능한다. 그런가 하면, 다양한 종교적 체험은 백석의 시에서 상호 공존하면서 무속적 풍속과 녹아든 습합의 형태로 나타난다. 특히 백석 시에서 불교적 상상력은 서러움을 동반하곤 하는데, 이는 기복 신앙으로서의 무속과 습합된 형태로 불교가 수용, 정착되면서 민간에서 형성하고 있었던 분위기를 백석의 시가 충분히 이해하고 있었음을 보여주는 것이기도 하다. 기독교적 체험 역시 백석의 시에서는 이상향에 대한 추구라는 보편적인 성향으로 나타난다. 무속, 불교, 기독교, 유교 등의 이질적인 체험들이 백석의 시에서는 각각의 개성을 잃어버리지 않으면서도 유대적 관계를 형성한다. 불교적 상상력이 드러난 시에서 발견되는 '자비'의 정신도 이러한 유대감과 관련된 것으로 볼 수 있다.

다양한 문화 현상의 동시적 공존과 습합을 보여주고 있는 백석 시의 특징은 백석이 여러 편의 시에서 취하고 있는 의인화의 전략과 긴밀히 관련된다. 백석의 시에서는 동식물이나 무생물에 대해서도 '너'라고 지칭하거나 그것들과의 관계를 '우리'라고 지칭하는 경우를 흔히 볼 수 있다. 백석의 시에서 두드러지게 나타나는 의인화의 전략은 주체와 타자 간에 유대감을 강화하고, 주체와 타자 간의 경계를 허문다. 백석의 시에서 다양한 문화의 충돌이 습합으로 귀결되는 데는 이러한 의인화의 전략이 결정적으로 작용하고 있다. 주체와 타자 간의 공동체적 유대를 강화함으로써, 백석의 시에는 이질적인 것들이 각자의 개성을 잃지 않고 공존하는 동시적 구조가 형성된다.

백석의 기행시편에 나타난 장소의 심상지리

1. 백석의 기행시편과 심상지리

백석의 시에 대해서는 1988년 월북 작가에 대한 해금조치가 이루어
진 후 양적으로나 질적인 면에서 상당히 연구가 진행되어 여러 편의 석
·박사논문과 연구논문들이 쏟아져 나왔다. 초창기 연구에서는 리얼리
즘 시의 일종으로 백석의 시가 주목되었으나 90년대 후반 이후의 연구
에서는 모더니스트로서의 백석의 면모가 부각되면서 백석 시의 기법 및
형식적 특성에 대한 연구가 상당 부분 진행되었다.[1] 최근에는 백석의 만
주시편이나 만주에서의 행적에 주목하는 연구,[2] 일제 강점기 말의 조선
시 담론과의 관련 속에서 백석의 시를 읽으려는 논문[3] 등이 지속적으로

---

1   이경수, 「한국 현대시의 반복 기법과 언술 구조—1930년대 후반기의 백석·이용악·서정
    주 시를 중심으로」, 고려대 박사논문, 2002; 이경수, 「백석 시에 쓰인 '-는 것이다'의 문
    체적 효과」, 『우리어문연구』 22, 우리어문학회, 2004, 309~336쪽; 고형진, 「백석 시에
    쓰인 '-이다'와 '것이다' 구문의 시적 효과」, 『한국시학연구』 14, 한국시학회, 2005.
2   서준섭, 「백석과 만주」, 『한중인문학연구』 19, 한중인문학회, 2006, 303~328쪽; 김재
    용, 「일제말 한국인의 만주 인식」, 민족문학연구소 편, 『일제말기 문인들의 만주체험』, 역
    락, 2007, 13~42쪽; 이경수, 「백석 시에 나타난 문화의 충돌과 습합」, 『한국시학연구』
    23, 한국시학회, 2008, 7~33쪽; 조은주, 「일제 말기 만주체험 시인들과 '기억'의 계보학
    적 탐색」, 『한국시학연구』 23, 한국시학회, 2008, 35~65쪽; 신주철, 「백석의 만주체류
    기 작품에 드러난 가치 지향」, 『국제어문』 45, 국제어문학회, 2009, 251~277쪽.
3   이근화, 「1930년대 시에 나타난 식민지 조선어의 위상—김기림·정지용·백석을 중심으
    로」, 고려대 박사논문, 2008; 여태천, 「1930년대 조선어의 위상과 현대시의 형성과정」,

쓰이고 있다.

이 글에서는 백석의 기행시편에 나타난 장소들이 구축한 심상지리 imaginative geography를 살펴봄으로써 그것이 일제 강점기 말에 총독부 주재로 이루어진 조선고적조사보존사업으로 인해 형성된 제국의 심상 지리에 의한 조선의 표상과 어떻게 달랐는지 규명해 보고자 한다. 심상 지리는 주체가 인식하고 상상하는 특정 공간에 대한 지리적 인식을 가 리키는 말로, 서구 제국주의의 상상적 지리 관념을 가리키는 탈식민주 의적 관점을 드러내는 용어로 주로 사용되면서 최근 연구에서 주목되고 있다.[4] 이 글에서는 일제에 의해 구축된 일제 강점기 말 조선의 심상지 리와 백석의 기행시편이 구축한 심상지리 사이에 균열이 있다는 판단에 따라 그 균열을 읽어내기 위해 심상지리라는 용어를 사용하였다.

기행시편으로 읽을 수 있는 백석의 시로는 '南行詩抄', '咸州詩抄', '西行詩抄' 등 특정 지역을 여행하면서 쓴 연작시임을 분명히 밝힌 시 편들과 위와 같은 연작시의 형태를 띠고 있지는 않지만 일제 강점기 말 에 고향을 떠나 유랑 중인 화자의 기행 체험이 직간접적으로 드러난 시 들, 만주 신경에서 보내온 것임을 추정할 수 있는 시들[5]이 있다. 기행시

『한국시학연구』 27, 한국시학회, 2010, 127~151쪽.

4 박주식은 일찍이 장소(place)의 문제가 탈식민주의의 공간적 함의를 가장 적절히 대변 해준다는 데 주목하였다. 또한 그는 탈식민주의적 시각에서 바라보는 장소는 문화적 가 치들이 서로 겨루는 갈등의 터전(site of struggle)이며 또한 그 가치들이 구체화되어 드러나는 재현의 현장(site of representation)이 되므로 그런 의미에서 장소는 지질학 적 공간이 아닌 문화적 공간으로 보아야 한다고 말한다.(박주식, 「제국의 지도 그리기- 장소, 재현 그리고 타자의 담론」, 고부응 편, 『탈식민주의-이론과 쟁점』, 문학과지성사, 2003, 259~261쪽)

5 백석은 1939년 『女性』지의 편집 주간 일을 그만두고 만주 신경에 가서 지내다가 1942 년 만주의 안동 세관에서 일한 것으로 알려져 있다. 이 시기에 발표한 시들 중에는 백석 이 만주 신경에서 작품을 보내왔다는 내용이 잡지의 편집후기에 남아 있는 경우가 많았 다. 이 시들에서는 대체로 타관을 여행하는 여행자로서의 시선이 드러나 있다. 지금까지

편으로 묶을 수 있는 이러한 시들은 『사슴』에 실린 두 편을 제외하고는 모두 시집 『사슴』 이후에 발표된 시들이다.[6] 1937년 중일전쟁 이후의 급격한 정세의 변화는 조선 사회에도 많은 영향을 끼친다. 특히 조선의 지식인 사회에서는 당시를 전환기 또는 전형기로 인식하는 시선이 지배적이었다. 파시즘의 창궐로 인한 서구 사회의 몰락을 간접 경험하면서 조선 사회에 일게 된 위기의식은 파리 함락을 목격함으로써 근대의 파국을 한층 실감하게 된다. 거기에 중일전쟁 이후 동양담론을 강화해 나간 일본의 제국주의적 논리까지 가세해, 일제 강점기 말의 조선 사회는 요동치고 있었다. 당시에 총독부 주재의 조선고적조사보존사업 등의 명목으로 유적지에 대한 기행 및 답사가 활발히 이루어지고 있었고 거기에 다녀온 문인들의 기행문이 각종 지면에 활발히 발표되기도 했다. 일제는 이러한 정책적인 사업을 통해 조선과 조선인의 정체성을 식민지적으로 구성하고자 했다.[7] 백석의 기행시편이 이러한 총독부 중심의 조선 유적답사와 얼마나 달랐으며 어떤 의도를 지닌 것이었는지 살펴보는 작업은 일제 강점기 말 백석의 만주행과 만주시편들의 의미를 해석하는 데도 유용한 시각을 제공해 줄 것으로 보인다.

의 백석 연구에서 이 시편들은 기행시편에 포함시키지 않았지만, 그 지역의 중국인들을 관찰하는 여행자로서의 화자의 시선이 드러난 시들은 기행시편으로 분류할 수 있다고 이 글에서는 판단하여 기행시편에 포함시켰다.

6 곽효환은 「백석 기행시편 연구」, 『한국근대문학연구』 18, 한국근대문학회, 2008에서 시집 『사슴』에 실린 두 편의 시, 「統營」과 「柿崎의 바다」를 기행시편에서 제외했는데, 이는 기행시편을 『사슴』과 내면 지향의 일제 강점기 말에 쓰인 시를 잇는 과도기적 성격의 시로 보고자 하는 연구자의 시각이 과도하게 적용된 경우라고 볼 수 있다. 『사슴』의 주된 시세계라고 보기는 어렵지만 여행자의 여정과 시선이 드러나는 「統營」과 「柿崎의 바다」는 기행시편으로 분류되는 것이 타당하다.

7 박진숙, 「식민지 근대의 심상지리와 『文章』파 기행문학의 조선표상」, 민족문학사연구소 기초학문연구단, 『'조선적인 것'의 형성과 근대문화담론』, 소명출판, 2007, 72쪽.

백석은 1912년 평북 정주에서 태어나 오산고보를 졸업하고 1930년 1월 『조선일보』 신년현상문예에 단편소설 「그 母와 아들」이 당선되어 『조선일보』 장학생으로 선발되어 일본 동경의 사립 명문 아오야마靑山 학원에서 수학한 후 1934년에 서울로 돌아온다. 백석은 그 시절의 일본 유학 체험을 비롯해서 고향인 평북 정주를 떠나 타향살이를 하거나 여러 고장을 여행하면서 떠도는 체험을 갖게 된다. 동시대 지식인들처럼 일본 유학 체험을 가지고 있는 것은 물론이고, 그가 고등학교 교사로 봉직한 곳도 함흥에 있는 영생고보였으며, 그 밖에도 통영, 창원, 고성 등지를 돌아다니기도 했다. 그는 1939년에 돌연 『女性』지 편집 일을 그만두고 만주행을 선택하는데, 이때도 신경에서 2년 정도 머물다가 안동으로 옮겨간다.

　이러한 시인의 행적만을 놓고 보더라도 백석 시에서 기행시편을 살펴보는 것은 의미가 있어 보인다. 더구나 그가 여행 및 유랑 체험을 본격적으로 하면서 기행시편을 쓰게 되는 시기는 중일전쟁 이후 일제 강점기 말과 맞물려 있다. 백석의 기행시편은 1988년 월북 문인에 대한 해금 조치 이후 이루어진 초창기 연구에서는 식민치하의 민족 현실에 대한 깨달음을 얻게 되는 계기로서 평가되곤 했지만, 일제 강점기 말 백석 시인의 행보는 총독부 주재의 고적조사보존사업의 일환으로 권장된 유적 답사라든가 만주로의 정책적 이동과 어딘가 부합해 보이는 것 또한 사실이다. 그러나 시기적 유사성에도 불구하고 백석의 이 시기 기행시편들과 산문은 당대 문인들의 기행문이나 기행시편들과는 확연한 차이를 드러낸다. 이 간극을 어떻게 이해해야 할 것인지에 대한 의문에서 이 글은 출발한다.

선행 연구에서 백석의 기행시편은 그가 식민지 현실을 인식하게 된 계기로서 설명되거나 『사슴』과 『사슴』 이후의 내면적 성향의 시를 연결하는 과도기적인 성격을 지니는 시로 평가되어 왔을 뿐 백석 시의 본령과는 거리가 있는 시적 경향으로 취급되어 왔다.[8] 여기에는 백석을 고향의 시인, 토속적인 시인으로 보는 시선이 여전히 하나의 완강한 편견으로 드리워져 있다. 하지만 백석의 기행시편은 좀 더 적극적으로 검토될 필요가 있다. 백석이야말로 일제 강점기 말 누구보다도 이향 체험을 많이 한 시인이었으며, 유랑과 여행은 그의 숙명이라고 할 수 있을 정도로 그가 고향에 머문 시기는 유소년기에 한정되어 있었다.[9] 고향에 대한 시인의 각별한 인식은 이향 체험으로부터 연유된 것일 가능성이 높다. 그런 점에서 백석은 근대적인 시인이었으며 그의 시적 본질은 사실상 일관된 것이었다.

백석은 1930년대 후반의 어떤 시인보다 유랑과 이향의 체험을 많이 한 시인임에도 고향의 시인으로 오래 인식되어 왔다. 백석에 대한 이러한 선입견을 형성한 데는 평북 정주 방언을 적극적으로 활용하고 북방의 정서를 인상적으로 드러낸 시집 『사슴』의 영향이 컸다. 하지만 『사슴』에서 백석이 적극적으로 활용한 평북 정주 지역의 방언 및 고어는 식민지 조선의 시인이라는 자각적 인식 아래 의도적으로 선택된 것이었다. 그의 시에서 평북 정주 방언은 체언에 주로 쓰이고 용언은 표준

8　비교적 최근에 백석의 기행시편을 조명한 곽효환의 연구도 기행시편을 백석의 초기시에서 후기시에 이르는 과도기적 성격으로 규정한 점에서 백석의 기행시편을 다룬 초창기 선행 연구들과 근본적으로 다른 시각을 보여주지는 않는다.

9　1930년 4월, 그가 19세 되던 해에 일본 동경의 청산학원으로 유학을 가게 되면서부터 백석의 이향 체험은 본격적으로 시작된다.

어 표기를 따르고 있는데, 이러한 방언 채택의 용법은 동향의 시인 김소월의 시와 달리 낯설고 이질적인 분위기를 자아냄으로써 일찍이 김기림이 잘 포착한 것처럼 근대적인 감각을 드러내 주었다.[10]

고향에 대한 인식은 고향을 상실하거나 도시를 체험하면서 생기는 것이라는 점에서 근대적인 인식이라고 할 수 있다. 백석은 초창기 연구에서는 토속적인 고향의 시인으로 이해되는 경우가 많았지만 상실된 고향을 회복하려는 그의 의식은 사실상 근대적인 인식으로 이해되어야 한다. 지방어로서의 조선어에 대한 인식을 바탕으로 평북 정주 지역의 방언과 표준어 사정에서 밀려난 시어들을 그가 적극적으로 선택해 『사슴』 시편에 구사한 것도 일본어와 조선어와 평북 정주 지역의 방언 사이에서 형성된 관계 및 거리에 대한 시인의 인식을 배제하고는 설명하기 어렵다. 그런 점에서 『사슴』과 『사슴』 이후의 시들은 구현된 형식 면에서 차이를 보인다 하더라도[11] 그 근대적 인식에 있어서는 공통점을 보인다고 볼 수 있다.

2. 이향 체험과 기행시편의 상관관계

백석은 일제 강점기의 다른 문인들처럼 일본 유학 체험을 한 것은 물론이고, 그 밖에도 취업, 여행, 유랑 등의 이유로 고향인 평북 정주를

---

10 김기림, 「『사슴』을 안고」, 『조선일보』, 1936.1.29.
11 그 차이 역시 넓은 의미에서 '반복 기법'의 변주임을 이경수, 「한국 현대시의 반복 기법과 언술 구조—1930년대 후반기의 백석·이용악·서정주 시를 중심으로」, 앞의 글에서 분석한 바 있다.

<표 1> 백석의 이향 체험과 기행시편[12]

시기	거주지	기행시편
1930.4.1 ~1934.3	유학－일본 동경(청산학원)	「柿崎의 바다」, 「伊豆國湊街道」
1934.4 ~1936	취직－서울(조선일보사) (여행: 통영(1935.6), 여행: 통영(1936.1))	「통영(統營)」(『朝光』, 1935.12), 「통영」 (『조선일보』, 1936.1.23), '남행시초' 연작시(『조선일보』, 1936.3·5·6·8)
1936 ~1938	이직－함흥영생고보(1936년 여름방학 중 보름 정도 상경, 36년 겨울방학 중 상경, 통영행), 38년 5월 2주간 만주로 수학여행(함흥→원산→서울→인천→여순→신경→북간도→도문→주을온천→함흥), 38년 여름 방학에 서울, 정주행.	'함주시초(咸州詩抄)' 연작시(『朝光』, 1937.10), '산중음(山中吟)' 연작시(『朝光』, 1938.3), 「석양(夕陽)」, 「고향(故鄉)」, 「절망(絕望)」, 「함남도안(咸南道女)」
1938 ~1939	서울행, 이직－『女性』 편집주간(1939.3~), 충북 진천행(1939년 1월 결혼)	
1939 ~1941	만주행－만주 新京	「安東」,[13] '서행시초(西行詩抄)' 연작시, 「수박씨, 호박씨」, 「北方에서」, 「許俊」, 「歸農」, 「흰 바람벽이 있어」, 「澡塘에서」, 「杜甫나 李白같이」
1942	만주 安東	
1945[14]	귀향－만주→신의주→정주	「南新義州柳洞朴時逢方」(『學風』, 1948.10)

떠나 다른 지역에 기거한 일이 많았다. 이 글에서는 이러한 백석의 다양한 체험을 아울러 이향 체험이라고 부르고자 한다. 그의 이향離鄉은 여러 가지 원인에 의한 것이었으며, 그 성격도 각기 달랐지만 이향의 경험은 그의 기행시편에 반영되곤 했다. 지금까지의 선행 연구에서 백석의 기행시편은 백석이 '지역 이름＋시초'의 형식으로 명명한 연작시들을 대상으로 다루어졌는데 이러한 구분은 백석 시에 또 하나의 편견을 양산하기도 했다. 기행시편이 과도기적인 성격을 띤다는 점, 백석시의 본령과는 거리가 있다는 점이 편견의 내용을 구성한다.

이 글에서는 백석의 이향 체험이 매우 빈번히 지속적으로 이루어졌다는 사실에 착안하여, 이러한 이향 체험이 해당 시기에 쓰인 그의 기행시편에 반영되어 있다는 사실에 주목하고자 한다. 이를 위해 우선적으로 백석의 연보와 전기적 연구 등을 참조해서 그의 이향 체험이 이루어진 시기와 거주지, 그 시기에 발표되었거나 그때의 경험이 나타난 기행시편들의 목록을 검토하고자 한다.

백석에 대한 전기적 연구와 생애 및 작품 연보 등을 근거로 작성한 〈표 1〉에 따르면 백석은 19세의 나이인 1930년 이후 고향에 머무른 기간이 거의 없었다. 일본 유학과 서울 및 함흥에서의 직장생활과 만주 행이 1930년~해방 직전까지의 백석의 행보를 대표하며, 그 사이에 잠깐씩 방학을 틈타 고향에 들르거나 통영 등지를 여행한 것이 전부였다. 성인이 된 이후의 백석은 고향에 머문 시인이었다기보다는 고향을 등진 시인에 가까웠다고 해도 과언이 아니다.

그럼에도 백석에게는 오랫동안 '고향'의 시인이라는 딱지가 붙어 있었다. 이는 백석의 시를 읽는 데 고정관념이나 편견으로 작용하기도 해

---

12 이 표를 작성하는 데 송준, 『남신의주유동박시봉방─세계 최고의 시인 백석 일대기』 1.2, 지나, 1994; 고형진 편, 『정본 백석 시집』, 문학동네, 2007의 연보와 작품연보 등을 참조했음을 밝힌다.

13 「安東」은 조선일보 1939년 9월 13일자에 발표되었다. 연보에 알려진 바로는 백석은 1942년에 만주 신경에서 안동으로 들어가 세관 업무에 종사한 것으로 되어 있는데, 이미 「安東」을 1939년 9월에 발표한 것으로 보아 그 이전에도 만주에 다녀온 경험이 있음을 짐작할 수 있다. 실제로 백석은 1938년 5월에 2주간 만주로 수학여행을 다녀왔는데 여정 상에 분명히 드러나는 것은 아니지만 그때 안동을 다녀온 것으로 추정된다.

14 백석의 시를 남한의 지면에서 볼 수 있는 것은 1948년 10월까지였다. 그 이후 남북한의 교류가 어려워지면서 백석의 시를 다시 볼 수 있게 된 것은 1988년 월북문인에 대한 해금조치가 이루어진 후였다. 백석은 이후 북한 문단에서 1962년까지는 몇 편의 시를 더 발표하지만 문학의 자율성을 보장받기 어려웠던 북한 문단에서 발표한 시들은 그 이전의 백석 시와는 상당히 다른 성격을 보여주었다. 이 시들은 기행시편을 살피는 이 글의 취지와 부합하지 않으므로 이 글에서는 다루지 않는다.

서 백석의 시편들은 토속적이고 전통적인 시로 읽혀 왔다. 하지만 백석이 자신의 고향인 평북 정주 지역의 방언과 고어 등을 활용해서 고향에 대해 그토록 집요하게 노래한 까닭은 그가 일찌감치 이향의 체험을 가지고 있었기 때문이다. 백석은 그를 모더니스트라 평가한 김기림의 말을 빌리지 않더라도 어학 계열에 특히 명문이었던 청산학원 영문과를 우수한 성적으로 졸업했으며, 영어와 러시아어 등 외국어에 능통한 시인이었다. 일본 유학생활 경험은 물론이고 유랑, 여행 등 각종 이향 체험을 가지고 있었던 시인이었기 때문에 백석의 시에서는 근대적인 체취와 미학이 묻어날 수 있었다. 그의 이향 체험은 기행시편에 적극 반영되었으며, 여행이라는 근대적인 체험을 통해 그의 시는 근대적 인식을 체득할 수 있었다.

다음 장에서는 백석의 기행시편들을 구체적으로 분석하면서 그의 기행시편에 등장하는 장소가 형성하는 심상지리가 일제 강점기 말 형성된 제국의 심상지리와 얼마나 거리를 두고 있으며, 어떤 균열을 일으키고 있는지 살펴보고자 한다. 일제 강점기 말에 여행 체험을 적극적으로 시에 표출한다는 것은 예사롭게 읽히지 않는다. 당시에 『文章』 및 『人文評論』 등의 잡지에는 총독부 주재의 조선고적답사의 결과물로서의 기행물이 상당수 발표되고 있었고, 더 나아가 '만주' 체험이나 '전선문학기행'류의 기행문학이 많은 지면을 차지하고 있었다. 그런 시대적 분위기에서 백석의 기행시편은 다소 이질적인 분위기를 형성한다. 백석의 기행시편에 나타난 장소의 심상지리를 살펴봄으로써 그 이질적인 분위기의 정체에 접근할 수 있을 것으로 보인다.

3. '있어야 할' 서민적 생활 체험의 장소로서 '거리'와 '장'
─ '남행시초' 연작시

백석의 '남행시초' 연작시에서는 주로 따뜻하고 안온한 정서가 발견된다. 이 연작시에서 드러나는 백석의 여행지는 통영, 고성, 창원 정도이다. 백석의 시 중에 「통영」이라는 동명同名의 시가 세 편을 차지하는 것으로 보아 통영은 그에게 각별한 여행지였던 것으로 보인다.

송준에 따르면 이는 백석이 사모한 통영에 사는 박경련에 대한 마음과도 얼마간 관련이 있을 것으로 추정된다.[15] 통영은 백석에게 사모하는 여인이 사는 장소로 각인되었을 것이다. 하지만 시인의 체험적 진실의 반영으로만 시를 읽는 시각에서 벗어난다면 통영에 대한 시인의 각별한 애정은 다른 함의를 지니는 것으로 읽을 수 있다. 실제로 동명의 「통영」 시편들에서 '통영'은 이중적인 함의를 지니는 장소로 읽힌다.

> 녯날엔 統制使가있었다는 낡은港口의 처녀들에겐 녯날이가지않은 千姬라
> 는이름이많다
> 미역오리같이말라서 굴껍지처럼말없이사랑하다죽는다는
> 이 千姬의하나를 나는어늬오랜客主집의 생선가시가있는마루방에서맞났다
> 저문六月의 바다가에선 조개도울을저녁 소라방등이붉으레한뜰에 김냄새
> 나는 실비가날었다
>
> ─ 「통영」 전문, 『朝光』 1-2, 1935.12[16]

15 송준, 『남신의주유동박시봉방─세계 최고의 시인 백석 일대기』 I, 155쪽.
16 이 시는 1936년에 출간된 시집 『사슴』에 실리면서 4행의 "뜰"이 "마당"으로, "실비"가

백석 시에서 통영은 이중적인 의미를 지니는 장소이다. 하나는 사랑하는 여인을 생각하는 그리움의 장소이고 다른 하나는 이순신 장군의 한산도대첩을 환기하는 역사적 장소이다. 그 두 가지는 꽤 거리가 있어 보이지만 상실과 그리움의 대상이라는 점에서는 서로 통한다.

통제사 제도는 1593년 이순신이 전라우도 수군절도사로서 삼남의 수군을 통솔하게 됨을 계기로 시작되었다. 따라서 "녯날엔 統制使가있었다는 낡은港口"는 한산도대첩에서 일본 수군을 크게 물리친 이순신 장군의 승전의 역사를 당연히 환기한다. 이는 일제 식민치하에 있던 조선의 현실과 겹쳐 상실감을 더욱 극대화한다.

일제는 1910년 한일병합 후 지속적으로 고적조사보존사업을 실시했다. 조선총독부는 정책적으로 경주를 중심으로 한 신라시대의 유적과 평양을 중심으로 한 고구려시대의 유적, 한漢의 낙랑군 시대의 유적을 대상으로 고적 조사를 실시했는데, 이는 조선이 과거에도 중국의 지배를 받았다는 사실을 확인시킴으로써 식민 지배를 합리화하고자 한 것이다.[17]

여기서 눈여겨볼 것은 이 낡은 항구의 처녀들에게 "녯날이가지않은 千姬라는이름이많다"라는 시적 화자의 언급이다. 항구 처녀들의 이름에 오랜 세월을 뜻하는 '千'이라는 의미가 들어 있는 이름이 많다는 사실을 굳이 언급한 이유는 무엇일까. '녯날이 가지 않'았다는 것은 천희가 옛날의 시간을 품고 있는 이름이라는 뜻이다. 백석의 시에는 이렇게

"비"로 개작된다. 큰 의미를 지니는 개작은 아니지만, 기행시편의 일부로서「統營」을 다루는 이 글에서는 최초 발표본을 인용 텍스트로 삼았다.

17 최석영, 『일제의 동화이데올로기의 창출』, 서경문화사, 1997, 250~251쪽.

오랜 시간을 품고 있는 사물이나 존재가 자주 등장한다.[18] 시의 화자는 어느 오랜 객줏집에서 만난 천희의 하나를 그리워하면서 동시에 '뱃날이 가지 않은' 시간, 즉 통제사가 있었던 시간을 그리워한다.

총독부 주재의 고적조사보존사업이 타율적인 역사를 강조함으로써 식민 지배를 합리화하려는 목적에서 이루어진 것을 염두에 둔다면 통영이라는 장소를 호명하는 백석의 시선은 예사롭지 않아 보인다. 그리운 여인의 이름을 빌려 시적 화자는 통영이라는 장소에 깃든 역사적 시간을 불러낸다. 그것은 회복 불가능한 시간이기는 하지만, 김냄새 나는 실비가 내리는 후각적·청각적 이미지를 통해 시적 화자의 그리움과 상실감은 한층 배가된다.

蘭이라는이는 川川골에산다든데

川川골은 山을넘어 椿柏나무푸르른 茄藍가튼 물이솟는 川川샘이잇는 마을인데

샘터엔 오구작작 물을깃는처녀며 새악시들 가운데 내가조아하는 그이가 잇슬것만갓고

내가조아하는 그이는 푸른가지붉게붉게 椿柏꼿 피는철엔 타관시집을 갈것만가튼데

긴토시끼고 큰머리언고 오불고불 넘엣거리로가는 女人은 平安道서오신듯한데 椿柏꼿피는철이 그언제요

18 이에 대해서는 심재휘, 「1930년대 후반기 시 연구」, 고려대 박사논문, 1997, 109~119 쪽; 최정례, 「백석 시 연구」, 고려대 석사논문, 2001 참조.

넷 장수모신 날근사당의 돌층게에 주저안저서 나는 이저녁 울듯울듯 閑山

島바다에 뱃사공이되여가며

넝나즌집 담나즌집 마당만노픈집에서 열나흘달을업고 손방아만찟는 내

사람을생각한다

— 「통영」 부분, 「조선일보」, 1936.1.23

백석이 두 번째 쓴 시 「통영」은 '남행시초' 연작시가 아니지만 시의 뒤
에 '南行詩抄'라고 부기되어 있다. 그는 통영에 1935년과 1936년에 각
각 한 번씩 다녀온 것으로 알려져 있는데, 이 두 번째 「통영」과 '남행시초'
연작시에 들어 있는 「통영―남행시초(2)」는 모두 1936년 1월에 통영에
다녀온 경험을 바탕으로 쓰인 시로 판단된다. 이 작품들이 불과 한 달 열
흘 정도의 간격을 두고 발표되었기 때문이다.

이 시에서도 시적 화자는 '내가 좋아하는 그이'를 떠올리며 그리워하
고 있다. 그런 그가 '내 사람'을 생각하는 장소는 '넷 장수 모신 낡은 사
당의 돌층계'이다. 그곳에 주저앉아서 그는 울 듯 울 듯 한산도 바다에
뱃사공이 되어가며 '내 사람'을 생각한다. 한산도대첩의 공을 이룬 '넷
장수' 이순신은 낡은 사당에 모셔진 존재일 뿐이지만 화자는 그가 떠나
고 없는 한산도 바다의 뱃사공이 되어가며 그를 향한 그리움을 표현한
다. 그러나 '내 사람'은 이미 남의 집 사람이 되었고 '넷 장수'는 더 이
상 한산도 바다에 머물지 않는다. 그로 인한 화자의 상실감과 절망감은
한층 더 깊어진다.

統營장 낫대들엇다

갓한닙쓰고 건시한접사고 홍공단단기한감끈코 술한병바더들고

화륜선 만저보러 선창갓다

오다 가수내 들어가는 주막압헤
문둥이 품마타령 듯다가

열닐헤달이 올라서
나룻배타고 판데목 지나간다 간다

— 「통영 – 남행시초(2)」 전문, 『조선일보』, 1936.3.6

 '남행시초(2)'라는 부제가 붙어 있는 세 번째 「통영」에서 시인은 통영장의 풍경을 그린다. 2연은 장의 일반적인 풍경을 보여준다. 여기서 '통영'과 관련 있는 시어로는 '화륜선'과 '나룻배', '판데목' 정도를 들 수 있다. 이 시에서는 앞서의 「통영」 시들만큼 역사적 장소로서의 통영이 두드러지지는 않지만, 필요한 물품을 사고 술 한 병 받아들고 볼거리 구경도 갔다가 주막 앞에서 '문둥이 품바타령'도 듣는 모습은 영락없는 장의 풍경이다. 장이 서는 서민들의 풍속을 그림으로써 이 시는 당시의 통영을 새롭게 구축한다.
 '남행시초' 연작시에 나타나는 장소의 좀 더 두드러진 특징은 대부분 '길' 위의 장소들로 이루어져 있다는 점이다. 기행시임에도 '통영장', '고성장' 정도를 제외하고는 제목 이외의 시의 본문에는 실제 지명이 거의 등장하지 않는 이 연작시들에서 주로 등장하는 장소는 장, 거리,

주막 등이다. 이는 모두 여행자가 머무는 길 위의 장소들이라는 공통된 특징을 갖는다. 특히 장이나 주막은 서민들이 주로 다니는 장소이며, '남행시초' 연작시들에서 그려지는 거리의 풍경도 서민적인 풍경이다.

'남행시초' 연작시는 총 4편으로 이루어져 있는데, 그중 한 편이 '통영장' 가는 길을 배경으로 한 시이고, 나머지 세 편은 '창원도', '고성가도', '삼천포'를 배경으로 한 시이다. 「창원도-남행시초(1)」, 「통영-남행시초(2)」, 「고성가도-남행시초(3)」, 「삼천포-남행시초(4)」는 모두 길이나 거리를 배경으로 하고 있다. 「창원도-남행시초(1)」과 「고성가도-남행시초(3)」은 제목에서도 창원 가는 길, 고성 가는 길을 배경으로 한 시라는 것이 드러난다. 「삼천포-남행시초(4)」는 지명을 제목으로 삼은 시이지만 역시 삼천포의 "따사로운 거리"를 배경으로 하고 있고, 「통영-남행시초(2)」는 통영장 가는 길을 그린 시이다. 이렇듯 남행시초 연작시는 백석이 창원, 통영, 고성, 삼천포 등 남쪽 지방을 여행한 기행 체험을 바탕으로 쓴 시이다. 네 편의 연작시가 여정을 드러내는 길이나 거리를 배경으로 하고 있다는 사실은 주목을 요한다.

솔포기에 숨엇다
토끼나 꿩을 놀래주고십흔 ‖허리의길은

업데서 따스하니 손녹히고십흔 길이다

개딜이고 호이호이 회파람불며
시름노코 가고십흔 길이다

궤나리봇짐벗고 따ㅅ불노코안저
담배한대 피우고십혼길이다

승냥이 줄레줄레 달고가며
덕신덕신 이야기하고십혼 길이다

덕거머리총각은 정든님업고오고십흘길이다

— 「창원도 – 남행시초(1)」 전문, 「조선일보」, 1936.3.5

   제목에 등장하는 창원은 현재의 경남 창원을 가리킨다. 창원은 한일
병합 이후인 1910년 10월에 '창원부'가 '마산부'로 개칭됨에 따라 '창
원부'가 창원군으로 개명되는 변화를 겪은 지역이다. 마산에 많은 수의
일본인이 거주하면서 일제 강점기를 거치며 마산은 급속도로 성장한
반면, 창원이 오늘날과 같은 공업도시로 성장하게 되는 것은 1970~
80년대를 거치면서였다. 비록 지명이 제목에만 등장하기는 하지만, 백
석의 남행시초 연작시 중 첫 번째 시에서 왜 하필 창원이 그의 관심의
대상이 되었을지 추측해 볼 필요도 있을 것이다. 거리상으로도 인접해
있을 뿐만 아니라 당시의 철도편이나 교통 상황을 고려할 때 좀 더 교
통의 요지에 가까웠던 부산이나 마산 지역이 아닌 창원이 남행시초의
첫 번째 자리를 차지한 데는 분명 시인의 의도가 있었을 것이다.
   인용시에 그려진 창원, 또는 창원 가는 길의 모습은 오늘날의 모습
과는 상당히 거리가 멀다. 제목에 지명이 등장할 뿐 시의 본문만을 보
면 토속적이고 평화로운 산길의 모습을 만나게 된다. 시의 분위기를 지

배하는 것은 따사로움이다. 시의 화자는 자신이 걷고 있는 산허리의 길을 '엎드려서 따스하니 손을 녹이고 싶은 길'이라고 표현한다. 그 밖에도 화자가 그리는 산허리의 길은 시름없이 걷고 싶은 휴식 같은 공간으로 그려진다. 이 시는 '~ 길은 -고 싶은 길이다'라는 문장 구조로 이루어졌는데, 2~5연에서 '-고 싶은 길이다'의 구조가 매번 반복되었고, 6연에서 '-고 싶은 길이다'의 변형인 '-고 싶을 길이다'가 쓰였다. 여정이 노출된 기행시에서 길의 모습을 구체적으로 묘사하는 대신 '-고 싶은 길'이라는 화자의 바람이 표출된 길의 모습이 부각된다. 이것은 달리 말하면 남행시초 기행시편의 첫 번째 시 「창원도-남행시초(1)」에서 시인이 부각시키고 싶었던 것은 실제 시인이 걸었을 창원으로 향하는 길보다는 그가 바라는 길의 모습이었을 것이라는 추측을 가능하게 한다.

시에 그려진 화자의 모습 또한 '괴나리봇짐'을 메고 산길을 한가롭게 걸어가는 나그네의 모습에 가깝다. 이러한 화자의 모습은 그가 그리는 따사롭고 한적하고 다정한 길의 모습과 잘 어울린다. 일제 말의 기행시편이 대체로 특정한 정치적 목적을 수행하기 위한 답사의 성격이 강했던 것과 백석의 기행시편은 뚜렷이 변별되는데, 이러한 특징은 화자의 성격을 통해서도 드러난다. 당시 마산이나 부산 지역은 일제에 의해 산업화가 급속도로 진행되고 있었고, 통영, 거제, 진해, 마산 일대는 대규모 병참기지로 활용되고 있었다. 남행시초에서 백석이 그린 지역 중에도 통영, 창원 등 그 근방이 포함되어 있었지만, 이들 지역이 백석의 기행시편에서 그려진 형식은 다른 기행시편이나 기행 수필과는 상당히 다르다. 일반적으로 기행시편이나 기행 수필이 그 지역이나 여정의 묘사에 충실한 것에 비해 백석의 기행시편, 그중에서도 남행시초 연작시는 화자의 바람이 반영된 장소를 그리고 있다. 백석이 앞서 두 편의 「통영」에서 일제 말기 현재의 통영의 모습을 충실히 그리기보다는 과거 통영의 역사를 환기한 점도 이와 관련해서 상기할 필요가 있어 보인다. 백석은 기행시편에서 다루는 장소에 그 장소를 거쳐 간 과거의 시간을 불어넣어 잃어버린 현재를 환기하거나, 화자가 소망하는 장소를 그려냄으로써 잃어버린 현재를 환기하는 방식을 취한다. 백석 시가 시간을 다루는 일반적인 시작 방법은 그의 기행시편에서도 예외가 아니었던 것이다.

즐레즐레 도야지새끼들이간다
귀밋이 재릿재릿하니 볏이 담복 따사로운거리다

재ㅅ덤이에 까치올으고 아이올으고 아지랑이올으고

해바라기 하기조흘 벼ㅅ곡간마당에
벼ㅅ집가티 누우란 사람들이 둘러서서
어늬눈오신날 눈을츠고 생긴듯한 말다툼소리도 누우라니

소는 기르매지고 조은다

아 모도들 따사로히 가난하니
— 「삼천포 – 남행시초(4)」 전문, 『조선일보』, 1936.3.8

이 시는 누런 색감을 통해 삼천포의 따사롭고 한가로운 풍경을 그려낸다. "졸레졸레 도야지새끼들이" 걸어가는 이 거리는 귀밑이 간지러운 느낌이 들 정도로 볕이 '담복' 따사로운 거리다. 부사의 선택에서도 따사롭고 한가롭고 소담한 느낌이 전해질 정도이다. 까치와 아이와 아지랑이는 잿더미에 오르는 주체로 평등하게 그려지고, 마을 사람들과 소도 이 거리의 따사로움에 갈등 없이 동참한다. 사람과 동식물과 사물이 차별 없이 평등한 공동체의 구성원으로 그려지는 백석 시의 일반적인 특징을 이 시도 공유하고 있는 셈이다.

물론 이 거리에도 말다툼 소리가 들리기도 하고 이들의 모습이 풍요롭기만 한 것도 아니다. 다만 그런 모습조차 이 거리의 따사로운 풍경에 균열을 내지 않는다는 데 더 주목해야 할 것이다. "모도들 따사로이 가난"할 수 있는 세계, 따사로움과 가난함이 공존할 수 있는 세계가 백석이 지속적으로 그려온 동시적 공존의 세계이다. 일제 강점기 말의 조선의 현실적 상황을 고려한다면 이러한 백석 시의 태도에 불만을 가질수도 있을 것이다. 백석 시의 이러한 태도를 적극적 현실 저항의 시로 읽기는 어렵겠지만, 그렇다고 현실을 회피한 것으로 매도할 필요도 없을 것이다. 그가 희구하는 '있어야 할' 장소의 모습을 통해 역설적으로 일제 강점기 말의 조선의 현실 상황을 강하게 환기할 수도 있는 것이 오히려 시적 상상력의 세계이다. 그동안의 백석 시 연구에서 대체로 분리되어 논의되거나 과도기적인 성격으로 규명된 기행시편에서도 백석시의 일관된 태도가 발견된다는 사실은 흥미롭다.

이질적인 존재들이 한데 어우러져 각각의 개성을 해치지 않으면서도 공존하는 동시적 공존과 연대의 풍경을 보여주는 것은 백석 시에 일관되게 드러나는 특징이라고 할 수 있다. 그의 기행시편에서도 이러한 특징은 두드러진다. 이는 폭력적 동질화의 논리가 작동하고 있었던 일제 강점기 말의 풍경을 생각해 보면 더불어 평화롭게 공존하는 연대적 가능성을 보여주기 위한 시인의 의도적인 전략이라고 볼 수 있을 것이다.

4. 쓸쓸히 사라져가는 북방의 정서를 드러내는 공간으로서
'북관'과 산―'함주시초'·'서행시초' 연작시

백석의 기행시편이 지니는 두드러진 특징 중 하나는 여간해서 구체적인 지명이 잘 노출되지 않는다는 것이다.[19] 이러한 특징은 북방 지역을 다룬 기행시편인 '함주시초'와 '서행시초' 연작시에서 더욱 두드러진다. 연작시의 제목에서는 '함주시초', '서행시초'처럼 특정 지역을 가리키는 지명이 쓰였지만 실질적으로 구체적인 지명이 드러난 장소는 거의 등장하지 않으며 함경도 전역을 가리키는 '북관' 정도가 자주 등장할 뿐이다. '서행시초' 연작시 중 하나인 「팔원」 같은 시에서 일본 주재소장 집에서 일하던 소녀의 삼촌이 사는 곳으로 '묘향산'이라는 지명이 드러나 있는 정도이다. 그에 비해 '북관北關'은 압도적으로 높은 비중을 차지한다.

---

[19] 앞서 살펴본 '남행시초' 연작시가 백석의 기행시편 중에서 지명이 가장 많이 노출된 시인데, 이 역시 제목에 지명이 드러나 있을 뿐 「통영―남행시초(2)」를 제외하고는 남쪽 지방의 보편적인 풍경을 그린 시들이 대부분이고 구체적인 지명이 드러나 있지도 않다. 「고성가도―남행시초(3)」에서도 제목과 시의 1연 1행 "고성장 가는 길"에서 지명이 딱 한 번 노출되었을 뿐이다.

明太창난젓에 고추무거리에 막칼질한무이를 뷔벼익힌것을

이 투박한 北關을 한없이 끼밀고있노라면

쓸쓸하니 무릎은 꿇어진다

시큼한 배척한 퀴퀴한 이 내음새속에

나는 가느슥히 女眞의 살내음새를 맡는다

얼근한 비릿한 구릿한 이 맛속에선

깜아득히 新羅백성의 鄕愁도 맛본다.

― 「北關 ― 咸州詩抄」 전문, 『朝光』 3-10, 1937.10

이 시의 1연에서는 거칠고 투박한 북관의 정서를 북관의 음식을 통해 환기하고 있다. 평안북도 정주에서 나서 자란 백석에게 함경도 지역은 지리적으로 비교적 가까우면서도 평북 정주와는 또 다른 정서를 가지고 있는 지역으로 감각되었던 것으로 보인다. '투박한 북관'에는 북관 지역의 거칠고 서민적인 음식과 그런 음식을 먹으며 살아온 사람들과 그 고장의 정서가 모두 함축되어 있다. 투박한 북관의 정서 앞에서 쓸쓸하니 무릎이 꿇어지는 까닭은 "시큼한 배척한 퀴퀴한 이 내음새 속에"서 "가느슥히 女眞의 살내음새를 맡"기 때문이다. '여진'은 북방의 대표적 종족 중 하나로 한때 여진 지역까지 이 땅의 통치 아래 있었던 적도 있었다. 이렇게 백석의 시는 일제 강점기 이전의 역사를 환기한다.

이 시에서 화자는 북관 지역의 역사를 통시적으로 꿰고 있다. 과거 여진족이 기거하던 곳이다가 한때는 신라의 땅이기도 했지만 지금은 일제의 식민지가 된 '북관'의 역사를 통시적으로 개관함으로써 과거의 북관과 시의 화자가 머물고 있는 현재의 북관이 뚜렷이 대비된다. 이러한 대비는 북관이 처한 현실을 부각시키면서 동시에 북관이 조선의 대유로서 기능할 수 있게 한다. 또한 '북관' 지역의 역사에 대한 통시적 개관은 조선총독부 산하의 고적 답사와는 확연히 다른 성격을 지닌다는 사실에 주목할 필요가 있다. 조선이 본래 외세 의존적인 역사를 지니고 있었음을 증명하기 위한 고적답사와 '조선'을 대유하는 특정 지명이 지금까지 어떤 역사를 지녀 왔는지를 살펴봄으로써 '여진'까지 포섭하고 있었던 과거의 역사를 환기하는 작업은 분명 그 성격을 달리한다.

거리는 장날이다

장날거리에 녕감들이 지나간다

녕감들은

말상을하였다 범상을하였다 쪽재피상을하였다

개발코를하였다 안장코를하였다 질병코를하였다

그코에 모두 학실을썼다

돌체돗보기다 대모체돗보기다 로이도돗보기다

녕감들은 유리창같은눈을 번득걸이며

투박한 北關말을 떠들어대며

쇠리쇠리한 저녁해속에

사나운 즘생같이들 살어졌다

— 「석양」 전문, 『삼천리문학』 2, 1938.4

백석의 기행시편에서 자주 등장하는 장소 중 하나가 장날의 거리이다. 거리의 풍경, 그중에서도 서민들의 삶의 터전으로서의 거리를 자주 그리다 보니 자연스럽게 장날 거리의 풍경이 자주 모습을 드러낸 것으로 보인다. 앞서 살펴본 남행시초 연작시에서도 통영장과 고성장의 풍경이 등장했었다. 전체적으로 따사롭고 한가롭고 게으른 풍경을 형성한 '남행시초' 연작시 중 「통영」과 「고성가도－남행시초(3)」에 등장한 통영장과 고성장의 풍경도 그런 분위기 속에 녹아 있던 데 비해, '함주시초'와 '서행시초', 그리고 기행시편을 표방하지 않았어도 북관 등의 지명이 등장하는 시에서는 장날의 풍경이라 하더라도 전혀 다른 분위기를 형성하고 있다는 점을 눈여겨볼 필요가 있다.

「석양」에서 화자의 시선이 좀 더 주목하는 것은 장날 거리의 풍경보다는 그 거리의 일부를 구성하는 인물들의 모습이다. 장날 거리를 지나가는 영감들의 모습을 시의 화자는 마치 카메라가 피사체를 향해 다가들듯이 점차 클로즈업하여 그 외양을 부각시킨다. 말상, 범상, '쪽재피상'을 한 영감의 모습은 인물의 외양적 특징을 전형적으로 포착한 것인데, 그 외양이 코, 돋보기로 옮겨가 클로즈업 되면서 희화화된 영감들의 모습과 "쇠리쇠리한 저녁해속에" 사라져가는 영감들의 모습이 대비되어 '석양'이라는 시의 제목에 어울리는 쓸쓸한 분위기를 연출해 내고 있다. 영감들이 쓰고 있는 '돌체돋보기', '대모체돋보기', '로이도돋보기'는 지금은 사라진 사물들로 저녁해 속에 사라져가는 영감들의 모습이나 스러져가는 저녁놀의 모습과 어우러져 한 시대가 스러져가는 모습을 쓸쓸히 되비추는 역할을 한다. 투박한 북관말을 떠들어대는 이 영감들의 모습은 저녁해 속으로 사라져간 후에도 긴 여운을 남기며 그 잔영을 드리우는데, 그것은 이들의 돋보기에 비치는 석양빛이라든가 유리창 같은 눈을 번득거리는 그들의 모습과 투박한 북관 사투리가 남긴 강한 억양이 어우러져 형성한 분위기 때문일 것이다. 화자에게도 그것은 "사나운 즘생같이들" 사라졌다는 감각으로 남아 있다.

北關에 게집은 튼튼하다
北關에 게집은 아름답다
아름답고 튼튼한 게집은있어서
힌저고리에 붉은 길동을달어
검정치마에 밫어입은것은
나의 꼭하나 즐거운 꿈이였드니
어늬아츰 게집은
머리에 묵어운 동이를 이고
손에 어린것의 손을끌고
가퍼러운 언덕길을
숨이차서 올라갔다
나는 한종일 서러웠다

— 「절망」 전문, 『삼천리문학』 2, 1938.4

백석 시에서 특정 지역은 그 지역에서 살아가는 인물들과 유대를 갖는 것으로 묘사되곤 한다. 북관이라는 함경도 지역의 특징은 아름답고 튼튼한 '북관에 게집'의 이미지로 그의 시에서 표상된다. 흰 저고리에 붉은 길동을 달아 검정치마에 받쳐 입은 북관 여인의 소박한 모습은 우리 민족의 전통적 서민 여성상을 대표하는 것으로 볼 수 있다.

우리 민족의 여성상을 상징하는 아름답고 튼튼한 북관의 여인은 "나의 꼭 하나 즐거운 꿈"이었는데 7행 이후를 보면 이 여인의 삶은 순탄해 보이지 않는다. '머리에 무거운 동이를 이고 / 손에 어린것의 손을 끌고' 가파른 언덕길을 숨이 차서 오르는 여인의 모습은 그녀 앞에 펼쳐진 신산한 삶을 예고하는 듯하다. 가난의 원인이 밝혀진 것은 아니지만, 그녀는 자신과 어린것의 생계를 돌보기 위해 고단한 노동을 감당해야 하는 처지에 놓인 것으로 보인다. 그런 그녀의 모습을 본 화자는 "한종일 서러웠다"고 고백한다. 이 시의 제목으로 미루어보건대 그 서러움은 절망에 가까운 감정인 듯하다. 여기서 화자가 느끼는 서러움과 절망이 예사롭지 않음을 다시 눈여겨볼 필요가 있다. 이 북관의 여인은 단지 화자가 목격했거나 알고 있는 개별자로서의 여성으로 보이지는 않는다. 그녀의 신산한 삶 앞에서 화자가 이토록 서러움을 느끼고 절망하는 이유는 그녀가 우리 민족의 전통적인 서민 여성상을 대표하는 상징성을 지닌 인물이라는 데 있다.

백석의 기행시편 중 가장 높은 비중을 차지하는 '함주시초'와 '서행시초' 연작시에서 또 하나 눈여겨볼 만한 장소로는 '산'이 있다. 이때 산은 대체로 구체적인 지명이 감추어져 있어서 표상적인 공간으로 읽히기도 한다. 아무래도 북방 지역에서 산은 좀 더 흔히 볼 수 있는 장소였을 것이고 그것이 백석의 기행시편에도 자연스럽게 모습을 드러낸 것일 수도 있다. 그런데 당시 조선총독부 주재의 답사지 중에 금강산 같은 유적지가 포함되어 있었다는 점을 생각해 보면 '산'이라는 장소를 지속적으로 그린 백석의 시가 예사롭지 않게 읽히는 것 또한 사실이다.

산이라는 장소는 백석의 『사슴』에서 신비로움을 지닌 공간으로 그려지기도 했고, 세속적인 현실을 떠나 시인이 도피하고 싶은 장소로 종종 호명되기도 했다. 「가즈랑집」에서 '산'은 마을의 일을 관장하는 대모신과도 같은 역할을 하는 가즈랑집 할머니가 사는 곳으로 그려졌으며, 「나와 나타샤와 힌당나귀」에서 '힌당나귀'를 타고 사랑하는 여인 '나타샤'와 함께 가고 싶다고 시적 화자가 노래한 일종의 사랑의 밀월 여행지도 '깊은 산골 마가리'였음을 환기할 필요가 있다.

백석의 『사슴』 이후의 시에서는 은둔과 도피의 태도가 지속적으로 발견되는데,[20] 이런 시편들에 나타나는 주된 정서는 쓸쓸함이다. '더러운' 현실의 존재를 알았지만 자신을 더럽히지 않는 것 외에는 아무것도 할 수 없는 무기력한 백석의 시적 자아는 현실에 대해 쓸쓸함을 느끼고 그가 할 수 있는 소극적 선택으로서 은둔과 도피의 태도를 취한다. 이때 그가 선택하게 되는 장소가 특정 지명이 감추어진 장소로서의 '산'임에 주목할 필요가 있다.

> 돌각담에 머루송이 깜하니 익고
>
> 자갈밭에 아즈까리알이 쏟아지는
>
> 잠풍하니 볕발은 곬작이다
>
> 나는 이곬작에서 한겨을을날려고 집을한채 구하였다
>
> 집이 멫집되지 않는 곬안은

---

20 이에 대해서는 이경수, 「백석 시의 낭만성과 동양적 상상력」, 『한국학연구』 21, 고려대 한국학연구소, 2004, 59~67쪽 참조.

모두 터앞에 김장감이 퍼지고

뜰악에 잡곡낙가리가 쌓여서

어니세월에 뷔일듯한집은 뵈이지않었다

나는 작고 곬안으로 깊이 들어갔다

곬이다한 산대밑에 작으마한 돌능와집이 한채있어서

이집 남길동딿 안주인은 겨울이면 집을내고

산을돌아 거리로날여간다는말을하는데

해발은마당에는 꿀벌이 스무나문통있었다

낮기울은날을 해人볕 장글장글한 퇴人마루에 걸어앉어서

지난여름 도락구를타고 長栂땅에가서 꿀을치고 돌아왔다는 이 벌들을 바

라보며 나는

날이 어서 추워저서 쑥국화꽃도 시들고 이 바즈런한 백성들도 다 제집으

로 들은뒤에 이곬안으로 올것을 생각하였다

—「山谷-咸州詩抄」 전문, 『朝光』 3-10, 1937.10

인용한 시는 1937년 10월 『朝光』 3권 10호에 '함주시초'라는 제목
아래 연작시로 묶여 「북관北關」, 「노루」, 「고사古寺」, 「선우사膳友辭」와
함께 발표되었다. 이 시에는 한겨울을 나기 위해 산골짜기로 깊숙이 들
어가 머물 집을 구하는 화자가 등장한다. 그가 산속으로 점점 깊이 들
어가 마침내 산꼭대기 밑에 구한 집은 돌능와집, 즉 너와집이다.

시적 화자가 머물거나 시에 등장하는 특정 인물이 기거하는 공간으

로 백석 시에서 산이 등장할 때는 대개 그 공간의 성격을 묘사하는 것으로 시가 시작된다. 이 시의 1연에서도 화자가 한겨울을 나기 위해 머물기로 한 공간으로 산은 등장하는데, 그곳은 돌각담에 머루송이가 까맣게 익고 자갈밭에 아주까리 알이 쏟아지는 볕바른 골짜기로 묘사된다. 인가가 몇 집 되지 않는 골짜기에 김장감과 '잡곡낙가리'가 쌓여서 그나마 보이던 집도 잘 보이지 않게 된다. 백석 시에서 산은, 산 바깥의 근대적 도시 공간의 감각을 지닌 화자의 눈에는 잘 보이지 않는 장소로 그려진다. 산골짜기에 있는 집을 잘 보기 위해서는 결국 직접 산골짜기로 깊숙이 들어갈 수밖에 없다. 산이라는 장소에서 요구되는 감각은 근대적인 감각으로서의 시각이 아니라 직접 발로 밟고 피부로 체험하는 감각이다.

화자는 한겨울을 산골짜기 너와집에서 날 작정을 하면서, 어서 추워져서 자신뿐만 아니라 바지런한 이곳의 백성들이 모두 제 집으로 돌아오기를 바란다. 백석의 시에서 산골짜기에 가서 머무는 상상력의 계절적 배경으로 겨울이 종종 등장한다는 사실도 눈여겨볼 필요가 있다. 「나와 나타샤와 힌당나귀」에서도 시의 화자가 오지 않는 나타샤와 함께 '힌당나귀'를 타고 산골 '마가리'에 가고 싶어 하는 계절은 흰 눈이 푹푹 쌓이는 겨울이었다. 겨울은 백석의 시적 자아의 은둔의 상상력을 부추기는 시간으로 등장하는데, 겨울이라는 계절에 어울리는 공간으로는 산이 주로 선택되었다. 일하러 고향을 떠난 사람들도 돌아오게 하는 계절인 겨울에 세상과 거리를 두고 칩거할 수 있는 적절한 공간으로 산을 선택한 것이겠지만, 이러한 상상력에는 평북 정주라는 북방 지역에서 성장한 백석의 환경적 요인도 얼마간 작용했을 것이다. 산과 겨울과 흰색의 이미지가 결합하면서 세상과 거리를 둔 은둔의 공간은 완성된다.

장이 집웅넘에 넘석하는거리다
자구나무 같은것도 있다
기장감주에 기장찰떡이 흖한데다
이거리에 산꼴사람이 노루새끼를 다리고왔다

산꼴사람은 막베등거리 막베잠방둥에를입고
노루새끼를 닮었다
노루새끼둥을쓸며
터앞에 당콩순을 다먹었다하고
설혼닷냥 값을붙는다
노루새끼는 다문다문 흰점이 백이고 배안의털을 너슬너슬벗고
산꼴사람을 닮었다

산꼴사람의손을 핥으며
약자에쓴다는 홍정소리를 듣는듯이
새깜안눈에 하이얀것이 가랑가랑한다.

— 「노루─咸州詩抄」 전문, 『朝光』 3-10, 1937.10

특정 공간과 그 공간을 터 삼아 사는 사람들 사이에 일체화된 유대감
을 그려온 백석 시의 특징은 이 시에서도 발견된다. 산은 백석 시에서 근
대적 도시 공간이나 세속적인 공간과는 거리를 둔 은둔의 공간으로 주로

등장한다. 마찬가지로 산에 기거하는 산골사람은 "막베등거리 막베잠방둥에"를 입은 꾸미지 않은 순박한 모습으로 그려진다. 닮은 것은 산과 산골사람만이 아니다. 그가 데려온 노루도 산골사람의 순박하고 착한 모습을 닮았다. 그것은 구체적으로 "다문다문 흰점이 백이고 배안의털을 너슬너슬벗"은 모습으로 그려진다. '흰색'은 여기서도 등장한다. 산골사람의 순박하고 착한 모습과 그를 닮은 노루를 그리기 위해 시인은 그가 생각하는 가장 순결한 색인 흰색을 동원한다. 마지막 연에서 이 흰색은 "새깜안눈에 하이얀 것이 가랑가랑"하는 모습을 통해 곧 자신과 닮은 주인과 헤어져야 하는 노루의 슬픔을 담은 색채로 구체화된다.

5. 자기 극복과 연대의 장소로서 이국의 '방'과 '거리' —만주시편

선행 연구에서 백석의 만주시편은 기행시편의 일부로서 논의되지 않았다. 하지만 시인 스스로 '지역 이름＋시초'의 형식을 빌려 부제를 붙이고 연작시를 쓴 경우에 한정해서 기행시편으로 인정하는 것은 다소 편협한 분류라고 할 수 있다. 백석의 다른 기행시편에서도 시적 화자의 여정이나 지명이 구체적으로 드러나지 않는 경우가 많았던 것을 상기하면 만주시편 역시 기행시편에 포함시켜 논의하는 것이 가능할 것이다. 이 장에서는 만주시편들을 기행시편의 일부로 보면서 만주시편에 나타난 장소의 심상지리를 살펴보고자 한다.

백석의 기행시편에서 공통적으로 등장하는 장소는 방과 거리였다. 여행자로서의 시적 화자는 여인숙이나 객줏집 같은 공간에 임시 기거하고 있거나 타지나 이국의 거리를 거닐고 있다. 이국의 거리를 그릴 때의 화자는 대체로 제3자의 시선을 유지하고 있지만, 방에 기거하는 화자는 자신의 고독한 내면을 좀 더 드러내 보여준다. 이러한 성향은 만주시편들에서도 나타난다.

異邦거리는
비오듯 안개가 나리는속에
안개가튼 비가 나리는속에

異邦거리는
콩기름 쪼리는 내음새속에
섭누에번디 삶는 내음새속에

異邦거리는
독기날 별으는 돌물네소리속에
되광대 켜는 되양금소리속에

손톱을 시펄하니 길우고 기나긴 창꽈쯔를 즐즐 끌고시펏다
饅頭꼭갈을 눌러쓰고 곰방대를 물고가고시펏다
이왕이면 香내노픈 취향梨돌배 움퍽움퍽 씹으며 머리채 츠렁츠렁 발굽을
차는 구냥과 가즈런히 쌍馬車 몰아가고시펏다

— 「安東」 전문, 「조선일보」, 1939.9.13

만주 안동이라는 이방 거리는 화자에게 시각, 후각, 청각이라는 감각으로 먼저 다가온다. 여행자가 낯선 지역에서 낯섦을 제일 먼저 감지하는 것은 감각의 차이에서 오게 마련이다. 안동이라는 이방의 거리는 비오듯 안개가 나리고 안개같은 비가 나리는 시각적 감각과 콩기름 졸이는 냄새, 섶누에 번데기를 삶는 냄새라는 청각적 감각, 도끼날을 벼리는 돌물레 소리, 되광대가 켜는 '되양금' 소리라는 청각적 감각으로 다가오며 그런 감각 속에서 이방의 거리에 동화되고 싶은 화자의 마음을 드러낸다. 그 마음은 손톱을 시퍼렇게 기르고 기나긴 '창꽈쯔'라는 중국의 긴 홑옷 저고리를 질질 끌고 만두고깔을 눌러쓰고 곰방대를 물고 거리를 걸어가고 싶은 마음으로 표현된다. 거기에 덧붙여 향내 높은 취향리 돌배를 움푹움푹 씹으며 머리채가 치렁치렁한 처녀와 가지런히 쌍마차를 몰아가고 싶은 마음을 드러낸다. 옷과 음식과 이방의 여인이 이방 거리에 동화될 수 있는 소재로서 적극 활용되고 있는 것이다.

대대로 조상도 서로 모르고 말도 제각금 틀리고 먹고입는것도 모도 달은데

이렇게 발가들벗고 한물에 몸을 씻는것은

생각하면 쓸쓸한 일이다

이 딴나라사람들이 모두 니마들이 번번하니 넓고 눈은 컴컴하니 흐리고

그리고 길즛한 다리에 모두 민숭민숭 하니 다리털이 없는것이

이깃이 나는 웨 직고 슬퍼지는 것일까

(…중략…)

나는 이렇게 한가하고 게으르고 그러면서 목숨이라든가 시름이라든가 하는것을 정말 사랑할줄아는

그 오래고 깊은 마음들이 참으로 좋고 우럴어진다

그러나 나라가 서로 달은 사람들이

글세 어린 아이들도 아닌데 쪽발가벗고 있는것은

어쩐지 조금 우수웁기도하다

— 「澡塘에서」 부분, 『人文評論』 16, 1941.4

　　인용한 시에서도 중국의 공중목욕탕에서 '支那나라 사람들'과 같이
목욕을 하는 화자가 등장한다. 공중목욕탕은 '거리'와 '방'의 속성을 함
께 가지고 있다는 점에서 특이한 공간이라고 할 수 있다. 공중목욕탕은
벽과 천장으로 이루어진 실내 공간이라는 점에서는 방의 속성을, 타자
와의 일회적 만남이 가능한 공간이라는 점에서는 거리의 속성을 지닌
다. 이방의 공중목욕탕에서 화자는 자신과는 조상도 말도 먹을거리와
입성도 다른 '딴 나라 사람들'을 관찰하는 여행자의 시선을 드러내며
쓸쓸함과 슬픔을 먼저 느낀다. 그들의 모습을 하나하나 관찰하다가 그
들에게서 도연명과 楊子와 晉이나 衛나라 사람들을 발견하고 반가움을
느끼다가도 무서움과 외로움에 잠기기도 한다. 그런 화자의 마음에 전
환을 가져오면서 '이 딴나라 사람들'과 연대감을 느끼게 되는 계기는
그들에게서 한가하고 게으른 마음을 발견하면서부터다.[21] 한가하고 게
으른 마음은 곧 목숨이라든가 인생이라든가 하는 것을 정말 사랑할 줄

21　신주철은 백석의 만주시편이, 당대의 만주를 배경으로 하거나 소재로 한 다른 작가의 작
　　품들이 만주 및 만주의 토착민에 대해 보인 의사제국주의적 시선과는 상당히 다른 모습
　　을 보여준다는 사실을 지적하였다. 그는 특히 만주시편에 나타나는 한가함과 느림의 미
　　학이 의사제국주의적 시선을 극복하고 타자에 대한 연대를 발견하는 백석의 차이를 보여
　　주는 것이라 긍정적으로 평가하였다.(신주철, 「백석의 만주 체류기 작품에 드러난 가치
　　지향」, 『국제어문』 45, 국제어문학회, 2009, 272쪽)

아는 오래고 깊은 마음임을 화자는 보아내는데, 이는 바로 화자가 그런 오래고 깊은 마음을 지니고 있고 그것의 소중함을 누구보다도 잘 알고 있기 때문이다. 이렇게 여행자의 시선이 타자와 연대하는 화해의 시선으로 전환되는 순간, 그 자리에는 웃음이 피어난다. 다름을 인정할 때 비로소 그들의 참모습을 발견할 수 있고 그로 인한 인간적 연대감이 회복될 때 그 자리에는 유머가 깃들 여유가 생기는 것이다.

1941년 4월 『人文評論』 같은 호에 발표된 「杜甫나李白같이」에서는 남의 나라에서 정월 대보름을 맞이한 화자의 쓸쓸한 심경이 그려져 있다. 새 옷과 새 신과 떡과 고기 등속의 명절 음식과 일가친척들과 함께 풍성하게 보냈던 고향에서의 명절을 상기하면서, 때 묻은 입던 옷에 마른물고기 한 토막으로 낯선 이방^{異邦}에서 쓸쓸히 명절을 나는 화자의 외로움과 쓸쓸함은 더욱 부각된다. 그렇게 외로움과 쓸쓸함에 잠겨 있던 그가 낯선 나라의 사람들과 연대감을 회복하게 되는 계기는 두보나 이백 같은 이 나라의 옛 시인을 떠올리면서이다. 그들에게도 타관에서 명절을 맞은 경험이 있었을 것이고 타관에서 고향의 음식을 앞에 두고 아득하니 슬펐을 것이라는 데 생각이 미치자 남의 나라에서 맞이하는 명절날 떡국 한 그릇을 떠올리는 자신의 쓸쓸한 마음과 옛 시인의 마음이 다르지 않은 것임을 깨닫는다. 이렇게 화자가 외롭고 쓸쓸한 자신의 마음을 들여다보는 공간은 이국의 '방'이다.

그런데 또 이즈막하야 어느사이엔가

이 흰 바람벽엔

내 쓸쓸한 얼골을 처다보며

이러한 글자들이 지나간다

—나는 이 세상에서 가난하고 외롭고 높고 쓸쓸하니 살어가도록 태어났다

그리고 이세상을 살어가는데

내 가슴은 너무도 많이 뜨거운것으로 호젓한것으로 사랑으로 슬픔으로
가득찬다

그리고 이번에는 나를 위로하는듯이 나를 울력하는듯이

눈질을하며 주먹질을하며 이런 글자들이 지나간다

—하눌이 이세상을 내일적에 그가 가장 귀해하고 사랑하는것들은 모두

가난하고 외롭고 높고 쓸쓸하니 그리고 언제나 넘치는 사랑과 슬픔속에
살도록 만드신것이다

초생달과 바구지꽃과 짝새와 당나귀가 그러하듯이

그리고 또 「프랑시쓰·쨈」과 陶淵明과 「라이넬·마리아·릴케」가 그러
하듯이

—「힌 바람벽이 있어」 부분, 『文章』 3-4, 1941.4

백석의 만주 체험이 드러난 이 시에서도 이방인으로서의 화자의 내
면을 보여주는 곳으로 '방'이 등장한다. 이국의 좁다란 방에서 흰 바람
벽을 마주하고 홀로 쓸쓸히 앉아 있는 이 시의 화자는 시인 백석과 밀
착되어 있다. 나고 자란 고향과 사랑하는 사람들을 떠나 만주의 좁다랗
고 보잘것없는 토굴 같은 방에서 외로이 흰 바람벽을 마주보고 앉아 있
던 화자에게 그가 두고 온 사랑하는 사람들의 모습이 어른거리기 시작
한다. 흰 바람벽에는 "내 가난한 늙은 어머니"와 이미 다른 남자의 아
내가 되어 대굿국을 끓여놓고 저녁을 먹는 "내 사랑하는 어여쁜 사람"

의 모습이 비친다. 이미 잃어버렸기 때문에 더욱 사무치게 그리운 그들을 떠올리며 화자는 상실감과 쓸쓸함에 사로잡힌다.

그러나 흰 바람벽을 마주하고 자신의 마음을 오래 들여다보던 화자의 마음에는 일대 전환이 일어난다. 그것은 "나는 이 세상에서 가난하고 외롭고 높고 쓸쓸하니 살아가도록 태어났다"라는 시인의 운명에 대한 자각으로 인한 것이다. 이제 화자의 가슴은 뜨거운 것으로 호젓한 것으로 사랑으로 슬픔으로 가득 찬다. 가난하고 외롭고 높고 쓸쓸하니 살아가도록 태어난 운명은 하늘로부터 부여받은 시인의 운명임을 자각하게 되면서 화자는 넘치는 사랑과 슬픔 속에 살도록 주어진 자신의 운명이 어쩌면 그가 좋아하고 아끼던 존재들로부터 이미 비롯된 것인지도 모른다는 생각을 했을 것이다. 초승달과 '바구지꽃'과 '짝새'와 당나귀와 프란시스 잠과 도연명과 라이너 마리아 릴케는 백석 시의 자아가 자신의 마음속을 곰곰이 들여다본 후 발견한 그의 내면이자 그의 또 다른 모습인 셈이다. 일제 강점기 말 식민지 조선의 시인으로서 자신의 운명을 자각하고 그것을 받아들이게 되면서 백석의 시적 자아는 상실감을 극복하고 타자와의 연대로 나아가게 된다.

백석의 만주시편에는 자기 극복과 연대의 장소로서 이국의 '방'과 '거리'가 자주 등장한다. 만주시편에서 방은 모든 것을 잃어버린 화자의 쓸쓸한 내면을 비추며 자기 극복을 가능케한 공간으로 등장하며, 거리는 쓸쓸한 이방인의 시선으로 이방의 사람들을 관찰하는 공간이자 그들과 연대감을 회복하는 공간으로 그려진다.

6. 식민지 조선의 다른 표상

이상에서 백석의 기행시편에 나타난 장소들이 구축한 심상지리를 살펴봄으로써 그것이 일제 강점기 말에 총독부 주재로 이루어진 조선고적조사보존사업으로 인해 형성된 제국의 심상지리에 의한 조선의 표상과 어떻게 달랐는지 살펴보았다.

백석의 '남행시초' 연작시와 통영을 비롯한 남쪽 지방을 여행하고 쓴 시들에서는 '있어야 할' 서민적 생활 체험의 장소로서 '거리'와 '장'이 주로 등장한다. 일반적으로 기행시편이나 기행 수필이 그 지역이나 여정의 묘사에 충실한 것에 비해 백석의 기행시편, 그중에서도 '남행시초' 연작시는 화자의 바람이 반영된 장소를 그리고 있다. 백석은 기행시편에서 다루는 장소에 그 장소를 거쳐 간 과거의 시간을 불어넣어 잃어버린 현재를 환기하거나 화자가 소망하는 장소를 그려냄으로써 잃어버린 현재를 환기한다.

'함주시초'와 '서행시초' 연작시에서는 쓸쓸한 북방의 정서를 드러내는 공간으로서 '북관'과 '산'이 주로 등장한다. '함주시초' 연작시 중 한 편인 「북관」에서 백석은 북관 지역의 역사를 통시적으로 꿰고 있다. 과거의 북관과 시의 화자가 머물고 있는 현재의 북관을 대비함으로써 북관이 처한 현실을 부각시키면서 동시에 북관이 조선의 대유로서 기능할 수 있게 한다. 북관 지역의 역사에 대한 통시적 개관은 조선총독부 산하의 고적 답사와는 확연히 다른 성격을 지닌다. '함주시초'와 '서행시초' 연작시에서는 '산'이 자주 등장하는데 이때 산은 구체적인 지명이 감추어져 있어서 보편적이고 표상적인 공간으로 읽힌다. 백석의 『사슴』 이후의 시에서 산은, 무기력한 백석의 시적 자아가 현실에 대해 쓸쓸함을 느끼고 소극적 선택으로서 은둔과 도피의 태도를 취할 때 주로 선택하게 되는 장소로 등장한다.

이 글에서 기행시편의 일종으로 보고 있는 만주시편에는 자기 극복과 연대의 장소로서의 이국의 '방'과 '거리'가 자주 등장한다. 만주시편에서 방은 모든 것을 잃어버린 화자의 쓸쓸한 내면을 비추며 자기 극복을 가능케 한 공간으로 등장하며, 거리는 쓸쓸한 이방인의 시선으로 이방의 사람들을 관찰하는 공간이자 그들과 연대감을 회복하는 공간으로 그려진다.

백석의 기행시편에 그려진 장소들은 일제 강점기 말의 조선고적조사 보존사업으로 인해 형성된 제국의 심상지리와는 철저하게 거리를 둔 이질적 공간으로 기능한다. 그것은 시인이 꿈꾼 '있어야 할' 장소이자 자기 극복과 성찰을 통해 그곳에서 살아가는 사람들과 연대감을 회복하는 장소로서, 제국의 심상지리에 포섭되지 않는 식민지 조선의 다른 표상으로서의 가능성을 획득하게 된다.

2부

백석의 동화시와 시인의 표상

마르샤크의 『동화시집』 번역을 통해 본
　　　　　　　　　　『집게네 네 형제』 창작의 의미

백석의 동화시 창작과 음악성 실현의 의미

백석 시에 나타난 '마음'의 형상화 방식과 의미

백석의 시와 산문에 나타난 '아이-시인'의 표상

마르샤크의 『동화시집』 번역을 통해 본 『집게네 네 형제』 창작의 의미

1. 동화시의 번역과 창작

백석이 문학작품의 번역을 시작한 것은 일제 말기부터였다.[1] 특히 해방기와 분단 이후 재북 시기에는 시 창작보다는 번역가로서의 활동에 좀 더 치중하게 된다. 2012년 백석 시인이 탄생 100주년을 맞이한 시점부터 본격적으로 백석의 번역시 및 번역 작품들을 망라한 번역 시집 및 번역 작품집의 출간이 이어지고 있고,[2] 백석의 번역 작품 및 활동에 대한 연구가 시작되었다.[3] 사무일 야코블레비치 마르샤크Samuil

---

1   이에 대해서는 송준 편, 『백석 번역시 전집』 1, 흰당나귀, 2013; 정선태 편, 『백석 번역시 선집』, 소명출판, 2012; 송준, 『시인 백석』 3, 흰당나귀, 2012; 안도현, 『백석 평전』, 다산북스, 2014 등을 참고하였다.

2   송준 편, 위의 책; 정선태 편, 위의 책; 토마스 하디, 백석 역, 방민호·최유찬·최동호 편, 『테스-백석 문학 전집』 3, 서정시학, 2013; 숄로호프, 백석 역, 방민호·윤해연·최동호 편, 『고요한 돈 1-백석 문학 전집』 4, 서정시학, 2013; 숄로호프, 백석 역, 방민호·최유찬·최동호 편, 『고요한 돈 2-백석 문학 전집』 5, 서정시학, 2013; 마르샤크, 백석 역, 박태일 편, 『동화시집』, 경진출판, 2014.

3   강정화, 「해빙을 진후로 한 백석 시의 이행 양상 연구-백석의 번역문 「아동문학론 초」와 동화시를 중심으로」, 『아시아문화연구』 23, 경원대 아시아문화연구소, 2011, 1~25쪽; 배대화, 「백석의 푸시킨 번역시 연구」, 『슬라브연구』 28-4, 한국외대 러시아연구소, 2012; 배대화, 「백석의 러시아 문학 번역에 관한 소고-남·북한의 평가를 중심으로」, 『인문논총』 31, 경남대 인문과학연구소, 2013, 35~55쪽; 석영중, 「백석과 푸슈킨, 진실함의 힘」, 『2013 만해축전 시사랑회 학술세미나 발표집-백석의 번역 문학』, 만해사상실천선양회·시사랑문화인협의회, 2013; 이상숙, 「백석 번역시 연구를 위한 시론-북

Marshak, 1887~1964의 『동화시집』은 1955년 민주청년사에서 출간되었는데 교열 담당자가 '리용악'으로 되어 있고 "쏘련 아동출판사 1953년도 판에 의하여 번역 출판함"이라고 속표지의 제목 아래에 밝혀져 있다.[4] 필자가 찾아본 바에 의하면 1953년에 소련 아동출판사에서 출간된 사무일 야코블레비치 마르샤크의 *СКАЗКИ ПЕСНИ ЗАГАДКИ* (동화 노래 수수께끼) 원본은 495쪽으로 이루어진 대단히 규모가 큰 동화시집으로 백석의 번역본 『동화시집』은 그중 일부의 작품을 골라 편집한 것이다.[5] 백석은 마르샤크의 『동화시집』을 번역한 지 2년만인 1957년에 조선작가동맹출판사에서 동화시집 『집게네 네 형제』를 출간한다. 창작 동화시집인 『집게네 네 형제』의 출간 이전에 백석이 이른바 '동화시'를 발표하기 시작한 것은 「까치와 물까치」, 「지게게네 네 형제」부터로, 1956년 1월의 일이다. 백석은 마르샤크의 『동화시집』을 번역해 출간한 이듬해부터 이른바 '동화시'라 불리는 시의 창작을 시작한 것이다. 또한 백석이 번역한 마르샤크의 『동화시집』에는 총 11편의 시가 수록되어 있고, 백석의 창작 동화시집 『집게네 네 형제』에는 총 12편의 시가 수록되어 있다. 두 권의 시집은 그 밖에도 수록시의 성격이나 표지

한 문학 속의 백석」 III, 『비평문학』 46, 한국비평문학회, 2012, 33~62쪽; 이상숙, 「백석의 번역 작품 「자랑」, 「숨박꼭질」 연구 – 북한문학 속의 백석」 IV, 『한국근대문학연구』 27, 한국근대문학회, 2013, 99~154쪽; 정선태, 「백석의 번역시」, 『근대서지』 2, 근대서지학회, 2010, 337~363쪽.

4 마르샤크, 백석 역, 박태일 편, 『동화시집』, 경진출판, 2014, 5쪽.

5 마르샤크의 『동화시집』 원본에서 골라 수록한 작품의 경우에는 삽화도 원본과 거의 일치하지만, 원본 시집과 백석의 번역본 『동화시집』은 시집의 규모는 말할 것도 없고 표지의 이미지도 다르다. 백석이 번역한 마르샤크의 『동화시집』이 상당 부분이 생략된 편집본이라는 사실은 번역 작품의 취사선택에도 백석의 취향이 상당 부분 반영되었을 수 있음을 짐작게 한다. 이는 새로운 연구 주제이므로 이에 대해서는 추후에 다른 논문을 기약하기로 한다.

이미지, 삽화의 형식 등에서 적잖은 유사점을 가지고 있다. 이에 대해서는 백석이 번역한 마르샤크의『동화시집』을 발굴해서 엮은 박태일의 선행 연구에서 일부 언급한 바 있다.[6]

박태일이 적절히 지적한 바와 같이 백석의 동화시집『집게네 네 형제』의 창작에는 사무일 마르샤크의『동화시집』이 그 구성이나 형식, 장르 등에서 상당 부분 영향을 끼친 것으로 보인다. 구성상의 유사점이나 삽화와 같은 눈에 띄는 형식적 표지의 일치점에 대해서는 이미 박태일의 연구에서 밝힌 바 있지만, 마르샤크의『동화시집』번역이 백석의 동화시 창작에 미친 영향 및 그럼에도 불구하고 나타나는 백석 동화시의 개성과 차이점에 대해서는 아직 충분히 연구되지 못했다. 이러한 문제의식 아래 이 글에서는 마르샤크의『동화시집』번역 전후로 백석의 아동문학에 대한 인식이 어떻게 바뀌었으며, 이전의 번역시와『동화시집』의 번역시에 어떤 차이가 보이는지를 살펴보고, 그것이『집게네 네 형제』의 창작에 구체적으로 어떤 영향을 미쳤는지 살펴보고자 한다.

2.『동화시집』번역 전후의 아동문학에 대한 인식

백석이 해방 전 마지막으로 발표한 산문은『매신사진순보』1942년 8월 11일자에 실린「당나귀」이고, 분단 이후 재북 시기에 지면에 발표한 산문은『아동문학』1956년 3월호에 실린「막씸 고리끼」가 제일 먼

---

6 박태일,「백석이 옮긴 마르샤크의『동화시집』」, 마르샤크, 백석 역, 박태일 편, 앞의 책, 258쪽.

저였다. 다시 말해 해방 이후 1955년 마르샤크의 『동화시집』을 번역,
출간하기 전에 확인되는 백석의 산문은 눈에 띄지 않는다. 백석에 따르
면 고리키는 마르샤크에게 큰 영향을 미친 작가이지만[7] 고리키의 생애
와 문학을 전반적으로 소개하는 「막씸 고리끼」에서 아동문학에 대한
백석의 생각이 나타나지는 않는다. 아동문학에 대한 백석의 견해가 드
러나는 글은 『조선문학』 1956년 5월호에 발표된 「동화 문학의 발전을
위하여」에서부터이다. 그렇다면 결국 마르샤크의 『동화시집』을 번역
한 이후에 백석은 본격적으로 아동문학에 대한 자신의 생각을 피력하
기 시작했다고 볼 수 있다.

그러면 마르샤크의 『동화시집』 번역이 동화시 창작으로 어떻게 이
어졌는지 그 영향 관계를 구체적으로 살펴보기 위해 『동화시집』 번역
이후 『집게네 네 형제』 창작 이전까지 아동문학에 대해 백석은 어떤
생각을 피력해 왔는지 살펴볼 필요가 있다. 이 글에서는 「동화 문학의
발전을 위하여」, 「나의 항의, 나의 제의」, 「큰 문제, 작은 고찰」, 「아동
문학의 협소화를 반대하는 위치에서」, 「마르샤크의 생애와 문학」, 이
상 다섯 편의 글을 살펴봄으로써 이 시기 아동문학에 대한 백석의 생각
이 어떠했으며 리원우와의 아동문학 논쟁을 거치면서 이후 어떤 변화
가 일어났는지 살펴보고자 한다.

「동화 문학의 발전을 위하여」(『조선문학』, 1956.5)는 백석이 1955년 사무일
마르샤크의 『동화시집』을 번역하고 1957년 창작 동화시집 『집게네 네
형제』를 출간하기 전에 그 사이의 시기에 쓴 동화에 대한 평문이라는 점

---

7   백석, 「마르샤크의 생애와 문학」, 『아동문학』, 1957.11.(김문주·이상숙·최동호 편, 『백
    석 문학 전집 2 - 산문』, 서정시학, 2012, 191쪽에서 인용)

에서 주목할 필요가 있는 글이다. 이 글에서 백석은 시와 철학을 동화가 갖추어야 할 요건으로 꼽는다. 그가 말한 시, 또는 시정이란 인간과 세계에 대한 감동적 태도를 가리키며, 철학이란 사상의 집약을 의미한다. 시와 철학을 동화가 갖추어야 할 요건으로 강조함으로써 백석은 동화 역시 문학임을 분명히 표방하고 있었던 것으로 보인다. 백석은 동화의 특질이 과장과 환상이라는 두 요소로 요약된다고 보았는데, 동화 문학이라는 장르에 대해 비교적 정확한 인식과 조예를 가지고 있었던 그가 철학적 일반화, 즉 사상의 집약 못지않게 중요하게 생각한 동화의 요소는 '시'였다. 인간과 세계에 대한 감동적 태도를 그는 동화에 있어서의 시정이라고 보았는데, 이어지는 글에서 동시대에 쓰인 여러 동화 문학에 대한 백석의 비평을 통해 그가 생각한 '시'가 구체적으로 어떤 성격의 것이었는지를 짐작해 볼 수 있다. 그는 '시'를 동화문학의 생명이라고까지 지칭하는데 그에 따르면 "현실을 있는 그대로 동화적 기초 위에 기계적으로 옮겨 놓음으로써" 빠지게 되는 '형식주의'는 "마땅히 경계하여야 할 것"으로 '시'를 갖추지 못한 것이다.[8] 백석은 동화에 있어서 경계해야 할 또 하나의 요소로 도식주의를 든다. 즉, 그는 시와 나란히 사상의 집약으로서의 철학을 강조하기는 했지만 주제가 도식주의적으로 드러나는 것은 바람직한 동화 문학이 아니라고 여겼다. 더 나아가 "한가지 종류의 행동 목적, 한가지 종류의 륜리의 수립에만 그치고 마는 것은 문학의 자살"[9]이라고까지 강성하게 자신의 동화 문학관을 밝히기에 이른다. 백석이 생각하기에 '인민동화를 섭취한다는 것'은 "인민적 재료의 창작적 리용이여야 하며 예술

---

8   백석, 「동화 문학의 발전을 위하여」, 『조선문학』, 1956.5.(위의 책, 138쪽에서 인용)
9   위의 글, 138쪽.

적 갱신이여야"[10] 했던 것이다. 그리고 그러한 대표적 성공 사례로 사무일 마르샤크의 「다락집」을 거론한다. 1955년에 민주청년사에서 사무일 마르샤크의『동화시집』을 번역, 출간하면서 백석은 동화 문학의 하나의 모범을 그 속에서 찾았던 것으로 보인다. 이러한 그의 생각은 이후 동화시집 『집게네 네 형제』의 창작과 출간으로 이어지게 된다. 「집게네 네 형제」의 전신인 「지게게네 네 형제」를 그가『아동문학』에 발표하는 시점이 1956년 1월인 것을 보면 이미 이 시기에 백석은 마르샤크의 영향을 받아 당시 북한에서 요구되는 아동문학의 모범으로서 동화시의 창작을 적극적으로 실험했던 것으로 보인다. 이 글에서 백석은 여러 차례 동화 언어는 "높은 시적 언어"여야 하며, 높은 시적 언어는 "인민의 언어"이고 "투명하고 소박하다"는 것을 강조한다.[11]

「동화 문학의 발전을 위하여」를 발표하고 4개월 뒤에 발표한 「나의 항의, 나의 제의」『조선문학』, 1956.9에는 '아동시와 관련하여, 아동 문학의 새 분야와 관련하여'라는 부제가 붙어 있는데 이 글에서도 아동문학이나 아동시에 대한 백석의 기본적인 입장은 바뀌지 않는다. 다만 이 글에서는 "아동 문학은 성인 문학과 다름아닌 한 길을 걸어가는 것"[12]이라는 그의 입장이 좀 더 강조된다. 이 글은 류연옥의 「장미꽃」『아동문학』, 1956.3에 대해 아동 문학 분과 1956년도 1·4분기 작품 총화 회의의 보고에서 "유해로운 실패작"이라고 비판한 데 반론을 펴기 위해 쓰였다. 실패작이라고 판단한 근거는 이 작품에 '벅찬' 현실이 그려지지 않았다

---

10   위의 글, 139쪽.
11   위의 글, 143쪽.
12   백석, 「나의 항의, 나의 제의」, 『조선문학』, 1956.9.(위의 책, 145쪽에서 인용)

는 데 있었는데, 그에 대해 백석은 '벅찬' 현실을 기중기와 고층 건물과 수로와 공장 굴뚝들로써만 상징하려 한 아동문학분과위원회의 도식주의적 태도가 문제라고 강하게 비판한다. 백석은 "작품에서 벅차다는 것은 현실의 일정한 면에만 있는 그 어떤 속성이 아니라 생활상의 빠포쓰의 문제이며, 현실 생활을 감수하는 시인의, 즉 개성의 감도의 문제"[13]라고 본다. 기중기에도 건설장에도 벅찬 현실과 벅찬 시는 있으며 마찬가지로 장미꽃에도 교실에도 벅찬 현실과 벅찬 시는 있다는 것이 백석의 생각이었다.

그는 1955년 18호 『꼼무니스트』지 권두 논문을 인용하며 "전형적인 것을 다만 당해 사회적 력량의 본질의 구현이라고만 고찰하는 것은 예술 작품에서 생활의 개별적인 다양성을 상실하고, 예술적 형상이 아니라 도식들을 창조하는 결과를 초래한다"[14]고 도식주의적 경향을 강하게 비판한다. 더 나아가 그는 감정과 정서의 아름답고 옳은 성숙이야말로 아동문학의 사명의 하나이며, 외부 세계의 격동뿐만 아니라 내면 세계의 황홀한 아름다움이 아동들의 정신에 억센 힘을 준다는 견해를 피력한다. "이 내면 세계의 황홀한 아름다움에서 생활 긍정적인, 락천적인 세계관이 나타"[15]난다는 것이다. 여기서 백석은 시적 개성의 문제를 제기한다. 모두가 기중기를 노래한다는 것은 시적 개성을 무시하는 것은 물론이고 결국 "우리 문학의 고갈을 의미한다"[16]라고까지 강하게 발언한다. 류연옥의 「장미꽃」을 유해로운 실패작으로 간주한다는 것은

---

13 위의 글, 147쪽.
14 위의 글, 147쪽.
15 위의 글, 149쪽.
16 위의 글, 149쪽.

결국 일면적인 '벅찬' 현실의 도식화된 사회학적 내용을 가지라는 것인데, 백석의 생각에 "시의 내용의 도식화란 곧 인간의 감정과 인간의 상념과 인간의 심리의 도식화이다".[17] 그는 류연옥의 작품을 비판한 이들이 "시를 리해하는 능력"[18]이 부족함을 지적한다. 백석은 "시는 깊어야 하며, 특이하여야 하며, 뜨거워야 하며 진실하여야"[19] 함을 강조한다. 깊이와 개성과 열정과 진실성. 이것이야말로 백석이 아동문학에서 강조한 시와 철학 중 시의 구체적인 속성에 해당하는 요소들일 것이다. 그는 교양성과 사회성 못지않게 예술성과 기교를 중시했다. 분단 이후 재북 시기에 백석은 북한 체제에서 이전과 같은 시를 창작할 수 없음을 직감했겠지만 번역과 아동문학을 선택한 이후에도 그는 '시'를 포기하지는 않았다. 도식주의를 경계하며 예술성과 기교를 중시하는 태도를 견지하고자 한 것이다. 이 글을 마무리하면서 백석은 아동문학의 발전을 위해 풍자 문학 분야, 향토 문학 분야, 낭만적인 분야, 새로 계승되는 구전 문학의 분야를 개척할 것을 제안하고, 아동문학작가들에게 "높은 문학 정신에"[20] 살 것을 주문한다. 성인문학의 세계로 육박할 정도의 문학적 수준을 지니되 성인문학보다 아동문학에서 더욱 보람을 느낄 정도의 애정을 지니고 있기를 촉구함으로써 분단 이후 재북 시기 자신의 문학적 자리를 찾아가고자 한 것으로 보인다. 이로 미루어 볼 때 아동문학 작가이자 평론가로서의 백석의 선택은 매우 의식적인 작가적 선택이자 전향이었음을 짐작할 수 있다.

---

17 위의 글, 150쪽.
18 위의 글, 150쪽.
19 위의 글, 151쪽.
20 위의 글, 160쪽.

『조선문학』 1957년 6월호에 발표한 「큰 문제, 작은 고찰」에서 백석은 웃음의 철학과 효과를 강조하기에 이른다. "우리 아동 문학은 혁명적인 아동 문학"이며 "우리 아동들은 혁명기의 아동들이다"라는 전언으로 시작되는 이 글에서 백석은 아동문학이 "혁명적 성격"과 "과학 정신으로 무장"되어야 함을 강조하면서도 아동문학의 제재들이 "아이들의 인식에 상응하도록"[21] 해야 함을 역설한다. 러시아의 평론가 벨린스끼의 말을 인용하면서 "생활과 활동으로 충만되고 고무의 정신으로 관통되고 따사로운 감정으로 덮혀지고 경쾌하고 자유롭고 유희적인 그리고 그 단순성으로 하여 빛나는 언어로 씌여진 작품들"[22]을 아동문학 작가들이 창작할 것을 요구한다. 백석은 우리 아동문학의 결함으로 내용과 형식에 있어서 적극성이 결여된 점, 아동 정신의 세계에서 가장 고귀한 감정인 해학의 감정이 아동문학에서 유로되지 않는 점, 도식주의적 경향[23] 등을 든다. 이러한 결함을 극복하기 위해서는 생활에 진실한 형상을 문학이 갖추어야 하며 높은 예술적 수준이 수반되어야 한다고 그는 말한다. "인간의 미적 감수의 능력과 관련된, 움직일 수 없는 힘, 이것은 곧 현실 재현의 힘"[24]이라는 것이다. 이 글에서 백석은 높은 예술성은 곧 예술의 진실성이고, 그것은 곧 시 정신을 가리킴을 다시 한번 천명한다. 아동문학에서도 시 정신과 기교를 중시하는 백석의 문학관은 자연스럽게 언어의 선택을 강조하는 방향으로 나아간다. 그는

---

21 백석, 「큰 문제, 작은 고찰」, 『조선문학』, 1957.6.(위의 책, 168쪽에서 인용)
22 위의 글, 168쪽.
23 "현실을 가장 좋은 상태에서 묘사하려는 의도는 흔히 우리들의 생활 재료를 일정한 규법에 의하여 처리하는 경향을 낳게 되었다."(위의 글, 171쪽) 여기서 일정한 규법에 의하여 처리하는 경향은 결국 도식주의적 경향을 가리키는 것이다.
24 위의 글, 171쪽.

특히 '언어의 조화'를 중시한다.[25] 그가 아동문학에서 또 한 가지 중요하게 생각한 것은 흥미의 문제였다. 유년(학령전 아동)을 위한 아동문학에서 장난과 셈세기를 주요한 제재로 삼고 산문보다 시를 선택할 것을 주장한 고리키의 견해를 수용해 백석 또한 유년층의 아동문학에서 시와 웃음의 역할을 강조한다. "유년층 문학에서는 계몽도 웃음으로 싸고, 교양도 웃음으로 쌀 때 비로소 효과를 보게 된다"[26]라고 그는 생각했다. 그가 아동문학이 도식주의로 흐르는 것을 그토록 경계한 까닭은 바로 여기에 있다. 계몽과 교양만 남은 아동문학은 문학으로서의 매력은 물론이고 계몽과 교양의 효과마저 사라진다는 것을 통찰하고 있었던 것이다. "유년층 아동들은 메마르고 굳고 딱딱하고 엄격한 것을 싫어한다"[27]는 사실을 잘 알고 있었던 백석은 유년층 문학에서 웃음의 철학이 얼마나 중요한 것인지 정확히 꿰뚫어보고 있었다.

『문학신문』 1957년 6월 20일자에 실린 「아동 문학의 협소화를 반대하는 위치에서」에서도 아동문학에 대한 백석의 입장은 일관되게 견지된다. 리원우와 아동문학에 대한 입장에서 대립한 백석은 이 글에서도 리원우를 직접적으로 겨냥하며 그가 "사상성을 정치성으로 사회적 의미로만 해석하며, 교양성을 도덕 교훈으로만 리해"[28]하는 등 사상성에 대한 협애한 이해와 단순화를 보여준다고 비판한다. 백석은 "주의 사물과 현상을 과학적으로 인식하는 것"도 사상성을 띤 것이며 "그것

---

25 위의 글, 173쪽.
26 위의 글, 179쪽.
27 위의 글, 180쪽.
28 백석, 「아동 문학의 협소화를 반대하는 위치에서」, 『문학신문』, 1957.6.20.(위의 책, 181쪽에서 인용).

들의 건실한 아름다움을 감득하는 것도 또한 사상성을 띤 일"이라고 주장한다.[29] 그 또한 사상성과 교양성의 중요성을 무시하는 것은 아니지만 리원우처럼 사상성과 교양성을 협의로만 이해한다면 아동문학의 창작 무대는 협소해지고 일면적이 될 수밖에 없다고 우려를 표한다. 그는 사상성과 교양성을 달성하기 위해서도 "명랑하고 건강한 웃음"[30]이 아동문학에 필요함을 다시 한번 강조한다.

이 글에서도 백석은 고리키와 마르샤크에 기대어 자신의 생각에 정당성을 부여하고자 한다. 백석은 자신의 작품 「산양」과 「기린」에 대한 리원우의 비판에 직접적으로 반박하면서 리원우에게 아동과 아동문학에 대한 이해가 부족함을 은근히 드러낸다.[31] 결국 리원우와의 아동문학 논쟁에서 백석은 밀려나고 이후 1957년 3월 21일자부터 백석은 『문학신문』의 편집위원 명단에서 이름이 사라지게 된다.[32] '붉은 편지 사건' 이후 1958년 10월경부터 평양에서 백석의 문학적인 활동은 대부분 중단되고 1959년 1월에는 양강도 삼수군 관평리로 현지 파견을 가는 문학적 숙청을 당하고 만다.[33] 러시아 문학을 번역하면서 고리키와 그의 영향을 받은 마르샤크를 알게 되고, 마르샤크의 『동화시집』을 번역하면서 그는 분단 이전과 같은 시 창작이 아니어도 아동문학을 통해 북한의 체제 하에서 자신의 문학적 역할과 자리를 찾을 수 있을 거라는 희망을 가졌던 것으로 보인다. 비록 아동문학의 창작이 분단 이전

---

29 위의 글, 182쪽.
30 위의 글, 183쪽.
31 위의 글, 187~188쪽.
32 안도현, 『백석 평전』, 다산북스, 2014, 355쪽.
33 위의 책, 361쪽.

같은 시를 창작할 수 없는 환경에서 백석이 선택한 차선책이었다 하더라도 아동문학에 대한 그의 각별한 애정과 사명감은 시인으로서의 그것 못지않은 것이었다. 아동문학가이자 시인이자 비평가였던 사무일 마르샤크의 모습이 백석에게 하나의 이상적 모델로 비춰졌을 수도 있다. 고리키와 마르샤크의 문학적 전언에 기대어, 백석은 유년기 아동에 대한 경험적 이해와 언어에 대한 각별한 애착을 바탕으로 시와 철학, 즉 문학성과 사상성, 교양성을 함께 지닌 아동문학의 장을 구축하려는 꿈을 잠시나마 진지하게 꿔 봤던 것으로 보이지만, 북한의 문단은 이미 그런 꿈을 수용할 수 있는 곳이 아니었다.

3. 『동화시집』과 『집게네 네 형제』의 구성 및 체제

사무일 마르샤크의 『동화시집』과 백석의 『집게네 네 형제』는 시집의 구성 및 체제에서 유사성을 띤다. 우선 두 권의 시집 모두 동화의 내용을 짐작하게 하는 삽화가 시와 함께 실려 있는 점을 공통점으로 들 수 있다. 두 시집에 수록된 시의 편수도 비슷해서 『동화시집』에 11편, 『집게네 네 형제』에 12편의 시가 실려 있다. 책의 장정이나 색감 등에서 마르샤크의 『동화시집』 번역본이 훨씬 고급스러운 장정과 색감을 지니고 있으며, 삽화의 질 또한 『동화시집』이 상대적으로 훨씬 정교하고 섬세한 것을 확인할 수 있는 정도가 우선 눈에 띄는 차이점이라고 할 수 있다.

『동화시집』과 『집게네 네 형제』는 모두 동화시집을 표방한 시집으로, 동화시라는 독특한 장르를 개척했다는 점에서도 비교할 만하다. 백석이 쓴 「마르샤크의 생애와 문학」에 따르면 마르샤크의 『동화시집』에 수록된 동화시들은 러시아 지역에 내려오는 전래동화를 시의 형식으로 바꾸어 아동들에게 읽히고자 한 목적에서 창작되었는데, 전래동화의 내용을 그대로 옮긴 것이 아니라 아동이라는 독자를 염두에 두고 내용이나 결말을 각색하거나 재구성하기도 했다고 한다.[34] 러시아문학과 한국문학을 동시에 전공한 피사레바 라리사에 따르면 마르샤크의 『동화시집』에 수록된 시 중에는 러시아 지역의 전래동화만 각색한 것이 아니라 영국 민담의 영향을 받은 작품들도 있다고 한다.[35] 아마도 이것은 런던대학에서 공부하고 영국의 민담과 민요들을 수집, 번역한 마르샤크의 행적과 관련된 것으로 보인다.[36] 백석의 『집게네 네 형제』에는 우리의 전래동화를 바탕으로 창작한 동화시만 수록되어 있다는 점도 두 시집의 차이점으로 꼽을 수 있다.

좀 더 구체적으로 『동화시집』과 『집게네 네 형제』 수록시의 차이점을 살펴보면, 우선 눈에 띄는 차이점으로 동화시에 등장하는 인물의 비중을 들 수 있다. 마르샤크의 『동화시집』에는 백석의 『집게네 네 형제』보다 상대적으로 인물이 많이 등장한다. 파수꾼, 소방수 꾸지마, 레나, 레나의 엄마 「불이 났다」, 레닌그라드 우편배달부, 쥐뜨꼬브 동지, 스미스 씨, 바질리오 「우편」, 망그지르기 선수(목수) 「선수 — 망그지르기 선수」, 게으름뱅이들(곧 12살이 되는 아이들) 「게으름뱅이들과 고양이」, 그리쉬까, 미쉬까, 방직이, 미뜨로환 꾸지뮈치(의사), 사서 아주머니, 그리쉬까의 아들(삐오네르) 「책에 대한 이야기」, 사

---

34 백석, 「동화 문학의 발전을 위하여」, 앞의 글.(김문주·이상숙·최동호 편, 앞의 책, 139~140쪽에서 인용)
35 피사레바 라리사 선생과의 대화를 통해 직접 들은 이야기이다.
36 백석, 「마르샤크의 생애와 문학」, 『아동문학』, 1957.11.(위의 책, 191·195쪽에서 인용)

람, 로동자들「드녜쁘르 강가의 전쟁」 트비스터 씨와 그의 부인과 딸, 호텔의 문직이, 현관직이, 시커먼 흑인(호텔 고객), 자동차 운전수, 미스터 쿡, 젊은이, '깜둥이 아이 둘'「미스터 트비스터」, 할아버지, 아이, 구경꾼들「할아버지와 아이와 나귀」, 임금, 전사, 돼지몰이꾼「누가 더 잘 났나」 등 제법 많은 인물이 등장한다. 사실상 마르샤크의 『동화시집』 수록시 중 동물만 등장하는 시는 「철 없는 새끼쥐의 이야기」와 「다락집 다락집」뿐이다. 그에 비해 백석의 『집게네 네 형제』에는 사람이 등장하는 시가 훨씬 적다. 「쫓기달래」, 「산골총각」, 「배군과 새 세 마리」 이 세 편의 시에만 사람이 등장할 뿐 나머지 시들에는 동물만 등장한다. 인물이 주가 된 동화시냐 동물이 주가 된 동화시냐는 마르샤크와 백석의 동화시가 갖는 가장 큰 차이점이라고 볼 수 있다. 이러한 차이점은 두 시집의 성격에도 차이를 낳는다.

마르샤크의 『동화시집』에는 풍자의 대상이 되는 인물들이 많이 등장해 백석의 동화시보다 풍자적 성격이 좀 더 강하다고 볼 수 있다. 이러한 성격의 동화시에 대해 박태일은 '현실동화시'라 명명하고 긍정적 주인공과 부정적 주인공으로 나누어 그 특징 및 시적 효과를 살펴본 바 있다. 긍정적 주인공을 통해 사회주의의 우월성을 드러내고 부정적 주인공을 통해 공민 윤리를 일깨우고자 했다고 박태일은 마르샤크의 동화시집의 자리를 평가하였다.[37] 백석은 마르샤크의 동화시를 가리켜 '정론적인 풍자시'[38]라고 지칭했는데, 박태일은 마르샤크의 동화시 중에서도 특히 부정적 주인공이 등장하는 「미스터 트비스터」 같은 시들에서 풍자

---

37 박태일, 「백석이 옮긴 마르샤크의 『동화시집』」, 앞의 책, 201~216쪽.
38 백석, 「마르샤크의 생애와 문학」, 앞의 책.(김문주·이상숙·최동호 편, 앞의 책, 195쪽에서 인용)

적 성격이 두드러진다고 보았다.[39] 그에 비해 백석의 시는 상대적으로 동물 우화적 성격이 더 강하고 동물 유래담이 높은 비중을 차지한다. 백석의 시에서는 풍자적 성격이 다소 약화되고 교훈적 성격이 좀 더 강화되었다고 볼 수 있다. 마르샤크의 『동화시집』 수록시는 크게 몇 가지 유형으로 나눌 수 있는데, 그중 풍자시가 상당한 비중을 차지한다. 아동들을 독자로 상정하면서도 현실 풍자적 성격을 가진 시가 제법 수록되어 있었던 셈이다. 그에 비해 백석의 『집게네 네 형제』에서는 풍자성은 다소 약화되고 교훈성이 강화되기에 이른다. 백석의 경우 아동을 대상으로 한 시로서의 성격이 좀 더 강화되고 대상 동물의 성격을 풍자하거나 희화하는 시들은 보이지만, 그것이 사회 풍자로까지 나아가지는 않는다. 그에 비해 아동들이 흥미를 느낄 만한 방식으로 동물의 생태에 대한 여러 가지 정보를 전해주고 세상을 살아가는 데 필요한 지혜를 가르쳐 주는 교훈적 성격이 좀 더 도드라지게 된다.

4. 종결어미 '-네'의 활용과 그 의미

초기 시부터 현대적인 종결어미 '-다'를 자연스럽게 구사하던 백석이 마르샤크의 『동화시집』을 번역하면서 '-네'라는 종결어미를 사용하기 시작한다. '-네'는 이전의 백석 시에서는 좀처럼 발견되지 않던 종결어미이다. 이후 백석은 창작 동화시집 『집게네 네 형제』에서도 종결

---

39 박태일, 앞의 글, 230쪽.

어미 '-네'를 활용하기에 이른다. 그렇다면 백석은 번역시에서 처음 '-네'라는 종결어미를 사용하기 시작했고, 이후 그 영향을 받은 동화시를 창작하고 이들을 수록한 동화시집 『집게네 네 형제』를 출간하면서 다시 종결어미 '-네'를 자신의 시에도 적극적으로 사용한 셈이다. 동화시집 『집게네 네 형제』는 마르샤크의 『동화시집』을 번역하면서 착안하게 된 새로운 시 장르이자 형식이었다는 점을 감안하면, 결국 백석은 창작시를 쓸 때와 번역시를 쓸 때 다른 언어의식과 태도를 가지고 있었고 그 결과 '-네'와 같은 자신이 사용하지 않았던 종결어미를 구사하게 된 것이라고 가정해 볼 수 있다. 그렇다면 백석은 왜 '-네'라는 종결어미를 마르샤크의 『동화시집』을 번역하면서 사용하게 됐을까?

> 고골리는 뿌슈낀을 두고 말하면서 "모든 것이 때로 단 한 마디 말에 달린다. 단 한 마디, 단 한 마디 잘 선택된 형용사에 달린다"라고 하였다. 우리는 언어에 대해서 말할 때 체호브를 상기하게 된다. 체호브의 한 동시대 사람의 말에 의하면 "체호브는 문장의 한 구절이나 한 장(章)의 결어를 선택하는 데 각별한 주의를 돌리였다. 그는 마치도 음악의 피날레를 선택하듯이 결어를 선택하였다"고 한다.
>
> 언어의 선택은 형상적 의미의 각도에서뿐만 아니라 그 운률과 그 발음의 각도에서까지도 고려되여야 한다고 생각하는 작가들의 립장은 옳다. 언어의 선택은 이런 의미에서 실로 곤난한 일이 아닐 수 없다. 이 언어 선택은 선택하는 작가들의 감각에서 오는 것인 탓에 작가에 따라 그 선택하는 노력의 방법도 다르고 그 선택되는 언어의 체취도 다를 것이다. (…중략…) 언어는 한 기적이다. 없는 데서 있는 것을 낳는 생명체이다.[40]

일찍이 러시아 문학에 관심을 가지고 있었던 백석은 고골리와 푸시킨, 체호프 등을 인용하면서 언어의 중요성을 강조한다. 그는 특히 체호프가 문장의 한 구절이나 한 장의 결어 선택에 각별한 주의를 기울였다는 체호프 동시대인의 말을 빌려 언어의 선택이 작품의 완성도에 얼마나 결정적 영향을 미치는지 주목한다. 체호프의 결어 선택에 대한 동시대인의 발언에 백석이 유독 관심을 보인 것은 백석 또한 시에서의 마지막 연이나 행의 선택, 문장에서의 종결어미 선택에 누구보다 예민했던 시인이었기 때문일 것이다. 그는 동향의 선배 시인 김소월과는 달리 체언에서 주로 평북 정주 지역의 방언을 비롯해 고어 등을 사용하고 정작 종결어미는 '-다'라는 현대 표준 평서형 종결어미를 주로 사용한 것으로 잘 알려져 있다. 이는 천재적인 선배 시인 김소월의 시를 극복하고 정주 말을 새로운 시의 언어로 탄생시키고자 하는 의도와 함께 언어를 방법적으로 선택하고 조화롭게 활용하고자 하는 그 특유의 근대적 언어의식이 작용한 결과였다. 언어를 기적이자 창조적 생명체로 보고자 한 백석의 언어관은 그의 시 작품을 통해 실현되었다고 할 수 있다. 종결어미는 물론이고 언어의 구조적 완결성에 남다른 관심을 가지고 있었던 백석의 언어의식은 분단 이후 재북 시기의 시에서도 근본적으로 달라지지는 않는다. 번역시와 창작 동화시에서 그가 유독 '-네'라는 종결어미를 사용했다는 사실은 그의 종결어미 선택이 이 경우에도 상당히 의식적인 것이었음을 짐작게 한다. 러시아 시인 사무일 마르샤크의 동화시들은 시의 각 행에서 일정한 소리가 반복되는 각운을 실현하고 있는데,

---

40 백석, 「큰 문제, 작은 고찰」, 앞의 글.(김문주·이상숙·최동호 편, 앞의 책, 173쪽에서 인용)

마르샤크의 동화시들을 번역하면서도 이러한 특징을 반영하고자 백석은 고심했던 것으로 보인다. 그 결과로서 백석이 선택한 종결어미가 '-네'였다고 잠정적으로 추론할 수 있다.

물론 그렇다 해도 왜 하필 동화시의 번역과 창작에 종결어미 '-네'를 사용했는지에 대해서는 여전히 의문이 남는다. 이 글에서는 번역시에서 백석이 '-네'를 먼저 착안하게 된 계기로 동향의 선배 시인 김억과 김소월의 영향을 가정해 보고자 한다.

백석이 『조선일보』 1939년 5월 1일자에 실은 산문 「소월과 조선생」에는 그와 안서 김억의 인연을 짐작해 보게 하는 흥미로운 대목이 등장한다. "나는 며칠 전 안서 선생님한테서 소월이 생전 손에서 노치 안턴 '노트' 한 책을 빌려왔다. 장장이 소월의 시와 사람이 살고 잇서서 나는 이 책을 뒤지면서 이상한 흥분을 금하지 못한다."[41] 소월의 미발표 시와 산문이 적힌 노트를 안서 김억에게 빌려와 설레며 노트를 살펴보는 백석의 모습이 눈에 선하게 읽히는 이 산문은 「제이·엠·에스」라는 소월의 시를 인용하며 소월과 조만식의 인연에 대해 서술하면서 글이 마무리된다. 김억과 김소월, 백석은 오산학교 출신의 시인으로 주목받아왔고, 김소월과 백석의 영향 관계나 조만식과 백석의 인연에 대해서는 선행 연구에서 언급된 바 있다. 이 산문을 통해서도 백석이 소월의 행적을 꿰고 있었음을 짐작할 수 있다.[42] 그러나 김억과 백석의 문학적

---

41 백석, 「素月과 甫先生」, 『조선일보』, 1939.5.1.
42 "소월은 이때 그 '정주곽산 배 가고 차 가는 곳'인 고향을 떠나 산읍 구성남시에서 돈을 모호랴고 햇스나 별로 남의 입사내에 올으도록 게집을 가지고 굴은 일은 업다하되 그러되 이미 고요하고 맑어야 할 마음이 밋처 거츠럿든 탓에 그는 이 은사 아페 업드려 이러케 호곡하는 것이다."(위의 글)

영향 관계는 주목받지 못했다. 이 산문으로 미루어볼 때 백석은 안서 김억과 오산학교 선후배이자 사제 관계를 맺고 있었던 것은 물론이고 소월의 유고가 적힌 '노트'를 빌려올 만큼 각별한 사이였던 것으로 보인다. 그렇다면 일찌감치 번역에 눈을 뜬 백석에게 김억이 미쳤을 영향은 단지 추측을 넘어서 좀 더 진지하게 살펴질 필요가 있어 보인다.

"詩歌의 譯文에는 逐字, 直譯보다도 意譯, 또는 創作的무드를 가지고 할수밧게업다는것이 譯者의 가난한생각엣 主張"[43]이라고 김억은 1921년에 출간된 『오뇌의 무도』의 서문에서 밝히고 있다. 1923년에 재판을 찍으면서는 서문에 애초의 마음과는 달리 초판본의 번역에 거의 손을 대지 않았음을 밝히면서, 다만 근간 예정인 아서 시먼스의 시집 『잃어버린 진주』에 수록될 예정이라 시먼스의 시를 한 편 빼고 예이츠, 포르, 블레이크의 시 몇 편을 더 추가했다고 밝혔다.[44] 김억은 『오뇌의 무도』에 베를렌, 구르몽, 사맹, 보들레르, 예이츠, 포르 등의 시를 번역해 실었다.

축자역이나 직역보다는 의역이나 창작역을 좀 더 중요하게 생각하는 입장에 김억은 서 있었는데 이러한 그의 번역관은 첫 번역시집 『오뇌의 무도』에도 반영되었던 것으로 보인다. 황선희의 연구에서는 김억 역시론의 핵심이 "번역은 창작이다"라는 선언에 있는데 창작적 노력을 중시하는 이러한 번역관은 백석에게도 영향을 미쳤을 거라고 보았다.[45] 특히 김억은 '토吐'의 중요성에 대해 언급했는데 그것은 시 텍스트의 어미

---

43 김억, 「譯者의 人事한마듸」, 『懊惱의 舞蹈』, 조선도서주식회사, 1921, 14쪽.
44 김억, 「再版되는 첫머리에」, 『懊惱의 舞蹈』(재판), 조선도서주식회사, 1923, 16~17쪽.
45 황선희, 「백석 시의 문체적 특성 연구─분단 이전 시편들과 분단 이후의 시·번역시의 연속성 문제를 중심으로」, 중앙대 석사논문, 2015.2, 140쪽.

처리 문제에 대한 김억의 견해를 보여준다. 토가 어감과 직결된다고 본 김억은 토의 음향적 효과를 중시했고, 그 결과는 '-어라', '-고나' 등의 의고적인 종결 어미의 사용으로 이어졌다. "종결 어미 '-다'의 어조와 어감이 부드럽거나 아름답지 않다고 지적하면서 김억은 다른 종결형을 모색해왔"[46]던 것이다. 백석의 경우에는 창작시에서는 압도적으로 종결 어미 '-다'를 써 왔는데 번역시에서는 그가 평소에 잘 쓰지 않던 의고적인 종결 어미들을 자주 사용하는 경향을 보인다. 아마도 이러한 종결어미 사용의 예는 김억에게서 영향을 받은 것일 가능성이 높아 보인다. 축자역보다는 의역이나 창작역을 통해 원작품의 느낌을 우리말로 옮겨 놓으면서도 원작품이 갖는 매력을 살리기 위한 고심을 마치 창작시를 쓰듯이 했던 것으로 보인다. 그 고뇌의 흔적은 창작역으로서의 번역 작품, 특히 종결어미의 선택과 의성어, 의태어 등의 개성적인 사용 등에서 나타난다. 백석의 경우에는 번역시 중에서도 동물이 등장하는 번역시들에서 '-네'를 특히 자주 사용했고 이후 동물들이 주로 등장하는 창작 동화시 『집게네 네 형제』 수록시들에서 '-네'를 훨씬 더 적극적으로 사용하게 된다. 번역 또한 창작이라는 생각을 가지고 있었던 백석은 어미 하나, 부사 하나를 선택할 때에도 많은 고심을 했던 것으로 보인다. '-네'라는 종결어미의 사용이 마르샤크의 『동화시집』을 번역하면서 제일 먼저 눈에 띈다는 사실은 그가 동화시에 어울리는 종결어미로 '-네'를 선택했다는 의미이기도 할 것이다. 번역시를 통해 새로운 종결어미를 시험해 본 후 창작 동화시에서 본격적으로 활용한 것이라고 볼 수 있을 것

---

46 위의 글, 142쪽.

이다.

그래도 여전히 왜 하필 종결어미 '-네'였을까 하는 의문은 남는데, 백석의 동향의 선배 시인이자 백석이 흠모하고 사숙한 시인이기도 한 김소월의 시를 여기서 떠올려 볼 필요가 있다. 김억의 번역시집『오뇌의 무도』와 창작시집『해파리의 노래』에는 모두 '-어라'라는 의고형 종결어미가 자주 쓰였지만 '-네'의 용례를 찾아볼 수는 없었다. 그에 비해 1925년에 출간된 김소월의『진달래꽃』에는 「자주 구름」, 「맘 켕기는 날」, 「왕십리」, 「산」, 「산유화」, 「금잔디」, 「강촌」, 「닭은 꼬끼오」에서 종결어미 '-네'가 쓰였다. "십오 년 정분을 못 잊겠네"「산」, "강촌에 내 몸은 홀로 사네"「강촌」, "꿈 깨친 뒤엔 감도록 잠 아니 오네", "솜솜하게도 감도록 그리워 오네"「닭은 꼬끼오」에서처럼 화자의 상태나 감정을 나타낼 때 종결어미 '-네'가 쓰이기도 했지만 대개는 자연물이 주어로 등장할 때 '-네'가 쓰였음을 확인할 수 있다.[47] 이렇게 볼 때 백석은 종결어미 '-네'를 이미 김소월의 시를 통해 숙지하고 있었고, 그럼에도 자신의 창작시에서는 의도적으로 사용하지 않다가 마르샤크의『동화시집』을 번역하면서 반복이 많고 노래의 성격이 비교적 높은 동화시를 번역하는 데 종결어미 '-네'가 '-다'보다 좀 더 적합하다는 생각을 하게 되었던 것으로 보인다. 번역시에 시범적으로 종결어미 '-네'를 사용해 보고 이후 자신의 창작 동화시집에서는 전격적으로 '-네'를 사용함으로써 동화시라

---

47 "하늘은 개어 오네", "솔숲에 꽃피었네"(「자주 구름」), "어느덧 해도 지고 날이 저무네!"(「맘 켕기는 날」), "가도 가도 往十里 비가 오네"(「왕십리」), "눈은 내리네, 와서 덮이네"(「산」), "산에는 꽃 피네 / 꽃이 피네 / 갈 봄 여름 없이 꽃이 피네", "저만치 혼자서 피어 있네", "산에는 꽃 지네 / 꽃이 지네 / 갈 봄 여름 없이 / 꽃이 지네"(「산유화」), "봄이 왔네, 봄빛이 왔네", "봄빛이 왔네, 봄날이 왔네"(「금잔디」), "대동강 뱃나루에 해 돋아 오네"(「닭은 꼬끼오」)

는 하나의 장르를 개척하고자 했던 것으로 판단된다. 특히 백석이 종결어미로 사용한 '–네'에서는 화자의 논평적 기능이 좀 더 부각된다는 사실을 기억해 둘 필요가 있다.[48] 송재목에 따르면 종결형 '–네'의 의미 기능에 대한 초기의 선행 연구에서는 감탄법 의미가 자주 지적되어 왔는데, 최근의 국어학계에서는 인식양태, 의외성, 증거성을 나타내는 종결어미로 '–네'의 의미 기능이 분석되고 있다고 한다.[49]

어미 쥐는 달려가,
집오리더러 아이보개로 오라 했네.
"오리 아주머니 우리한테 와요
우리 애기 그네나 흔들어 줘요"

집오리는 새끼 쥐에게 노래 불렀네.
"가 가 가, 아가야 잠 자거라!
비 온 뒤 뜰악에서
지렁이를 찾아 줄게"

철없고 조그만 새끼 쥐가
선잠결에 대답을 하네.
"아니야, 그 목소리 좋지가 않아,

---

48 이전의 백석 시에서 화자의 논평적 기능을 부각시킬 때 주로 사용한 표현은 '–ㄴ 것이다'였다. 아마도 백석은 이 종결형이 동화시와는 잘 어울리지 않는다고 판단했을지도 모른다.
49 송재목, 「한국어 '증거성' 종결어미 '–네'―정경숙(2007, 2012)에 대한 대답」, 『언어』 39-4, 한국언어학회, 2014, 820쪽.

노래 소리 너무나 요란스러워!"

—마르샤크, 「철 없는 새끼쥐의 이야기」 3~5연[50]

어미 쥐가 달려 와

잠자리를 들여다 봤네.

철없는 새끼 쥐를 찾았으나

새끼 쥐는 그만 간 곳이 없네……

—마르샤크, 「철 없는 새끼쥐의 이야기」 마지막 연, 13쪽

　　동일한 패턴이 계속 반복되는 구성으로 이루어진 이 시에서는 종결어미 '-네'의 사용이 눈에 띈다. 철없는 새끼 쥐가 어미 쥐가 불러주는 자장가에 투정을 부리면서 아이보개 시중꾼을 구해 달라고 요청하고 어미 쥐는 집오리, 두꺼비, 말, 돼지, 암탉, 쏘가리 등을 아이보개로 청해 오지만 새끼 쥐는 번번이 목소리가 요란스럽다거나 청승맞다거나 무섭다거나 너무 조용하다거나 하면서 트집을 잡아댄다. 마침내 어미 쥐는 고양이를 아이보개로 불러오게 되고 고양이가 불러주는 자장가에 흡족해하며 잠들었다가 새끼 쥐가 고양이에게 잡아먹히게 된다는 이야기의 동화시이다. 이 시는 『동화시집』 수록시 중 종결어미 '-네'를 가장 적극적으로 사용하고 있다. 종결어미 '-네'는 이 시에서 주로 발화 주체가 행위의 주체인 어미 쥐나 새끼 쥐의 행위나 말을 진지적 관점에서 서술할 때 사용된다. 거의 연마다 반복되는 "어미 쥐는 ~ 오라 했

50　쓰 마르샤크, 백석 역, 『동화시집』, 민주청년사, 1955, 6쪽. 이하 인용시의 쪽수는 '마르샤크, 「작품명」, 쪽'의 형태로 인용시 밑에 표기한다.

네", "새끼 쥐는 ~ 대답을 하네"라는 구절에 반복적으로 종결어미 '-네'가 쓰였고, 마지막 연에서 "어미 쥐가 ~ 들여다 봤네", "새끼 쥐는 ~ 없네……"로 약간의 변주가 일어나긴 하지만 종결어미 '-네'의 성격이 달라지진 않는다. 예외적인 경우는 딱 한 번, 암탉을 아이보개로 불러왔을 때 새끼 쥐가 보여준 반응에서 나타난다. ""아니야 그 목소리 좋지가 않아, / 이래서는 아여 잠 못 자겠네!""라는 새끼 쥐의 발화에 '-네'가 쓰인 것이다. 다른 연에서는 주로 '-어라'를 사용해 영탄의 의미를 드러냈다면 위의 연에서는 평서형 종결어미 '-네'에 영탄의 의미를 실은 것이다.

> "요란한 소리치며 내 닫는다. / 소방차 가는 길엔 거칠 것이 없네."
> "창문으로 머리를 들여 밀자. / 글세, 고양이가 눈에 띠었네!"
>
> —마르샤크, 「불이 났다」 부분, 18·20쪽

> "바다를 건너 산들을 넘어 / 이것은 나한테 온것. / 지치고 먼지 쓴 우편 배달부들. / 그들에게 영예와 영광 드리네. // 가죽줄이 달린 두툼한 가방을 멘 / 정직한 우편 배달부들께 영광 드리네!"
>
> —마르샤크, 「우편」 부분, 33쪽

> "나는 톱을 앞으로 내민다. / 이 말성 꾸러기 가지를 잃네."(9연)
> "보라, 나는 어엿한 목수, / 도끼 하나로 목수일을 한다네. / 나야말로 이 고장에서 / 이름 날리는 선수라네!"(11연)
>
> —마르샤크, 「선수 - 망그지르기 선수」 부분, 37쪽(괄호 내용은 인용자)

"게으름뱅이들 / 공부하러 갔다가, / 게으름뱅이들 / 얼음판을 찾아 왔네."(1연)

"게으름뱅이들, / 고양이에게 물어보네―"(4연 부분)

　　　　　　　　―마르샤크, 「게으름뱅이들과 고양이」 부분, 41~42쪽(괄호 내용은 인용자)

"내가 이 책을 쓰긴 / 여러 해 전일, / 그런데 며칠 앞서 그리쉬까를 / 레닌그라드 거리에서 나는 만났네."

　　　　　　　　　　　　　　　　―마르샤크, 「책에 대한 이야기」 부분, 53쪽

"전사 하나가 임금과 싱갱이 했네―"

"해가 질 무렵에 이 두 사람 / 대궐 큰 대문을 나섰더라네 / 여름철 대궐을 나섰더라네. / 전사는 임금을 부축하고서."

"돼지 몰이꾼 한 사람이 돼지를 몰며 / 그들이 가는 길을 저쪽에서 마주 왔네."

　　　　　　　　　　　　　　　―마르샤크, 「누가 더 잘 났나」 부분, 94~95쪽

　　마르샤크의 『동화시집』 번역본에서는 발화 주체가 등장인물의 행위나 말을 전달하거나 그에 대해 논평할 때 종결어미 '-네'가 집중적으로 쓰였다. 「불이 났다」에 종결어미 '-네'는 딱 두 번 등장하는데 소방차가 달려가는 모습을 흥겹게 그린 부분과 급박한 상황을 그린 부분에서 등장한다. 「우편」에서는 전체 시를 마무리하는 역할을 하는 마지막 부분에서 우편배달부들에게 감사하는 화자의 감정을 전달하는 문장에서 종결어미 '-네'가 사용된다. 이 시 전체에서 유일하게 여기서만 '-네'

가 나타난다는 사실을 눈여겨볼 필요가 있다.

「선수−망그지르기 선수」에는 다양한 종결어미가 등장하는데(−다, −지, −런다, −구나, −고, −ㄴ 듯, −네, 뿐, −을(도치구문), −ㄴ 걸, −어, −라고, −라(명령), −(이)야, 명사), 가장 높은 빈도로 쓰인 것은 평서형 종결어미 '−다'이고, 좀 더 청자를 염두에 두고 의식하며 말할 때에 '−네'를 사용하는 경향이 있어 보인다. 인용 시에서 보듯이 화자의 감정을 실어 말하거나 자랑하는 마음을 드러내 보이거나 할 때 '−네'를 사용했다. 「게으름뱅이들과 고양이」에서는 시의 도입 부분과 화자가 등장해 말하는 부분에 종결어미 '−네'가 쓰였다. 게으름뱅이들과 고양이가 직접 나누는 대화에는 '−네'가 등장하지 않는다는 점을 기억해 둘 필요가 있다.

「책에 대한 이야기」는 1~9 부분(그중 '6' 부분에만 '도서관 책들의 노래'라는 제목이 붙어 있다)으로 이루어져 있고, 뒤에 '작가의 말'이 붙어 있는데, 인용한 부분은 '작가의 말' 중 첫 번째 연이다. 바로 이 연에서만 종결어미 '−네'가 쓰였다. 이렇게 작가가 개입해서 부연 설명하거나 할 때 도입부에서 '−네'가 등장하는 경우가 종종 있다. 「누가 더 잘 났나」에서도 전지적 관점에서 임금과 전사와 돼지몰이꾼의 행위와 상황을 청자에게 설명할 때 '−네'가 쓰였음을 알 수 있다.

백석이 번역한 마르샤크의 『동화시집』 수록시들의 종결어미를 살펴본 결과, 마르샤크의 『동화시집』 수록시에서는 이야기를 전하는 화자의 목소리로 청자에게 이야기를 건네는 어조로 말하거나 화자가 논평적인 태도를 지닐 때 종결어미 '−네'가 주로 사용된다는 사실을 알 수 있었다. 화자가 청자를 향해 상황을 설명하거나 논평할 때 '네'가 주로 쓰였고, 화자의 감정을 드러낸 문장에 종종 쓰인 것으로 보아 '−다'를 사용하는 경우보다 '-네'가 화자의 감정을 싣는 데 좀 더 유리한 종결 어미라는 판단을 백석이 했던 것으로 보인다.

앞서 서술한 바와 같이 이전의 백석 시에서는 '-네'라는 종결형이 눈에 띄지 않는다. 종결어미 '-네'가 백석의 창작시에서 확인되는 것은 「까치와 물까치」, 「지게게네 네 형제」부터이고, 좀 더 본격적으로 사용 되는 것은 동화시집 『집게네 네 형제』 수록시들에서이다. 그렇다면 백 석이 마르샤크의 『동화시집』을 번역하면서 '-네'를 처음 사용하기 시 작했고, 이후 비슷한 성격의 동화시집을 출간하면서 동화시 창작에 '-네'라는 종결어미를 의식적으로 썼다고 추정할 수 있다. 앞서 살펴본 것처럼 마르샤크의 『동화시집』을 번역하면서도 백석은 동물이 등장하 는 우화적 성격의 시나 동물유래담의 성격을 지니는 시들에서 주로 '-네'라는 종결형을 사용했으며, 그렇지 않은 경우에는 화자가 논평적 태 도를 드러내는 부분에서 주로 '-네'를 사용했다는 사실을 기억할 필요 가 있다. 『사슴』과 그 이후의 시 창작에서도 그랬듯이, 백석은 종결어 미의 선택에 매우 신중했던 시인이다. 그의 언어 선택은 방언의 사용은 물론 종결어미나 고유명사, 부사어의 사용에서도 매우 의식적이었음을 이미 선행 연구에서 분석한 바 있다.[51]

해방기까지 발표한 백석의 창작시에서 종결어미 '-네'는 전혀 눈에 띄 지 않는다. 그러던 백석의 창작시에 '-네'가 처음 등장하는 것은 『아동문 학』 1956년 1월호에 발표한 「까치와 물까치」에서였다. 이 시의 2연에서

---

[51] 이경수, 「백석 시에 쓰인 '-는 것이다'의 문체적 효과」, 『우리어문연구』 22, 우리어문학 회, 2004; 고형진, 「백석 시에 쓰인 '~이다'와 '~것이다' 구문의 시적 효과」, 『한국시 학연구』 14, 한국시학회, 2005; 황선희, 앞의 글.

"까치와 물까치는 / 그 어느 날 / 바다가 산길에서 / 서로 만났네"와 같이 종결어미 '-네'가 처음 등장하고, 이어지는 3연에서 "까치와 물까치는 / 서로 만나 / 저마끔 저 잘났단 / 자랑 하였네"와 같이 종결어미 '-네'가 다시 등장한다. 14연, 15연에 "큰 소리 쳤네―"라는 표현이 다시 등장하고, 20연에 "까치와 물까치는 / 훨훨 날았네― / 뭍으로 바다로 / 쌍을 지어 날았네―", 21연에 "모두모두 구경하려 / 훨훨 날았네, / 모두모두 구경하려 / 쌍을 지어 날았네"에서 종결어미 '-네'가 다시 등장한다.

『아동문학』1956년 1월호에 발표한 「지게게네 네 형제」에서도 종결어미 '-네'가 집중적으로 등장한다. 평서문의 종결어미로는 모두 '-네'가 쓰인 셈이다. 이렇게 볼 때 백석의 창작시에서 종결어미 '-네'가 등장하는 것은 결국 동화시가 처음이었다. 이후 1957년에 조선작가동맹출판사에서 출간한 백석의 동화시집 『집게네 네 형제』에 오면 종결어미 '-네'의 사용은 두드러지게 된다. 이 시집에 실린 시 12편 모두에서 종결어미 '-네'가 쓰였음을 확인할 수 있다. '-네'가 이전의 백석의 창작시에서는 전혀 볼 수 없었던 종결어미였음을 다시 환기한다면 번역시를 통해 실험한 종결어미 '-네'를 동화시 창작에서 본격적으로 활용했다고 볼 수 있을 것이다.

어느 바다가
물웅덩이에
깊지도 얕지도 않은
물웅덩이에
집게 네 형제가

살고 있었네.

막내동생 하나를
내여 놓은
집게네 세 형제
그 누구나
집게로 태여난 것
부끄러웠네.

남들 같이
굳은 껍질 쓰고
남들 같이
고운 껍질 쓰고
뽐내며 사는 것이
부러웠네.

— 「집게네 네 형제」 1~3연[52]

전체 18연으로 이루어진 이 시에서 각 연의 마지막 종결어미는 모두 '-네'로 마무리되어 있다. 종결어미 '-네'를 백석이 사용하기 시작한 것이 마르샤크의 『동화시집』을 번역하면서부터였음을 상기한다면 이렇게 전격적으로 '-네'를 사용하는 것을 눈여겨볼 필요가 있다. 「집게네 네 형

---

52 백석, 「집게네 네 형제」, 『집게네 네 형제』, 조선작가동맹출판사, 1957, 4~5쪽.

제」뿐만 아니라 「쫓기달래」, 「오징어와 검복」, 「개구리네 한솥밥」, 「귀머거리 너구리」, 「산골총각」, 「어리석은 메기」, 「가재미와 넙치」, 「나무 동무 일곱 동무」, 「말똥굴이」, 「배군과 새 세 마리」, 「준치가시」 등 12편의 수록시 모두에서 종결어미 '-네'가 집중적으로 쓰였다. 예외는 명사로 끝나거나 의문문이나 감탄문, 명령문, 청유문으로 끝나는 경우뿐 평서문으로 마무리된 경우에는 여지없이 종결어미 '-네'가 쓰였다.

『집게네 네 형제』 수록시에 사용된 '-네'의 용법에 큰 변화가 있는 것은 아니다. 동물들이 등장하는 전래동화가 주를 이루는 이 시집에서 백석은 대체로 동물을 이야기 속 주인공으로 등장시킨다. 예외적으로 사람이 이야기의 주인공으로 등장하는 경우도 있지만 그런 경우에도 전래동화를 시로 전달하는 형식이 유지되었기 때문에 작품의 성격이 달라지지는 않는다. 행위의 주체도 발화의 주체도 이들이 되는 경우가 대부분이다. 등장인물들의 발화는 직접 화법으로 인용되는 경우가 많았고 그렇지 않은 경우의 발화는 대개 화자의 것이다. 백석의 동화시에서 화자는 전지적 시점으로 등장인물들의 행위나 상황에 대해 설명하거나 논평하는 역할을 주로 하고 있다. 바로 이런 경우에 종결어미 '-네'는 적극적으로 쓰인다. 마르샤크의 『동화시집』을 번역하면서 종결어미의 선택에 고심했던 백석은 '-네'를 시험적으로 사용해 보고, 마침내 창작 동화시집 『집게네 네 형제』 수록시에서 종결어미 '-네'를 전격적으로 사용하게 된다. 황현산은 시의 번역이 "자기 언어를 그 표현의 한계에까지 몰고 가는 작업"[53]이라고 보았는데, 백석의 경우에도 번역 작업을 통

---

53 황현산, 「번역과 시」, 『잘 표현된 불행』, 문예중앙, 2012, 97쪽.

해 체득한 언어의 용법을 자신의 창작시에 본격적으로 사용하는 방식으로 번역과 창작시가 서로 관련을 맺고 있었던 것으로 보인다.

『집게네 네 형제』 이후에 백석의 창작시에서 한동안 종결어미 '-네'는 자취를 감췄다가 「사회주의 바다」에서 다시 나타난다. 「사회주의 바다」는 1962년 아동도서출판사에서 출간된 동시집 『새날의 노래』에 수록된 백석의 작품으로 동시집에 수록된 시이긴 하지만 동시로서의 성격보다는 "당이 강조하는 이데올로기에 복무하려는 시인의 모습"이 강조된 시였다. 백석이 공식적으로 확인되는 지면에 작품을 발표한 것은 1962년 5월 『아동문학』에 실린 「나루터」가 마지막이었음을 환기할 때 「사회주의 바다」는 백석이 시 창작을 더 이상 지속하지 못하는 마지막 시기의 작품임을 알 수 있다. 바로 그 시기 시 중 한 편에서 유일하게 종결어미 '-네'의 흔적이 확인될 뿐 동화시집 『집게네 네 형제』 이후에 다른 시 작품에서 종결어미 '-네'의 사용을 발견할 수 없다는 사실은 백석이 자신의 창작시 중에서도 동화시의 성격을 지니는 시에서 종결어미 '-네'를 의도적으로 사용했다는 이 글의 주장을 뒷받침해준다.

5. 『동화시집』의 번역이 동화시 창작에 미친 영향

이 글은 사무일 마르샤크Samuil Marshak의 『동화시집』 번역1955이 이후 백석의 동화시집 『집게네 네 형제』의 창작에 영향을 미쳤다는 전제에서 출발해, 『동화시집』 번역이 『집게네 네 형제』 창작에 미친 구체적인 영향 관계를 밝히고자 했다. 먼저 마르샤크의 『동화시집』 번역 후 동화시를 본격적으로 창작하기 전에 백석이 발표한 아동문학에 관한 평론들을 살펴봄으로써 동화가 갖추어야 할 요건으로 시와 철학을 강조한 백석의 관점이 마르샤크의 『동화시집』을 통해 형성된 것임을 밝혔다.

마르샤크의 『동화시집』과 백석의 『집게네 네 형제』는 각각 11편과 12편의 창작시가 수록되어 있고 삽화를 시와 함께 배치한 점이라든가 전래동화를 시로 형상화한 점 등 시집의 체제나 구성에서 유사성을 보인다. 하지만 그에 못지않게 차이점도 보인다. 마르샤크의 『동화시집』의 경우, 동물이 등장하는 우화적 성격의 시보다는 인물이 등장하는 시들이 더 많은 비중을 차지하는 데 비해, 백석의 『집게네 네 형제』에는 인물이 등장하는 시보다 동물이 등장하는 동물유래담이나 우화적 성격의 시들이 훨씬 더 많다. 또한 마르샤크의 『동화시집』은 백석의 『집게네 네 형제』보다 풍자적 성격이 더 강하고 사회주의체제의 이념을 드러낸 시들도 더 높은 비중을 차지한다.

두 시집의 비교를 통해 '-네'라는 종결어미의 사용이 어떤 의미를 지니는지도 살펴보았다. 백석 시에서 '-네'라는 종결어미가 쓰인 것은 동화시를 번역하고 창작하면서부터였다. 그 이전에 백석이 창작한 시에서는 전혀 찾아볼 수 없었던 종결어미 '-네'가 1955년 마르샤크의 『동화시집』을 번역하면서 일부 쓰였고, 이후 『아동문학』 1956년 1월호에 발표한 창작 동화시 「까치와 물까치」에서 창작시로서는 처음 쓰인 후 『집게네 네 형제』 수록 창작시 12편 모두에서 '-네'가 본격적으로 쓰였다. 자신의 창작시에서는 전혀 사용하지 않던 종결어미를 『동화시집』을 번역하면서 쓰기 시작해 동화시 계열의 창작시를 쓸 때에도

적극적으로 활용했다는 것은 이전의 창작시들과 동화시가 성격을 달리

하는 시임을 백석이 분명히 인식하고 있었음을 의미한다.

백석의 동화시* 창작과 음악성 실현의 의미

1. 동화시와 음악성

1953년 소련 아동출판사에서 출간된 마르샤크의 *СКАЗКИ ПЕСНИ ЗА-ГАДКИ* 중 일부 작품을 발췌해 백석이 번역을 하고 1955년 민주청년사에서 출간한 책이 마르샤크의 『동화시집』이었다.[1] 선행 연구에서 밝혀진 것처럼 마르샤크의 『동화시집』의 번역은 백석이 했고 교열은 리용악이 담당했다. 그리고 2년 후인 1957년에 백석은 창작 동화시집

---

*   '동화시'라는 용어는 백석이 마르샤크의 *СКАЗКИ ПЕСНИ ЗАГАДКИ*(동화 노래 수수께끼) 중 일부 작품을 발췌, 번역해 『동화시집』이라는 제목으로 1955년 민주청년사에서 출간하면서 처음 사용한 것으로 보인다. 이후 백석은 1957년에 조선작가동맹출판사에서 출간한 자신의 창작 시집 『집게네 네 형제』에도 '동화시집'이라는 이름을 붙이고 이 무렵 그가 발표한 아동문학 비평들에서도 '동화시'라는 용어를 지속적으로 사용한다. 오늘날 아동문학계에서 사용하고 있는 용어가 아니라는 점에서 재고의 여지가 있으나 백석의 경우에는 '동화시'를 동시와는 분명히 구별하여 사용했던 것으로 보인다. 전래동화를 바탕으로 각색하거나 내용을 변형해 시의 형식으로 쓴 작품들에 국한해 백석은 '동화시'라는 용어를 사용했으며 '동시'와는 엄밀히 구별해서 썼다. 아동문학에서 시와 철학을 유달리 강조했던 백석임을 상기한다면, 산문으로서의 동화와는 구별되는 '시'의 형식을 지닌 동화라는 점을 강조하기 위해 그가 만들어낸 용어가 '동화시'가 아니었을까 짐작해 볼 수 있다.

1   마르샤크의 『동화시집』은 서울대 도서관에 소장되어 있고, 그 원본에서 삽화의 일부를 생략하고 현대어 맞춤법에 맞게 일부 표기를 고쳐서 출간한 책이 박태일이 편한 마르샤크의 『동화시집』(경진, 2014)이다. 1953년판 소련 아동출판사에서 출간된 마르샤크의 *СКАЗКИ ПЕСНИ ЗАГАДКИ*는 495쪽에 이르는 방대한 책으로 최근 이경수의 논문에 의해 알려졌다.

『집게네 네 형제』를 조선작가동맹출판사에서 출간한다.

일찍이 미르스키의 「죠이쓰와 애란문학」을 번역해 1934년에 『조선일보』에 연재하기도 한 백석은 일제 말기부터 문학작품의 번역을 시작했고 해방기와 분단 이후 재북 시기에는 번역 활동에 좀 더 치중하게 된다. 그중에서도 이 글에서 주목하는 것은 마르샤크의 『동화시집』 번역과 그 후 백석이 지면에 발표한 아동문학에 관한 글이 그의 동화시 창작과 연관되어 있다는 사실이다. 이에 대해서는 이미 선행 연구에서 백석이 마르샤크의 『동화시집』을 번역하면서 아동문학에 대한 생각을 확고히 정립하게 되고, 아동문학에서 '시'와 '철학'을 강조한 백석의 관점이 그의 동화시 창작에도 영향을 미쳤음을 살펴본 바 있다. 선행 연구에서는 백석이 동화시를 번역하고 창작하면서 사용한 종결어미 '-네'의 의미를 분석함으로써 마르샤크의 『동화시집』과 백석의 『집게네 네 형제』 사이의 영향 관계를 밝혔다.[2]

백석의 동화시 창작과 아동문학 비평에 대해서는 선행 연구가 어느 정도 이루어졌지만 대체로 『집게네 네 형제』에 대한 연구[3]와 「지게게네 네 형제」와 「집게네 네 형제」의 개작 연구,[4] 리원우와 백석의 아동문학 논쟁에 대한 연구[5] 등이 대부분을 차지한다. 최근에 박태일, 이경

2   이경수, 「마르샤크의 『동화시집』 번역을 통해 본 『집게네 네 형제』 창작의 의미」, 『비교한국학』 23-1, 국제비교한국학회, 2015, 179~211쪽.
3   박명옥, 「백석의 동화시 연구-동화시집 『집게네 네 형제』를 중심으로」, 고려대 석사논문, 2005; 박명옥, 「백석의 동화시 연구-북한의 문예정책과 아동문학 논쟁을 중심으로」, 『비교한국학』 14-2, 국제비교한국학회, 2006, 107~134쪽; 장정희, 「분단 이후 백석 동시론」, 『비평문학』 45, 한국비평문학회, 2012, 171~204쪽.
4   박명옥, 「백석의 동화시 개작 연구-「지게게네 네 형제」와 『집게네 네 형제』를 중심으로」, 『비평문학』 45, 한국비평문학회, 2012, 111~134쪽.
5   박명옥, 「백석의 동화시 연구-북한의 문예정책과 아동문학 논쟁을 중심으로」, 앞의 글, 107~

수에 의해 마르샤크의 『동화시집』과 『집게네 네 형제』의 영향 관계에 대한 연구가 일부 이루어졌다.[6] 분단 이후 재북 시기의 백석의 문학 활동은 크게 동화시 창작, 체제 지향적인 시 창작, 아동문학 비평, 번역 등으로 나누어볼 수 있다. 그중에서도 이 시기 백석의 문학 활동에서 중요한 의미를 지니는 것은 동화시 창작과 번역 및 아동문학 비평 활동이다. 아동문학에 대한 백석의 견해를 파악하기 위해서는 이 시기에 번역되고 창작된 동화시와 아동문학 비평을 좀 더 면밀히 분석할 필요가 있어 보인다.

그중에서도 이 글에서 관심을 갖는 것은 동화시 창작과 음악성과의 연관성이다. 이 시기 아동문학에 대한 백석의 비평에서는 '음악성'이라는 용어가 자주 출현하는데, 백석은 동화시 창작을 통해 그것을 실현하고자 한 것으로 보인다. 이 글에서는 마르샤크의 『동화시집』 번역이 백석의 동화시 창작에 영향을 미쳤다는 선행 연구의 관점을 계승하여, 백석의 동화시 창작과 아동문학에 관한 글에서 일관되게 발견되는 '음악성'을 어떻게 이해해야 하고 그것이 백석의 동화시 창작과 어떤 관계를 지니는지 살펴보고자 한다. 이를 위해 이 시기에 발표된 백석의 산문 및 아동문학 비평, 「막씸 고리끼」, 「동화 문학의 발전을 위하여」, 「나의 항의, 나의 제의」, 「큰 문제, 작은 고찰」, 「아동 문학의 협소화를 반대하는 위치에서」, 「마르샤크의 생애와 문학」 등을 살펴볼 것이다. 먼저 백석

134쪽; 이상숙, 「북한문학 속의 백석 I−북한문학계의 평가와 1960년대 시와 시론을 중심으로」, 『한국근대문학연구』 17, 한국근대문학회, 2008, 65~103쪽.

6 박태일, 「백석이 옮긴 마르샤크의 『동화시집』」, 『비평문학』 52, 한국비평문학회, 2014, 161~200쪽; 이경수, 「마르샤크의 『동화시집』 번역을 통해 본 『집게네 네 형제』 창작의 의미」, 앞의 글, 179~211쪽.

이 동화시 창작이나 아동문학에 대한 관점을 정립하는 데 결정적인 영향을 미친 것으로 보이는 고리키와 마르샤크에 관한 글에서 음악성이라는 용어가 자주 발견된다는 사실에 착안하여 고리키와 마르샤크에게 있어서 음악성이 어떤 의미를 지니는지 대략적으로 살펴보고자 한다. 이어서 백석의 아동문학비평에서 발견되는 '률동'과 음악성이 어떤 의미로 사용되고 있는지 살펴볼 것이다. 백석이 생각한 음악성이 어떤 것이었는지 먼저 검토한 후에 백석이 번역하고 창작한 동화시에서 음악성 실현의 양상이 어떻게 나타나는지 살펴보고자 한다. 이 글에서는 백석 특유의 의성어와 의태어의 사용이 음악성 실현과 관련되어 있다는 데 특히 주목하고자 한다.

2. 고리키와 마르샤크의 아동문학관兒童文學觀과 음악성

백석은 러시아 문학자들 중에서도 고리키Maksim Gor'kii, 1868~1936와 마르샤크Samuil Yakovlevich Marshak, 1887~1964에게 특별한 관심을 보인다. 이들은 둘 다 아동문학에도 관심을 가지고 있었고 시도 썼으며 마르샤크의 경우에는 번역 활동도 했다는 점에서 분단 이후 재북 시기의 백석의 행보와도 상당 부분 겹친다. 백석이 쓴 산문 중 러시아 문학자들의 생애와 문학세계를 소개하는 성격의 글에 고리키와 마르샤크가 등장한다는 사실도 눈여겨볼 필요가 있어 보인다. 백석은 『아동문학』 1956년 3월호에 「막씸 고리끼」를 싣고 이후 마르샤크의 『동화시집』을 번역한 후 「마르샤크의 생애와 문학」이라는 글을 『아동문학』 1957

년 11월호에 싣는다.

백석이 쓴 「마르샤크의 생애와 문학」에 따르면 1904년에 마르샤크는 고리키를 만나게 되는데 고리키는 이때부터 마르샤크에게 큰 관심을 가지고 그의 운명에 커다란 영향을 미쳤다고 한다.[7] 마르샤크는 고리키를 따라 끄림에 있는 고리키의 집에서 함께 생활하며 많은 것을 배우게 되며, 차르 정부의 압박으로 고리키가 끄림을 떠나게 될 때까지 이러한 생활은 계속되었다고 한다.[8] 고리키와 함께 지낸 전력 때문에 정치적 불순분자로 지목받은 마르샤크는 이후 영국으로 유학을 가게 되고 그곳에서 영국 민간 가요를 번역하는 등 영국의 민담과 민요에 각별한 관심을 갖게 된다. 1923년에 레닌그라드로 돌아온 마르샤크는 창작 동화시 「어리석은 쥐 이야기」, 「불」, 「우편」 같은 작품들을 발표하고 아동문학 작가의 양성에도 힘쓰게 되는데, 이때 이미 소련 문학의 중심에 서 있던 고리키가 마르샤크와 그의 동지들의 사업을 지지하고 도와주는 후원자의 역할을 하게 된다. 고리키는 소련 아동도서 출판사의 창발자가 되고 마르샤크는 그의 첫 협력자가 되었다고 백석은 적고 있다.[9]

마르샤크는 아동들을 위한 책이 "어린아이들에게 세계를 열어 주"고 "이 땅과 사람들에 대한 그들의 인식을 넓혀 주"고 "아이들 속에 고상한 지향과 감정을 배양하여 주는 것으로" 보았는데, 특히 "모국어에 대한 사랑과 시에 대한 취미를 불어 넣어 주는 것으로"[10] 아동문학이 창

---

7   조진기에 따르면 "1905년까지 러시아 사회의 정신적 고양기는 고리키에 있어서도 비약과 다망의 시기였다"고 한다. 조진기, 「1920년대 고리키의 수용과 그 영향」, 『모산학보』 10, 동아인문학회, 1998, 539쪽.
8   백석, 「마르샤크의 생애와 문학」, 『아동문학』, 1957.11.(김문주·이상숙·최동호 편, 『백석 문학전집 2-산문·기타』, 서정시학, 2012, 190~191쪽에서 인용)
9   위의 글, 192쪽.

작되어야 한다는 생각을 가지고 있었던 점은 특기할 만하다.

마르샤크는 어린아이들을 위한 시에서 그리는 대상들이 단순한 이름들의 나열이거나 서술이 아니라 아이들이 이해할 수 있는 시적 형상들이 되어야 하며 아이들을 즐겁게 하고 아이들의 상상력을 풍부히 하는 것이 되어야 한다고 강조했다. 그는 아이들을 위한 시에서 가장 중요한 특징으로 "단순함과 정확함, 간결함과 해학 그리고 대상 속에 있는 가장 주되는 것을 보며 강조하는 능력"[11]을 손꼽았다. 또한 백석은 마르샤크가 아이들에게 좋은 말을 많이 소유하게 하고 말의 의미와 의의를 깨우쳐 주며 말의 아름다움과 운률과 시의 음악성을 깨닫게 해 주었음을 강조한다.[12] 마르샤크의 아동문학이 남긴 의의를 설명하면서도 그의 작품이 "조국의 말에 귀를 기울이게 하며 단어의 기원과 단어와 단어 사이의 련관을 짐작하게 하며 화성의 아름다움을 즐기게 하며 시적인 말의 음악성을 리해하게" 했음을 강조하는 것을 잊지 않는다.

백석이 마르샤크의 생애에 대해 소개하는 글을 쓰며 참조한 글이 무엇이었는지는 현재로선 알 수 없지만 고리키와 마르샤크에게서 백석이 눈여겨본 것은 아동문학에 대한 이들의 관점이었고, 그중에서도 이들이 공통적으로 음악성을 강조했다는 사실에 관심을 기울인다.

(가)

실로 시어의 선명성, 명확성, 긴장된 소박성은 사회주의 미학의 기본적인 요

---

10 위의 글, 192쪽.
11 위의 글, 193쪽.
12 위의 글, 194쪽.

구이다. 시어는 무엇보다도 앞서 음악적 요인의 요구에서, 운률적 구조의 요청에서 오는 것이다. 그러기에 고리끼는 일찌기 말하여 "……힘이 되는 언어의 진정한 아름다움은 언어의 정확성, 선명성, 그리고 음악성에 의하여 산생된다. 이런 언어야말로 작품의 장면들을 사상들을 형성한다"고 하지 않았는가.[13]

(나)

유년(학령전 아동)들의 세계는 고양이와 집토끼를, 헝겊곰과 나무송아지를 동무로 생각하는 세계이다. 유년들의 세계는 셈세기를 배우는 세계이며 주위 사물의 이름들을 하나 하나 외워 보는 세계이다. 유년들의 세계는 유희에서 시작하여 유희에서 끝나는 세계이며 꿈에서 시작하여 꿈에서 끝나는 세계이다. 이러한 유년층 아동들을 문학의 대상으로 하는 데는 특수한 고려가 필요한 것이다. 고리끼는 일찌기 이 년령층을 위한 문학을 말하면서 장난과 셈세기를 문학작품의 주요한 제재로 할 것과 산문보다도 시를 이 문학의 쟌르로 삼을 것을 주장하였다. 고리끼의 이 간단한 말에서 우리는 유년층 문학의 본질을 파악할 수가 있다.[14]

(다)

고리끼는 이런 본질을 파악한 우에서 유년층 아동들의 문학 쟌르로 시를 말한 것이다. 감정의 호흡이 짧고 감정의 격조가 두드러지는 시의 세계가 이 층의 아동들에게 적응할 것은 당연한 일이다. 그러나 이것은 유독 시만을 말하는 것은 아닐 것이다. 시가 그 주되는 위치에 놓인다는 것을 말할 뿐이며

---

13 백석, 「나의 항의, 나의 제의」, 『조선문학』, 1956.9.(위의 책, 155쪽에서 인용)
14 백석, 「큰 문제, 작은 고찰」, 『조선문학』, 1957.6.(위의 책, 177쪽에서 인용)

산문도 또한 이런 층 아동들의 사고와 감정의 특질을 파악한 우에서 시적 요소를 많이 지니고 이루어질 때 이것은 시나 다름 없이 유년층 문학으로서의 사명을 다하게 되며 그 자체의 노리는 목적을 달성할 수 있을 것이다.[15]

위의 세 개의 인용문은 모두 백석이 1956~1957년 사이에 발표한 아동문학평론 중에서 고리키의 아동문학관에 대해 언급한 부분을 발췌한 것이다. 첫 번째 인용문 (가)는 『조선문학』 1956년 9월호에 발표한 「나의 항의, 나의 제의」로 아동문학분과 1956년 1·4분기 작품 총화 회의의 보고에서 류연옥의 「장미꽃」이 벅찬 현실이 그려지지 않은 유해로운 실패작이라고 비판받은 데 대한 항의의 성격을 지니는 글의 일부이다. 흥미로운 것은 백석이 아동문학분과의 결정에 반대 의사를 표하면서 그 근거로 사회주의 미학의 기본적인 요구를 제시하고 있다는 사실이다. 특히 사회주의 미학을 제대로 구현한 대표적 작가로 평판이 높았던 고리키의 견해를 인용하면서 시어의 선명성, 명확성, 소박성과 함께 운률적 구조, 즉 음악성을 갖출 것을 주문하고 있다. 사회주의 미학의 본원지인 러시아의 작가 고리키의 권위에 기대어 아동문학 역시 우선 음악성을 갖춘 시여야 함을 강조한 것이다.

(나)와 (다)는 『조선문학』 1957년 6월호에 실린 「큰 문제, 작은 고찰」에서 발췌한 것으로, 백석은 특히 유년층의 아동들을 대상으로 한 문학에서 고리키가 '장난'과 '셈세기'와 '시'를 강조했음에 주목한다. 감정의 호흡이 짧고 감정의 격조가 두드러지는 시와 시적 요소를 많이

---

15 위의 글, 178쪽.

가진 산문이야말로 유년층 문학의 본질에 육박한 것임을 고리키는 누차 강조하는데 이러한 시를 구현하기 위해서는 결국 시어의 선명성, 명확성, 소박성, 음악성을 갖추어야 한다는 것이 고리키의 생각이었다.

> 유년층 문학에서 이 웃음의 정신은 그 정수요, 생명이며 계몽의 목적도 교양에의 지향도 웃음을 수○[16]하여야 하며 웃음 속에 감추어져야 한다. 이 웃음은 작가가 민첩한 직감을 가지고 형상의 대상을 선택하는 데서와 대상을 형상하는 과정에서 얻어지는 것이다. (…중략…) 유년층 문학에서는 계몽도 웃음으로 싸고, 교양도 웃음으로 쌀 때 비로소 효과를 보게 된다.[17]

> 유년층 아동들은 메마르고 굳고 딱딱하고 엄격한 것을 싫어한다. 이러한 것들은 그들의 성정과 상용되지 아니한다. 이러한 면을 무시한 조건 우에서 작품이 이루어질 때 여기에는 반드시 실패가 따르며 효과를 보지 못한다. 유년층 문학에 뜻을 두는 작가들은 어린아이들의 말을 흉내내고 그 놀음놀이를 본받아 작품을 짜낼 것이 아니라 웃음의 철학에 흥건히 젖을 수 있도록 웃음의 철학을 해득하는 수련을 쌓아야 할 것이다.[18]

음악성과 함께 고리키가 유년층 아동문학에서 중요하게 생각한 요소는 웃음이었다. 계몽성과 교양성과 교훈성이 전면에 두드러져서는 안 되고 웃음으로 감싸일 때 계몽과 교양의 효과도 나타남을 강조한다. 유

---

16 '반'으로 추정된다.
17 백석, 「큰 문제, 작은 고찰」, 앞의 책, 178~179쪽.
18 위의 글, 180쪽.

년층 아동들은 굳고 딱딱하고 엄격한 것을 싫어하므로 웃음의 철학을 지니는 것, 웃음으로 감싸인 유연함을 지니는 것이 중요하다. 음악성을 지닌 시는 산문보다 상대적으로 유연하고, 말을 흉내 내고 놀음놀이를 하는 데서 느껴지는 언어의 반복성이 웃음을 자아낼 수 있으므로 아동 문학에서 웃음의 강조는 음악성의 강조와도 상통한다고 볼 수 있다.

이후 백석은 『문학신문』 1957년 6월 20일자에 발표한 「아동 문학의 협소화를 반대하는 위치에서」에서도 마르샤크의 「바쎄이나 거리의 얼 빠진 사람」이라는 작품을 소개하면서 아동 문학에서 웃음이 중요함을 다시 한번 강조한다. 이 작품은 별다른 내용을 담고 있지 않지만 "건강하고 명랑한 웃음을 주체하지 못하는 어린 독자들의 종합적인 형상"[19]을 그로부터 볼 수 있다는 것이다. 백석은 명랑하고 건강한 웃음이 인간의 낙천적 성격을 형상하는 데 필요하다고 생각했으므로 고리키와 마르샤크의 견해를 수용해 아동문학에서 웃음의 중요성을 강조한 것으로 보인다. 이 글에서도 백석은 "학령전 아동층은 주로 장난을 통하여 세계를 인식하"고 유년층 문학은 "장난과 셈세기를 그 본령으로 한다"[20]는 고리키의 말을 반복해서 인용하고 있다.

쭉쭉 줄이 간 말들
아프리카의 말들,
너희들은 풀밭 풀 속에서

---

19 백석, 「아동 문학의 협소화를 반대하는 위치에서」, 『문학신문』, 1957.6.20.(위의 책, 183쪽에서 인용)
20 위의 글, 183~184쪽.

숨바꼭질하기 참 좋겠구나!

쭉쭉 줄간이 쳐진 말들이
마치도 아이들의 학습장 같구나
말들은 머리에서 발등에까지
찍찍 그림이 그려져 있구나.

—마르샤크, 「알락말」[21] 부분

　같은 글에서 백석은 마르샤크의 동화시 「알락말」을 인용하면서 이 작품에 대해 "인식에서 웃음으로, 웃음에서 철학으로 락천적인, 생활 긍정적인, 인도주의적인 세계관으로 이행하는 과정을 보게 된다"[22]고 평한다. "아름다운 언어 속에 생동하는 형상을 창조"[23]하는 아동문학의 범례로서 마르샤크의 「알락말」을 든 것이다.

　마르샤크가 동화작가이자 시인으로서 출발하는 데 결정적인 영향을 미친 고리키는 위에서 살펴본 바와 같이 아동문학에 대한 관점에서도 마르샤크와 비슷한 관점을 공유하고 있었다. 특히 아동문학에서 산문보다 시를 우위에 둔 것과 음악성과 웃음을 강조한 점은 고리키와 마르샤크에게서 공통적으로 발견된다. 이러한 아동문학에 대한 관점은 백석에게 계승되어 분단 이후 재북 시기에 백석이 아동문학에 대한 관점을 형성하는 데 기여하게 된다.

21　위의 글, 186쪽.
22　위의 글, 186쪽.
23　위의 글, 186쪽.

3. 백석의 아동문학비평에 사용된 '률동'과 음악성

백석이 남긴 아동문학비평으로는 「동화 문학의 발전을 위하여」, 「나의 항의, 나의 제의」, 「큰 문제, 작은 고찰」, 「아동 문학의 협소화를 반대하는 위치에서」 등이 있다. 이 비평문에는 공통적으로 '률동'과 '음악성'이라는 용어가 자주 출현하는데 이는 앞서 살펴본 것처럼 고리키와 마르샤크의 아동문학관으로부터 영향을 받은 것이었다. 이 장에서는 백석이 아동문학과 관련해 생각한 '률동'과 '음악성'이란 구체적으로 무엇이었으며 그것이 어떤 의미를 지니는 것이었는지 살펴보고자한다. 이러한 과정은 이후 백석의 동화시 창작에 음악성에 대한 그의 생각이 어떻게 실현되었는지를 살펴보기 위한 전제 조건이기도 하다.

> 시에서 교양성 로출, 상식적인 사회학적 성격의 로출만에 편중하는 경향은 예술성을 거부하는 기교 무시의 형태로도 나타난다. 기교 무시는 언어의 분식도, 시의 산문에로의 타락도, 한가지로 경계하거나 배격하거나 하는 일이 없는 데서 나타난다. 형상은 되였거나 말았거나 시의 주제가 로력 건설에 관한 것이라면, 즉 협동조합이나 공장에 관한 것이라면 깊은 내면에의 추구 없는, 감동과 절연된 도금한 말의 라렬을 가리켜 시라고 하며, 좋은 시라고 하며, 시로서 가져야 할 자랑스러운 제약이 무시된 산문의 토막토막을 가리켜 시라고 하며 좋은 시라고 하는 경향이 있음을 부인할 수는 없을 것이다.[24]

---

24 백석, 「나의 항의, 나의 제의」, 『조선문학』, 1956.9. (위의 책, 152쪽에서 인용)

백석 또한 기계적인 형식주의는 경계했지만 시에서 교양성, 사회성만 강조하고 예술성, 즉 기교를 무시할 경우 초래될 결과에 대해서는 더욱 심각한 우려를 표명했다. 시로서 가져야 할 자랑스러운 제약이 무시된 산문의 토막토막을 시라고 할 수 없다는 그의 발언 속에는 시의 본질은 음악성에 있다는 생각이 강하게 들어 있는 셈이다. 시로서 가져야 할 자랑스러운 제약은 그 대척점에 산문의 토막토막이 온 것으로 보아 바로 '률동', 즉 음악성을 가리키는 것으로 보인다. 류연옥의 「장미꽃」을 유해로운 실패작이라고 본 아동문학분과 작품총화회의의 결과에 반발하며 쓴 이 글에서 백석은 시로서 가져야 할 자랑스러운 제약이 무시된 산문의 토막토막에 해당하는 예로 윤복진의 「내고향 푸른 벌에서」의 일부와 안룡만의 「우리 마을 봄이야기」의 일부를 든다.

　　　　　……………

　　그 한 포기 모에도

　　우리의 행복이 숨쉬고 있단다.

　　　　　……………

　　협동의 새 사람은 날마다 피고 피여

　　　　　……………

　　아, 새 살림은 안팎으로 늘어가고

　　우리의 앞 길은 햇빛처럼 빛나누나.

　　　　　……………

　　　　　　　　　　　　　　　　　　　　　　　—윤복진, 「내고향 푸른 벌에서」[25] 부분

．．．．．．．．．．．．．

웃음소리 환하게 피여나고

．．．．．．．．．．．．．

행복한 노래로 울려 퍼지네

．．．．．．．．．．．．．

한 밤을 즐거운 웃음이

새빨간 산열매처럼 무르익는

우리 집에도 이 노래 불빛처럼 퍼졌네.

— 안룡만, 「우리 마을 봄이야기」[26] 부분

　　인용한 두 작품에 대해 평가하면서 백석은 아동문학 작가들에게 추상적, 도덕적 교훈과 미려한 사화와 변론을 금해야 한다고 말한 도브롤류보프Nikolaj Aleksandrovich Dobroljubov의 말을 인용한다.[27] 추상적, 도덕적 교훈과 미려한 사화와 변론에 빠진 아동문학을 맛도 영양도 없는 음식에 비유하며 도식주의를 경계하기 위해 러시아의 문학이론에 근거를 둔 것이다. 아동들에게는 생활의 현실을 간명하고 정확하고 소박하게 이야기해 주어야 하며 또한 예술적으로 간명하고 정확하고 소박하게 해명해 줘야 한다고 백석은 말한다. 이상과 희구를 표현한 아름다운 말들도 이미 관용어가 되고 형상의 "스탬프stamp"가 되어버렸으면 시로서는, 특히 아동들을 위한 시로서는 실패했다는 것이 그의 생각이었다.

25　위의 글, 152쪽.
26　위의 글, 153쪽.
27　위의 글, 153쪽.

....

소년은 집으로 발길을 재촉했다.

기중기 운전사의 모습을 가슴에 안고,

밤이 깊어가는 줄도 모르고 소년은

정성을 다해 한장 그림을 그렸다.

....

....

영문을 모르는 기중기 운전사는

한참 소년의 얼굴을 바라보았다.

소년의 검은 눈이 말하는 것을 알았음인지

돌돌 만 그림을 펼쳤다.

....

....

—석광희, 「기중기」[28] 부분

『아동문학』 1956년 2월호에 발표된 석광희의 「기중기」에 대해서도 백석은 "음악적 률동성"에 찬 언어를 찾아보기 힘들다고 비판한다. 백석이 생각한 시에서의 "률동"이란 것은 "격한 물결 같은 것이거나, 이는듯 자는 바람 같은 것이거나, 밖으로 두드러져 나오는 것이거나, 속 깊이 잠기는 것이거나, 그 어떤 것임을 막론하고, 시줄과 시줄의 맥락[29]을 더욱 바싹 조이는 역할"을 하는 것이다. "률동"은 시에 깊은 인상을

---

28 위의 글, 157쪽.
29 '맥락(脈絡)'의 오기로 추정된다.

남기며, 외형을 갖춘 "률동"이든 속 안에 들어 있는 "률동"이든 좋은 시의 불가결한 요소이며 특징이라고 그는 보았다. 백석이 보기에 「기중기」는 긴장되고 박력에 차고 굴곡이 있고 억양이 드러나는 음악적 "률동성"이 부족한 작품이었다. 시의 내면과 표현에 모두 긴장과 박력과 굴곡과 억양을 갖추기 위해서는 형식의 미와 제약이 필요하다고 그는 보았는데, 이것이 바로 그가 생각한 언어의 "률동성"이었던 셈이다. 행갈이만 되어 있을 뿐 산문적인 「기중기」가 운문 구성의 노력이 부족한 시임을 백석은 꿰뚫어본다.[30]

백석은 "그 언어의 갖은 음영의 진폭"에 시적 성취가 달렸음을 언급하는데, 여기서 백석이 설명하는 음영이란 일종의 형상으로 그는 "시에 담기는 사상이나 교훈은 반드시 이런 음영 즉 형상 속에 깃들여야" 한다고 생각했다. 아마도 이 음영은 그의 동향의 선배 시인 김소월이 시혼은 영원불변하지만 음영은 시마다 다르다고 한 바로 그 음영을 의식한 개념으로 보인다. 백석은 "시는 다른 그어떤 문학 쟌르보다도 언어에 대하여 민감하여야 하며 결벽을 가져야 한다"고 보았는데 "이것은 곧 이 언어의 가진 음영에 대한 민감이며 결벽을 말하는 것"이라고 부연 설명된다. 그는 "시는 음영에서 이루어진다고 하여 좋을 것이며 시의 형상이란 음영에 찬 감동 전달의 형태라고 하여 무방할 것"이라고 보았다. 백석의 '음영'론은 다분히 김억과 김소월의 '음영'을 둘러싼 의견 대립을 떠올리게 하는데, 백석은 "이 음영 속에야말로, 모든 예술의 생명인 여운이며 기백이 들어 있"다고 보았다는 점에서 그의 음영은 김

---

30 백석, 「나의 항의, 나의 제의」, 앞의 글, 158쪽.

억과 김소월의 음영과는 또 다른 의미를 지니는 것으로 보인다. 백석이 생각한 음영은 시의 형식을 가리키는 동시에 "문학의 문학으로 되는 근본 소의[31]인 기교"와 관련된 것임을 알 수 있다. 백석은 석광희의 「기중기」가 사상적·내용적 측면에서는 높이 평가받을 만하지만 시적인 완성도에 있어서는 그렇지 못했음을 수차례 지적하는데, 그가 이 작품에서 특히 부족하다고 여긴 것은 결국 '률동'이었다. 이렇게 볼 때 백석이 생각한 음영은 률동성을 갖춘 것과도 관련 있음을 미루어 짐작할 수 있다.

그렇다면 그가 "률동성"과 음악성의 측면에서 긍정적으로 평가한 시로는 어떤 작품들이 있었을까? 백석은 앞서 아동문학분과 작품총화회의에서 유해로운 작품이라고 비판받았던 류연옥의 「장미꽃」과 그의 다른 작품 「말」, 그리고 김학연의 「어머니의 마음」을 음악성을 갖춘 작품으로 긍정적으로 평가하였다.

온실의 화분을
두 손으로 안아드니
흠뻑 향기롭다
빨간 장미꽃

눈보라 휘몰아치는
오동지 섣달에도
한난계 자주 살폈다

31　'소이(所以)'의 오기로 추정된다.

우리들 번갈아 가꾸며…

— 류연옥, 「장미꽃」[32] 부분

말아, 고운 말아,
둥근 달 뜰 무렵까지 동무해 주마,
　　…………
　　…………
너는 몽고에서 뽑혀 왔다지
처음 보는 고개도 벌판도
고향길처럼 즐거이 왔다지.

밤색갈기 넥타이 날리듯하며
넓은 초원에서 뛰놀며 자랐다지.

말아, 자랑스런 말아,
래일을 위해 밤사이 편히 자거라,

— 류연옥, 「말」[33] 부분

　　…………
하늘의 비둘기야, 기쁨을 날려주라!
꽃밭의 나비들아, 웃음을 담아주라!

---

32 백석, 「나의 항의, 나의 제의」, 앞의 글, 154~155쪽.
33 위의 글, 155~156쪽.

....

오늘 어머니들은 즐거이 걷고 계신다.

너희들을 위하여 열리인 쓰딸린거리—

푸른 가로수의 그늘을 밟으시며

구름길에 높이 솟은 새 학교를 보시며…

....

....

—김학연, 「어머니의 마음」[34] 부분

　이 작품들은 사회주의 미학의 기본적인 요구사항으로 백석이 강조한 시어의 선명성, 명확성, 긴장된 소박성을 갖춘 작품으로 평가된다. 일찍이 고리키가 말한 언어의 정확성, 선명성, 음악성을 갖춤으로써 언어의 진정한 아름다움을 형성한 작품이라고 긍정적으로 본 것이다. 인용한 시의 언어는 "실로 압축되고 탄력에 찼으며 튀기면 쩌르렁 울릴듯도 한 음악적인 말들"로 구성되어 있다는 것이 백석의 생각이었다.

　첫 시집 『사슴』을 낼 당시부터 말이 가진 음악성에 유달리 예민했던 백석은 분단 이후 재북 시기에도 특유의 언어 감각을 유지하고 있었던 것으로 보인다. 백석이 음악성의 차원에서 긍정적으로 평가한 세 편의 시는 대단한 음악성을 갖추고 있다고 볼 수는 없어도 앞서 백석이 비판한 산문적인 시들에 비해서는 상대적으로 언어의 율동성과 긴장감과 탄력성을 잘 유지하고 있는 작품임에는 분명하다. 류연옥의 「장미꽃」

34　위의 글, 156쪽.

에서는 '화분-흠뻑-향기롭다-휘몰아치는-한난계'로 이어지는 시어에서 음소 'ㅎ'의 반복이 전경화되며 시에 통일감을 조성하고 있고, 「말」에서는 '말아, -ㄴ 말아'라는 표현과 '-다지'라는 종결형 어미가 반복되면서 동일 구문의 반복이 음악성을 조성하는 데 기여하고 있다. 김학연의 「어머니의 마음」에서도 '-의 -야, -을 -주라!'라는 동일 구문의 반복이 음악성에 기여함을 확인할 수 있다.[35] 당시 북한에서 창작된 시들, 특히 아동문학의 일부로 창작된 시들의 경우에 음악성을 논하기에는 다소 척박한 환경이었겠지만 그 속에서도 옥석을 가리는 감식안을 백석은 보여준다.

우리 아동 문학에서의 언어는 한 개의 시어라도, 한 산문의 구절이라도 높은 시 정신으로 차야 하며 많은 관념을 련상시켜야 하며 음악적이여야 한다. 이것은 작자의 본능적인 민감한 언어 감각에서 또는 억양과 의미의 현명한 선택에서 이루어지는 것이다.[36]

"체호브는 문장의 한 구절이나 한 장(章)의 결어를 선택하는 데 각별한 주의를 돌리였다. 그는 마치도 음악의 피날레를 선택하듯이 결어를 선택하였다"고 한다.[37]

---

35 동일 구문의 반복은 백석 시에 두드러지게 나타나던 특징이기도 했다. 이에 대해서는 이경수, 「한국 현대시의 반복 기법과 언술 구조-1930년대 후반기의 백석·이용악·서정주 시를 중심으로」, 고려대 박사논문, 2002 참조.
36 백석, 「큰 문제, 작은 고찰」, 『조선문학』, 1957.6.(김문주·이상숙·최동호 편, 앞의 책, 172쪽에서 인용)
37 위의 글, 173쪽.

아동문학에서 '시'와 '철학'을 강조한 백석은 「큰 문제, 작은 고찰」에서도 아동문학에서 시어 하나, 산문 한 구절도 높은 시 정신을 지녀야 하고 음악적이어야 함을 주장한다. 그러면서 창작자의 본능적인 민감한 언어 감각과 억양과 의미의 현명한 선택을 '시'의 요건이자 음악성의 요건으로 제시한다. 또한 같은 글에서 체호프를 인용하며 그가 문장의 한 구절이나 한 장의 결어를 선택하는 데도 각별한 주의를 기울였다는 사실을 특별히 강조하는데, 사실 분단 이전의 백석이야말로 시어 하나, 시 구절 하나, 결어나 어미의 선택에도 남다른 주의를 기울인 대표적 시인이 아닐 수 없다. 결국 '음악성'에 대한 백석의 생각은 분단 이전 시기의 시를 쓸 때부터 형성되어 있던 것으로, 이 시기 그가 고리키와 마르샤크의 아동문학에 대한 언급 중에서도 유독 음악성에 주목한 까닭은 이미 예비된 것이었다고 볼 수 있다. 다만 이 시기의 백석에겐 아동문학분과의 입장에 반박하기 위해 기댈 권위가 필요했을 것이고, 그런 까닭에 아동문학에 대한 유의미한 견해를 선보인 러시아의 대표 작가 고리키와 그의 영향을 받은 동화작가이자 시인인 마르샤크의 아동문학에 대한 견해와 그 발현이라고 할 수 있는 동화시를 적극 원용했던 것으로 보인다.

4. 시어의 음악성 실현과 개성적인 의성어·의태어의 활용

일찍이 고리키는 유년층 아동들을 위한 문학 장르로 시를 중요하게 생각했고 아동문학의 본령을 이루는 것으로 장난과 셈세기를 들어 웃음의 중요성을 강조한 바 있다. 이러한 고리키의 아동문학관은 마르샤크에게로 이어져 그 또한 아동문학, 특히 아이들을 위한 시에서 "단순함과 정확함, 간결함과 해학, 대상 속에 있는 가장 주되는 것을 보며 강조하는 능력"[38]을 중시했고 말의 아름다움과 '운률'과 시의 음악성을 강조했다. 번역가로서의 마르샤크의 면모와 동화시 창작자로서의 마르샤크의 재능에 깊이 경도된 백석은 마르샤크의 『동화시집』을 번역하고 직접 창작 동화시를 쓰면서 시어의 음악성을 어떻게 실현할 것인가 고심한다. 백석은 동화시 창작 이전에도 말의 음악성에 누구보다 깊은 관심을 드러내며 자신의 언어적 개성을 음악성을 통해 실현해 온 시인이었으므로 동화시를 번역하고 창작하면서도 아동문학에 적합하면서 문학적으로 완성도 있는 음악성의 실현 방법에 대해 고민했을 것으로 추정된다. 동화시에서 백석이 시도한 음악성 실현의 방법은 크게 반복 기법의 활용과 의성어·의태어의 활용으로 구체화되는데, 이는 분단 이전의 백석 시와 분단 이후 재북 시기의 백석 시의 연속성을 살펴보는 데도 중요한 시사점을 제공해준다. 백석 시의 반복 기법에 대해서는 선행 연구에서 충분한 논의가 이루어졌다는 판단[39]에 따라, 이 글에서는 번역 동화시와 창작 동화시에서 나타나는 백석의 남다른 의성어와 의태어의 사용에 주목하여 그것이 동화시에서의 음악성 실현을 위한 고민의 결과였음을 덧붙이고자 한다.

　채완은 국어에서의 의성어와 의태어 연구사를 검토한 연구에서 의성어와 의태어의 성격을 규정하기 위해 사용되었던 용어들이 많은 부분

38　백석, 「마르샤크의 생애와 문학」, 『아동문학』, 1957.11.(위의 책, 193쪽에서 인용)
39　백석 시의 반복 기법에 대해서는 다음 연구들을 참조할 수 있다. 이경수, 앞의 글; 박명옥, 「백석의 동화시 개작 연구―「지게게네 네 형제」와 「집게네 네 형제」를 중심으로」, 앞의 책, 121~123쪽; 장정희, 앞의 글, 180~185쪽.

에서 적합하지 못했음을 지적하며 그 원인으로 의성어와 의태어를 처음부터 같은 성격의 것으로 전제하고 하나의 범주로 묶어서 설명하려 했다는 점을 든다. 그에 따르면 의성어는 자연적 또는 인공적인 모든 소리를 지칭하거나 묘사하기 위해 되도록 그 소리에 가까우면서도 국어의 음운과 음절 구조에 맞도록 만들어진 단어를 가리킨다.[40] 의태어는 사람이나 사물의 모양이나 움직임을 흉내 낸 말로 흔히 정의되면서 의성어와 함께 논의되어 왔으나, 언어생활에서 의성어만큼 필수적인 것은 아니라는 점에서 의성어와 차이가 있으며, 통사적 기능도 상태부사로 흔히 쓰인다는 점에서 부사뿐 아니라 관형어나 독립어로도 쓰이고 감탄사에 가까운 의성어와는 다르다고 본다. 채완은 의성어와 의태어가 서로 다른 동기와 과정에 의해 형성되었지만, 그 기능이 공감각적으로 서로 넘나들고 또 특징적인 외형을 갖추게 됨에 따라 같은 범주로 묶이게 된 것으로 추측한다.[41] 이 글에서는 의성어와 의태어가 엄밀히 구별되지 않고 서로 공감각적으로 넘나드는 성질을 지닌다는 선행 연구의 견해를 참조하여 의성어와 의태어가 백석 시에서 유사한 기능을 수행한다고 보고 함께 다루었다.

어미 쥐는 달려가

두꺼비더러 아이보개로 오라 했네.

"두꺼비 아주머니 우리한테 와요

우리 애기 그네나 흔들어 줘요"

---

40 채완, 「국어 의성어 의태어 연구의 몇 문제」, 『진단학보』 89, 진단학회, 2000, 211쪽.
41 위의 글, 212~214쪽.

두꺼비는 점잖게 뿌극뿌극 울었네.

"뿌극 뿌극 뿌극, 울지 말아,

새끼쥐야 아침까지 잠을 자거라

모기를 모기를 잡아 줄게"

—마르샤크, 「철 없는 새끼쥐의 이야기」 부분, 7쪽

인용시에서는 집오리, 두꺼비, 말, 돼지, 암탉, 쏘가리, 고양이가 새끼 쥐의 아이보개로 불려온다. 흥미로운 것은 이 동물들의 울음소리를 백석이 번역하면서 사용한 의성어들이다. 『사슴』 시절부터 백석은 의성어나 의태어 선택에 남다른 개성을 보였었는데 『동화시집』 번역과 『집게네 네 형제』 창작에서도 그러한 개성은 유지된다. 집오리의 울음소리는 "가- 가- 가"로, 두꺼비의 울음소리는 "뿌극- 뿌극- 뿌극"으로, 말은 "호호홍!"으로, 돼지는 '꿀- 꿀'로, 암탉은 "꼬꼬댁!"으로 쏘가리는 입만 벌름벌름 벌리는 모습으로, 고양이는 "야웅… 야웅" 우는 것으로 표현되었는데, 특히 오리와 두꺼비의 울음소리를 표현한 의성어가 남다르다. 백석은 의성어를 선택할 때 관용적으로 쓰이거나 사전에 등재된 울음소리를 그대로 가져다 쓰기보다는 생생한 소리를 자신의 언어로 직접 표현해 보고자 하는 시도를 적극적으로 했던 것으로 보인다. 박명옥은 이러한 의성어와 의태어의 사용이 아동들에게 언어를 쉽게 기억하게 하고 흥미를 유발시키고자 한 것임을 적절히 지적하였다.[42] 「동뇨부」의 '사르릉 쪼로록'이라는 의성어나 「나와 나타샤와 힌

---

42 박명옥, 「백석의 동화시와 마르샤크의 동화시 비교 연구」, 『한국아동문학연구』 28, 한국아동문학학회, 2015, 76쪽.

당나귀」의 '푹푹' 같은 의태어를 그가 새롭게 발굴해낼 수 있었던 것은 소리 감각에 그만큼 예민한 시인이었기 때문일 것이다. 이러한 백석 시의 개성은 동화시의 번역과 창작에도 유감없이 발휘된다.

"그는 둥둥 신호공을 올렸다.", "소방수들 우루룽 달려 나갔다.", "경보 소리는 사람들을 깨우고 / 행길은 우룽 우룽 떤다.", "바작바작 소리치며 걸상에 번져가고.", "문 앞에 쭉 늘어 서서, / 늘진 늘진한[43] 호쓰를 꽂아 맞춘다.", "팽팽 뚱기여 불룩해지자.", "뭉게 뭉게 매운 연기 솟아 오르고", "불길은 활 활 뒤설렌다…… / 사방으로 혀를 널름거리며.", "도끼를 번쩍 들어 대들보를 찍어내고,", "불길은 널름대며 악을 쓰면서, / 여우처럼 요리 조리 달아 난다.", "틈사리로 그악스런 불길이 씨근거린다-.", "나팔소리 뚜뚜, 방울 소리 절렁 절렁."

— 마르샤크, 「불이 났다」 부분, 15~23쪽

"열시에는 훌쭉 가방이 줄어지고,", "선반마다 차근 차근 / 꾸레미를 갈라 놓고,", "세계를 빙빙 돈다.", "나무꼬치 처럼 빼빼 말라서.", "더위에 지쳐 어정 어정."

— 마르샤크, 「우편」 부분, 25~30쪽

"톱에서는 / 찍 찍 갈리는 소리. / 벌떼처럼 / 윙 윙 거리는 소리.", "톱은 널쭉 반쯤 켜 가더니, / 부르르 떨며 뚝 멎는다.", "이'발만 나무에 물려 바드득 거릴 뿐……", "대가리가 빼뚜룸 돌아버렸다.", "가늘고, 불 잘 붙고, /

---

43 마르샤크, 백석역, 박태일 편, 『동화시집』, 경진출판, 2014에는 '늘진늘진한'이 "미끈하고 길게 늘어지다. '늘씬늘씬한'보다 센 말"이라고 풀이되어 있다.

가시 돋은 불쏘시개. / 불 난 집에서 처럼 툭툭 튄다."

—마르샤크, 「선수 - 망그지르기 선수」 부분, 36〜39쪽

"쓰고 읽을 줄은 / 깜깜 모른단다."

—마르샤크, 「게으름뱅이들과 고양이」 부분, 42쪽

"표지는— / 오리 오리 실만 남은 것.", "말성 많고 팔자 사나운, / 다 해진 문제집이 / 그 말에 웅얼 웅얼 대답했다—"

—마르샤크, 「책에 대한 이야기」 부분, 45〜47쪽

"코끼리 같은 / 굴착기가 / 간다. / 미친듯 성이 나 / 부들 부들 떤다. / 쇠 호쓰에서 / 짱짱 소리를 내며 / 실수 없이 / 화강암을 깨친다.", "설렁 설렁 갈대들이 설레던 곳에— / 기선을 이리 저리 타고 돈다.", "값 없이 / 흐르는 / 물로 / 철철 넘치는 / 수 많은 통들이"

—마르샤크, 「드녜쁘르 강과의 전쟁」 부분, 55〜58쪽

"즈런히 늘어서서 / 지나간다.", "우로부터 층층계 따라 / 달 없는 밤 하늘 같이 / 시커먼 흑인 하나 / 척척 걸어 내려 왔다.", "손님이 / 성큼 성큼 / 뛰어 / 내닫는다.", "뚝뚝한 현관직이는 / 그들에게 인사를 한다.", "거리에는 뭉게 뭉게 / 인개 같은 먼지가 인다.", "팽팽하게 고무를 씨운 바퀴의 / 스럭 스럭 달리는 소리가 들린다.", "갑자기 / 부릉 부릉 / 비행기 소리가 들려온다—", "둥 둥 날아서 / 그의 억센 손을 잡고, / 얼른 그 사람의 / 비행기를 탄다."

—마르샤크, 「미스터 트비스터」 부분, 69〜81쪽

"할아버지가 / 나귀 등에 / 올라 타고 / 길을 간다. / 아이 하나 / 할아버지 따라 / 타박 타박 / 걸어간다.", "할아버지와 / 손자 아이는 / 걸어서 터벅 터벅 / 길을 간다."

　　　　　　　　　　　　　　　　　　—마르샤크, 「할아버지와 아이와 나귀」 부분, 88~92쪽

　"개굴—개굴! / 조용하구나…", "개굴—개굴! / 개굴—개굴—개굴!", "개굴개굴-개구리 내가 산다.", "집 없는 승냥이가 기신 기신 찾아왔다.", "대문을 쾅쾅 두드리며", "추워서 이'발이 떡떡 마친다!", "양배채넣은 맛 있는 만두 / 노릿 노릿 구어 내지요", "승냥이는 사이 좋은 곰과 함께. / 앞에서는 달랑달랑 여우가 간다.", "판장이 / 우적 우적 하는 소리?", "판장이 아니라 / 뼈다귀가 / 뚝 뚝 한다—", "여우야, 나는 출출 배가 고프다.", "인제는 숨이 콱콱 막혀 / 그는 목이 찢어져라 소리를 쳤다.", "꼬꼬댁! 다들 뜰악으로 나오라!", "개신 개신 여우는 기여들었다.", "여우는 뱅글 뱅글 돌아갈뿐 / 마치도 수레바퀴 살들과 같이.", "고슴도치야, 너무 꼭 꼭 찌르는데!", "나는 콩 콩 낟알을 빻아 가루를 낼게", "그는 딱 딱 야경마치 치리라."

　　　　　　　　　　　　　　　　　　—마르샤크, 「다락집 다락집」 부분, 96~127쪽

　위의 인용문은 백석이 번역해 1955년 민주청년사에서 출간한 마르샤크의 『동화시집』 수록시 11편 중에서 의성어와 의태어가 쓰인 부분을 발췌, 인용한 것이다. 11편의 시 중 앞서 인용한 「철 없는 새끼쥐의 이야기」까지 10편에서 의성어와 의태어가 다량 발견됨을 확인할 수 있다. 마르샤크의 『동화시집』에는 상황 묘사가 아주 섬세하게 그려진 삽화가 여러 개 첨부되어 있지만 의성어와 의태어를 적극 활용함으로써

시적 상황에 훨씬 더 생동감을 부여하고 있다.

「불이 났다」에서는 난로를 조심하라던 엄마의 주의를 잊고 호기심에 난로를 열어봤다가 불꽃이 튀어 불이 붙고 불길이 걷잡을 수 없을 정도로 솟아오르고 가구가 타들어가는 장면이나 소방차가 출동해 소방관들이 부지런히 뛰어다니며 불길을 잡는 장면 등이 적절한 의성어와 의태어의 사용으로 인해 훨씬 생동감 있는 장면으로 그려진다. 「우편」에서도 우편배달부의 모습이나 가방을 현실감 있게 그리는 데 의태어가 기여한다. 「선수－망그지르기 선수」에서도 엉망으로 톱질하고 못질하는 서툰 목수의 모습이 의태어와 의성어로 인해 눈에 보일 듯 생생히 그려진다. 「책에 대한 이야기」, 「드녜쁘르 강과의 전쟁」, 「미스터 트비스터」, 「다락집 다락집」 등과 같이 움직임이 많은 시에서는 의성어와 의태어가 더욱 효과적으로 다양하게 쓰인 것을 확인할 수 있다.

석영중은 백석의 푸시킨 시 번역을 살펴보면서 백석 번역시에 쓰인 부사어 등의 표현이 남다름을 일찌감치 주목한 바 있는데,[44] 백석이 번역한 마르샤크의 『동화시집』 수록시에서도 그러한 특징을 재차 확인할 수 있다. 특히 백석의 번역 동화시에서는 의성어와 의태어가 고빈도로 사용됨으로써 소리는 귀에 들리는 듯하고 모양은 눈에 보일 듯 생생히 재현된다. 의성어와 의태어는 언어에 생동감과 생기를 불어넣고 아이들의 흥미를 돋우는 역할을 한다. 대개 의성어와 의태어는 첩어로 구성되어 있어서 시에 율동감을 부여하는 것은 물론이나. 아동문학, 특히 동화시에서 백석이 중요한 요건이라고 생각한 음악성을 실현하기 위한 장치로 그는 동화

---

44 석영중, 「백석과 푸슈킨, 진실함의 힘」, 『2013 만해축전 시사랑회 학술세미나 발표집－ '백석의 번역 문학'』, 만해사상실천선양회·시사랑문화인협의회, 2013.

시의 번역에서 의성어와 의태어를 적극 실험한 것으로 보인다.

> "강달소라 보더니만 / 우두둑 우두둑 / 깨물었네.", "그런데 / 어느 하루 /
> 난데 없는 낚시질'군 / 주춤주춤 오더니 / 물웅덩이 기웃했네.", "돌에 놓고
> 돌로 쳐서 / 오지끈오지끈 부서쳤네.", "우렁이 등에 쿡 박고 / 오싹바싹 쪼
> 박냈네."
>
> ──백석, 「집게네 네 형제」 부분[45]

> "이 때에 주인 마님 / 새'문 벌컥 열었네, / 밥 한 덩이 입에 문 / 오월이를
> 보았네."
>
> ──백석, 「쫓기달래」, 11쪽 부분

> "그리고는 두 눈깔 / 뚝 부릅뜨고 / 그 굳은 이'발 / 떡 벌리고 / 찌르륵소
> 리 / 높닿게 치며", "입을 쩍 벌리면서 / 먹물 토했네. / 시꺼먼 먹물을 / 찍
> 찍 토했네.", "검복은 먹물 속에 / 눈 못 뜨고 / 숨 못 쉬고 / 갈팡질팡 야단
> 났네, / 이 통에 오징어는 / 검복의 등을 타고 / 옆구리를 푹 찔러 / 갈비뼈
> 하나 빼내였네.", "우루루 달려 왔네─", "오징어가 토한 먹물 / 그 몸에 온
> 통 묻어 / 씻어도 씻어도 얼룩덜룩."
>
> ──백석, 「오징어와 검복」, 19~22쪽 부분

> "소시랑게 한 마리 / 엉엉 우네.", "개구리는 뿌구국 / 물어 보았네─", "개

---

45 백석, 「집게네 네 형제」, 『집게네 네 형제』, 조선작가동맹출판사, 1957, 6~8쪽. 이하 인
   용시의 쪽수는 '백석, 「작품명」, 쪽'의 형태로 인용시 밑에 표기한다.

구리 또 덥적덥적 / 길을 가노라니", "어둔 길에 무겁게 / 짐을 진 개구리, / 디퍽디퍽 걷다가는 / 앞으로 쓰러지고 / 디퍽디퍽 걷다가는 / 뒤로 넘어졌네.", "개똥벌레 윙하니 / 날아 오더니 / 가쁜 숨 허덕허덕 / 말 물었네—", "하늘소 씽하니 / 달아 오더니 / 가쁜 숨 허덕허덕 / 말 물었네—", "소똥굴이 횡하니 / 굴어 오더니 / 가쁜 숨 허덕허덕 / 말 물었네—", "방아다리 껑충 / 뛰여 오더니 / 가쁜 숨 허덕허덕 / 말 물었네—", "그랬더니 방아다리 / 이 다리 찌꿍 저 다리 찌꿍 / 벼 한 말을 다 찧었네.", "소시랑게 버르륵 / 기여 오더니 / 가쁜 숨 허덕허덕 / 말 물었네—", "그랬더니 소시랑게 / 풀룩풀룩 거품 지어 / 흰 밥 한솥 잦히였네."

—백석, 「개구리네 한솥 밥」, 24~34쪽 부분

"그러자 밭임자 령감 / 두—두— 소리쳤네.", "뚝하고 / 한 이삭 / 뚝하고 두 이삭 / 강냉이만 따 먹었네.", "그러자 밭임자네 개들이 / 컹—컹— 짖어 댔네.", "쩝쩝하고 한 입 / 쩝쩝하고 두 입 / 모밀만 훑어 먹었네.", "그러나 안방 마나님 / 탕!하고 방문 열었네.", "이리 쿡쿡 / 저리 쿡쿡 / 닭 냄새만 맡았네."

—백석, 「귀머거리 너구리」, 36~39쪽 부분

"뒤'산 오소리 / 앙금앙금 내려 왔네.", "멍석을 두루루 말아", "뒤'산 제 집으로 / 재촉재촉 돌아 갔네.", "오소리는 오조 한 말 / 폭폭 되어 지더니만 / 사랑 앞 독연자로 / 재촉재촉 나가누나.", "그러자 오소리는 / 쿵하고 곤두박혀 / 네 다리 쭉 펴며 / 빼뚜룩 죽고 말았네"

—백석, 「산골총각」, 44~53쪽 부분

"뚝 뻗친 수염", "그 앞에선 슬슬 / 구멍만 찾았네.", "하늘로 둥둥 / 높이 올랐네.", "그러자 늙은 숭어 / 껄껄 웃어 하는 말―", "이 말에 메기는 / 가슴이 철렁", "덥석 물었네.", "꿈에 둥둥 하늘로 / 오른 그대로 / 낚시'줄에 둥둥 달려 / 메기 올랐네."

― 백석, 「어리석은 메기」, 55~60쪽 부분

"가재미는 꼭꼭 숨어 / 보이지 않았네.", "넙치는 꼭꼭 숨어 / 보이지 않았네."

― 백석, 「가재미와 넙치」, 64~66쪽 부분

"서로들 오순도순 / 이야기했네―", "또 캄캄 어두운 밤도 / 무섭지 않았네.", "세상 소식 잘 아는 / 건넌산 늙은 까치, / 푸루룩 날아와 / 소식 전했네―", "추위와 어둠 속에 / 갈팡질팡.", "정신 홱 들녀", "잎새 와슬링 가지 우수수", "그 커다란 마른 잎새 / 설렁설렁 떨어", "억센 다리 떡 벌리고", "볼수록 우뚝 더욱 커져서", "약물로 미역 감고 흐늑흐늑 녹아"

― 백석, 「나무 동무 일곱 동무」, 68~82쪽 부분

"갈밭 우를 빙빙 / 떠돌다가는 / 동비탈에 풀썩 / 내려 앉고, / 동비탈에 우두머니 / 깃을 다듬단", "말뚱덩이 타고 앉아 / 쿡쿡 쪼으며", ""털이나 드문드문 / 났으면 좋지, / 피나 쭐쭐 / 꼴으면 좋지!""

― 백석, 「말뚱굴이」, 84~87쪽 부분

"삐꿍삐꿍 톱질했네.", "또요 또요 웨쳐댔네.", "쑥쑥 쑥쑥 채 썰었네."

― 백석, 「배'군과 새 세 마리」, 90~92쪽 부분

마르샤크의 『동화시집』을 번역하면서 의성어와 의태어를 개성적으로 사용한 백석은 2년 뒤에 출간한 창작 동화시집 『집게네 네 형제』 수록시에서 이를 좀 더 적극적으로 활용한다. 위에 인용한 시에서 확인할 수 있듯이, 『집게네 네 형제』 수록시 12편 중 「준치가시」 1편을 제외한 11편의 시에서 의성어나 의태어가 쓰였음을 확인할 수 있다. 특히 「집게네 네 형제」, 「개구리네 한솥 밥」, 「산골총각」, 「배군과 새 세 마리」에 쓰인 의성어와 의태어에는 백석 특유의 개성적인 말맛이 잘 살아 있어서 눈여겨볼 만하다.

「집게네 네 형제」에 등장하는 '우두둑 우두둑', '오지끈오지끈', '오싹바싹'은 자신의 분수를 모르고 남의 흉내만 내다가 처참히 죽게 되는 첫째, 둘째, 셋째 집게 형제의 모습을 현실감 있게 전달하는 데 기여한다. 특히 '오지끈오지끈'과 '오싹바싹'은 일반적으로 흔히 쓰이는 의성어가 아니라 모음 '오'와 경음('끈', '싹')을 적절히 조합해 만든 말로, 어감에 예민한 백석 시의 개성이 적절히 발현된 예로 볼 수 있다. 집게가 부서지고 쪼개지는 소리를 연상시키는 의성어를 집게의 죽음을 묘사한 장면에 활용함으로써, 백석 시는 남의 처지를 부러워하며 주체성 없이 남의 흉내만 내다가 마침내 처참한 죽음을 맞게 된 집게네 형제들의 비참한 죽음을 생생한 강도로 전달하고 자신의 처지에 만족하며 분수를 지키며 살라는 교훈적 의도를 효과적으로 드러낸다.

「개구리네 한솥 밥」에서 개구리 울음소리를 '뿌구국'이라 표현한 데 서는 앞서 마르샤크의 「철 없는 새끼쥐의 이야기」를 번역하면서 두꺼 비 울음소리를 '뿌극뿌극'이라 표현한 것이 연상되는데, 두꺼비 울음소 리와 개구리 울음소리를 유사하게 표현하면서도 차이를 둔 점이 인상적이다. 개구리가 걷는 모양을 상황에 따라 '덥적덥적', '디퍽디퍽'으로 구별해 사용한 점, 개똥벌레, 하늘소, 소똥굴이, 방아다리, 소시랑게가 오는 모습을 '윙', '씽', '휑', '껑충', '버르륵' 등으로 구별해 사용함으로써 각각의 움직임의 차이를 섬세하게 표현하려고 한 점, 소시랑게가 거품 무는 모습을 '풀룩풀룩'이라고 사실에 가까우면서도 재미있게 표현한 점 등에서 백석이 의성어와 의태어의 선택에 얼마나 공을 들였는지를 알 수 있다.

「산골총각」의 '재촉재촉'에서는 백석의 재치가, '빼뚜룩'에서는 특유의 말맛을 살리는 백석의 언어감각이 느껴진다. 「배'군과 새 세 마리」에 등장하는 '삐꿍삐꿍', '또요 또요', '쑥쑥 쑥쑥'은 새의 울음소리를 재현하면서도 아이들이 좋아할 만한 리듬감과 말의 재미를 살려 시에 생동감과 리듬감을 부여한다. 채완은 의성어 의태어가 동화, 구어, 대중적 말, 방언, 속어와 같은 자생적이고 단순하고 표현적인 형식에 적합하다는 울만Ullmann의 견해를 인용하며 이러한 문체적 특성은 국어에 있어서도 별반 다르지 않다고 보았는데,[46] 백석의 경우에도 동화시를 번역하고 창작하기 이전부터 의성어와 의태어를 예민하게 사용하기는 했지만 동화시의 번역과 창작에 이르러 좀 더 본격적으로 의성어와 의태어를 활용하게 된 것으로 보인다. 동화시에서 음악성과 함께 시와 웃음의 요소를 강조한 백석의 관점은 이와 같이 의성어와 의태어의 개성적인 활용을 통해 구체적으로 실현되었다고 볼 수 있다.

백석의 번역시가 "전반적으로 미려한 호흡을 지니면서도 구체적인 감

---

46 채완, 앞의 글, 219쪽.

정 표현과 특유의 수식어를 보여줌으로써 관념보다는 실재에 가 닿"[47] 았다
는 선행 연구의 판단은 동화시의 번역에도 해당된다고 볼 수 있다. 특히
아동문학에서 간결하고 정확하고 웃음을 지닌 표현과 함께 말의 아름다움
과 음악성을 강조한 백석의 생각은 동화시의 번역과 창작에서 의성어와
의태어의 개성적인 사용을 통해 효과적으로 실현된다.

5. 음악성 실현의 의미

이 글에서는 마르샤크의 『동화시집』 번역이 백석의 동화시 창작에
영향을 미쳤다는 선행 연구의 관점을 계승하여, 백석의 동화시 번역과
아동문학에 관한 비평에서 일관되게 발견되는 '음악성'을 어떻게 이해
해야 하고 그것이 백석의 동화시 창작과 어떤 관계를 지니는지 살펴보
았다. 먼저 백석이 동화시 창작이나 아동문학에 대한 관점을 정립하는
데 결정적인 영향을 미친 고리키와 마르샤크에 관한 글에서 음악성이
라는 용어가 자주 발견된다는 사실에 착안하여 고리키와 마르샤크에게
있어서 음악성이 어떤 의미를 지니는지 살펴보았다. 고리키와 마르샤
크에게서는 아동문학에서 산문보다 시를 우위에 둔 점, 음악성과 웃음
을 강조한 점이 공통적으로 발견되었다. 이러한 아동문학에 대한 관점
은 백석에게 계승되어 분단 이후 재북 시기에 백석이 아동문학에 대한
관점을 형성하는 데 기여하게 된다. '음악성'에 대한 백석의 생각은 분

---

47 황선희, 「백석 시의 문체적 특성 연구─분단 이전 시편들과 분단 이후의 시·번역시의 연
속성 문제를 중심으로」, 중앙대 석사논문, 2015, 158쪽.

단 이전 시기의 시를 쓸 때부터 형성되어 있던 것으로, 이 시기 그가 고리키와 마르샤크의 아동문학에 대한 언급 중에서도 유독 음악성에 주목한 까닭은 이미 예비된 것이었다. 다만 아동문학분과의 공식적 입장에 반박하며 도식주의를 경계했던 이 시기의 백석에겐 아동문학분과의 입장에 반박하기 위해 기댈 권위가 필요했고, 그런 까닭에 아동문학에 대한 유의미한 견해를 선보인 러시아의 대표 작가 고리키와 마르샤크의 아동문학에 대한 견해와 그 발현이라고 할 수 있는 동화시를 적극 원용했던 것으로 보인다. 마르샤크의 『동화시집』을 번역하고 『집게네 네 형제』를 창작하면서 백석은 의성어와 의태어를 개성적으로 사용하여 동화시에 생동감과 현실감을 불어넣는 데 성공한다. 의성어와 의태어의 개성적 활용은 동화시에서 음악성을 실현하기 위해 백석이 채택한 대표적 방법이었다.

백석 시에 나타난 '마음'의 형상화 방식과 의미

1. 현대시와 '마음'

백석 시에 '마음'이나 '생각'이라는 시어가 자주 출현한다는 사실은 초창기 연구에서부터 주목의 대상이 되어 왔지만 '마음'이라는 시어가 백석 시에서 어떻게 형상화되고 어떤 의미를 만들어내는지 본격적으로 다루어지지는 않았다. 무엇보다도 분단 이후의 시까지 포함한 백석 시 전편을 대상으로 한 논의는 전혀 이루어지지 않았다. '마음'이 백석 시에서 특별한 의미를 지니는 시어라면, 먼저 '마음'이라는 시어의 출현 빈도를 살펴보고 어떤 환경에서 '마음'이라는 시어가 출현하는지 살펴볼 필요가 있다. 그리고 '마음'이 어떻게 형상화되어 어떤 의미를 만들어내는지 마음의 내포적 의미를 살펴보아야 할 것이다. 백석의 시에서는 '마음'이라는 시어도 자주 출현하지만 '마음'의 상태를 표현하는 형용사들도 자주 출현하기 때문에 그것이 일으키는 시적 효과와 의미를 살펴보는 것도 '마음'의 의미를 추적하는 작업과 함께 이루어져야 할 것으로 보인다.[1]

---

1 백석 시에 쓰인 일부의 형용사, '가난하다, 무섭다, 쓸쓸하다, 서럽다, 좋다'의 의미에 대해서는 고형진의 선행 연구(고형진, 「'가난한 나'의 무섭고 쓸쓸하고 서러운, 그리고 좋

한국 현대 시사에서 '마음'이라는 시어를 시에 직접 활용하여 '마음'에 특별한 의미를 부여한 시인으로는 백석 이전에 한용운과 김영랑이 있다. 한용운의 시를 비롯해 시조, 한시, 불교 관련 저술 등 그의 문학 전반에 나타난 마음의 의미를 살펴본 김윤정의 선행 연구에서는 한용운이 대자화된 '마음'을 님에 대한 지향성으로 초점화하여 제시하고 있다고 보았다. '마음'을 중심으로 한 해석학적 고찰을 통해 불자이자 독립운동가이며 시인이었던 한용운의 총체적인 면모를 파악한 연구라고 평가할 수 있다.[2] 한편 김영랑의 시에 나타난 '마음'의 의미에 대해서 살펴본 선행 연구로는 홍용희, 이창민 등의 연구가 있다. 홍용희는 김영랑 시의 '마음'을 "자신의 고유한 생래적 특성과 형질의 포괄적인 반영태로서 전일적이고 추상적인 미분성의 대상"이라고 봄으로써 김영랑 시의 낭만적 성격을 해명했다.[3] 이창민은 '마음'이 "느낌, 기분, 감정, 심리, 성격, 심정, 의사, 의지, 성의, 정성, 의식, 정신, 영혼, 사려, 분별, 인정, 인심" 등의 의미를 지니는 지시 불투명성의 언어라고 보았다.[4] 백석 이후의 시인으로는 박재삼에 대해서 그의 시에 나타난 마음의 의미를 살펴본 이상숙의 선행 연구가 있다.[5] 이상숙의 논문은 박재삼의 시에 나타난 마음의 의미와 그와 연결된 이미지의 구조를 추적하

은」, 『비평문학』 45, 한국비평문학회, 2012)에서 살펴본 바 있다. 이 글의 5장에서는 '마음'을 수식하거나 '마음'의 상태를 표현하는 형용사에 한정해서 그 의미를 살펴볼 것이다.

2 김윤정, 「'마음'을 통한 한용운 문학의 불교해석학적 고찰」, 『한국시학연구』 29, 한국시학회, 2010, 119~148쪽.

3 홍용희, 「마음의 미의식과 허무 의지-김영랑론」, 『국어국문학』 150, 국어국문학회, 2008, 485~508쪽.

4 이창민, 「김영랑 시에 언급된 마음의 내포」, 『우리어문연구』 35, 우리어문학회, 2009, 575~623쪽.

5 이상숙, 「박재삼 시에 나타난 '마음'의 의미」, 『비평문학』 40, 한국비평문학회, 2011, 207~235쪽.

여 박재삼 시의 '마음'을 감정과 심정, 이승과 저승을 잇는 중간계, 일상성을 내포한 심전心田의 세 가지로 유형화하였다.[6]

최근 학계에서는 '마음'의 모형을 구축하거나 인지과학의 관점에서 신체화된 마음을 다루는 융합적 연구가 활발히 진행되고 있는 추세이다.[7] 한국 현대 시사에서 '마음'이라는 시어를 적극적으로 활용해 자신의 시세계를 구축하고 추상적인 '마음'이라는 시어에 다양한 방식으로 구체성을 불어넣음으로써 마음을 신체화하고자 한 시인으로는 대표적으로 백석을 꼽을 수 있다. 백석 시에 '마음'과 함께 자주 출현하는 '생각'이라는 시어에 대해서는 백석의 창작방법론과 관련지어 살펴보는 선행 연구들이 이루어졌지만, '마음'에 대한 연구는 진척되지 못했다. 이 글에서는 백석 시에서 '마음'이 형상화되는 방식이 독특하고 그것이 백석 시세계의 특징을 관통하고 있다는 데 착안하여 백석 시에 나타난 '마음'의 형상화 방식과 그 의미를 살펴보고자 한다.

'마음'을 인간의 정신 활동의 총체로 본 서양의 경우에도 대개 '정신spirit'과 '마음mind'을 구별한다. 정신이 "심적 능력의 고차원적인 것, 즉 과학이나 예술 등을 창작하는 활동"[8]을 가리키는 데 비해, 마음은 파토스를 체현하며 개인적·주관적 의미를 가리킨다고 본다. 그런가 하면 동양에서 마음은 물리적이고 실제적인 것으로 사유되어 왔다. 유교의 심학에서는 성인의 인격을 성취하도록 해주는 가장 중요하고도 핵심적인 도구

---

6 위의 글, 230쪽.
7 심리학계와 철학계를 중심으로 이러한 논의가 활발히 전개되고 있는데, 서구의 경우와 다른 우리의 '마음' 모형과 의미를 연구하기 위해서는 한국문학, 특히 한국의 고전시가 및 현대시에 대한 연구가 축적되어야 할 것으로 보인다. 이 글은 최근 학계의 동향에 힘입은 이러한 문제의식을 바탕에 두고 있다.
8 철학사전 편찬위원회, 『철학사전』(개정증보판), 중원문화, 2009, 801쪽.

이자 주체로 '心'을 설정하고 있다.[9] 백석 시에서 '마음'이라는 시어는 개인적이고 주관적인 의미와 낭만적인 분위기를 발생시키는 데 그치지 않고 시적 주체의 내면을 구조화하고 객관적으로 대상화하려는 의도를 보이는데, 그것은 '마음'을 구체적이고도 실질적인 대상으로 상상하고 형상화하려는 노력으로 나타난다고 이 글에서는 보았다.

이 글에서는 백석 시에 쓰인 '마음'이 어떻게 형상화되어 시에서 특별한 분위기와 의미를 만들어내는지 마음의 구체적인 함의를 살펴보기 위해 먼저 백석 시에 나타난 '마음'의 출현 빈도와 환경을 살펴보고, 백석 시 전편을 대상으로 '마음'의 형상화 방식과 의미 작용을 밝혀 보고자 한다. 특히 백석 시에 출현하는 마음의 형상화 방식을 분석하는 데 레이코프와 존슨의 은유 이론이 유용하다고 판단해 이 글의 3장에서는 레이코프와 존슨의 은유 개념을 방법론으로 활용하였다. 은유에 대한 인지적 이해를 보여주는 레이코프와 존슨의 관점은 분단 이전까지의 백석 시에서 '마음'이 형상화되는 방식에 나타나는 특성, '마음'을 신체화하고자 하는 특성을 밝히는 데 유용하다고 판단했다. 분단 이후의 백석 시에서는 '마음'이 여전히 고빈도로 출현하면서도 '마음'의 형상화 방식에 상당한 변화를 보이는데 이는 장을 달리해서 살펴보았다. 아울러 백석 시 전편을 대상으로 '마음'의 상태를 나타내는 형용사들이 어떻게 활용되고 어떤 의미를 만들어내는지 그 변모를 살펴봄으로써 '마음'에 대한 논의를 좀 더 풍부하게 하고, 백석 시에 나타난 '마음'의 형상화 방식과 그 의미를 종합적으로 살펴보고자 한다.

---

9   유권종, 「유교 심학의 맥락 형성에 관한 연구」, 『철학탐구』 28, 중앙대 중앙철학연구소, 2010, 28~29쪽.

2. '마음'의 출현 빈도와 환경

백석 시에서 '마음'이 출현하는 빈도를 백석 시 전편을 대상으로 살펴본 선행 연구는 전무하다. 백석 시의 시어를 통계학적 방법으로 연구한 박순원의 연구에서 분단 전까지의 백석 시 96편에서 '마음'이 출현하는 횟수는 34회로 밝혀져 있지만[10] 통계적인 수치의 제시에 그쳤을 뿐 그것이 지니는 의미를 밝히고 있지는 않다. 여기에 '마음'과 유사하게 쓰인 '가슴'의 출현 빈도 11회, '생각'의 출현 빈도 7회와 '생각하다'라는 동사의 출현 빈도 35회, '생각나다'의 출현 빈도 2회까지 포함하면 백석 시에서 '마음'과 '가슴', '생각(하다)'은 상당히 고빈도 어휘에 속함을 알 수 있다. 더구나 백석 시에서는 '마음'의 상태를 나타내는 형용사들이 각별히 선택되어 쓰이기도 했다.[11] '생각(하다)'에 대해서는 백석 시의 창작방법이나 삶에 대한 거리두기의 방법으로 본 선행연구가 이미 있었으므로, 여기서는 '마음'이라는 시어에 한정해서 백석 시 전편을 대상으로 '마음'의 출현 빈도를 살펴보고 '마음'이 어떤 환경에서 출현하는지를 밝혀 보고자 한다. 분단 이전의 백석 시와 분단 이후의 백석 시에서 '마음'이라는 시어가 고빈도로 출현하기는 하지만, 그 형상화 방식이나 의미는 달라진다는 판단에 따라 이 글에서는 백석 시에 나타난 '마음'의 출현 빈도를 분단 이전 시의 경우와 분단 이후

---

10 박순원, 「백석 시의 시어 연구」, 고려대 박사논문, 2007, 98쪽.
11 '가난하다 14회, 무섭다 18회, 서글프다 2회, 서럽다 9회, 섧다 1회, 슬프다 6회, 쓸쓸하다 21회, 아득하다 11회, 외롭다 5회, 좋다 27회, 즐겁다 12회, 희다 16회, 싶다 22회' (위의 글, 113~115쪽) 등 마음의 상태를 표현하는 시어가 많이 쓰인 점도 백석 시의 특징적인 면모이다. 백석 시에 나타난 '마음'의 작용과 의미를 살펴볼 때에는 '마음'이라는 명사 외에도 그 마음의 상태를 나타내는 형용사들의 용례와 의미를 함께 고찰할 필요가 있다.

시의 경우로 나누어서 살펴보려고 한다.

분단 이전의 백석 시 96편에 나타난 '마음'이라는 시어의 출현 빈도에 대해서는 박순원의 선행 연구가 있지만 분단 이후의 시에 대해서는 출현 빈도가 조사된 바 없다. 일관된 기준에 의해 백석 시에 나타난 '마음'의 출현 빈도와 환경을 살펴보기 위해 이 글에서는 분단 이후는 물론 분단 이전의 백석 시에 대해서도 '마음'의 출현 빈도를 다시 계량하였다.

우선 분단 이전에 발표된 백석 시의 경우에는 『사슴』 이전 발표 시 중 『사슴』에 수록되지 않은 3편의 시, 「늙은갈대의獨白」, 「山地」, 「나와 지렁이」와 『사슴』 수록시 33편, 『사슴』 이후에 발표한 시 64편[12]을 합한 총 100편의 시[13]를 대상으로 '마음'의 출현 빈도를 계량했다. 조사 결과 분단 이전 발표 시 중 총 17편의 시에서 38회에 걸쳐서 '마음'('맘' 포함)이라는 시어가 출현했음을 확인할 수 있었다.[14]

분단 이후 백석의 북한시에서는 46편 중 절반이 조금 못 되는 20편의 시에서 '마음'이라는 시어의 출현을 확인할 수 있었다. 한 편의 시에서 '마음'이 여러 번 등장하는 경우도 많아서 백석의 북한시에서 '마음'이 출현한 횟수는 52회에 이른다.[15] 이는 분단 전 시에서의 출현 빈도를

---

12 발표 시기로는 1948년에 발표된 「남신의주유동박시봉방」까지를 분단 이전 시에 포함해 다루었다. 새롭게 들어간 작품으로는 「단풍」, 『『호박꽃초롱』서시』와 「머리카락」이 있다.

13 『사슴』 이전 발표시 중에서는 『사슴』에 실리지 않은 시와 개작되어 실렸지만 너무 많이 달라져서 별개의 작품으로 볼 수 있는 경우를 포함해 3편을 대상으로 삼았으며, 『사슴』 이후 시의 경우에도 동일한 작품이 재수록된 경우는 포함시키지 않았다.

14 그 구체적인 결과는 다음과 같다. 「古夜」, 「寂境」, 「曠原」('맘')(이상 『사슴』 수록시), 「탕약」, 「丹楓」(2), 「山宿」, 「꼴두기」(2), 「가무래기의 樂」, 「수박씨, 호박씨」(8), 「許俊」, 「歸農」(3), 「국수」, 「촌에서 온 아이」(2), 「澡塘에서」(3), 「杜甫나李白같이」(7), 「마을은 맨천 구신이돼서」, 「南新義州柳洞朴時逢方」(2)(이상 『사슴』 이후 발표 시 중 분단 이전 시). '마음'이라는 시어가 2회 이상 출현한 경우에는 ( ) 안에 출현 횟수를 표기했다.

능가하는 것이다. '마음'이 북한시까지 포함해 백석 시 전반에 고빈도로 등장하지만 분단 전 시와 분단 이후의 북한시에서 '마음'의 용법과 의미는 달라진다. 이에 대해서는 4장에서 구체적으로 살펴볼 것이다.

백석의 분단 이전 발표 시에서 '마음'이라는 시어가 출현하는 환경은 크게 네 가지 경우로 나뉜다. 첫째, 마음의 상태를 나타내는 말과 함께 쓰이는 경우이다. 「고야」에 등장하는 "정한마음"이나 「수박씨, 호박씨」에 등장하는 "철없고 어리석고 게으른 마음" 등이 여기 해당된다. 둘째, 마음의 소유주를 나타내는 말과 함께 쓰이는 경우이다. 「광원」의 "노새의맘"이나 「탕약」의 "내마음" 등이 여기에 해당된다. 셋째, 마음을 공간적으로 은유한 경우이다. 「수박씨, 호박씨」의 "이마음안"이나 "마음에 뜨는", "마음에 앉는" 등이 여기 해당된다. 넷째, '마음'이 관용적 용법으로 쓰이는 경우이다. 분단 이전 시에서는 여기에 해당되는 용례가 드문데, 「꼴두기」의 "압뒤로 가기를 마음대로 하는건"이나 「歸農」의 "마음놓고" 같은 경우가 여기 해당된다.

> 섯달에 내빌날이드러서 내빌날밤에눈이오면 이밤엔 쌔하얀할미귀신의눈
> 귀신도 내빌눈을받노라못난다는말을 듣든히녀이며 엄매와나는 앙궁웋에
> 떡돌웋에 곱새담웋에 함지에 버치며 대냥푼을놓고 치성이나들이듯이 정한
> 마음으로 내빌눈약눈을받는다

---

15 '마음'이 등장하는 백석의 북한시의 목록은 다음과 같다. 「오징어와 검복」(4), 「개구리네 한솥 밥」, 「산골총각」(2), 「나무 동무 일곱 동무」(6), 「준치가시」(4), 「이른 봄」(2), 「갓나물」, 「공동 식당」(2), 「축복」(2), 「하늘 아래 첫 종축 기지에서」(5), 「돈사의 불」(3), 「눈」(4), 「전별」(6), 「송아지들은 이렇게 잡니다」(2), 「천 년이고 만 년이고…」, 「손벽을 침은」(2), 「석탄이 하는 말」(2), 「사회주의 바다」, 「조국의 바다여」, 「나루터」. '마음'이라는 시어가 2회 이상 출현한 경우에는 ( ) 안에 출현 횟수를 표기했다.

— 「古夜」[16] 부분, 『사슴』, 16~21쪽

컴컴한부엌에서는 늙은홀아버의시아부지가 미역국을끄린다

그마음의 외딸은집에서도 산국을끄린다

— 「寂境」 부분, 『사슴』, 30~31쪽

흙꽃니는 일은봄의 무연한벌을

輕便鐵道가 노새의맘을먹고지나간다

— 「曠原」 부분, 『사슴』, 38~39쪽(강조는 인용자)

　　분단 전 발표 시 중 시집 『사슴』 소재 시에서 '마음' 또는 '맘'이라는
시어가 출현한 작품들은 위에 인용한 세 편뿐이다. 「고야」에서는 '정
한'이라는 형용사가 '마음'을 수식하고 있는 점을 눈여겨볼 필요가 있
다. 백석 시에서 '마음'은 맑고 깨끗한 상태를 지칭하는 형용사들과 자
주 어울려 쓰이는데 이러한 성향은 초기시에서부터 단초가 보인다고
볼 수 있다. 「적경」의 경우에는 '마음'을 '마을'의 오기로 보는 견해도
제출되어 있긴 하지만 표기된 그대로 '마음'이라고 볼 경우, '마음'을
공간적으로 인식하는 분단 이전 백석 시의 일반적 경향의 단초를 여기
서도 확인할 수 있다. 「광원」에서 '마음'은 경편철도의 움직임을 '노새
의 맘을 먹고 지나간다'고 비유한 데서 쓰였다. 무생물인 경편철도에
생명과 감정을 불어넣기 위해 생물인 '노새'를 끌어들여 '노새의 맘'이

16　백석, 『사슴』, 선광인쇄주식회사, 1936, 16~21쪽. 이하 인용시는 '『사슴』, 쪽'의 형태
　　로 인용시 밑에 표기한다.

라는 비유를 활용한 것이다. 사람과 동물, 생물과 무생물을 구별하지 않고 '마음'을 지닌 존재이자 생명을 지닌 존재로 바라보고자 한 백석 시의 일관된 태도가 이 시에서도 감지된다. 이상과 같이 『사슴』 수록시까지만 해도 백석 시에서 '마음'이라는 시어는 일부의 시에서 모습을 드러냈을 뿐 빈도가 높게 출현하는 시어는 아니었다.

반면 『사슴』 이후 일제 말에 쓰인 백석의 시에서는 '마음'이라는 시어가 집중적으로 등장하기 시작한다. 주지하다시피 1936년 1월에 출간된 『사슴』에서 백석이 평북 정주 지역의 방언을 적극적으로 사용하며 잃어버린 고향의 모습을 복원하거나 환기하는 데 주력했다면, 『사슴』 출간 이후 일제 말기에 발표한 시들에서는 방언의 사용 빈도를 줄이고 시인과 거리가 매우 가까운 화자 '나'를 등장시켜 화자가 느끼는 상실감을 그리는 데 주력한다. 이러한 차이는 '마음'이라는 시어의 출현 빈도와도 관련이 있어 보인다. 이에 대해서는 3장에서 좀 더 상세히 살펴볼 것이다.

백석의 분단 이후 발표 시에서 '마음'이라는 시어가 출현하는 환경은 다음 세 가지 경우이다. 첫째, 마음의 상태를 나타내는 말과 함께 쓰이는 경우이다. 「오징어와 검복」에 등장하는 "분한 마음"이나 「개구리네 한솥밥」에 등장하는 "가난하나 마음착한", 「산골총각」에 나오는 "슬프고 분한 마음" 같은 경우가 여기 해당된다. 둘째, 마음의 소유주를 나타내는 말과 함께 쓰이는 경우이다. 「나무 동무 일곱 동무」에 나오는 "그들의 마음"이나 「축복」에 나오는 "이 집 주인들의 마음에" 같은 경우가 여기 해당된다. 셋째, 마음의 관용적 용법이 쓰이는 경우이다. 동화시 「오징어와 검복」에 등장하는 "마음먹었네", 「산골총각」에 나오는 "평

안히 마음 놓고" 등이 여기 해당된다. 상대적으로 분단 이후 발표 시에
서 '마음'의 관용적 용법의 출현 빈도가 높아짐을 알 수 있다.

3. 분단 이전 시의 '마음'의 형상화 방식과 의미

1) '마음'의 긍정적 가치 부여와 자기 성찰

앞에서 살펴본 것처럼 백석의 분단 이전 발표 시 중에서도 『사슴』
이전 발표 시와 『사슴』 수록시에서는 '마음'이 의미 있는 빈도로 출현
했다고 보기는 어렵다. '마음'이라는 시어가 백석 시에서 고빈도로 출
현하게 되는 것은 『사슴』 이후 발표 시부터이다. 그중에서도 마음의 상
태를 나타내는 말과 함께 쓰이는 경우와 마음의 소유주를 나타내는 말
과 함께 쓰이는 경우의 비중이 높다고 할 수 있는데, 이 두 가지의 경
우는 동시에 등장할 때가 많다. 여기서 백석 시는 '마음'에 긍정적인
가치를 부여한다.

> 나는 두손으로 곻이 약그릇을들고 이약을내인 넷사람들을 생각하노라면
> 내마음은 끝없시 고요하고 또 맑어진다.
>
> ─「湯藥」 부분, 『시와 소설』 1-1, 1936.3, 14쪽

> 가무락조개난 뒷간거리에
> 빗을 얻으려 나는왔다
> 빗이안되어 가는탓에

가무래기도 나도 모도춥다

추운거리의 그도추운 능당쪽을 걸어가며

내마음은 웃줄댄다 그무슨 기쁨에 웃줄댄다

— 「가무래기의 樂」 부분, 『女性』 3-10, 1938.10, 22~23쪽(강조는 인용자)

인용한 두 편의 시에서는 '내 마음'의 상태를 표현하고 있다. 「탕약」에서는 두 손으로 약그릇을 받아든 화자가 '약'이라는 물질을 바라보며 그로부터 "이 약을 내인 녯사람들을 생각"한다. 백석 시에 등장하는 사물이나 물질에 대해 시의 화자는 단순히 현재성을 지닌 사물로 인식하는 것이 아니라 거기에 역사라는 시간성을 불어넣기를 즐겨해 왔다.[17] 그것은 사물에 사연을 부여하는 힘이기도 하다. '탕약'은 아픈 사람이 먹는 약이라는 물질에 그치지 않고, 병이 낫기를 바라며 탕약을 끓인 사람들의 마음과 정성과 공들여 약을 달인 시간과 그렇게 살아온 세월이 '탕약'에 실린다. "이약을내인 녯사람들"은 그 모든 것을 함축하고 있는 말이다. 탕약으로부터 화자가 보는 것이 탕약을 달이거나 먹으며 살아온 사람들의 세월과 역사이다 보니 그 약사발을 받아든 화자의 "마음은 끝없시 고요하고 또 맑어진다". 끝없이 고요하고 맑아지는 마음은 "녯사람들"이 살아온 세월 앞에서 시적 화자가 느끼는 감정의 상태와 경외의 태도를 드러내는 것이기도 하다.

「가무래기의 樂」에서 "가무럭조개"가 나는 뒷간 거리에 빚을 얻으러

---

17 백석 시의 이런 시간의식에 대해서는 심재휘, 「1930년대 후반기 시 연구―백석·이용악·유치환·서정주 시의 시간의식을 중심으로」, 고려대 박사논문, 1997; 최정례, 『백석 시어의 힘』, 서정시학, 2008 등에서 일찍이 주목한 바 있다.

왔다가 못 얻고 돌아가는 화자의 심리 상태는 처음에는 '춥다'는 온도 감각으로 그려진다. 그리고 그런 화자의 심리 상태에 '가무래기'가 동조하는 것으로 그려진다. 이렇게 추운 화자의 마음의 상태는 이내 전환된다. 추운 거리의, 그중에서도 추운 응달쪽을 걸어가면서 화자의 마음은 '그 무슨 기쁨에 우쭐댄다'. 비록 빚을 얻는 데는 실패했지만 "이못된놈의 세상"과 타협하지 않고 "맑고 가난한 친구"인 '가무래기'와 같은 편에 기꺼이 서서 추운 거리를 지나온 것을 기뻐하며 우쭐대는 것이다. 백석의 시에서 그리는 '내 마음'의 상태는 이와 같이 세상의 세속적인 가치에 물들지 않은 긍정적인 가치의 자리에 놓인다.

> 이 山골에 들어와서 이 木枕들에 새깜아니때를 올리고간 사람들을 생각한다
> 그사람들의 얼골과 生業과 마음들을 생각해본다
>
> ─「山宿-山中吟」 부분, 『朝光』 4-3, 1938.3, 202쪽(강조는 인용자)

「산숙」에서 국숫집을 겸한 여인숙에 든 화자는 구석에 있는 목침들을 베어 보다가 '이 木枕들에 새까마니 때를 올리고 간 사람들'을 생각한다. 사물을 통해 그 사물을 지나간 세월과 사물에 얽힌 사연을 떠올리다가 자연스럽게 "그사람들의 얼골과 生業과 마음들"을 생각해 보는 데 이르게 된다. 여기서 '얼굴'과 '생업'과 '마음'이 나란히 놓인다는 사실과 '마음'에 '-들'이라는 복수형 접미사가 붙은 점에 주목할 필요가 있다. 백석은 추상적인 성격을 지니는 명사 '마음'을 '얼굴'이나 '생업' 같은 구체적인 명사와 나란히 놓음으로써 '마음'에 구체성을 부여하고자 한 것으로 보인다. 여기에 복수형 접미사 '-들'을 붙임으로써

'마음'을 셀 수 있는 명사처럼 활용하고 있는데 이 또한 마음의 추상성을 구체성으로 전환하는 역할을 한다.

수박씨 호박씨를 입에 넣는 마음은

참으로 철없고 어리석고 게으른 마음이나

이것은 또 참으로 밝고 그윽하고 깊고 무거운 마음이라

이마음안에 아득하니 오랜 세월이 아득하니 오랜 지혜가 또 아득하니 오랜 人情이 깃들인 것이다

泰山의 구름도 黃河의 물도 옛님군의 땅과 나무의 덕도 이마음안에 아득하니 뵈이는것이다

— 「수박씨, 호박씨」 부분, 『人文評論』 9, 1940.6, 34~35쪽

이리하여 ½±은 밭을 주어 마음이 한가하고

나는 밭을 얻어 마음이 편안하고

— 「歸農」 부분, 『朝光』 7-4, 1941.4, 118~119쪽

대대로 나며 죽으며 죽으며 나며 하는 이 마을 사람들의 으젓한 마음을 지나서 텁텁한 꿈을 지나서

— 「국수」 부분, 『文章』 3-4, 1941.4, 162~164쪽

너는 오늘아츰 무엇에 놀라서 우는구나

분명코 무슨 거즛되고 쓸데없는것에 놀라서

그것이 네 맑고 참된 마음에 분해서 우는구나

(…중략…)

네 소리에 내 마음은 반끗히 밝어오고 또 호끈히 더워오고 그리고 즐거워온다

— 「촌에서 온 아이」 부분, 『文章』 3-4, 1941.4, 168~169쪽

이리하야 어쩐지 내마음은 갑자기 반가워지나

그러나 나는 조금 무서웁고 외로워진다

그런데 참으로 그 殷이며 商이며 越이며 衛며 晉이며하는나라사람들의 이

후손들은

얼마나 마음이 한가하고 게으른가

(…중략…)

나는 이렇게 한가하고 게으르고 그러면서 목숨이라든가 人生이라든가 하

는 것을 정말 사랑할줄아는

그 오래고 깊은 마음들이 참으로 좋고 우럴어진다

— 「常塘에서」 부분, 『人文評論』 16, 1941.4, 26~27쪽

그러면서 이 마음이 맑은 넷 詩人들은

(…중략…)

내쓸쓸한 마음엔 작고 이 나라의 넷詩人들이 그들의 쓸쓸한 마음들이 생각난

다

내 쓸쓸한 마음은 아마 杜甫나 李白같은 사람들의 마음인지도 모를것이다

아모려나 이것은 넷투의 쓸쓸한 마음이다

— 「杜甫나李白같이」 부분, 『人文評論』 16, 1941.4, 28~29쪽

마음이 가난한 낯설은 마람에게 수백량돈을 거저 주는 그 인정을 그리고 또
그 말을
마람은 모든것을 다 잃어벌이고 넋하나를 얻는다는 크나큰 그말을

— 「許俊」 부분, 「文章」 2-9, 1940.11, 106~109쪽(강조는 인용자)

앞서 살펴본 『사슴』 수록시 「광원」에서는 '마음'이 '경편철도'의 움직임에 생명과 느리고 한가로운 이미지를 불어넣는 정도의 역할밖에 하지 않았지만, 『사슴』 이후의 시들에서는 '마음'의 용법이 좀 더 분명한 색깔을 지니기 시작한다. '마음'은 백석의 시에서 어떤 기분이나 심리의 상태를 나타내는 추상적인 말로 주로 쓰이는데, '마음'을 수식하거나 '마음'과 함께 쓰이는 말들을 살펴보면 어질고 고요하고 맑고 그윽하고 깊고 무겁고 오래고 의젓한 상태가 '마음'을 주로 수식하고 있음을 알 수 있다. 이런 말들은 백석의 시에서 대개 긍정적인 함의를 지닌다.

「수박씨, 호박씨」에서 "철없고 어리석고 게으른 마음"이 등장하지만 이 또한 부정적인 의미로 쓰인 것은 아니다. "철없고 어리석고 게으른 마음"은 이내 "참으로 밝고 그윽하고 깊고 무거운 마음"이라는 긍정적인 가치로 전환된다. 가볍고 빠르게 시류에 영합하는 근대적이고 물질적인 가치에 대해 지속적으로 부정적 태도를 보여 온 백석의 시에서 '철없고 어리석고 게으른 마음'은 '밝고 그윽하고 깊고 무거운 마음'이라는 긍정적인 가치를 획득하게 된다.

「杜甫나李白같이」에 나오는 '쓸쓸한 마음' 또한 백석의 시에서 화자 '나'의 심리 상태를 가리키는 말로 자주 쓰였는데, 그것은 '가난하고

외롭고 높'은 마음과 유사한 계열에 놓이는 말로 백석이 시인으로서의 자신의 정체성을 드러낼 때 주로 사용하곤 했다. 이 시에서도 타관에서 명절을 맞는 쓸쓸함을 오래 전 두보와 이백이 경험했을 쓸쓸한 마음에 견주어 봄으로써 두보와 이백과 나란한 자리에 자신을 놓고자 하는 시인으로서의 자의식을 드러낸다. '쓸쓸한 마음'은 일제 말에 식민지 조선의 시인으로서 백석이 느꼈던 상실감을 잘 드러내주는 말로 볼 수 있다. 이 쓸쓸한 마음이 '넷투의' 쓸쓸한 마음이라는 데도 주목할 필요가 있다. 객지에서 쓸쓸함을 느끼는 화자의 마음을 '넷투의' 것이라고 봄으로써 그의 마음이 향하는 방향을 과거의 시계로 돌려놓은 점에서 과거의 시간에 긍정적 가치를 불어넣으려는 백석의 지향을 확인할 수 있기 때문이다.

그런가 하면 「許俊」에 나오는 '마음이 가난한' 사람이라는 표현에서는 기독교의 흔적이 느껴지기도 한다. 신약성서 마태복음에 나오는 "마음이 가난한 자는 복이 있나니, 천국이 저희 것이요"라는 구절을 강하게 연상시키는 이런 표현은 백석의 시에서 자주 출현한다고 볼 수는 없지만 오산학교를 다닌 그의 행적과 관련지어 살펴볼 필요가 있을 것으로 보인다.[18] 오산학교는 1907년 12월 평북 정주군에 남강 이승훈이 민족정신의 고취와 인재양성에 뜻을 두고 설립한 학교로 기독교 정신을 교육의 주지로 삼아 민족교육사에 공헌한 학교였다. 당시 오산학교에서는 성경 및 수신修身 과목을 교육 과정에 포함시켰는데 백석이 즐

---

18 백석 시에 나타난 기독교적 영향의 흔적에 대해서는 이경수, 「백석 시에 나타난 문화의 충돌과 습합」, 『한국시학연구』 23, 한국시학회, 2008, 7~33쪽에서 부분적으로 언급한 바 있다.

겨 사용한 시어 '마음'에서는 이러한 영향의 흔적이 감지된다. 백석 시에서는 '마음이 가난'하다는 것 또한 세속적 가치에 영합하지 않는 태도를 가리킨다는 점에서 자기 성찰적 의미를 지닌다고 볼 수 있다.

백석의 시에서 '마음'은 느낌, 기분, 감정, 심리 등을 나타내는 지시 불투명성의 언어라는 점에서는 김영랑 시에 쓰인 마음과 유사한 계열에 놓이는 말로 볼 수 있지만, 어질고 고요하고 맑고 한가롭고 평안한 마음의 상태를 선호한 백석 시의 태도에서는 '마음'을 다스리는 것을 중시한 유교 심학의 영향의 흔적을 읽어낼 수 있을 것으로 보인다. 자기강화적 방식, 자기교정적 방식, 자기생산적 방식을 세워서 성인의 인격을 성취하도록 해주는 가장 중요하고도 핵심적인 도구이자 주체로 心을 설정한 유교 심학[19]에서도 자기 수양을 중요하게 여겼던 것처럼 백석의 시에서도 '마음'은 시인 자신의 내면에 대한 성찰을 바탕으로 하고 있다. 백석이 '가슴'이라는 시어를 '마음'과 어떻게 구별해서 사용하는지 살펴보면 이는 좀 더 분명히 드러난다.

이즉하니 물기에 누굿이젖은 왕구새자리에서 저녁상을받은 가슴앓는사람
은 참치회를먹지못하고 눈물겨웠다

— 「柿崎의 바다」 부분, 『사슴』, 58~59쪽

나는 이 털도 안뽑은 도야지 고기를 물구림이 바라보며
또 털도 안뽑는 고기를 시껌언 맨모밀국수에 언저서 한입에 끌꺽 삼키는

---

19 유권종, 앞의 글, 28~29쪽.

사람들을 바라보며

　나는 문득 가슴에 뜨끈한것을 느끼며

　小鵬林氏을 생각한다 厲鵑氏人氏을 생각한다

—「北新 — 西行詩抄(二)」부분, 『朝鮮日報』, 1939.11.9, 3면

그리고 이 세상을 살어가는데

내 가슴은 너무도 많이 뜨거운것으로 호젓한것으로 사랑으로 슬픔으로 가득찬다

—「흰 바람벽이 있어」부분, 『文章』3-4, 1941.4, 165~167쪽

내 가슴이 꽉 메어 올 적이며,

내 눈에 뜨거운 것이 핑 괴일 적이며,

또 내 스스로 화끈 낯이 붉도록 부끄러울 적이며,

나는 내 슬픔과 어리석음에 눌리어 죽을 수 밖에 없는 것을 느끼는 것이었다.

—「南新義州 柳洞 朴時逢方」부분, 『學風』1-1, 1948.10, 104~105쪽(강조는 인용자)

　인용한 시들을 살펴보면 백석의 시에서 '가슴'은 '마음'보다 훨씬 더 감상성을 드러내는 말로 쓰였음을 알 수 있다. 백석의 시에서 '가슴'은 화자의 어떤 기분이나 감정 상태를 나타낼 때 쓰인다는 점에서는 '마음'과 유사하지만, 대개 '가슴'은 눈물이나 물기를 동반한다. '가슴'은 신체의 일부를 가리키기도 하는 말로 백석 시에서도 좀 더 물리적인 실체를 지니는 말이며, 그러면서도 화자의 기분이나 감정 상태를 가리킬 때 주로 쓰인다. 즉, '가슴'은 '마음'보다 더 구체적이지만 더 감정적인 말이다.

이렇게 볼 때 백석은 '마음'과 '가슴'을 구별해서 썼으며, '마음'이라는 시어를 사용할 때는 주로 유교 심학에서 말하는 마음을 다스리는 행위를 염두에 두었던 것으로 짐작된다. 이러한 마음의 용법에는 앞에서 살펴본 것처럼 오산학교에서 받은 기독교 교육의 영향도 어느 정도 작용했을 것으로 추정할 수 있을 것이다. 따라서 백석의 '마음'은 '가슴'보다 추상적으로 쓰이면서도 특정한 가치를 담아낼 수 있었던 것으로 보인다.

2) '마음'의 신체화와 공간적 은유

백석 시에서 '마음'은 공간적으로 상상된다. 마음을 대상화하거나 복수형이 있는 셀 수 있는 대상으로 생각하거나 무언가를 담을 수 있는 용기容器로 상상하거나 '오래고 깊다'는 수식어들을 통해 마음의 지층을 상상하는 방식으로 백석 시의 '마음'은 형상화된다. 이는 이전의 시에서는 볼 수 없었던 백석만의 독특한 '마음'에 대한 용법이라고 할 수 있다.

'마음'이라는 추상적인 시어를 공간적으로 상상하여 구축한 이러한 특징은 백석의 시에서 개성적으로 발견되는 것이다. 이 장에서는 레이코프와 존슨의 은유 이론이 백석 시에 나타난 '마음'의 형상화 방식을 분석하는 데 유용할 것이라는 판단 하에 레이코프와 존슨의 은유 개념을 활용하고자 한다.

> 어진 사람이 많은 나라에 와서
> 어진 사람의 즛을 어진사람의 마음을 배워서
> 수박씨 닦은것을 호박씨 닦은것을 입으로 앞니빨로 밝는다

수박씨 호박씨를 입에 넣는 마음은

참으로 철없고 어리석고 게으른 마음이나

이것은 또 참으로 밝고 그윽하고 깊고 무거운 마음이라

이마음안에 아득하니 오랜 세월이 아득하니 오랜 지혜가 또 아득하니 오

랜 人情이 깃들인것이다

泰山의 구름도 黃河의 물도 옛넘군의 땅과 나무의 덕도 이마음안에 아득하

니 뵈이는것이다

이 적고 가부엽고 갤족한 히고 깜안 씨가

조용하니 또 도고하니 손에서 입으로 입에서 손으로 올으날이는 때

벌에 우는 새소리도 듣고싶고 거문고도 한곡조 뜯고싶고 한 五斗말 남기

고 函谷關도 넘어가고싶고

기쁨이 마음에 뜨는 때는 히고 깜안 씨를 앞니로 까서 잔나비가 되고

근심이 마음에 앉는때는 히고 깜안 씨를 혀끝에 물어 까막까치가 되고

어진 사람이 많은 나라에서는

五斗米를 벌이고 버드나무아래로 돌아온 사람도

그 넓차개에 수박씨 닦은것은 호박씨 닦은것은 있었을것이다

나물먹고 물마시고 팔벼개하고 누었든 사람도

그 머리 맡에 수박씨 닦은것은 호박씨 닦은것은 있었을것이다.

— 「수박씨, 호박씨」 전문, 『人文評論』 9, 1940.6, 34〜35쪽

레이코프와 존슨은 "은유의 본질은 한 종류의 사물을 다른 종류의

사물의 관점에서 이해하고 경험하는 것"[20]이라고 보았다. "공간화 은유는 물리적·문화적 경험에 뿌리박고 있"으며, "은유는 어떤 개념을 오직 은유의 체험적 근거에 의해서만 이해하기 위한 매체의 역할을 한다"[21]고 본 것이다. 레이코프와 존슨에 따르면 '마음'은 실제로 신체화되어 있다. "마음과 몸은 분리할 수 없다." "마음은 우리가 우리의 경험과 관련시키기 위해 불러오는 어떤 신비로운 추상적 개체가 아니다. 오히려, 마음은 우리 자신과 이 세계와의 상호작용에 대한 바로 그 구조 자체의 일부이다."[22]

인용한 시에서 백석은 "수박씨 호박씨를 입에 넣는 마음"을 "밝고 그윽하고 깊고 무거운" 마음으로 형상화하고 있다. 추상적인 마음에 밝기와 깊이와 무게를 불어넣어 마음을 신체화[23]하고 있는 것이다. '마음' 같은 추상적인 시어에 구체성을 불어넣기 위해서는 밝기와 깊이와 무게를 부여해야 한다는 것을 백석은 직관적으로 알고 있었던 것으로 보인다.

이 시의 화자는 남의 나라에 와서 수박씨, 호박씨를 앞니로 발라 먹는 그 나라의 풍습을 따르고 있다. 화자에게는 익숙하지 않을 낯선 풍습을 따르면서 화자는 그것에 대해 거부감이나 이질감을 느끼기보다는 "어진 사람의 즛을 어진사람의 마음을 배워서" 수박씨, 호박씨를 입으로 앞니로 발라 먹고 있다고 다소 신기해하며 말한다. 눈여겨보아야 할 것은 수박씨, 호박씨를 발라 먹는 행위에서 화자는 그런 행위를

---

20 G. 레이코프·M. 존슨, 노양진·나익주 역, 『삶으로서의 은유』(수정판), 박이정, 2009, 24쪽.
21 위의 책, 47~48쪽.
22 G. 레이코프·M. 존슨, 임지룡·윤희수·노양진·나익주 역, 『몸의 철학』, 박이정, 2011, 390쪽.
23 피터 스톡웰, 이정화·서소아 역, 『인지시학개론』, 한국문화사, 2009, 57쪽.

하는 사람들의 '마음'을 유추해 낸다는 것이다. 그것은 '어진 사람의 짓'에서 '어진 사람의 마음'으로, 그리고 이내 "참으로 철없고 어리석고 게으른 마음"으로 형상화된다. 그러나 "참으로 철없고 어리석고 게으른 마음"은 이 시에서 부정적인 가치로 그려지지 않는다. 그것은 앞서 제시된 '어진 마음'의 다른 표현이자 "참으로 밝고 그윽하고 깊고 무거운 마음"과 나란히 놓이는 마음이다.

백석 시에서 '마음'이라는 추상적인 시어가 구체성을 획득하는 과정은 주목을 요한다. '마음'에 밝기와 깊이와 무게를 불어넣음으로써 백석의 시가 '마음'을 신체화하고 있기 때문이다. 레이코프와 존슨의 은유 구조 이론에 따르면 백석은 추상적인 '마음'을 신체화함으로써 '마음'에 구체성을 불어넣고 있다고 볼 수 있다. 레이코프와 존슨은 "은유적 의미는 궁극적으로 우리의 신체화된 경험 안에서의 상관관계로부터 발생하는 개념적인 은유적 사상에 의해 주어진다."[24]고 본다. 이어지는 행에서 백석은 마음에 대한 공간적인 은유를 보여준다. "마음안"을 상상한다는 것은 마음을 공간적으로 인식하고 있다는 것이다. "아득하니 오랜 세월"과 '아득하니 오랜 지혜'와 "아득하니 오랜 人情"이 깃들일 수 있으려면 '마음'은 그 크기와 넓이와 깊이가 상당해야 할 것이다. 백석 시에 쓰인 '마음'은 이렇게 무언가를 담아내는 용기容器로 은유된다. 이 마음의 용기는 그 다음 행에 가서는 "泰山의 구름도 黃河의 물도 옛님군의 땅과 나무의 덕"까지도 "이마음안에 아득하니" 보일 정도로 확장되기에 이른다. 이렇게 신체화되고 공간화된 '마음'은 백석 시

---

24 G. 레이코프·M. 존슨, 노양진·나익주 역, 앞의 책, 381쪽.

에서 감정의 구체성을 획득하는 데 이르게 된다.

이리하야 어쩐지 내마음은 갑자기 반가워지나

그러나 나는 조금 무서웁고 외로워진다

그런데 참으로 그 殷이며 商이며 越이며 衛며 晋이며하는나라사람들의 이

후손들은

얼마나 마음이 한가하고 게으른가

더운물에 몸을 불키거나 때를 밀거나 하는것도 잊어벌이고

제 배꼽을 들여다 보거나 남의 낯을 처다 보거나 하는것인데

이러면서 그 무슨 제비의 춤이라는 燕巢湯이 맛도있는것과

또 어늬바루 새악씨가 곱기도한것 같은것을 생각하는것일것인데

나는 이렇게 한가하고 게으르고 그러면서 목숨이라든가 人生이라든가 하

는것을 정말 사랑할줄아는

그 오래고 깊은 마음들이 참으로 좋고 우럴어진다

그러나 나라가 서로 달은 사람들이

글세 어린 아이들도 아닌데 쪽발가벗고 있는것은

어쩐지 조금 우수웁기도하다

— 「澡塘에서」 부분, 『人文評論』 16, 1941.4, 26~27쪽

백석의 만주 체험이 반영되어 있는 이 시에서는 이국의 공중목욕탕
에서 느끼는 화자의 복잡한 감정을 그리고 있다. 처음에는 서로 국적도
언어도 다른 사람들이 똑같이 발가벗고 목욕을 하고 있는 상황을 신기
해하고 다소 우습다고 생각하는 화자의 관찰자적 시선이 이어지다가

인용한 부분에서는 그런 상황에서 유발되는 복잡한 마음을 표현한다. 반가움과 무서움과 외로움이라는 감정이 그의 마음속에 공존하게 된다. 이것은 하나의 색깔로는 표현할 수 없는 복잡한 감정이었을 것이다. 화자와 함께 목욕탕에 들어앉아 있는 "殷이며 商이며 越이며 衛며 晉이며하는나라사람들의 이 후손들"의 마음을 그릴 때도 이런 태도는 유지된다. 그들의 마음은 한가하고 게으르고 목숨이나 인생을 사랑할 줄 아는 "오래고 깊은 마음들"로 그려진다. 시간과 깊이를 품은 지층을 가진 공간으로 그들의 마음이 은유된 것이다. 하나의 감정으로 표현할 수 없는 복잡한 층위의 감정을 표현하기 위해 백석은 마음을 지층을 가진 공간으로 은유한다.

흔히 '만주시편'이라고 일컬어지는 일제 말기에 쓰인 백석의 시에서는 이렇게 마음을 신체화하거나 공간화하는 은유가 집중적으로 쓰인다.

4. 분단 이후 시의 '마음'의 형상화 방식과 의미

1) '마음'의 관용적 용법과 유형화된 주제

'마음'의 용법에 다시 변화가 오는 것은 분단 이후의 백석 시에서이다. 분단 이후 북한에서 쓴 백석 시에서도 '마음'은 여전히 자주 출현한다. 46편의 백석 북한시 중 20편의 시에서 '마음'이라는 시어가 출현하니 그 사용 빈도가 상당히 높다고 할 수 있다. 한 편의 시에서 여러 번 '마음'이 출현하는 경우도 어렵지 않게 찾아볼 수 있어서 백석의 북한시에서 '마음'이 출현한 횟수는 52회에 이른다. '마음'이 등장하는

20편의 시 중 동화시와 동시가 8편, 나머지의 경우가 12편이니 북한시에서도 꾸준히 '마음'이라는 시어를 사용했음을 알 수 있다. 흥미로운 것은 '마음'의 용법이 북한시에 가서 다시 평면적이 된다는 것이다.

오징어 마음먹었네— / (…중략…) / 분한 마음 참으며

— 「오징어와 검복」[25] 부분, 『집게네 네 형제』, 14~22쪽

가난하나 마음 착한

— 「개구리네 한솥 밥」 부분, 『집게네 네 형제』, 23~35쪽

슬프고 분한 마음 / (…중략…) / 평안히 마음 놓고

— 「산골총각」 부분, 『집게네 네 형제』, 43~54쪽

마음도 같아, / (…중략…) / 마음먹었네. / (…중략…) / 그들의 마음 / 꿋꿋들도 해 / (…중략…) / 그 마음들 깊어서 치솟았네 / (…중략…) / 그때엔 몸과 마음 / 바쳐 나가자! / (…중략…) / 나라 위해 몸과 마음 바쳐 일하네

— 「나무 동무 일곱 동무」 부분, 『집게네 네 형제』, 67~83쪽

기쁜 마음 못 이겨 / (…중략…) / 아름다운 마음! / (…중략…) / 아름다운 마음인

— 「준치가시」 부분, 『집게네 네 형제』, 93~96쪽(강조는 인용자)

---

25 백석, 『집게네 네 형제』, 조선작가동맹출판사, 1957, 14~22쪽. 이하 '「작품명」, 『집게네 네 형제』, 쪽수'만 표기한다.

동화시집『집게네 네 형제』 수록시 중 '마음'이 등장하는 시만을 추려본 것이다. 분단 이후 쓴 백석의 동화시에서도 '마음'이라는 시어는 여전히 자주 출현하지만 분단 이전의 시에 비해서는 훨씬 더 일상적인 용법으로 '마음'이 쓰였음을 알 수 있다. "마음먹었네"처럼 관용어로 흔히 쓰이는 표현이 쓰이기도 하고, '마음 착한', '몸과 마음 바쳐 일하네'처럼 일상어에서 흔히 쓰이는 표현이 쓰이기도 하고, '슬프고 분한 마음', '기쁜 마음'처럼 감정을 나타내는 수식어와 함께 쓰이기도 한다. '마음'을 신체화하거나 공간화하던 백석 시 특유의 용법이 사라지고 그 자리를 일상적이고 평범한 표현이 대신하게 된다.

몇 가지 눈여겨볼 점이 있는데, 우선 분단 이전의 백석 시에서는 좀처럼 등장하지 않던 '분한 마음'이라는 표현이 이 시기 시에서 종종 등장한다는 것이다. 선악의 대립 구도가 비교적 분명한 동화시들에서 억울하거나 부당한 일을 당하는 인물이나 존재가 품게 되는 감정이 대개 '분한 마음'으로 표현되는데, 이는 상황을 타개하려는 행동을 동반한다는 점에서 적극적인 마음의 상태를 드러낸 것이라고 볼 수 있다. 또한 화자가 제3자의 마음의 상태에 대해 '아름다운 마음'이라고 지칭하는 표현이 종종 쓰이는데 여기에는 화자의 긍정적인 가치 평가가 개입해 있는 것으로 보인다. '몸과 마음'이 나란히 쓰이기 시작한 점도 눈여겨볼 필요가 있다. 분단 이전의 백석 시에서 마음을 신체화하려는 경향이 나타났다면, 분단 이후의 백석 시에서는 '몸과 마음'을 나란히 놓는 표현이 눈에 띈다. 여기서 '몸과 마음'은 나라를 위한다는 하나의 목표를 향해 동원되는 존재로 그려진다는 점이 특징적이다.

송아지들은 모두 한데 모여서 한마음으로 자니까요.

송아지들은 어려서부터도 원쑤에게 마음을 놓지 않으니까요.

— 「송아지들은 이렇게 잡니다」 부분, 『아동문학』, 1960.5, 48~49쪽

그 불'덩이 같이 뜨거운 마음들로 하여

(…중략…)

그 따스한 마음과 높은 뜻을

— 「석탄이 하는 말」 부분, 김광혁 편, 『새날의 노래』, 아동도서출판사, 1962, 42~44쪽

그 마음으로 뜨겁게 하네.

— 「사회주의 바다」 부분, 『새날의 노래』, 47~49쪽(강조는 인용자)

인용한 시에서는 대체로 일상적이고 관용적인 용법으로 '마음'이라는 시어가 쓰였다. 동시 「송아지들은 이렇게 잡니다」에서는 한데 모여서 자면서 적으로부터 자신들을 방어하는 송아지들의 모습을 그릴 때 '한마음으로' 잔다고 표현한다. 분단 이전의 백석 시가 이질적인 존재들의 평화로운 공존을 종종 노래했음을 기억한다면 잘 때조차 일사불란함을 잃지 않으려 하는 이 시와 얼마나 먼 거리를 지니게 되었는지 짐작할 수 있을 것이다. 아이들을 독자로 상정한 동시에서 '한마음'과 적에게 방심하지 않는 태도를 지닐 것을 교훈적으로 제시하고자 한 의도도 엿보인다.

『새날의 노래』라는 동시집에 실린 동시 「석탄이 하는 말」과 「사회주의 바다」에도 '마음'이 등장한다. 「석탄이 하는 말」에서는 "그 불'덩이

같이 뜨거운 마음들로 하여", "그 따스한 마음과 높은 뜻을"이라는 구절에서 '마음'이 쓰였고 「사회주의 바다」에서는 "그 마음으로 뜨겁게 하네"에서 쓰였는데 마음에 온도 감각을 부여하려 한 점은 눈여겨볼 수 있지만 이 또한 백석만의 새로운 표현이라고 보기는 어렵다. '뜨거운 마음'은 열정을 드러낼 때, '따스한 마음'은 마음의 온기를 드러낼 때 흔히 쓰이는 표현이라고 할 수 있다. 사회주의 건설에 이바지하는 마음을 드러낼 때 뜨겁고 따뜻한 온도 감각을 나타내는 말이 주로 선택되었던 것으로 보인다.

분단 전 시에서 무언가를 담을 수 있는 용기나 지층을 가진 공간으로 은유되었던 '마음'은 분단 이후의 북한시에서 와서 그 공간적 깊이와 지층을 상실한 채 평면적인 표현으로 전환된다. 이제 '마음'은 개인의 정서를 드러내는 데서 그치지 않고 특정한 목적을 위해 복무하는 것이 됨으로써 북한 시의 유형화된 주제를 효과적으로 드러내는 데 기여하게 된다.

2) '붉은 마음'과 사회주의의 열망

분단 이후의 백석 시에서도 '마음'이라는 시어의 출현 빈도는 줄어들기는커녕 오히려 늘어나는 추세를 보이지만, 분단 이전 시에서 구축한 '마음'의 독특한 용법은 대부분 사라지고 만다. 이 시기에 발표된 백석의 북한시에서도 마음의 상태를 나타내거나 마음의 소유주를 나타내는 표현과 '마음'이라는 시어가 함께 쓰인 경우가 많아서 출현 환경에 큰 변화가 있었다고 보기는 어렵다. 그러나 '마음'의 형상화 방식과 그것이 자아내는 효과는 크게 변화한다. 이 시기의 시에 오면 일상적이고 관용적인 '마음'의 용법이 백석 시에서 주를 이루게 되고, 마음의 상태를 나타내는 표현도 단순하고 평범해진다. 다만, '붉은 마음'이라는 표현이 자주 등장하는 점은 눈여겨볼 필요가 있어 보인다.

붉은 마음들 붉게 핀 이 골안에선 / (…중략…) / 그 붉은 마음들은

— 「이른 봄」 부분, 『조선문학』, 1959.6, 7~8쪽

그러나 한 번식돈 관리공의 성실한 마음 이것으로 다 못 해 / (…중략…) // 온 마음 기울여 일하는 한 젊은 관리공의 / 당 앞에 드리는 맹세로 켜진, 그 붉은, 충실한 마음의 불.

— 「돈사의 불」 부분, 『조선문학』, 1959.9, 87~88쪽

그 작은 붉은 마음 바쳐 온 싸움의 터—

— 「전별」 부분, 『조선문학』, 1960.3, 79~80쪽(강조는 인용자)

동화시나 동시가 아닌 백석의 북한시에서 '마음'이 쓰일 때에도 관용적이고 일상적인 용법으로 쓰인 경우가 많았지만, 위의 인용시들에서처럼 북한문학의 유형화된 주제를 드러내는 상투어들이 쓰인 경우도 제법 발견된다. 특히 "붉은 마음"은 분단 이전의 백석 시에서는 찾아보기 어려운 표현으로 사회주의의 이상을 상투적으로 드러내는 표현이라고 할 수 있다. 분단 이전의 백석 시에서 마음을 색채어로 표현한 예는 좀처럼 찾아보기 어렵다. 백석 시의 주체가 자신의 가난하고 쓸쓸한 상태를 드러내고자 할 때 '흰색'을 즐겨 사용하기는 했지만 '마음'을 수식하는 색채어로 직접 흰색을 사용해 '흰 마음'이나 '하얀 마음'과 같이 표현한 경

우는 발견되지 않는다. 이렇게 볼 때 '붉은 마음'이라는 표현이 고빈도로 사용된 것은 의미 있는 변화이자 두드러진 특징이라고 할 수 있다. 사회주의의 이상을 향한 강한 열망을 나타낼 때 당시 북한 문학에서 상투적으로 쓰이던 '붉은 마음'이 백석 시에서도 차용된 것으로 보인다. 이는 오래 전부터 쓰이던 '丹心'에서 온 말이기도 해서 그 상투성이 좀 더 강화된다고 볼 수 있다.

> 더 좋은 것 없다는 이 처녀의 마음.
>
> — 「갓나물」 부분, 『조선문학』, 1959. 6. 9쪽

> 그 마음들 이대도록 평안하구나,
>
> 새로운 동지의 사랑에 취하였으매
>
> 그 마음들 이대도록 즐거웁구나.
>
> — 「공동 식당」 부분, 『조선문학』, 1959. 6. 9~10쪽(강조는 인용자)

「갓나물」에 등장하는 '처녀의 마음'도 개인적인 감정이라기보다는 '제 고장'의 갓나물을 아끼는, 민청상을 받고 돌아온 처녀의 아름다운 마음을 예찬함으로써 사회주의의 희망 찬 미래를 보여주기 위한 것에 가깝다고 보아야 할 것이다. 「공동 식당」에 등장하는 평안하고 즐거운 마음도 개인적인 감정을 지칭한 것이기보다는 함께 노동하고 함께 음식을 나누는 공동 식탁의 기쁨을 표현한 감정으로, 사회주의의 이상이 반영된 표현이라고 볼 수 있다. 사적인 감정의 자리조차 공적인 감정이 대신하게 되는 변화를 이 시기 백석의 북한시에 나타난 '마음'의 용법

의 변화를 통해서도 짐작하게 된다. 백석의 북한시에서는 분단 이전의 백석 시에서 찾아볼 수 있었던, 깊이와 무게를 지닌 공간적 지층으로서의 '마음'의 용법을 더 이상 찾아보기 어려워진다.

5. '마음'의 상태를 표현하는 형용사들의 활용과 의미 변화

앞에서 살펴보았듯이 백석 시에서 '마음'이라는 시어는 추상성을 띠면서도 이전의 한용운이나 김영랑의 시에 쓰인 '마음'과는 다른 개성적인 용법과 의미를 획득하고 있었던 것으로 보인다. 백석의 시에는 마음의 상태를 나타내는 형용사들이 비교적 많이 쓰였고 특히 특정 형용사들이 선호되었으므로, 이런 형용사들의 쓰임을 함께 살펴볼 때 백석 시에 쓰인 마음의 작용과 의미가 좀 더 분명히 드러날 수 있을 것이다.

백석의 분단 이전 시에 쓰인 형용사들 중에서 화자의 마음 상태를 표현하는 형용사는 꽤 높은 비중을 차지한다. 그중 출현 빈도가 높은 형용사만을 추리면, 가난하다(14회), 무섭다(18회), 서럽다(9회(섧다 1회)), 슬프다(6회(서글프다 2회)), 쓸쓸하다(21회), 아득하다(11회), 외롭다(5회), 좋다(27회), 즐겁다(12회), 희다(16회), 싶다(22회) 등이 있다.[26] 특히 백석 시의 경우에는 '가난하다'와 '희다'처럼 일반적으로 마음의 상태를 나타내는 형용사가 아닌 말들도 화자의 마음의 상태를 표현할 때 사용되는 특성을 보인다. 이 중 '가난하다', '무섭다', '슬프다', '쓸쓸하다', '희다'에 대해서는

---

26 박순원, 앞의 글, 113~115쪽. 박순원 논문의 부록 '백석 시의 시어 목록'에서 화자의 마음 상태를 나타내는 형용사만 추려 필자가 재구성해 본 것이다.

그 시어가 지니는 의미에 대한 선행 연구가 이미 이루어지기도 했다.[27]

어니젠가 새끼거미쓸려나간곧에 큰거미가왔다
나는 가슴이짜릿한다
나는 또 큰거미를쓸어 문밖으로 벌이며
찬밖이라도 새끼있는데로가라고하며 설어워한다

이렇게해서 아린가슴이 싹기도전이다
어데서 좁쌀알만한 알에서 가제깨인듯한 발이 채 서지도 못한 무척적은
새끼거미가 이번엔 큰거미없서진곧으로와서 아믈걸인다
나는 가슴이 메이는듯하다
내손에 올으기라도하라고 나는손을내어미나 분명히 울고불고할 이작은
것은 나를 무서우이 달이나벌이며 나를서럽게한다
나는 이작은것을 곻이 보드러운종이에받어 또 문밖으로벌이며
이것의엄마와 누나나 형이 가까이이것의걱정을하며있다가 쉬이 맞나기
나했으면 좋으렸만하고 슳버한다

— 「修羅」 부분, 『사슴』, 48~50쪽

어늬아츰 게집은
머리에 묵어운 동이를 이고

---

27 이경수, 「1930년대 후반기 시에 나타난 '가난'의 의미」, 『현대문학의 연구』 32, 한국문
학연구학회, 2007, 165쪽: 고형진, 「'가난한 나'의 무섭고 쓸쓸하고 서러운, 그리고 좋
은」, 『비평문학』 45, 한국비평문학회, 2012: 박순원, 앞의 글.

손에 어린것의 손을끌고

가파러운 언덕길을

숨이차서 올라갔다

나는 한종일 서러웠다

— 「絶望」 부분, 『三千里文學』 2, 1938.4, 40쪽

'서럽다'라는 마음의 상태는 백석의 시에서 대상에 대한 연민의 감정을 나타낼 때 자주 쓰인다. 인용한 시에서도 '설어워한다', '서럽게한다', '서러웠다' 등의 형태로 서러움의 감정이 등장하고, 그 밖에도 '가슴이 짜릿한다', '가슴이 메이는 듯하다', '슳버한다' 등의 표현을 통해 마음 아파하는 화자의 심리 상태를 드러낸다. 어미와 떨어져 낯선 곳에서 헤매고 있는 새끼거미와 새끼를 잃고 찾아 헤매는 어미거미를 보며 화자가 느끼는 서러움과 "가파러운 언덕길"로 비유된 고달픈 노동과 신산한 삶과 마주선 '북관에 계집'을 보고 느끼는 서러움은 본질적으로 다르지 않다. 사람, 동물, 사물을 막론하고 여리고 소박하고 순수한 소외된 타자들에 대해 백석의 시는 연민의 감정을 드러낸다. 대상에 대한 슬프고 서러운 연민의 감정은 소외된 타자들끼리의 소박한 연대로 나아가게 하는 원동력이 되기도 한다.

백석 시에서 화자가 느끼는 감정이지만 '서럽다'와 '슬프다'가 주로 대상에 대한 연민의 마음을 드러내는 형용사로 선택된 것에 비해, '외롭다', '쓸쓸하다', '가난하다', '희다'는 화자의 마음의 상태를 드러내는 말로 주로 쓰인다.

그런데 또 이즈막하야 어늬사이엔가

이 힌 바람벽엔

내 쓸쓸한 얼골을 쳐다보며

이러한 글자들이 지나간다

—나는 이 세상에서 가난하고 외롭고 높고 쓸쓸하니 살어가도록 태어났다

　　그리고 이세상을 살어가는데

　　내 가슴은 너무도 많이 뜨거운것으로 호젓한것으로 사랑

으로 슬픔으로 가득찬다

　　그리고 이번에는 나를 위로하는듯이 나를 울력하는듯이

눈질을하며 주먹질을하며 이런 글자들이 지나간다

—하눌이 이세상을 내일적에 그가 가장 귀해하고 사랑하는것들은 모두

　　가난하고 외롭고 높고 쓸쓸하니 그리고 언제나 넘치는 사랑과 슬픔속에

살도록 만드신것이다

　　초생달과 바구지꽃과 짝새와 당나귀가 그러하듯이

　　그리고 또 「프랑시쓰·쨈」과 陶淵明과 「라이넬·마리아·릴케」가 그러

하듯이

— 「힌 바람벽이 있어」 부분, 『文章』 3-4, 1941.4, 165~167쪽

　선행 연구에서 '흰 바람벽'은 화자의 내면을 스크린처럼 펼쳐 놓은 자의식의 공간으로 분석된 바 있다.[28] 그곳에는 화자가 잃어버린 소중한 존재들과 아끼고 소중히 여기는 존재들이 비친다. 화자의 마음을 형

28　이경수, 앞의 글, 165쪽.

상화해 놓은 '흰 바람벽'을 수식하거나 그 상태를 표현하는 형용사들로 선택된 말들이 '희다', '가난하다', '외롭다', '높다', '쓸쓸하다' 같은 말들이다. 마음을 구체적인 공간으로 형상화해 놓은 '흰 바람벽'과의 대면을 통해 화자는 가난하고 외롭고 높고 쓸쓸한 시인으로서의 자신의 운명을 자각하고 받아들이게 된다. 자기 성찰의 시간을 통해 자각한 가난하고 외롭고 높고 쓸쓸한 마음의 상태는 이 시에서 선택받은 시인의 운명을 가리키는 긍정적인 가치로 표상된다.

화자의 마음 상태를 나타내는 이들 형용사(가난하다, 외롭다, 높다, 쓸쓸하다, 희다)는 시류에 편승하지 않고 일제 말기라는 어두운 시대 상황 속에서도 식민지 조선의 시인으로서 최소한의 자의식과 도덕적 염결성을 지키고자 했던 백석 시의 화자의 마음의 상태를 나타내는 용법으로 주로 선택되어 쓰인다. 외롭고 쓸쓸하고 가난하고 흰 마음의 상태는 백석 시 화자의 자기 성찰적 태도로부터 나온 것으로 볼 수 있을 것이다. 이러한 자기 성찰적 태도는 분단 이후의 백석 시에서는 좀처럼 찾아보기 어려운 것이었는데, 이는 '마음'이라는 시어와 함께 쓰이던 형용사들의 변화와도 맞물려 나타난다. 분단 이전의 시에서 화자의 마음의 상태를 나타내던 형용사들은 분단 이후의 시에서는 자취가 사라지고 그 자리에 주로 '분하다', '착하다', '꿋꿋하다', '기쁘다', '평안하다', '아름답다', '충실하다', '붉다' 등의 형용사가 들어서게 된다. 자기 성찰적 태도는 사라지고 평면적이고 유형화된 감정만이 남게 된 것이다. 이와 함께 시인으로서 백석이 보여주었던 독특한 개성도 더 이상 지속되지 못한다.

6. 백석 시에 나타난 '마음'의 의미

이상에서 살펴본 바와 같이 이 글에서는 먼저 백석 시에 나타난 '마음'의 출현 빈도와 환경을 살펴보고, 백석 시에서 마음이 형상화되는 방식을 분단 이전 시와 분단 이후 시로 나누어 살펴보았다. 그리고 백석 시에서 '마음'을 수식하는 형용사들이 특별하게 쓰인다는 데 착안하여 그 형용사들의 용법을 통해 '마음'의 의미가 백석 시에서 어떻게 구축되고 변화되는지 살펴보고자 했다.

이 글에서 도출된 결론은 다음과 같다. 이 글에서는 백석의 분단 이전 시에 쓰인 '마음'이라는 시어가 '가슴'과 구별되어 사용되었으며 백석 시 전편에 걸쳐 고빈도로 사용되었고 긍정적인 특정한 가치를 드러내는 의미로 쓰였다는 사실에 주목하였다. 마음에 긍정적인 가치를 부여하는 백석 시에서는 마음을 다스리는 것을 중시하는 자기 성찰적 태도가 발견되었다. 그리고 백석 시에서 '마음'이라는 추상적인 시어가 구체성을 획득하는 과정에 주목했다. '마음'에 밝기와 깊이와 무게를 불어넣음으로써 백석의 시가 '마음'을 신체화하고 있다고 보았다. 레이코프의 은유 구조 이론을 활용하여 백석 시에 쓰인 '마음'이 무언가를 담아내는 용기(容器)로 은유되거나 지층을 가진 공간으로 은유되고 있음을 밝혔다. 이렇게 신체화되고 공간화된 '마음'은 백석 시에서 감정의 구체성을 획득하는 데 이르게 된다. 분단 이후의 백석 시에서는 '마음'의 관용적 용법이 두드러지면서 북한 문학의 유형화된 주제를 드러내게 된다. 특히 '붉은 마음'이라는 시어의 조합을 통해 사회주의의 열망을 드러낸다. 또한 백석의 시에는 '마음'의 상태를 표현하는 형용사들이 비중 높게 쓰였는데 그중에서도 '서럽다'와 '슬프다'는 주로 대상에 대한 연민을 드러낼 때 사용되었고, '외롭다', '쓸쓸하다', '가난하다', '희다' 등은 화자의 자기 성찰적 태도를 드러낼 때 쓰였다는 사실에 주목하였다. 분단 이후의 백석 시에서는 '마음'을 수식하는 형용사들에도 변화가 생기면서 결국 자기 성찰적 태도도 사라지게 된다.

이 글은 백석 시에 쓰인 '마음'이라는 시어와 '마음'의 상태를 나타내는 형용사들의 용법과 의미를 살펴보는 과정에서 백석 시의 '마음'을 이해하는 데 동양 문화권에서 '마음'을 이해해 온 방식, 특히 유교의 심학에서 '심心'을 이해한 과정과의 관련 속에서 백석의 '마음'을 규명할 가능성을 발견할 수 있었다. 동양철학적 마음 이해의 이론적 체계를 현대의 인문학적 맥락 속에서 자리매김하고자 하는 최근의 통합 인문학적 연구 동향[29]은 이 글의 문제의식에도 시사하는 바가 크다고 할 수 있다.

---

29 유권종, 「비교인문학의 방법과 방향」, 『철학탐구』 27, 중앙대 중앙철학연구소, 2010, 1~27쪽.

백석의 시와 산문에 나타난 '아이-시인'의 표상

1. '아이-시인'의 표상

백석은 시론이라고 할 만한 글을 남기지 않은 시인으로 알려져 있다.[1] 그는 드물게 시로써만 시를 표현한 시인이었다. 그런데 백석의 시에는 '시인'이 자주 출현한다. 보통명사로서의 '시인'이 시어로 쓰인 것은 물론이고, 두보, 이백, 릴케, 프란시스 잠 등과 같이 구체적인 시인의 이름이 호명되기도 했다. 시인과 거리가 밀착된 화자 '나'가 자주 등장하는『사슴』이후 1948년까지 쓴 백석의 시들 중에는 '시인'이라는 시어를 직접 사용하지 않으면서 시 쓰기 의식을 드러낸 시들도 있었다.[2] 고형진의『백석 시의 물명고-백석 시어 분류 사전』에 따르면 1948년까지의 백석 시에서 '시인'이라는 시어가 등장하는 그의 시는 모두 6편이며 그 목록은 다음과 같다.[3] 비록 시론을 남기지는 않았으나

---

1   시론이라고 할 만한 백석의 산문은 아직 발견되지 않았다. 다만,『만선일보』1940.5.9~10에 연재된「슬픔과 진실-여수 박팔양 씨 시초 독후감」이 백석이 다른 시인의 시에 대해 비평한 유일한 시평이라고 할 수 있다. 분단 이후 재북 시기에 쓴 아동문학 평론의 일부에서 류연옥, 리원우 등의 동시에 대해 비평한 적은 있다.

2   「남신의주유동박시봉방」이 대표적인 시이다.

3   「허준」,「두보나 이백같이」,「촌에서 온 아이」,『『호박꽃초롱』서시」,「흰 바람벽이 있어」,「조당에서」.(고형진,『백석 시의 물명고-백석 시어 분류 사전』, 고려대 출판문화원, 2015, 60쪽)

시인이 등장하는 백석의 시 작품을 통해 시에 대한 백석의 관점을 읽어 낼 수 있다.

백석 시에 등장하는 시인의 표상이나 시 쓰기 의식에 대해 살펴본 선행 연구로는 이기성, 김진희, 남기혁의 연구가 있다. 이기성은 「초연한 수동성과 '운명'의 시쓰기 – 1930년대 후반 백석 시의 자화상」에서 백석의 시에 나타난 운명과 시 쓰기 문제를 중심으로 1930년대 후반 시에서의 시 쓰기에 대한 의식과 자아 발견의 문제를 살펴보면서 백석이 시 쓰기에 대한 사유를 통해 시인으로서의 운명을 수락하게 된다고 보았다.[4] 김진희는 「시인 존재론의 탐구에서 동화시에 이르는 길」에서 시인으로서의 존재론을 탐구하는 백석의 시의식을 낭만주의적 시정신과 상통하는 것으로 분석하면서 이러한 시정신이 해방 이후 북한문단의 도식주의에 문제제기를 하고 동화시를 창작하는 데 자양분이 되었다고 보았다.[5] 남기혁은 「백석의 만주시편에 나타난 '시인'의 표상과 내면적 모럴의 진정성」에서 백석의 만주시편에서 운명론이 형성되는 과정을 살펴보면서 백석이 속물적 가치가 지배하는 현실에 타협하지 않는 '시인 – 표상'을 내세워 새로운 모럴의식의 가능성을 보여주었다고 보았다.[6] 이상의 연구들에서 백석 시에 나타난 '시인'의 표상은 만주시편들을 중심으로 시인으로서의 운명적 인식과 세계에 대한 비타협적 태도를 보여준다는 방향으로 연구가 진행되어 왔다. 그런데 이러한

---

4 이기성, 「초연한 수동성과 '운명'의 시쓰기 – 1930년대 후반 백석 시의 자화상」, 『한국근대문학연구』 17, 한국근대문학회, 2008, 59~60쪽.

5 김진희, 「시인 존재론의 탐구에서 동화시에 이르는 길」, 『한국시학연구』 34, 한국시학회, 2012, 41~42쪽.

6 남기혁, 「백석의 만주시편에 나타난 '시인'의 표상과 내면적 모럴의 진정성」, 『한중인문학연구』 39, 한중인문학회, 2013, 121~123쪽.

시인에 대한 백석의 관점과 인식이 어떻게 형성된 것이고 분단 이후 재북 시기의 작품에서 어떻게 계승되거나 변모하는지 살펴본 연구는 없어서[7] 백석 시 전체를 대상으로 시인에 대한 관점과 인식을 살펴볼 필요성이 제기된다.

이 글에서는 선행 연구에서 살펴본 시인에 대한 백석의 관점을 참조하되, 1941년 4월 『文章』 폐간호에 발표한 시 「촌에서 온 아이」에서 아이와 시인이 긴밀한 관련 속에 등장한다는 사실에 주목하고자 한다. 백석 시의 동심이나 유년 화자에 대해서는 많은 연구가 있었지만,[8] 백석의 시적 편력 전체를 대상으로 아이와 시인을 관련지어 그 관계를 살펴본 연구는 없었다.

이 글에서는 아이와 시인의 관련성이 직접적으로 드러난 백석의 시 「촌에서 온 아이」가 백석이 생각한 아이와 시인의 관계를 상징적으로 보여주는 열쇠가 되는 작품이라고 보고, 2장에서 이 작품에 나타난 '아이-시인'의 표상을 분석해 보았다. 3장에서는 시인의 표상이 직접적으로 등장하는 시를 통해 백석이 생각한 시인관은 어떠한 것이었는지 분석해 보고 그것이 아이에 대한 백석의 관점과 어떻게 연결되어 '아이-시인'의 표상으로 읽힐 수 있는지 살펴볼 것이다. 4장에서는 그러한 백석의 관점이 분단 이후 재북 시기의 백석에게까지 지속성을 가지고

---

7 김진희의 논문에서 백석의 시의식이 해방 이후 도식주의에 대한 문제제기와 동화시 창작으로 이어진다고 간략히 언급했지만, 해방 이후 북한에서 발표된 작품들에 대한 구체적인 확인과 분석이 이루어지지는 않았다. 김진희, 앞의 글, 62~63쪽.

8 이경수, 「백석 시 연구-화자 유형을 중심으로」, 고려대 석사논문, 1993; 이혜원, 「백석 시의 동심지향성」, 『생명의 거미줄』, 소명출판, 2007; 장정희, 「분단 이후 백석 동시론 -'유년 화자'와 '대상으로서 아동'의 문제」, 『비평문학』 45, 한국비평문학회, 2012, 171~204쪽.

이어진다는 점에 착안하여, 분단 이후 재북 시기의 백석이 아동문학에서 '시'를 강조하고 동화시를 창작하는 데까지 나아가게 된 원인을 분단 이전 시와의 내적 연관성 속에서 찾아보고자 한다. 그동안 분단 이후 재북 시기의 백석의 변모에 대해서는 북한 사회와 문학의 특수성 속에서 이해하려는 경향이 강했다. 외적인 영향에 의한 어쩔 수 없는 선택이라는 판단이 주를 이루었고, 그로 인해 재북 시기에 쓰인 백석의 동화시와 아동문학 평론에 대해서 그 가치를 인정하지 않는 경우도 종종 있었다.

이 글에서는 「촌에서 온 아이」를 실마리로 해서 일제 강점기 말의 백석 시에서부터 아이와 시인을 공동운명체로 보는 백석 특유의 관점이 나타나고 있었고, 몇 편의 시에서 그러한 관점이 지속되었으며, 이후 재북 시기의 아동문학평론과 동화시에서 그러한 관점이 좀 더 강화되었다는 사실을 밝혀보고자 한다.

2. 미래의 시인으로서 아이의 품성

분단 이전의 백석 시에서 아이가 등장하는 시로는 「여우난곬족」, 「가즈랑집」, 「모닥불」, 「초동일」, 「하답」, 「정문촌」, 「여우난골」, 「통영-남행시초(1)」, 「삼천포-남행시초(4)」, 「남향-물닭의 소리」, 「넘언집 범같은 노큰마니」, 「귀농」, 「촌에서 온 아이」, 「조당에서」 등이 있다. 이 시들에서 아이는 주로 명절날 또래들과 어울려 놀이를 즐기거나 무언가를 먹거나 함께 노는 천진난만한 모습⁹으로 그려지거나 가난과 고난과 설움을 보여주기에 적합한 대상[10]으로 호명되거나 비유의 대상[11]으로 등장하곤 했다. 손진은은 '아이'가 직접 등장하는 시 외에도 유년 화자가 등장하는 시까지 포함하여 백석 시에 등장하는 아이를 순진한 어린아이, 신성한 어린아이, 선험적 자질을 가진 어린아이로 나누어 보기도 했다.[12] 백석 시에서 유년 화자의 존재는 초창기 연구에서부터 일찌감치 주목의 대상이 되어 왔고 아이들의 놀이 문화를 짐작게 하는 장면들도 백석 시에서 종종 등장하지만, 아이라는 대상에 집중한 시는 사실 그리 많지 않다. 그런 점에서 가장 눈에 띄는 작품은 「촌에서 온 아이」이다.

> 촌에서 온 아이여
>
> 촌에서 어제밤에 乘合自働車를 타고 온 아이여
>
> 이렇게 추운데 웃동에 무슨 두룽이같은 것을 하나 걸치고 아래두리는 쪽
> 밝아벗은 아이여
>
> 뽈다구에는 징기징기 앙괭이를 그리고 머리칼이 놀한 아이여
>
> 힘을 쓸랴고 벌서부터 두다리가 푸둥푸둥하니 살이 찐 아이여
>
> 너는 오늘아츰 무엇에 놀라서 우는구나
>
> 분명코 무슨 거즛되고 쓸데없는것에 놀라서
>
> 그것이 네 맑고 참된 마음에 분해서 우는구나
>
> 이집에 있는 다른 많은 아이들이

---

9   「여우난곬족」, 「초동일」, 「하답」, 「여우난골」, 「삼천포–남행시초(4)」, 「남향–물닭의 소리」.
10 「모닥불」, 「정문촌」, 「넘언집 범같은 노큰마니」.
11 "집집이 아이만 한 피도 안 간 대구를 말리는 곳"(「통영–남행시초(1)」), "그러나 나라가 서로 다른 사람들이 / 글쎄 어린 아이들도 아닌데 쪽 발가벗고 있는 것은 / 어쩐지 조금 우수웁기도 하다"(「조당에서」)
12 손진은, 「백석 시와 '어린아이'」, 『어문학』 84, 한국어문학회, 2004, 271~295쪽.

모도들 욕심사납게 지게굳게 일부러 청을 돋혀서

어린아이들 치고는 너무나 큰소리로 너무나 튀겁많은 소리로 울어대는데

너만은 타고난 그 외마디소리로 스스로웁게 삼가면서 우는구나

네 소리는 조금 썩심하니 쉬인듯도 하다

네 소리에 내 마음은 반긋이 밝어오고 또 호끈히 더워오고 그리고 즐거워

온다

나는 너를 껴안어 올려서 네 머리를 쓰다듬고 힘껏 네 적은 손을 쥐고 흔

들고 싶다

네 소리에 나는 촌 농사집의 저녁을 짓는때

나주볓이 가득 들이운 밝은 방안에 혼자 앉어서

실감기며 버선짝을 가지고 쓰렁쓰렁 노는 아이를 생각한다

또 녀름날 낮 기운때 어른들이 모두 벌에 나가고 텅 뷔인 집 토방에서

햇강아지의 쌀랑대는 성화를 받어가며 닭의똥을 주어먹는 아이를 생각한다

촌에서 와서 오늘 아츰 무엇이 분해서 우는 아이여

너는 분명히 하눌이 사랑하는 詩人이나 농사군이 될것이로다

― 「촌에서 온 아이」 전문, 『文章』 3-4, 1941.4, 168~169쪽

시적 주체가 주목하고 있는 대상은 '촌에서 온 아이'이다. 1~5행에 걸쳐 '아이여'가 행마다 반복되면서 이 시는 행이 진행될수록 아이에 대한 정보가 증가하는 구성을 띠고 있다. '촌에서 온 아이'는 어젯밤에 승합자동차를 타고 왔으며, 추운 날씨에 두룽이 같은 것을 하나 걸치고 아랫도리는 쪽 발가벗고 있으며, 볼에 먹이나 검정 따위로 앙괭이를 그렸고 머리카락은 노란색을 띠고 있으며, 두 다리가 푸둥푸둥하니 살이

썼다. 아이의 신원과 외양에 대한 상세한 설명과 묘사가 1~5행에 걸쳐 이루어진다. 이어지는 6~12행에서는 "우는구나"로 끝나는 문장이 반복되면서 아이의 우는 행동과 그에 대한 시적 주체의 추측과 판단이 이어진다. 촌에서 온 우는 아이를 보면서 시적 주체는 "너는 오늘아침 무엇에 놀라서 우는구나"라고 말한다. 아이가 우는 원인을 무엇에 놀랐다는 데서 찾고 있다. 이어지는 문장에서는 시적 주체가 판단한 무엇의 정체가 드러난다. "무슨 거즛되고 쓸데없는것에 놀라서 / 그것이 네 맑고 참된 마음에 분해서 우는구나"라고 판단한 것인데 '분명코'라는 부사를 통해 자신의 판단에 확신을 부여한다. 여기서 시적 주체가 아이의 본성을 맑고 참된 마음을 지니고 있다고 보는 것에 주목할 필요가 있다. 촌에서 온 아이가 맑고 참된 마음을 지니고 있다고 보는 시적 주체는 다음에 이어지는 행에서 그 아이를 다른 아이들과 비교한다. 다른 아이들의 울음에서는 욕심 사나움, 고집스러움, 나약하고 비겁함 등의 속성을 읽어내는 데 비해 촌에서 온 아이는 다른 아이들과 달리 "타고난 그 외마디소리로 스스로움게 삼가면서" 운다고 말한다. 스스럽게 삼갈 줄 아는 아이의 우는 모습에서 다른 아이들과는 다른 "내면의 강인함"[13]을 느낀 것이다. 13~15행에서는 "네 소리"가 반복되고 있고, 16행은 "네 소리에"를 받으며 문장을 시작해 18행에서 "아이를 생각한다"로 마무리하는데, 19~20행에서 "아이를 생각한다"라는 문장 구조가 다시 한번 반복된다. 마지막 21~22행에 와서 "촌에서 와서 오늘 아츰 무엇이 분해서 우는 아이여"라고 첫 행의 "촌에서 온 아이여"

---

13 이숭원, 『백석을 만나다』, 태학사, 2008, 494쪽.

라는 문장을 변주하면서, 앞서 그 신원이나 처지, 우는 이유 등을 상세히 묘사하고 추정한 '촌에서 온 아이'에 대해 "너는 분명히 하눌이 사랑하는 詩人이나 농사군이 될것이로다"라고 확신에 찬 판단을 내리고 있다. "너는 ～될것이로다"라는 문장의 종결형은 백석 시에서 좀처럼 찾아보기 어려운 것으로 아이에 대한 시적 주체의 확신이 실려 있는 문장이라고 볼 수 있다. 게다가 '분명히'라는 부사를 사용해 자신의 판단에 강한 확신을 부여하고 있다. 그런데 그 확신의 내용을 이루는 것이 분명히 하늘이 사랑하는 시인이나 농사군이 될 것이라는 예언에 놓여 있다는 점은 주목할 필요가 있다. 아이의 미래로 '시인'이나 '농사군'이 동일한 무게로 호명된 것인데, 앞서 촌에서 온 아이의 상황과 외양과 성정 등에 대해 구체적인 설명과 묘사를 늘어놓고 있을 뿐 시인이나 농사군과 관련된 내용이 전혀 등장하지 않다가 시의 마지막 행에 와서 갑자기 '시인'과 '농사군'을 아이의 미래로 나란히 호명하고 있는 점은 의미심장하다. 결국 이 확신의 근거는 아이의 심성과 시인의 심성이 일치한다는 판단에 놓인다.

"스스로웁게 삼가면서" 우는 아이의 모습을 통해 시인의 자질을 발견하는 시적 주체는 울음의 원인을 무슨 거짓되고 쓸데없는 것에 놀랐다는 데서 찾고 있다. 촌에서 온 아이는 맑고 참된 마음을 지닌 것으로 그려지는데 그런 아이의 심성과 대비되는 것이 거짓되고 쓸데없는 것이다. 대비를 통해 맑고 참된 마음을 놀라게 하거나 혼탁하게 하는 것이 거짓되고 쓸데없는 것임을 보여준다. 촌에서 온 아이가 다른 아이들과 달리 스스럽게 삼가면서 운다는 데에도 이 시는 주목한다. '스스럽다'는 "서로 사귀는 정분이 두텁지 않아 조심스럽다"와 "수줍고 부끄러운 느낌이 있다"라는 두 가지 뜻을 지니는데, 이렇듯 조심스레 삼가고 수줍어하고 부끄러워하는 아이의 태도는 와자지껄 어울리기보다는 홀로 조용히 떨어져 있으면서 혼자 있는 시간과 공간을 즐기는 백석 시의 주체를 강하게 연상시킨다. 「고방」에서부터 「남신의주유동박시봉방」에 이르기까지 백석 시에는 유독 방 안에 홀로 있는 주체가 자주 등장하는데, 「촌에서 온 아이」의 스스럽게 삼가며 우는 아이의 모습도 외로움을 즐기고 수줍음이 많은 백석 시의 주체들과 유사한 성향을 지닌다고 볼 수 있다. 그런 아이의 울음소리를 들으며 시적 주체는 마음이 "반끗히 밝어오고 또 호끈히 더워오고 그리고 즐거워온다". 촌에서 온 아이의 울음소리는 시적 주체의 마음에 밝음과 온기와 즐거움을 선사한다. 아이의 울음소리에 마음이 움직인 시적 주체는 "너를 껴안어 올려서 네 머리를 쓰다듬고 힘껏 네 적은 손을 쥐고 흔들고 싶다"라는 표현을 통해 아이와 동화된 마음을 드러낸다. 친밀감을 드러내기 위해 아이를 안는 행위와 쓰다듬고 쥐고 흔드는 촉각적 감각의 동사를 활용한 것이다.

　이어서 그가 그리는 아이의 모습은 "나주빛이 가득 들이운 밝은 방 안에 혼자 앉어서 / 실감기며 버선짝을 가지고 쓰렁쓰렁 노는 아이"이거나 "녀름날 낮 기운때 어른들이 모두 벌에 나가고 텅 뷔인 집 토방에서 / 햇강아지의 쌀랑대는 성화를 받어가며 닭의똥을 주어먹는 아이"이다. 방 안에서 혼자 노는 아이의 모습도 햇강아지, 닭의똥과 어우러진 아이의 모습도 백석 시에서 익숙하게 볼 수 있는 천진난만한 모습이다. 유년의 화자가 등장하는 『사슴』 시편에서도 백석의 시에서는 방에 혼자 있는 아이가 종종 등장했었다.[14] 이 시에서는 그런 아이에게 맑고 참된 마음과 밝음과 온기와 즐거움을 가져오는 심성을 부여함으로써 그런 심성을 가진 아이의 표상이 "하눌이 사랑하는 詩人이나 농사군"과 다르지 않음을 명시하고 있다. 여기서 아이에게서 시인의 품성과 자질을 발견하면서 '하눌'이 동원되고 있다는 데 주목할 필요가 있다. 백석 시에서 시인은 하늘이 자격을 부여하거나 하늘이 사랑하는 존재로 종종 그려졌는바 이 시에서도 그런 단초가 발견된다. 시인의 존재론이 백석에게서 천명天命이 되는 까닭은 바로 여기에 있다. 또한 모든 아이가 미래의 시인이나 농사군과 비슷한 자질을 가진 것으로 그려지는 것은 아니라는 점도 주목을 요한다. 욕심 사납고 고집스럽고 나약하고 겁 많은, 이미 닳고 닳아 어른의 속성을 지니게 된 아이는 결코 '시인-농사군'의 자리에 놓일 수 없다. 스스럽게 삼가면서 울 줄 아는 '촌에서 온 아이'야말로 '시인-농사군'과 나란히 놓일 자질을 가지고 있다는 것이다. 이처럼 백석의 시적 주체는 아이의 맑고 참된 마음에서 '시인-농사군'의 품성을 읽어낸다. 촌에서 온 아이야말로 미래의 시인의 표상이 된다.

손진은은 이 시에서 시적 주체가 슬픔과 연민의 대상이던 아이에게 신비한 자질을 부여한다는 점에 주목한다. "속악한 현실에 함께 저항하는 고결한 동반자"[15]의 모습을 아이에게서 읽어낸 것이다. 헐벗고 우스꽝스러운 모습을 하고 있는 가난하고 소외된 아이의 모습에서 맑고 참

---

14 「고방」이 대표적이다. 고방에 혼자 숨어들어 끼니때에 부르는 소리도 못 들은 척하며 홀로 시간을 보내는 아이의 모습은 「나와 나타샤와 힌당나귀」나 「힌 바람벽이 있어」, 「남신의주유동박시봉방」의 방 안에 혼자 있는 시적 주체의 모습과 자연스럽게 겹쳐진다. '아이-시인'이 공유하는 것은 이처럼 외로움을 즐기는 기질과 순수성에 있다.

15 손진은, 앞의 글, 288~289쪽.

된 마음을 발견하고 그것을 미래의 '시인농사꾼'과 연결하는 이 시의 상상력은 '가난'에 시인의 자의식을 부여한 백석의 다른 시들을 자연스럽게 연상시킨다. 백석이 생각한 시인의 자질과 품성은 '촌에서 온 아이'의 맑고 참된 마음과 거짓과 쓸데없음에 분노하고 그것을 거부하는 태도와 맞닿아 있다. "세상같은건 밖에나도 좋을것같다"고 말하는 「선우사」의 시적 주체나 "세상같은건 더러워 버리는 것이다"라고 말하는 「나와 나타샤와 힌당나귀」의 시적 주체의 태도가 여기서 자연스럽게 연상된다.

3. 고독과 순수의 표상으로서 시인의 천명天命

'촌에서 온 아이'의 순수성에서 미래의 시인의 심성을 읽어낸 백석의 시는 '시인'이 시어로서 직접적으로 등장하는 6편의 시에서 그가 생각한 시인의 표상을 구체적으로 그려낸다. 앞서 「촌에서 온 아이」를 살펴보았으므로 이 장에서는 나머지 다섯 편의 시에 나타난 시인의 표상을 주로 살펴보고자 한다. 먼저 보통명사로서 등장한 '시인'이 백석 시인을 가리키는 시들과 시인의 실명이 고유명사로 직접 등장해 비유적으로 시인을 지시하는 시들로 나누어 볼 수 있다. 「허준」에는 백석을 연상시키는 '시인'이 등장하고, 「두보나 이백같이」, 「『호박꽃초롱』서시」, 「힌 바람벽이 있어」, 「조당에서」에는 시인의 실명이 등장한다.

　　그 맑고 거룩한 눈물의 나라에서 온 사람이여

그 따마하고 살틀한 볏살의 나라에서 온 사람이여

(…중략…)

다만 한마람 목이 긴 詩人은 안다

「도스토이엡흐스키」며 「죠이쓰」며 누구보다도 잘 알고 일등가는 소설도 쓰지만

아모것도 모르는듯이 어드근한 방안에 굴어 게으르는것을 좋아하는 그 풍속을

사랑하는 어린것에게 엿한가락을 아끼고 위하는 안해에겐 해진옷을 입히면서도

마음이 가난한 낯설은 마람에게 수백량돈을 거저 주는 그 인정을 그리고 또 그 말을

마람은 모든 것을 다 잃어벌이고 넋하나를 얻는다는 크나큰 그말을

그 멀은 눈물의 또 볏살의 나라에서

이 세상에 나들이를 온 사람이여

이 목이 긴 詩人이 또 게산이 처럼 떠곤다고

당신은 쓸쓸히 웃으며 바독판을 당기는구려

— 「許俊」부분, 『文章』 2-9, 1940.11, 106~109쪽

「허준」에는 "한마람 목이 긴 詩人"이 등장하는데 그는 시적 주체의 자리에 놓여 대상으로서의 '당신', 즉 허준에 대해 말하고 그를 기리는

역할을 담당한다. 이 시에서 '시인'의 속성이나 기질을 가리키는 말로 쓰인 것은 목이 길다는 것과 계산이처럼 떠든다는 것이다. 허준과 절친한 문우였던 백석은 자신을 연상시키는 "목이 긴 시인"을 등장시켜 "게산이처럼 떠"들게 한다. 그 내용이 바로 이 시의 발화를 구성하고 있다. 그런데 이 시에서 허준을 수식하거나 지시하는 말들이 백석 시에서 시인의 자질이나 품성을 가리키는 말들과 유사하다는 점은 흥미롭다. 허준을 가리키는 당신은 "그 맑고 거룩한 눈물의 나라에서 온 사람"이며 "그 따마하고 살틀한 볕살의 나라에서 온 사람"이다. 당신은 맑고 거룩한 눈물과 따사하고 살틀한 볕살이 공존하는 나라에서 이 세상에 쓸쓸한 나들이를 온 것으로 그려진다. 허준은 평안북도 용천 출생의 작가로 평북 정주가 고향인 백석과는 동향이나 마찬가지로 각별했다. 당신네 나라는 하늘은 맑고 높고 바람은 따사하고 향기로우며 풍속과 인정과 말이 좋고 아름다운 곳으로 그려진다. 당신의 고요한 가슴과 온순한 눈가에는 "당신네 나라의 맑은 한울이 떠오를" 것이라는 3연의 한 구절에서는 시인이나 작가의 품성을 노래하면서 '하늘'이 인용되고 있다. 또한 당신은 도스토예프스키며 조이스 같은 세계적인 작가들을 잘 알고 일등 가는 소설을 쓰면서도 아무것도 모르는 듯이 "어드근한 방안에 굴어 게으"름을 피우는 것을 좋아하는 기질을 가졌다. 제 가족의 안위를 살피기보다는 마음이 가난한 낯선 사람에게 수백 냥 돈을 거저 주는 인정도 가졌다. 맑고 거룩한 눈물과 따사하고 살틀한 볕살이 공존하는 당신네 나라는 허준의 고향을 가리키는 것으로 볼 수도 있겠지만 실재하는 지명을 가리킨다기보다는 이 세상과 대비되는 다른 세상, 허준이라는 작가를 낳은 마음의 고향을 가리키는 것으로 보인다. 그러므로

"그 멀은 눈물의 또 볏살의 나라"라고 지칭하는 것이다. 이 세상이 아닌 곳에서 이 세상으로 온 나들이를 쓸쓸한 나들이라 부르는 까닭도 여기에 있다.

백석의 시에는 세상과 소극적인 방식으로 불화하는 존재들이 종종 등장하고 그들은 시인이거나 공자, 노자 같은 불우한 성현들이었는데 이 세상으로 온 나들이를 쓸쓸한 나들이라 여기는 시적 주체의 발화와 그것을 인정하는 듯 "쓸쓸히 웃으며 바둑판을 당기는" 당신의 태도에서는 백석이 그려온 '가난하고 외롭고 높고 쓸쓸한' '시인'의 표상이 겹쳐진다. 이때 '바둑판'은 신선들의 놀이를 연상시키면서 이 세상의 것이 아닌 초연함을 획득하게 된다.[16] 이 또한 이 세상과 불화하고 저 너머를 지향하는 시인을 표상하는 또 하나의 기표로 읽을 수 있다.

오늘은 正月보름이다
대보름 명절인데
나는 멀리 고향을 나서 남의나라 쓸쓸한 객고에 있는 신세로다
녯날 杜甫나 李白같은 이나라의 詩人도
먼 타관에 나서 이 날을 맞은일이 있었을것이다
오늘 고향의 내집에 있는다면
새옷을입고 새신도 신고 떡과 고기도 억병 먹고
일가진척들과 서로 몽여 즐거이 웃음으로 지날것이었만

<hr>

16 고형진도 이 시에 등장하는 '바둑판'이 "도락적인 의미"를 가지며 허준의 "초연한 삶의 태도를 명증하게 보여주는 이미지"라고 보았다. (고형진, 『백석 시 바로 읽기』, 현대문학, 2006, 370쪽)

나는 오늘 때묻은 입듯옷에 마른물고기 한토막으로

혼자 외로히 앉어 이것저것 쓸쓸한 생각을하는것이다

넷날 그 杜甫나 李白같은 이나라의 詩人도

이날 이렇게 마른물고기 한토막으로 외로히 쓸쓸한 생각을 한적도 있었을

것이다

나는 이제 어늬 먼 윈진 거리에 한고향사람의 조고마한 가업집이 있는 것

을 생각하고

이집에가서 그 맛스러운 떡국이라도 한그릇 사먹으리라한다

우리네 조상들이 먼먼 넷날로 부터 대대로 이날엔 으레히 그러하며 오듯이

먼 타관에 난 그 杜甫나 李白같은 이나라의 詩人도

이날은 그어늬 한고향 사람의 주막이나 飯舘을 찾어가서

그 조상들이 대대로 하든 본대로 元宵라는떡을 입에대며

스스로 마음을 느꾸어 위안하지 않었을것인가

그러면서 이 마음이 맑은 넷 詩人들은

먼훗날 그들의 먼 훗자손 들도

그들의 본을 따서 이날에는 元宵를 먹을것을

외로히 타관에 나서도 이 元宵를 먹을것을 생각하며

그들이 아득하니 슬펐을듯이

나도 떡국을 노코 아득하니 슬플것이로다

아, 이 正月대보름 명절인데

거리에는 오독독이 탕탕 터지고 胡弓소리 삘삘높아서

내쓸쓸한 마음엔 작고 이 나라의 넷詩人들이 그들의 쓸쓸한 마음들이 생

각난다

내 쓸쓸한 마음은 아마 杜甫나 李白같은 사람들의 마음인지도 모를것이다
아모러나 이것은 넷투의 쓸쓸한 마음이다

— 「杜甫나李白같이」 전문, 『人文評論』 16, 1941.4, 28~29쪽

　남의 나라에서 쓸쓸히 대보름 명절을 맞으며 고향에서의 풍성했던 명절을 떠올리는 시적 주체가 쓸쓸함을 견디는 방법은 두보나 이백 같은 이 나라 시인들을 떠올리고 그들과 자신을 동일시하는 것이다. 옛날 두보나 이백 같은 이 나라의 시인도 자신처럼 객지에서 쓸쓸히 명절을 맞이한 경험이 있었을 거라는 상상이 시적 주체에게는 오늘의 쓸쓸함을 견디게 하는 큰 위로가 된다. 이 시에서 호명되는 두보나 이백 같은 옛 시인은 마음이 맑은 시인으로 그려진다. 백석이 생각한 시인의 품성은 마음이 맑은 것이다. 타고난 심성이 맑은 옛 시인들 또한 타관에서 홀로 외롭게 고향의 음식을 먹으면서 "아득하니 슬"펐을 것이라는 생각을 하며 그들의 쓸쓸한 마음과 시적 주체가 느끼는 쓸쓸한 마음을 겹쳐 놓는다. "넷투의 쓸쓸한 마음"은 이처럼 맑은 마음에서 비롯한 것이다. 이 맑은 마음은 '촌에서 온 아이'에게서 백석 시의 주체가 발견한 맑고 참된 마음과 다르지 않을 것이다. 속악하고 위선적인 세상사에 물들지 않은 맑고 참된 마음을 지닌 채 홀로 있는 쓸쓸한 시간을 세상사와 타협하지 않고 시인으로서의 자존심을 지키며 견디는 고독과 순수의 표상이야말로 백석이 생각한 시인의 표성이었다.

　한울은
　울파주가에 우는 병아리를 사랑한다.

우물돌 아래 우는 돌우래를 사랑한다.

그리고 또

버드나무밑 당나귀 소리를 임내내는 詩人을 사랑한다.

한울은

풀 그늘밑에 삿갓쓰고 사는 버슷을 사랑한다.

모래속에 문잠그고 사는 조개를 사랑한다.

그리고 또

두틈한 초가집웅밑에 호박꽃 초롱 혀고 사는 詩人을 사랑한다.

한울은

공중에 떠도는 힌구름을 사랑한다.

골자구니로 숨어흐르는 개울물을 사랑한다.

그리고 또

안윽하고 고요한 시골 거리에서 쟁글쟁글 햇빛만 바래는 詩人을 사랑한다.

한울은

이러한 詩人이 우리들속에 있는것을 더욱 사랑하는데

이러한 詩人이 누구인것을 세상은 몰라도 좋으나

그러나

그이름이 姜小泉 인것을 송아지와 꿀벌은 알을것이다.

— 「호박꽃초롱」序詩 전문, 강소천, 『호박꽃초롱』, 박문서관, 1941, 8~9쪽

영생고보 시절의 제자 강소천이 1941년 박문서관에서 낸 동시집 『호박꽃초롱』에 붙여준 서시에서 백석은 시인을 호명하며 '한울'을 함께 호명한다. 시인은 "울파주가에 우는 병아리", "우물돌 아래 우는 돌우래",[17] "풀 그늘밑에 삿갓쓰고 사는 버슷", "모래속에 문잠그고 사는 조개", "공중에 떠도는 힌구름", "골자구니로 숨어흐르는 개울물" 등과 나란히 '한울'이 사랑하는 대상으로 호명된다. 시인 또한 보통명사로서의 시인이 아니라 특정한 성향을 지닌 시인으로 구체적으로 형상화된다. '버드나무 밑 당나귀 소리를 임내 내는 시인', '두툼한 초가지붕 밑에 호박꽃 초롱 켜고 사는 시인', '아늑하고 고요한 시골 거리에서 쟁글쟁글 햇볕만 바래는 시인'이 '한울'의 각별한 사랑의 대상이 된다. 천진난만하고 소박하고 낭만적이고 게으르게 자연을 즐길 줄 아는 시인은 과연 '한울'이 아끼고 사랑할 법하다. 백석이 생각한 시인은 이처럼 하늘이 아끼고 사랑하고 그 존재의 의미를 인정해주는 존재로, 이때 하늘은 시인에게 천명을 부여한 절대적 존재이기도 하지만 백석의 낭만적 기질을 표상하는 존재이기도 하다.[18] 속악한 세상이 아니라 하늘로부터 존재의 의미를 인정받고 싶어한 백석의 마음은 사실상 송아지와 꿀벌 같은 소박한 존재들로부터 존재 의미를 인정받고 싶어 하는 마음과 별반 다르지 않다. 시인의 자질과 품성을 인정해주는 존재로 '한울'이 호

---

17 '돌우래'는 땅강아지의 평북 방언이다. 고형진, 『백석 시의 물명고－백석 시어 분류 사전』, 고려대 출판문화원, 2015, 478쪽.

18 백석의 시에 기독교적 영향의 흔적이 드러나면서도 그의 시가 종교적 차원으로 들어서지 않고 낭만성이라는 지향을 일관되게 유지하는 것은 그가 호명하는 하늘의 속성과도 관련이 있다고 볼 수 있다. 백석의 시에 종종 등장하는 하늘은 종교적 절대자로 한정해서 읽을 수 없고 속악한 세상과 대비되는 존재로서 동양과 서양, 전통과 현대를 아우르는 복합적인 성격을 지니는 것으로 보인다. 유독 그의 시에 '아이－시인'이 등장할 때 '하늘'이 함께 호명되었다는 사실을 기억할 필요가 있다.

명되고, 하늘은 "이러한 시인이 우리들속에 있는것을 더욱 사랑"한다고 덧붙여진다. 눈여겨보아야 할 것은 그런 시인이 누구인지 세상은 몰라도 되지만 송아지와 꿀벌은 그 이름이 강소천임을 알 것이라고 말하는 대목이다. 세상 사람들이 알아주는 것은 백석의 시적 주체에게는 그다지 중요하지 않다. 세상은 그에겐 늘 거리두기의 대상이었다. 속악하고 더러운 세상은 맑고 참된 시인의 품성과 함께 하기 어렵다. 그런 세상보다는 송아지와 꿀벌로 제유된 순수한 아이들의 세계와 자연친화적인 세계가 시인과 지음知音의 관계를 형성한다. 송아지와 꿀벌이 알아주고 한울이 알아준다면 세상 따위는 아무래도 상관없다는 태도는 「나와 나타샤와 힌당나귀」, 「선우사」 등에서도 지속되어 왔던 태도였다.

눈은 푹푹 나리고

나는 나타샤를 생각하고

나타샤가 아니올리 없다

언제벌서 내속에 고조곤히와 이야기한다

산골로 가는것은 세상한데 지는것이아니다

세상같은건 더러워 버리는것이다

— 「나와 나타샤와 힌당나귀」 부분, 「女性」 3-3, 1938.3, 16~17쪽

힌밥과 가재미와 나는

우리들이 같이 있으면

세상같은건 밖에나도 좋을것같다

— 「膳友辭 – 咸州詩抄」 부분, 「朝光」 3-10, 1937.10, 212~213쪽

넷말이사는컴컴한고방의쌀독뒤에서나는 저녁끼때에불으는소리를 듣고
도못들은척하였다

　　　　　　　　　　　　　　　　— 「고방」 부분, 『사슴』, 선광인쇄주식회사, 1936, 12~13쪽

　인용한 시에서는 공통적으로 방 안에 홀로 있는 시적 주체가 등장한
다. 이들은 바깥 세상에 대해 무관심하거나 바깥 세상의 요구나 논리대
로 살아갈 수 없는 자신의 기질을 정확히 알고 있는 존재들이다. 「나와
나타샤와 힌당나귀」에 등장하는, 눈 내리는 겨울밤 홀로 소주를 마시
며 오지 않는 연인 나타샤를 기다리는 시적 주체는 시인과 밀착해 있
다. 상상 속에서 나타샤와의 밀월을 꿈꾸는 시적 주체는 산골로 가는
것이 세상한테 지는 것이 아니라 더럽고 속악한 세상을 버리고자 하는
것임을 강조한다. 비록 '소극적 저항'의 방식이긴 하지만 세상과의 대
결 의지를 그의 시적 주체가 버리지 않았음을 이로 미루어 알 수 있다.
「선우사」에서도 홀로 밥을 먹는 시적 주체가 흰밥과 가재미를 친구처
럼 여기며 홀로 밥을 먹는 시간과 공간을 소박하게 즐기는 모습을 보여
준다. "우리들이 같이 있으면"이라는 전제가 있긴 하지만 속악한 세상
의 가치나 논리에 무관심한 시적 주체의 태도가 여기서도 발견된다. 이
때 시적 주체와 함께 있는 존재는 흰 쌀밥과 가재미로 표상된 소박한
자연물(여기서는 소박한 밥상)이므로 사실상 시적 주체는 혼자 있는 시간
을 즐기고 있는 셈이다. 「고방」에는 저녁 끼니때에 부르는 소리도 못
들은 척하며 고방에서 혼자만의 시간을 보내는 아이가 등장한다. 혼자
있는 시간과 공간에 푹 빠져 바깥의 소리를 듣고도 못 들은 척하는 아
이의 태도는 고독하고 순수한 '아이-시인'의 품성과 자연스럽게 연결

된다. 이들은 바깥의 기준에 의해 좌우되지 않고 바깥 세상의 논리에
별 관심이 없다는 점에서, 그리고 자기 세계에 깊이 빠져 혼자 있는 시
간과 공간을 즐기고 있다는 점에서 서로 공통된다. 이처럼 '아이―시인
'에게는 공통된 품성과 자질이 자주 발견된다.

오늘저녁 이 좁다란방의 흰 바람벽에

어쩐지 쓸쓸한것만이 오고 간다

이 흰 바람벽에

히미한 十五燭전등이 지치운 불빛을 내어던지고

때글은 다닳은 무명샷쯔가 어두운 그림자를 쉬이고

그리고 또 달디단 따끈한 감주나 한잔 먹고싶다고 생각하는 내 가지가지

외로운 생각이 헤매인다

(…중략…)

그런데 또 이즈막하야 어늬사이엔가

이 흰 바람벽엔

내 쓸쓸한 얼골을 쳐다보며

이러한 글자들이 지나간다

―나는 이 세상에서 가난하고 외롭고 높고 쓸쓸하니 살어가도록 태어났다

　　그리고 이세상을 살어가는데

　　내 가슴은 너무도 많이 뜨거운것으로 호젓한것으로 사랑으로 슬픔으로

가득찬다

그리고 이번에는 나를 위로하는듯이 나를 울력하는듯이

눈질을하며 주먹질을하며 이런 글자들이 지나간다

―하눌이 이세상을 내일적에 그가 가장 귀해하고 사랑하는것들은 모두
　　가난하고 외롭고 높고 쓸쓸하니 그리고 언제나 넘치는 사랑과 슬픔속에
　살도록 만드신 것이다
　　초생달과 바구지꽃과 짝새와 당나귀가 그러하듯이
　　그리고 또 「프랑시쓰·쨈」과 陶淵明과 「라이넬·마리아·릴케」가 그러
　하듯이

―「흰 바람벽이 있어」 부분, 「文章」 3-4, 1941.4, 165~167쪽

「흰 바람벽이 있어」에는 시인이라는 시어가 직접 쓰이지는 않았지만, '라이넬 마리아 릴케', '도연명', '프랑시쓰 쨈' 등과 같이 자연을 사랑한 슬픈 천명의 시인들이 백석의 시적 주체가 아끼는 자연물의 목록들과 함께 호명되고 있다. 게다가 많은 선행 연구에서 언급했듯이 이 시의 시적 주체 '나'는 시인 백석을 자전적 상황이나 기질적 측면에서도 강하게 연상시킨다. 그런 점에서 이 시에는 시인 백석을 연상시키는 시적 주체 '나'와 시적 주체가 동경하는 라이너 마리아 릴케, 도연명, 프란시스 잠까지 네 명의 시인이 등장하는 셈이다. 좁다란 방에서 흰 바람벽을 마주하고 앉은 지친 시적 주체를 둘러싸는 것은 그가 불러낸 상상속의 풍경들이다. 그가 그리워하고 안타까워하는 대상으로 "가난한 늙은 어머니"와 지금은 다른 남자의 아내가 된 사랑했던 여인이 호명되고, 그로 인해 시적 주체의 외로움과 쓸쓸함은 더욱 짙어진다. 외로움과 쓸쓸함에 잠겨 있던 시적 주체는 문득 "가난하고 외롭고 높고 쓸쓸하니 살아가도록 태어"난 시인의 천명을 깨닫는다. 자신은 속악한 세상과는 어울릴 수 없는 품성을 타고났음을, 그것이 바로 시인의 품성이자 자질임

백석의 시와 산문에 나타난 '아이―시인'의 표상　　277

을, 아니 천명임을 깨달은 것이다. 시인의 천명을 깨달은 그를 위로하고 힘을 북돋워주는 존재들은 그가 아끼고 사랑하는 대상들이다. 여기서 다시 한번 '하늘'이 등장한다. 백석에게 시인은 종종 하늘과 함께 호명 된다. 시인의 운명을 자신에게 부여한 존재가 하늘임을, 다시 말해 시인 으로 살아가는 것이 자신의 천명임을 그가 인식하고 있었다는 뜻이다. 시적 주체는 하늘의 권위를 빌려 그가 귀하게 여기고 사랑하는 대상을 나열해 홀로 있는 공간 속 '흰 바람벽'으로 불러온다. 초생달과 바구지 꽃과 짝새와 당나귀가 불려오고, 그것들과 함께 라이너 마리아 릴케와 도연명과 프란시스 잠이 불려온다. 작고 하얗고 귀엽고 소박한 존재들, 자연을 사랑하고 자연과 함께 슬픈 천명을 살아갔던 동서양의 시인들이 그의 공간 속으로 초빙되어 온다. 이 시에서도 시인은 맑고 깨끗하고 소 박하고 순수한 마음을 지닌 존재로, 그러하기에 가난하고 외롭고 높고 쓸쓸하게 살아갈 수밖에 없는 존재로 그려진다.

> 이 딴나라사람들이 모두 니마들이 번번하니 넓고 눈은 컴컴하니 흐리고
> 그리고 길쭛한 다리에 모두 민숭민숭 하니 다리털이 없는것이
> 이것이 나는 웨 작고 슬퍼지는 것일까
> 그런데 저기 나무판장에 반쯤 나가누어서
> 나주볕을 한없이 바라보며 혼자 무엇을 즐기는듯한 목이긴 사람은
> 陶淵明[19]은 저러한 사람이였을것이고
> 또 여기 더운물에 뛰어들며

---

19   원문에는 '陶然明'으로 표기되어 있으나 명백한 오기여서 바로잡았다.

무슨 물새처럼 악악 소리를 질으는 삐삐 파리한 사람은

楊∫라는 사람은 아모래도 이와같었을것만 같다

나는 시방 넷날 南이라는 나라나 衛라는 나라에 와서

내가 좋아하는 사람들을 맞나는것만 같다

이리하야 어쩐지 내마음은 갑자기 반가워지나

그러나 나는 조금 무서웁고 외로워진다

그런데 참으로 그 殷이며 商이며 越이며 衛며 南이며하는나라사람들의 이 후손들은

얼마나 마음이 한가하고 게으른가

더운물에 몸을 불키거나 때를 밀거나 하는것도 잊어벌이고

제 배꼽을 들여다 보거나 남의 낯을 처다 보거나 하는것인데

이러면서 그 무슨 제비의 춤이라는 燕巢湯이 맛도있는것과

또 어늬바루 새악씨가 곱기도한것 같은것을 생각하는것일것인데

나는 이렇게 한가하고 게으르고 그러면서 목숨이라든가 人生이라든가 하는것을 정말 사랑할줄아는

그 오래고 깊은 마음들이 참으로 좋고 우럴어진다

그러나 나라가 서로 달은 사람들이

글세 어린 아이들도 아닌데 쪽발가벗고 있는것은

어쩐지 조금 우수웁기도하다

—「澡塘에서」 부분, 『人文評論』 16, 1941.4, 26~27쪽

대표적인 백석의 만주시편 중 하나인 이 작품에서 시적 주체는 이국의 공중목욕탕에서의 체험을 노래한다. 낯설고 이질적이었을 그 체험

이 마음의 경험을 중심으로 서술된 점은 백석 시 특유의 개성이라고 할 수 있다. 나라도 조상도 말도 의식주도 다른 나라 사람들과 함께 발가벗고 목욕을 하며 시적 주체는 쓸쓸함을 느끼고 슬픔에 사로잡힌다. 그 마음에 전환을 가져오는 것은 도연명이라는 시인을 연상시키는 인물을 발견하면서였다. 저녁볕을 한없이 바라보며 혼자 무엇을 즐기는 듯한 목이 긴 사람에게서 시적 주체는 도연명을 연상한다. 저녁볕을 한없이 바라보는 모습이나 혼자 무엇을 즐기는 듯한 태도, 목이 긴 외양 등은 백석이 시인의 기질이나 품성, 외양을 묘사할 때 즐겨 사용한 것이기도 하다. 도연명과 양자를 떠올리면서 시적 주체의 쓸쓸하고 슬픈 마음은 한결 나아져 갑자기 반가운 마음이 들기도 하지만 이내 무서움과 외로움을 느끼기도 한다. 무서움은 백석 시에서 홀로 있는 아이가 느끼던 감정이기도 했으며,[20] 외로움 또한 백석의 시적 주체에겐 천성처럼 익숙한 것이었다. 시인의 천명을 짊어진 이의 숙명 같은 것이 외로움과 쓸쓸함과 슬픔이라면 그 속에 침잠하지 않고 목숨과 인생과 소박한 생명들을 사랑하고 존중할 줄 아는 마음을 지키게 하는 것은 사람과 생명과 그들과 함께 한 시간들이다. 맑고 참된 마음을 지닌 순수한 시인의 품성이 있기에 오래고 깊은 마음들을 좋아하고 우러를 줄도 아는 것이겠다.

해방 전 그가 남긴 유일한 시평이라고 할 수 있는 「슬픔과 진실-여수 박팔양 씨 시초 독후감」에서 백석은 "시인은 슬픈 사람"[21]이라고 명

---

20 아이가 느낀 무서움의 감정은 「고야」에서 잘 드러난다.
21 백석, 「슬픔과 진실-여수 박팔양 씨 시초 독후감」, 『만선일보』, 1940.5.9~10.(김문주·이상숙·최동호 편, 『백석 문학 전집』 2-산문, 서정시학, 2012, 78쪽에서 인용)

시적으로 말한 바 있다. "높은 시름이 잇고 높흔 슬픔이 있는 혼"[22]을 지닌 존재로 박팔양을 명명하면서 그 혼을 복된 것이라고 보는 시각에서 시인이라는 천명을 대하는 백석의 일관된 태도가 발견된다. "시인은 진실로 슬프고 근심스럽고 괴로운 탓에 이 가운데서 즐거움이 그 마음을 왕래하는 것"[23]이라고 백석은 말하는데, 위에 인용한 「조당에서」도 그런 시인의 품성과 기질을 잘 보여주는 시라고 볼 수 있다.

4. 아동문학의 시성詩性과
'아이-시인'의 결합체로서 동화시의 선택

분단 이후 재북 시기에 백석은 마르샤크의 『동화시집』 번역을 비롯한 여러 편의 번역물 발표, 창작 동화시집 『집게네 네 형제』와 동시집 『우리 목장』의 출간,[24] 몇 편의 사회주의 이념을 드러낸 시와 산문, 아동문학 평론 등을 발표하며 1962년 무렵까지 활발한 활동을 이어간다. 그중에는 북한의 체제에 안착하고자 쓰인 시와 산문도 일부 눈에 띄지만 분단 이전 시와 시인에 대해 백석이 가졌던 관점과 유사한 관점이 몇 편의 아동문학평론을 중심으로 이어지고 있어서 주목을 요한다.

백석의 분단 이전 시에서 시론격의 글이 발견되지 않고 '시인'의 표상이 오로지 시를 통해서만 나타나는 데 비해 분단 이후의 시에서는 '시인'

---

22 위의 글, 78쪽.
23 위의 글, 79쪽.
24 『우리 목장』은 출간 사실만 알려졌을 뿐 아직 그 실물이 발굴되지는 못했다.

의 표상이 거의 발견되지 않는다. 보통명사로서의 '시인'이든 고유명사로서의 시인의 실명이든 이 시기의 백석 시에서 '시인'이라는 시어를 찾아보기는 어렵다. 「천 년이고 만 년이고…」의 5연에 나오는 "수 많은 시인과 력사가와 이야기꾼들은 / 아름다운 말들로 이 이야기 속의 영웅을 찬양하리라 ——"「천 년이고 만 년이고…」, 『당이 부르는 길로』, 조선작가동맹출판사, 1960, 128~133쪽에서 유일하게 '시인'이라는 시어가 등장하지만 이때의 시인은 아름다운 말들로 김일성 우상화에 기여하는 기능적 '시인'일 뿐 이전의 천명을 받은 존재로서의 시인의 모습은 찾아볼 수 없다. 또한 『조선문학』 1959년 6월에 발표된 「공무 려인숙」에서 협동조합 당위원장, 대학생, 군 인민위원회 일꾼과 함께 "붉은 편지 받들고 로동 속으로 들어 가려 / 신파 땅 먼 림산 사업소로 가는 작가"「공무 려인숙」, 『조선문학』, 1959.6, 8~9쪽가 '공무 려인숙'에 머무는 인물로 등장하기는 하지만 이때의 '작가'에게서 이전의 '시인'의 흔적을 찾기는 어렵다. 『조선문학』 1959년 6월에 발표된 「축복」에서는 "당과 조국의 은혜 속에 태어난" "어린 생명"에 대한 축복을 노래하고 있는데 "가득히 차오르는" "어린아이에 대한 간절한 축복"에서 아이를 귀히 여기는 백석의 태도가 여전히 발견되기는 하지만 그것은 "당과 조국의 은혜"「축복」, 『조선문학』, 1959.6, 10~11쪽를 벗어날 수 없는 자리에 놓여 있다. 분단 이후 재북 시기에 백석이 동화시라는 장르를 선택할 수밖에 없었던 이유를 여기서 찾을 수 있을 것이다. 이념이나 체제로부터 자유로운 시를 쓰는 것이 불가능했던 분단의 현실 속에서 백석의 선택은 동화시로 향하게 되는데, 그것이 '아이-시인'을 공동운명체로 보는 분단 이전의 백석의 관점과 연결되어 있다는 점은 좀 더 세밀히 살펴질 필요가 있다.

시에 대한 백석의 생각은 아동문학평론들을 통해 간접적으로 읽을 수 있는데, 이는 재북 시기 백석의 문학에서 눈에 띄게 달라진 점이다. 체제와 이념에 동조하지 않는 시를 적극적으로 쓸 수 없었던 상황에서 백석은 시의 길 대신 아동문학의 길을 선택한다. 여기에는 고리키와 마르샤크로부터 받은 영향을 고려하지 않을 수 없다. 마르샤크의 『동화시집』을 번역하면서 그가 '동화시'라는 새로운 장르에 눈뜨게 되었음은 선행 연구에서 이미 밝힌 바 있다.[25] 마르샤크의 『동화시집』을 번역하면서 백석이 '동화시'라는 장르에 착안하게 되었다고 볼 수 있지만 그것을 가능하게 한 것은 이전부터 지속되어 오던 '아이-시인'을 공동운명체로 보는 백석 특유의 관점이 있었기 때문이다. '아이-시인'의 고귀한 품성을 높이 평가하면서 '아이-시인'을 공동운명체로 바라봤던 백석의 시각은 분단 이후 재북 시기에 동화시의 창작을 통해 아이들에게 시심을 불러일으키고자 하는 방향으로 나아가게 된다. 그가 지향한 아동문학이 '아이-시인'에 관한 이전의 관점과 그렇게 멀리 있는 것이 아니었음을 이 시기 아동문학평론들을 통해 확인할 수 있다.

동화는 생활에 대한, 전체 세계에 대한 현실 관계에서 선량하고 심각한 륜리적 견해를 불러 일으키며, 인간, 진리, 선, 아름다운 것, 자기네 인민, 령도자들에 대한 애정의 정신을 넣어주는 것으로 되는 동시에 세계, 로동, 주위의 모든 사물과 인간들에 대한 진정한 시적 관계에서 새로운 시대를 지향하는 모험심과 대담성을 고취하는 것으로 된다. 이런 의미에서 오늘 우리의 현실

---

25 이경수, 「마르샤크의 『동화시집』 번역을 통해 본 『집게네 네 형제』 창작의 의미」, 『비교한국학』 23-1, 국제비교한국학회, 2015, 179~212쪽.

이 동화를 요구하는 것은 실로 타당하다고 할 것이다.

여기서 말하는 동화는 문학으로서의 동화인바, 즉 시정(詩情)과 철학적 일반화를 동반한 동화이다. 시정으로 충일되지 못한 동화는 감동을 주지 못하며, 철학의 일반화가 결여된 동화는 심각한 인상을 남기지 못한다. 이러한 동화는 벌써 문학이 아니다. 동화에 있어서 시정이라 함은, 인간과 세계에 대한 감동적 태도이며 철학의 일반화라 함은 곧 심각한 사상의 집약을 말하는 것이다. 동화의 생명과도 같은 시와 철학은 동화의 여러가지 특질 속에 나타난다.[26]

백석이 이해하기에 동화는 세계와 사물과 인간이 진정한 시적 관계로 맺어져 새로운 시대를 지향하는 모험심과 대담성을 고취하는 장르로, 사회주의 건설을 사명으로 하는 당시의 북한문학이 긍정적으로 선취해야 하는 것이었다. 아이에 대한 각별한 애정은 이 시기 백석의 글에서도 지속적으로 발견되는데, 사회주의의 미래를 이끌어 갈 아이에게 읽히는 동화가 우선 문학이 되어야 함을 백석은 여러 차례 강조한다. 동화가 문학이 되기 위해서는 '시정'과 '철학'을 갖추어야 한다는 것이 백석의 생각이었다. 시정으로 충일하지 못한 문학은 감동을 주지 못하고 결국 아이들에게 깊은 인상을 주거나 영향을 미치지도 못한다고 그는 판단했다. 철학이 사상의 집약, 즉 일종의 주제의식에 해당하는 것으로 당시 북한의 다른 문학인들에 의해서도 일반적으로 강조되던 것이라면, '시정'의 강조는 백석의 개성적인 시각이라고 볼 수 있다.

---

26 백석, 「동화 문학의 발전을 위하여」, 『조선문학』, 1956.5.(김문주·이상숙·최동호 편, 앞의 책, 125~126쪽에서 인용)(강조는 인용자)

물론 선행 연구에서 살펴본 것처럼 이러한 관점은 고리키와 마르샤크의 영향을 통해 생성된 것이기도 했다. 그러나 백석이 '아이−시인'의 공통적인 자질과 품성에 일찌감치 눈뜨지 않았거나 '아이−시인'을 공동운명체로 보는 시각을 가지고 있지 않았다면, 아동문학에서 시정을 강조하는 그의 아동문학관은 결코 생성되지 않았을 것이다.

꽤 길게 이어지는 이 글에서 백석은 실패한 동화를 예로 들며 실패의 원인을 대개 시와 철학의 부족에서 찾는다. 특히 그가 강조하는 것은 시적 매력이다. 동화문학이 아름다운 환상이나 철학의 정신이나 시심의 발로를 갖출 것을 강조하는 백석의 관점은 이 시기 아동문학평론에서 자주 발견되는데 시정을 강조할 때의 백석의 목소리는 무척 단호하다. 리원우와 몇 차례 논쟁을 벌이며 백석은 점점 북한 문단에서 입지가 어려워지고 마침내 문학적 숙청에까지 이르게 되지만, 시의 길 대신 선택한 아동문학의 길이었던 만큼 그에게 '시정'의 포기란 시인으로서의 전부를 잃는 것으로 인식되었을 것이다. 동화시를 비롯한 동시의 창작은 백석이 북한 문단에서 그나마 자신의 문학적 관점을 지키며 시인으로서 살아갈 수 있는 유일한 길로 인식되었을 것이고, '시'와 '철학'이 균형 잡힌 모범적인 아동문학을 통해 사회주의 미래를 짊어질 아이들의 교육과 양성에 기여할 수 있으리라는 기대도 했을 것이다. 동화에서 도식주의적 경향을 경계하면서 그것을 "문학의 자살"[27]이라고까지 그가 강경하게 말한 것은 동화문학의 생명이 시에 있다는 백석의 직관적 판단이 있었기 때문이다. 이러한 생각은 하루아침에 형성된 것이

---

27 위의 글, 138쪽.

아니라 '아이—시인'의 고귀한 품성이라는 공통된 자질에 일찌감치 주목하며 '아이—시인'을 공동운명체로 생각해 왔던 분단 이전의 백석에게서부터 이어져 온 것이다. 시와 예술을 강조하는 백석의 관점은 동화에 "높은 시적 언어"[28]를 요구하는 데까지 이르게 된다. 백석은 높은 시적 언어는 "인민의 언어"이고 "투명하고 소박하다는"[29] 특성을 지닌다는 점을 강조하는데 생활의 언어에 기반한 투명하고 소박한 특성은 '아이—시인'의 품성으로 백석이 요구해 오던 것이기도 하다.

어리디 어린 굴은

저 홀로 바다를 떠다닌다,

갈 곳도 없이 떠다닌다.

그러노라면 날개 아닌 껍지가

왼쪽 겨드랑이에도

바른쪽 겨드랑이에도

가지런히 돋아난다.

— 「굴」 부분, 『아동문학』, 1956.12

(송준 편, 『백석 시 전집』, 흰당나귀, 2012, 419~421쪽에서 인용)

새끼 강가루는

업어 줘도 싫단다.

---

[28] 위의 글, 140쪽.
[29] 위의 글, 143쪽.

새끼 강가루는

안아 줘도 싫단다.

새끼 강가루는

엄마 배에 달린

자루 속에만

들어가 있잔다!

— 「강가루」 전문, 『아동문학』, 1957.4, 28쪽

무섭게 달려드는

검복에게로

오징어도 맞받아

달려들며

입을 쩍 벌리면서

먹물 토했네.

시꺼먼 먹물을

찍찍 토했네.

검복은 먹물 속에

눈 못 뜨고

숨 못 쉬고

갈팡질팡 야단났네.

이 통에 오징어는

검복의 등을 타고

옆구리를 폭 찔러

갈비뼈 하나 빼내었네.

(…중략…)

살결 곱던 검복이

얼룩덜룩해진 것은

바로 그 때 일.

오징어가 토한 먹물

그 몸에 온통 묻어

씻어도 씻어도 얼룩덜룩.

— 「오징어와 검복」 부분, 『집게네 네 형제』, 14∼22쪽

이 세상 어느 곳에

새 한 마리 산다네.

재주 없고 게으른

새 한 마리 산다네.

새맨가 하면

새매 아니고

독수린가 하면

독수리 아닌,

날쌔지도 억세지도 못한

새 한 마리 산다네.

(…중략…)

재주 없고 게으른

새 한 마리

말똥덩이 타고 앉아

쿡쿡 쪼으며

멋없이 성이 나

중얼대는 말―

"털이나 드문드문

났으면 좋지,

피나 쫄쫄

꼴으면 좋지!"

이 때에 지나가던

뭇새들이

이 꼴이 우스워

내려다 보며

서로 지껄여

우여주는 말―

"재주 없고 게을러

말똥만 쫓는

네 이름 다름 아닌

말똥굴이."

— 「말똥굴이」 부분, 『집게네 네 형제』, 84~87쪽

　　인용한 시들은 1956~1957년 사이 백석이 동시나 동화시라는 이름으로 발표한 시들 중 일부이다. 이 시들을 통해 백석이 아동문학으로 실현하고자 한 투명하고 소박한 언어와 시성詩性의 내용을 어느 정도 짐작해 볼수 있다. 제일 먼저 인용한 시 「굴」은 연체동물이자 자웅동체인 '굴'의 특이한 생태를 아이다운 호기심과 동심으로 그린 시로, 자문자답의 형식으로 되어 있다.[30] 흥미로운 것은 굴이 "엄마 아빠 없이 / 저 혼자 자라"는 것으로 그려진 점이다. 이 시의 화자가 굴을 연민의 시선을 바라보는 이유는 여기에 있다. "저 홀로 바다를 떠다"니는 "어리디 어린 굴"은 '가엾지만 용한' 모습으로 그려지는데, 이러한 굴의 품성에서 시인이 기대하는 '아이'의 품성을 읽어낼 수 있다. 생활의 언어에 기반한 소박한 언어로 '굴'의 특이한 생태를 보여주면서 굴처럼 외로워도 굴하지 않고 용감하고 씩씩하게 자랄 것을 아이에게도 기대한 것으로 보인다. 특이한 동물의 생태에 주목하는 동시 작가로서의 백석의 시선은 「강가루」에서도 이어진다. 새끼가 엄마의 뱃속 자루에 들어가 있는 독특한 캥거루의 외양과 생태는 아이들의 호기심을 자극할 만한 것이다. 이 시에서는 업어 달라거나 안아

30　현대시비평연구회 편, 『다시 읽는 백석 시』, 소명출판, 2014, 539쪽.

달라고 엄마를 조르며 떼를 쓰는 아이들의 일반적인 모습과 엄마 뱃속 자루에만 들어가 있으려고 하는 캥거루의 모습을 대비시켜 캥거루의 특이한 생태를 효과적으로 전달하는 데 성공하고 있다.[31] 표현의 반복을 통해 리듬감을 부여함으로써 소박한 언어를 통해 시성에 도달한 또 하나의 예로 이 시를 읽을 수 있다.

「오징어와 검복」과 「말똥굴이」는 『집게네 네 형제』에 수록된 동화시이다. 이 시집에 수록된 동화시들에는 대부분 동물들이 주체로 등장한다. 인용한 두 편의 시는 모두 한 행의 길이가 짧은 시행들로 구성되어 있다. 짧은 시행과 반복되는 문장의 구조, 의성어와 의태어의 개성적 사용 등을 통해 이 시들은 특유의 리듬감을 형성함으로써 음악성에 기여한다. 백석이 생각한 시성의 본질이 음악성에 있었음은 마르샤크의 『동화시집』과 백석의 『집게네 네 형제』를 비교한 선행 연구에서 이미 밝힌 바 있다.[32] 또한 백석은 학령 전 아동을 위한 문학에서 웃음의 역할을 강조한 바 있는데 인용한 두 편의 시는 아동문학이 어떻게 웃음을 효과적으로 유발할 수 있는지 보여주는 대표적 예라고 볼 수 있다. 「오징어와 검복」과 「말똥굴이」는 모두 동물 유래담의 성격을 지니는데 교훈을 주려는 의도가 있으면서도 그것을 웃음으로 감싸 안은 이 시의 형식은 백석이 지향한 '동화시'의 모범적인 사례이자 동화시에서 '시성'의 실현이 어떻게 이루어질 수 있는지를 보여주는 예로 볼 수 있다. 이 시기 '아이-시인'을 이어주는 자질로 백석은 음악성과 웃음을 강

---

31 위의 책, 683쪽.
32 이경수, 「백석의 동화시 창작과 음악성 실현의 의미」, 『우리문학연구』 47, 우리문학회, 2015, 303~337쪽.

조하는데 이는 모두 '시성'의 실현을 가능하게 하는 것이었다. 그런 점에서 백석의 동화시는 '아이 – 시인'의 결합체로서 의도적으로 선택된 장르였다고 볼 수 있다.

> 이러한 고찰은 곧 시적 개성을 고려하지 않을 수 없게 한다. 시적 개성을 고려한다 함은 곧 시인의 감성의 성격을 말하는 것으로 된다. 이제 누구나 다 같이 즉 류 연옥도 기중기를, 석 광희도 기중기를, 리 원우도 정 서촌도 김 순석도 다들 기중기를 한 길로써만 노래한다면 그 결과는 어떻게 될 것인가? 그때엔 우리 아동시의 다양한 쩨마의 세계가 좁아질 길밖에, 그리고 우리 아동들의 감정과 정서의 세계가 좁아질 길 밖에 없다. 이것은 곧 우리 문학의 고갈을 의미한다.[33]

류연옥의 「장미꽃」에 대해 아동문학분과 1956년 1·4분기 작품총화회의의 보고에서 '벅찬 현실'이 그려지지 않았다는 이유로 "유해로운 실패작"이라 간주한 것에 대한 반박으로 쓰인 이 글에서 백석은 시적 개성을 다시 한번 강조한다. '벅찬 현실'이라는 것은 시인의 개성에 따라 달라질 수 있는 것이지 모든 시인이 기중기를 통해 벅찬 현실을 그릴 수는 없다는 것이 백석의 생각이었다. 도식주의에 대한 비판이 이 글에서도 강하게 이어지는데, 그가 이토록 강력하게 반발했던 까닭은 아동문학에 대한 도식주의적 판단이 결과적으로 우리 문학을 고갈시킬 것이라는 확신이 있었기 때문이다. 동화시를 비롯한 아동문학에서 문

---

33 백석, 「나의 항의, 나의 제의」, 『조선문학』, 1956.9.(김문주·이상숙·최동호 편, 앞의 책, 149쪽에서 인용)

학적 돌파구를 찾은 백석으로서는 용납할 수도 타협할 수도 없는 견해였던 것이다. 그가 리원우 등을 향해 "시를 리해하는 능력"[34]이 부족하다고 강도 높게 비판하거나 "시는 깊어야 하며, 특이하여야 하며, 뜨거워야 하며 진실하여야 한다"[35]고 소리 높여 강조한 까닭도 바로 여기에 있다.

이 글에서는 한층 더 구체적으로 "음악적인 말들"[36]을 사용할 것과 "시에서의 률동"[37]을 강조하기에 이른다. 아동문학 작가들에게도 성인문학 작가 못지않은 문학성과 예술성을 주문했던 백석은 아동문학이 시가 될 수 있는 구체적 기준으로 음악성을 들었다. 결국 백석이 생각했던 시성은 음악성으로 구체화된 것이었으며, 백석은 동화시를 비롯한 동시에서 그러한 시성의 구현이 가능하다고 판단했던 것으로 보인다. 비록 논쟁에서 패배하고 실패로 끝나고 말았지만, 그의 전 시기 시에 걸쳐서 '아이-시인'을 공동운명체로 보고 그 속에서 시인의 고귀한 품성과 시성을 찾고자 한 백석의 시적 추구는 의미 있는 것으로 기억되어야 할 것이다.

5. '아이-시인'의 공동운명체

이 글에서는 아이와 시인을 관련짓는 백석의 시 「촌에서 온 아이」에

---

34 위의 글, 150쪽.
35 위의 글, 151쪽.
36 위의 글, 156쪽.
37 위의 글, 157쪽.

주목하여 백석이 생각한 아이와 시인의 관계를 살펴보고 시인의 표상이 직접적으로 등장하는 시를 통해 백석이 생각한 시인관은 어떠한 것이었는지 분석해 보았다. 백석의 시인관詩人觀은 아이에 대한 백석의 관점과 분단 이전의 시에서부터 긴밀히 관련되어 있었고, 그러한 백석의 관점이 분단 이후 재북在北 시기의 백석에게까지 지속성을 가지고 이어진다고 보았다. 따라서 분단 이후 재북 시기의 백석이 아동문학에서 '시'를 강조하고 동화시를 창작하는 데까지 나아가게 된 원인을 분단 이전 시와의 내적 연관성 속에서 찾아보고자 하였다. 그동안 분단 이후 재북 시기의 백석의 변모에 대해서는 북한 사회와 문단의 특수성 속에서 이해하려는 경향이 강했다. 외적인 영향에 의한 어쩔 수 없는 선택이라는 판단이 주를 이루었고, 그로 인해 재북 시기에 쓰인 백석의 동화시와 아동문학 평론에 대해서 그 가치를 인정하지 않는 경우도 종종 있었다.

이 글에서는 「촌에서 온 아이」를 실마리로 해서 일제 강점기 말의 백석 시에서부터 아이와 시인을 공동운명체로 보는 백석 특유의 관점이 나타나고 있었고, '시인'이 등장하는 일제 말기의 몇 편의 시에서 그러한 관점이 지속되어 시인의 슬픈 천명과 고독과 순수성이 강조되었으며, 이후 재북 시기의 아동문학평론과 동화시에서 그러한 관점이 좀 더 강화되었다는 사실을 규명하였다.

3부

백석 시의 연구 현황 검토와 시사적 의의

백석 시 전집 출간 및 어석 연구의 현황과 과제

1930년대 후반기 시에 나타난 '가난'의 의미

어석 연구의 새로운 지평을 연 백석 시어 분류 사전
　―『백석 시의 물명고―백석 시어 분류 사전』 서평

백석 시 전집 출간 및 어석 연구의 현황과 과제

1. 백석 시 전집 출간 현황

백석1912~1996[1] 시인이 2012년에 탄생 100주년을 맞으면서 백석전집을 비롯해 백석에 관한 자료집과 연구서 등이 쏟아져 나오고 있다.[2] 백석 시 전집을 비롯한 전집류는 1987년 이동순이 편한 『백석 시 전집』이 창작과비평사에서 출간된 이후 1990년대 중·후반까지 김학동 편, 『백석전집』새문사, 1990, 송준 편, 『백석 시 전집』학영사, 1995, 정효구 편, 『백석』문학세계사, 1996, 김재용 편, 『백석 전집』실천문학사, 1997 등이 출간되

---

1   백석이 북한에서 언제 사망했는지는 정확하게 알려지지 않다가 『동아일보』 2001년 5월 1일자 문화면 45쪽의 기사에서 백석이 1995년까지 생존해 있었다는 사실이 보도되면서 1995년을 백석의 사망 연대로 추정해 왔다. 이후 김재용 편, 『백석전집』(증보판), 실천문학사, 2011, 632쪽에서 유족의 확인을 거쳐 사망 시기를 1996년 1월로 정정해 수록하였으며, 최근에 송준은 『시인 백석』 1·2·3을 출간한 후 한 인터뷰에서 백석의 부인 이윤희 여사의 말을 빌려 1996년 2월 15일에 백석이 사망한 것으로 추정하였다.(송준, 「백석을 좇는 여정 그 고통과 환희」, 『시사IN』, 2012.10.17) 백석의 사망 날짜에 대한 이윤희 여사의 증언이 엇갈리는 것으로 보아 음력과 양력 사이에서 날짜에 대한 혼동이 발생했거나 기억의 착오가 있었을 가능성도 배제할 수 없다.
2   2012~2013년에 출간된 백석 전집류나 자료집으로는 이동순·김문주·최동호 편, 『백석 문학 전집』 1-시, 서정시학, 2012; 김문주·이상숙·최동호 편, 『백석 문학 전집』 2-산문, 서정시학, 2012; 송준 편, 『백석 시 전집』, 흰당나귀, 2012; 정선태 편, 『백석 번역 시 선집』, 소명출판, 2012; 송준, 『시인 백석』 1·2·3, 흰당나귀, 2012; 송준 편, 『백석 번역시 전집』 1, 흰당나귀, 2013 등이 있다.

었다.[3] 이후 이 전집들에 대한 비판적 검토가 이루어진 후[4] 2000년대 중반 무렵부터 지금까지 이숭원 주해, 이지나 편, 『원본 백석 시집』깊은샘, 2006; 고형진 편, 『정본 백석 시집』문학동네, 2007; 이숭원, 『백석을 만나다』태학사, 2008; 이동순·김문주·최동호 편, 『백석 문학 전집』1 – 시서정시학, 2012; 김문주·이상숙·최동호 편, 『백석 문학 전집』2 – 산문서정시학, 2012; 송준 편, 『백석 시 전집』흰당나귀, 2012 등이 발간되었다.

2002년 당시까지 출간된 백석 시 전집에 대해서는 그 차이와 오류 등이 선행 연구에서 검토된 바 있으므로, 이 글에서는 2000년대 중반 이후 출간된 네 종의 백석 시 전집[5]을 중심으로 전집의 출간 현황을 검토하고, 그것을 토대로 백석 시에 대한 어석 연구의 현황과 쟁점을 분석해 보고자 한다. 이를 통해 백석 시에 대한 실증적 연구의 남은 과제를 살펴보는 것이 이 글의 목적이다.

이숭원 주해, 이지나 편, 『원본 백석 시집』깊은샘, 2006은 백석이 시작 활동을 시작한 1935년부터 해방 후 1948년까지 발표한 작품의 원본을 찾아서 사진을 찍어 출간한 시 전집으로 주요 시어에 뜻풀이가 각주로 달려 있는 것을 제외하고는 원문 그대로 충실히 싣는 것을 원칙으로 하였다. 원본 텍스트를 사진으로 찍어 실은 형식의 전집이 출간된 것은

---

3   이 중 송준 편, 『백석 시 전집』은 2004년에 학영사에서 다시 출간되었으며, 김재용 편, 『백석전집』은 자료를 보완해서 증보판이 몇 차례에 걸쳐 출간되었다.

4   이경수, 「한국 현대시의 반복 기법과 언술 구조–1930년대 후반기의 백석·이용악·서정주 시를 중심으로」, 고려대 박사논문, 2002, 28~30·68~71·77~78·92·96쪽; 이지나, 「백석 시 원본과 후대 판본의 비교 고찰」, 『한국시학연구』15, 한국시학회, 2006, 273~297쪽.

5   이숭원 주해, 이지나 편, 『원본 백석 시집』, 깊은샘, 2006; 고형진 편, 『정본 백석 시집』, 문학동네, 2007; 이동순·김문주·최동호 편, 『백석 문학 전집』1 – 시, 서정시학, 2012; 송준 편, 『백석 시 전집』, 흰당나귀, 2012를 대상으로 최근의 백석 시 전집 출간 현황을 검토하는 것이 이 글의 목적이다. 김문주·이상숙·최동호 편, 『백석 문학 전집』2 – 산문, 서정시학, 2012는 산문전집이므로 이 글의 연구 대상에서는 제외했다.

2003년에 출간된『원본 정지용 시집』부터라고 할 수 있는데, 이는『학조』창간호에 발표된「파충류동물」의 원본이 오랫동안 공화의「바나나」라는 다른 시의 일부와 합쳐진 잘못된 형태로 민음사판『정지용전집』1 - 시에 실려 있다가 2003년에『다시 읽는 정지용 시』의 출간을 준비하는 과정에서「파충류동물」의 원본을 확인해 이러한 오류를 정정하면서부터 시작되었다고 볼 수 있다. 이렇듯 최초 발표 지면을 확인해 원본 텍스트를 확정하는 작업은 모든 실증적 연구의 가장 기초적인 작업이라고 할 수 있는데 백석의 경우에는 2006년에 출간된『원본 백석 시집』에서 1948년까지 발표된 시 전체의 원본이 확인된다.[6]

그러나 백석의 분단 이전 시가 발표된 1935~1948년까지의 시기는 원본 자체에 인쇄상의 오식이나 오기가 많았던 시절이라 원본을 확인한 후에 반드시 이루어져야 하는 후속 작업이 정본을 확정하는 일이다. 2007년에 출간된 고형진의『정본 백석 시집』은 이러한 문제의식 아래 시도된 정본을 지향하는 백석 시집이었다고 평가할 수 있다. 고형진의『정본 백석 시집』에도 1948년까지 백석이 발표한 시 전체가 수록된다. 이 시집은 앞부분에 고형진이 확정한 백석 시의 정본이 수록되어 있고 뒷부분에 해당 시의 원본이 수록되어 있는 형식을 취하고 있다. 정본에는 각각의 시 뒤에 시어 풀이가 붙어 있다.

이숭원 주해, 이지나 편,『원본 백석 시집』과 고형진 편,『정본 백석 시집』은 시어 풀이에서 서로 이견을 보이기는 하지만 그 이전까지 출간된 백석 시 전집의 오류를 상당 부분 극복한 의미 있는 성과였다고

---

6   그 이전에도 백석에 대한 개별 연구들에서 백석 시의 원본이 상당 부분 확인되긴 했지만, 사진 전집의 형태로 출간된 것은『원본 백석 시집』이 처음이라고 할 수 있다.

평가할 수 있다. 다만 1948년까지 발표된 백석 시만 싣고 있어서 이후 북한에서 발표한 백석의 시를 확인할 수 없는 점은 아쉬움으로 남는다. 『원본 백석 시집』의 경우에는 이숭원의 『백석을 만나다』를 통해 시 해석이 상당 부분 보완된다. 『백석을 만나다』는 오랫동안 백석 시 연구에 기여해 온 연구자의 의욕과 열정이 발현된 저서로 백석의 북한 시를 제외하고 전편 해설을 시도했다는 점에서 의미를 지닌다.

그런데 이숭원 주해, 이지나 편, 『원본 백석 시집』을 보완한 이숭원의 『백석을 만나다』와 고형진 편 『정본 백석 시집』은 백석 시의 원문 수록이나 시어 및 시 해석 등에서 상당한 의견 차이를 보인다. 두 연구자의 책이 모두 원본을 확인하고 수록한 것인데 시 원문에 차이가 나는 결정적인 이유는 일차적으로는 백석 시 원문이 갖는 특징에 있다. 백석이 신문이나 잡지에 시를 발표한 시기는 1930년대 중반~1940년대에 걸친 시기로, 신문이나 잡지의 편집 체제나 원칙이 엄밀하게 세워져 있지 않았다. 특히 독특한 시행 및 연 구성을 가지고 있었던 백석 시의 경우, 많은 오류를 포함할 수밖에 없었다. 백석의 시는 한 행의 길이가 길어서 다음 줄로 이어질 경우 오늘날처럼 들여쓰기를 하지 않고 내어쓰기를 하는 형식적 특징을 보이는데, 이 경우에도 원칙이 엄밀하게 지켜지지 않아서 연구자의 주관적 판단이 필요한 경우가 적지 않다. 또한 페이지가 바뀌는 바람에 연 구분을 한 것인지 이어서 쓴 것인지 판단하기 어려운 경우도 백석 시는 다수 포함하고 있다. 이런 경우에도 백석 시의 일반적인 시행 구성의 특징이라든가 시의 의미 단위, 시상의 전개와 흐름, 호흡과 리듬 등을 전반적으로 고려하여 연구자가 판단을 내려야 하므로, 연구자의 주관적인 생각이 개입할 여지가 적지 않다. 이숭원과 고형진의 백석 시 전집에서 원문 수록에 차이가 발견되는 경우는 대개 이러한 이유 때문이다. 더불어 이숭원과 고형진이 참조한 백석 시집『사슴』의 판본이 달랐다는 데도 또 하나의 원인이 있었다. 이숭원은 국립중앙도서관 소장본『사슴』을, 고형진은 고려대학교 도서관 소장본『사슴』을 각각 원본으로 하여 백석 시 전집을 출판했는데, 두 소장본 사이에 몇 가지 차이가 있어서 그것이 이숭원과 고형진이 편한『원본 백석 시집』과『정본 백석 시집』에도 그대로 반영되어 있다. 백석 시의 원본 자체가 불완전성을 가지고 있으므로 원문의 정확성에 대한 판단을 내리기는 쉽지 않다. 다만, 그렇기 때문에 원문을 확정하기 위해서는 충분한 근거를 통해 설득력을 확보할 필요가 있어 보인다.

  대표적인 예를 몇 가지 들면 다음과 같다. 먼저 시행 분절 및 연 구분에서 차이가 발견되는 경우이다.『朝光』1937년 10월호에 실린「山谷」의 4연의 끝부분을 어떻게 행을 나눌 것인지에 대해서 고형진과 이숭원은 의견 차이를 보인다. "날이 어서 추워져서 쑥국화꽃도 시들고 이 바즈런한 백성들도 다 제 집으로 들은 뒤에 이 골안으로 올 것을 생각하였다"에 대해 고형진은 백석 시에서 일반적으로 들여쓰기가 된 부분은 행을 나누지 않겠다는 표시임을 근거로 들어 한 행으로 보았다. 반면에『원본 백석 시집』과『백석을 만나다』에서는「산곡」의 4연을 다음과 같이 수록하고 "날이 어서 추워져서 ~ 올것을 생각하였다"를 3행으로 분절해서 보았다.

낮기울은날을 해ㅅ볕 장글장글한 퇴ㅅ마루에 걸어앉어서
지난여름 도락구를타고 L헤ᅢ땅에가서 꿀을치고

돌아왔다는 이 벌들을 바라보며 나는
날이 어서 추워져서 쑥국화꽃도 시들고
이 바즈런한 백성들도 다 제집으로 들은뒤에
이곬안으로 올것을 생각하였다

― 「山谷」 부분, 이숭원 주해, 이지나 편, 『원본 백석 시집』, 태학사, 2006, 132쪽

"이 바즈런한"으로 시작되는 행과 "이 곬안으로"로 시작되는 행이 모두 들여쓰기가 되어 있어서 연구자들 간에 의견 차이가 빚어졌다고 볼 수 있는데, 이숭원은 『백석을 만나다』에서 만약 위의 행이 같은 행이었다면 "이 바즈런한 백성들도 다 제집으로 들은뒤에 이곬안으로 / (들여쓰기)올것을 생각하였다"와 같은 형태로 조판했을 거라는 점을 근거로 들어 "날이 어서 추워져서~올것을 생각하였다"를 3행으로 나누어 보아야 한다고 주장했다.[7] 그러나 이러한 견해는 설득력이 부족해 보인다. 이 시가 수록된 지면이 1937년 10월에 발간된 『朝光』임을 감안하면, 긴 행을 판형을 고려해 수록하는 과정에서 기술적인 한계로 인해 긴 행을 임의로 분절해 수록했을 가능성을 고려하지 않을 수 없다. 더구나 동일하게 들여쓰기된 "지난여름~벌들을 바라보며 나는"은 1행으로 보고 바로 이어지는 "날이 어서 추워져서~올것을 생각하였다" 부분만 3행으로 보는 것은 일관된 기준이 적용된 판단이라고 보기 어렵다.

낮 기울은 날을 햇볕 장글장글한 툇마루에 걸어앉어서

---

7   이숭원, 『백석을 만나다』, 태학사, 2008, 283~284쪽.

지난 여름 도락구를 타고 장진長津땅에 가서 꿀을 치고 돌아왔다는 이 벌

들을 바라보며 나는

날이 어서 추워져서 쑥국화꽃도 시들고

이 바즈런한 백성들도 다 제 집으로 들은 뒤에

이 골안으로 올 것을 생각하였다

— 「산곡」 부분, 이동순·김문주·최동호 편, 『백석 문학 전집』 1 – 시, 서정시학, 2012, 112쪽

2012년 서정시학에서 출간된 『백석 문학 전집』 1 – 시에서는 이숭원의 견해를 받아들여 "지난 여름~벌들을 바라보며 나는"은 한 행으로 보고, "날이 어서 추워져서~올 것을 생각하였다"는 위와 같이 분절하여 3행으로 보았다. 그러나 시각적 표지가 동일한 두 부분을 하나는 1행으로, 다른 하나는 3행으로 판단하는 것은 일관된 기준이 적용된 예라고 볼 수 없어서 선뜻 동의하기 어렵다. 그보다는 동일한 기준을 적용해 판단한 고형진의 견해가 좀 더 설득력이 있어 보인다. 당시 잡지의 편집 기술이 오늘날처럼 발달해 있지 않았고 원칙도 오늘날처럼 엄격하게 정립되어 있었다고 보기는 어려우므로, 이 시의 행 구분을 판단하는 데는 백석 시의 리듬을 고려하는 것이 오히려 더 적절해 보인다. 백석의 시에서는 마지막 행이나 연에서 긴 행을 통해 유장한 리듬을 만들어내는 예가 적지 않았다. 특히 '생각하다' 같은 서술어가 쓰일 때 그 앞에 오는 말이 길게 이어지는 경우가 적지 않았는데, 이 시의 경우에도 "날이 어서 추워져서 쑥국화꽃도 시들고 / 이 바즈런한 백성들도 다 제 집으로 들은 뒤에 / 이 골안으로 올 것을 생각하였다"가 3행으로 분절되어 읽히는 것보다는 한 행으로 읽히는 것이 백석 시의 통

상적인 리듬에 더 부합하는 것으로 보인다. 따라서 이 부분은 아래와 같이 한 행으로 시집에 수록하는 것이 타당해 보인다.

낮 기울은 날을 햇볕 장글장글한 툇마루에 걸어앉어서

지난 여름 도락구를 타고 IﻴﻪI땅에 가서 꿀을 치고 돌아왔다는 이 벌들을 바라보며 나는

날이 어서 추워져서 쑥국화꽃도 시들고 이 바즈런한 백성들도 다 제 집으로 들은 뒤에 이 골안으로 올 것을 생각하였다

— 「山숙」 부분, 고형진 편, 『정본 백석 시집』, 문학동네, 2007, 85~86쪽

그 밖에도 『원본 백석 시집』과 『정본 백석 시집』을 비롯한 기출간된 백석 시 전집에서는 백석 시 원문의 수록 형태상 시행 분절이나 연 구분에서 차이를 보이는 경우가 적지 않은데, 이에 대해서는 원문의 수록 형태를 비롯해 백석 시의 리듬과 호흡, 문체 등을 고려해 충분한 근거를 가지고 정본을 확정할 필요가 있어 보인다. 이에 대해서는 공론의 장에서 좀 더 활발한 논의가 이루어져야 한다.

백석 시인이 탄생 100주년을 맞이한 2012년에 백석의 창작시 전체를 포괄한 전집이 비로소 출간된다. 이동순·김문주·최동호가 편한 『백석 문학 전집』 1 − 시는 현재까지 확인되는 백석의 창작시 전체를 수록한 최초의 시 전집이라고 할 수 있다.[8] 이 전집은 '제1부 『사슴』 이전의 시, 제2부 시집 『사슴』, 제3부 『사슴』 이후의 시, 제4부 분단

---

8 이후 같은 해 9월에 출간된 송준 편 『백석 시 전집』에서 「병아리 싸움」, 「계월향사당」, 「우레기」, 「굴」, 「감자」 등 5편의 시 작품이 추가로 더 발굴된다.

이후의 동시·동화시, 제5부 분단 이후의 시'로 구성되어 있다. 이 전집에 새로 수록된 작품으로는 「등고지」, 「천년 이고 만년이고……」, 「조국의 바다여」가 있다. 그런데 백석 시 전체를 포괄한 전집이라는 의의에도 불구하고 『백석 문학 전집』 1 – 시는 원본과의 대조 작업을 충실히 하지 않아 발생한 오류들을 상당 부분 포함하고 있는 한계를 드러낸다.[9] 또한 이 전집에도 각주의 형식으로 주요 시어 풀이를 달아 놓았으므로 기 출간 시 전집들의 시어 풀이와 어떤 차이점이 있는지 비교하는 작업이 이루어져야 한다.

역시 2012년에 출간된 송준이 편한 『백석 시 전집』은 1995년에 학영사에서 출간되고 2004년에 다시 출간된 『백석 시 전집』을 보완한 시 전집이다. 이 시 전집에는 「병아리 싸움」, 「계월향사당」, 「우레기」, 「굴」, 「감자」 등의 새로 발굴된 시가 추가로 수록되어 있다. 서정시학에서 출간된 『백석 문학 전집』 1 – 시 수록시와 송준이 편한 『백석 시 전집』의 수록시를 대조하면 현재까지 확인되는 백석 시의 총량은 148편이라고 할 수 있다.[10] 송준이 편한 『백석 시 전집』은 시어 풀이를 시집의 뒤에 따로 수록하는 형식을 취했는데 시의 문맥을 고려하지 않고 사전적 풀이에만 의존한 나머지 시어 풀이에서 오류가 다수 확인된다.

9　『백석 문학 전집』 1 – 시(개정판)에서는 이러한 오류들이 수정되었다.

10　『사슴』 이전에 발표되었다가 『사슴』에 수록된 「정주성」, 「주막」, 「여우난곬족」, 「통영」, 「고야」는 시집 『사슴』 수록본만을 총 편수에 포함해 계산하였다. 이렇게 계산했을 때 서정시학 『백석 문학 전집』 1 – 시에 수록된 백석 시의 총량은 「당나귀」까지 포함해서 142편이다. 여기에 송준이 새로 발굴해 수록한 5편의 시, 「병아리 싸움」, 「감자」, 「우레기」, 「굴」, 「계월향사당」과 백석의 일문시 「나 취했노라」를 합친 편수가 148편이다. 다만, 「당나귀」를 시로 보는 것이 가능한지의 여부와 일문시의 처리 문제에 대해서는 좀 더 논의가 필요해 보인다. 그 밖에도 송준 편 『백석 시 전집』에서는 번역시와 산문도 구별하지 않고 시로 포함해 수록하고 있는데 이 글에서는 그러한 작품들은 백석 시 총 편수에 포함시키지 않았다.

그 밖에 원문과 다른 오류 또한 발견된다.

『백석 문학 전집』1−시의 대표적 오류로는 다음과 같은 것들이 있다. 우선「머리카락」의 출전에 오류가 있다.『백석 문학 전집』1−시에는「머리카락」이『매일신보』1942년 11월 17일자에 실려 있다고 되어 있지만 이는 오류이다.「머리카락」은『매일신보』1942년 11월 15일자에 실린 김종한의「조선시단의 진로」라는 글에 인용되어 있다. 김종한의「조선시단의 진로」는『매일신보』1942년 11월 13~17일자 2면에 5회에 걸쳐서 연재되었는데, 그중 3회 연재분인 11월 15일자『매일신보』에 백석의「머리카락」이 수록되어 있다.「머리카락」의 출전의 오류는『백석 문학 전집』1−시에만 해당하는 것은 아니다. 이 작품을 최초로 발굴한 것은 실천문학사에서 나온 김재용 편,『백석 전집』에서였는데, 이 사실이 기사화될 때『매일신보』1942년 11월 17일자에「머리카락」이 실려 있다고 알려졌고[11] 이후 다른 전집들은 이 오류를 확인하지 않고 되풀이한 것으로 추정된다. 김재용 편,『백석 전집』에는 2008년 5월에 출간된 증보 7쇄까지는 이 작품이 실리지 않았다가 2011년 2월에 출간된 개정증보판에는「머리카락」의 본문이 실리는데, 정작 작품 연보에서는 누락되어 있어서 명확한 출전이 밝혀져 있지 않은 상태다. 서정시학의『백석 문학 전집』1−시에는 1942년 11월 17일자로 출전이 잘못 기록되어 있고, 송준 편『백석 시 전집』에는『동아일보』1942년 8월로 전혀 엉뚱한 출전이 밝혀져 있다.

「머리카락」의 본문에서도 오류가 보인다.

---

11 「꼭꼭 숨었던 백석 시 '머리카락' 찾았다」,『중앙일보』, 2009.3.16.

큰마니야 네머리카락 엄매야 네머리카락 삼춘엄매야 네머리카락

머리 빗고 빗덥에서 꽁지는 머리카락

큰마니야 엄매야 삼춘엄매야

머리카락을 텅납새에 씨우는것은

큰마니머리카락은 아릇간 텅납새에 엄매머리카락은 웃깐 텅납새에 삼춘엄매머리카락도 웃깐 텅납새에 텅납새에 씨우는것은

큰마니야 엄매야 삼춘엄매야

일은 봄철 산넘어 먼데 해변에서 가무래기오면

힌가무래기 검가무래기 가무래기 사서 하리불에 구어먹잔 말이로구나

큰마니야 엄매야 삼춘엄매야

머리카락을 텅납새에 씨**우는것은** 또

구시월 황하두서 황하당세오면

막대침에 가는 세침 바늘이며 **취얼옥색** 쇡두손이 연분홍 물감도 사잔 말이로구나

— 「머리카락」 전문, 『매일신보』, 1942.11.15 (강조는 인용자)

큰마니야 네 머리카락 엄매야 네 머리카락 삼촌엄매야 네 머리카락

머리 빗고 빗덥에서 꽁지는 머리카락

큰마니야 엄매야 삼촌엄매야

머리카락을 텅납새에 끼우는 것은

큰마니 머리카락은 아릇간 텅납새에 엄매 머리카락은 웃칸 텅납새에 삼촌엄매 머리카락도 웃칸 텅납새에 텅납새에 끼우는 것은

큰마니야 엄매야 삼촌엄매야

일은 봄철 산너머 먼 데 해변에서 가무래기 오면

흰가무래기 검가무래기 가무래기 사서 하리불에 구어 먹잔 말이로구나

큰마니야 엄매야 삼촌엄매야

머리카락을 텅납새에 끼우는 것은

구시월 황하두서 황하당세 오면

막대심에 가는 세침 바늘이며 **추월옥색** 꼭두손이 연분홍 물감도 사잔 말이

로구나

— 「머리카락」 전문, 이동순·김문주·최동호 편, 앞의 책, 175~176쪽(강조는 인용자)

위에 인용된 두 편의 시를 살펴보면 수록 형태에서 많은 차이가 발견된다. 합용 병서를 각자 병서로 바꾸거나 띄어쓰기를 현대어 띄어쓰기 규정에 맞게 바꾸거나 한 정도의 변형은 무시하더라도 「머리카락」 원문 10행에 있던 '쏘'가 『백석 문학 전집』 1 – 시 수록본에서는 누락되어 있으며, 마지막 행의 "막대침"은 "막대심"으로, "취얼옥색"은 "추월옥색"으로 잘못 표기되어 있다.

큰마니야 네 머리카락

엄매야 네 머리카락

삼촌엄매야 네 머리카락

머리 빗고 빗덥에서 꽁지는 머리카락

큰마니야 엄매야 삼촌엄매야

머리카락을 텅납새에 끼우는 것은

큰마니 머리카락은 아릇간 텅납새에

엄매 머리카락은 웃칸 텅납새에

삼촌엄매머리카락도 웃칸 텅납새에

텅납새에 끼우는 것은

큰마니야 엄매야 삼촌엄매야

일은 봄철 산너머 먼 데 해변에서 가무래기 오면

힌가무래기 검가무래기 가무래기 사서 하리불에 구어 먹잔 말이로구나

큰마니야 엄매야 삼촌엄매야

머리카락을 텅납새에 끼우는 것은

구시월 황하두서 황하당세 오면

막대심에 가는 세침 바늘이며 추월옥색 꼭두손이

연분홍 물감도 사잔 말이로구나

　　　　　　　— 「머리카락」 전문, 송준 편, 『백석 시 전집』, 흰당나귀, 2012, 210쪽(강조는 인용자)

　　오류는 송준 편 『백석 시 전집』에 수록된 「머리카락」에서도 발견된
다. 『백석 시 전집』의 667쪽에 수록된 작품 연보에서 「머리카락」의 발
표지와 발표연도가 『동아일보』 1942년 8월로 잘못 기록되어 있으며,
시행의 분절에서도 많은 오류가 발견된다. 『매일신보』 수록본은 백석
특유의 내어쓰기 방식의 시행 분절을 보이고 있어서 시행 분절이 비교
적 잘 드러나는데 『백석 문학 전집』에서는 시 원본에 비해 시행을 더
잘게 분절하고 있다. 아마도 그것은 같은 책 211쪽에 수록한 「머리카
락」의 일문시 「髮の毛」의 시행을 참조한 까닭으로 추정되는데,[12] 「머

12　송준 편, 『백석 시 전집』에서 「머리카락」은 210쪽에, 일문시 「髮の毛」는 211쪽에 수록
　　하고 있는데, 「머리카락」은 18행, 「髮の毛」는 17행으로 「머리카락」의 마지막 두 행이

리카락」을 먼저 써서 발표하고 그 이듬해 일문 번역시로「髮の毛」를 써서 발표한 것이므로 일문 번역시「髮の毛」를 기준으로「머리카락」의 시행 분절을 판단하는 것은 적절해 보이지 않는다. 그 밖에 강조 표시한 부분에서 확인되는 바와 같이 이동순·김문주·최동호 편, 『백석 문학 전집』 1 – 시 수록본의 오류를 송준 편『백석 시 전집』 수록본도 동일하게 답습하고 있음을 알 수 있다.

또한『백석 문학 전집』 1 – 시의 제4부에 201~206쪽에 걸쳐 싣고 있는「집게네 네 형제」는 1957년 조선작가동맹출판사에서 출간된『집게네 네 형제』에 수록된「집게네 네 형제」의 원문과 비교할 때 시행 들여쓰기에서 오류가 발견된다.

그러나
막내동생은
아무것도 아니 쓰고
아무 꼴도 아니 하고
아무 짓도 아니 하고
집게로 태여난 것
부끄러워 아니 했네.

그런데

일문시「髮の毛」에서 한 행으로 합쳐진 것을 제외하면 대체로 시행이 일치하는 것을 확인할 수 있다. 667쪽의 작품 연보를 참고하면「髮の毛」는 1943년 7월 20일『설백집』에 실려 있는 것으로 되어 있으므로「머리카락」을 먼저 쓰고 이후 그 일문 번역시를『설백집』에 수록한 것으로 추정된다.

어느 하루

밀물이 많이 밀어

물웅덩이 밀물에

잠겨 버렸네.

이 때에 그만이야

강달소라 먹고 사는

이'발 센 오뎅이가

밀물 따라

떠들어 와

강달소라 보더니만

우두둑 우두둑

깨물었네.

— 「집게네 네 형제」 부분, 이동순·김문주·최동호 편, 앞의 책, 203쪽

『백석 문학 전집』 1−시 수록본 「집게네 네 형제」는 유독 인용한 부분 중 앞의 두 연에서만 독특한 들여쓰기를 보여주고 있는데, 원문을 확인해 본 결과 삽화의 삽입으로 인해 "이 때에 그만이야~"로 시작되는 연이 어쩔 수 없이 돌출된 것임을 확인할 수 있었다.[13]

1957년에 출간된 『집게네 네 형제』에서 이와 같이 삽화의 위치로 인해 시행이나 연이 돌출한 예는 위의 경우 외에도 11쪽에 실린 「쫓기

---

13 백석, 『집게네 네 형제』, 6쪽.

그러나
막내동생은
아무것도 아니 쓰고
아무 끌도 아니 하고.
아무 것도 아니 헝고
집게로 태여난 것
부끄러워 아니 했네.

그런데
어느 하루
먼물이 많어 밀어
풀웅녘이 먼물에
잠겨 비렸네.

이 때에 그만이야
강달소라 먹고 사는
이'발 센 오멩이가
밀문 따라
떠들어 와
강달소라 모며니만
우두둑 우두둑
까뭍었네.

달래」, 47쪽의 「산골 총각」, 72쪽의 「나무 동무 일곱 동무」 등에서 발견된다. 『백석 문학 전집』1 – 시에서도 나머지 시들의 경우엔 오류 없이 수록하고 있다.

『집게네 네 형제』 수록시들을 모두 확인해 본 결과, 시행 들여쓰기를 한 경우는 꿈 장면임을 드러내는 경우밖에 없었다.

하루는 이 메기
꿈을 꾸었네—

조그만 강을
자꾸만 내려가
큰 강 되고,
크나큰 강을
자꾸만 내려가
넓은 바다 되더니,
넓은 바다
설레는 물속에서
푸른 실, 붉은 실
입에 물고
하늘로 둥둥
높이 올랐네.

그러자 꿈을 깬

메기의 생각엔—

이것은 분명

룡이 될 꿈.

— 「어리석은 메기」 부분, 『집게네 네 형제』, 56~57쪽

나무 동무 일곱 동무

밤마다 꿈꾸었네—

　괴목이 되는 꿈

　전선대가 되는 꿈

　배판장이 되는 꿈

　연장이 되는 꿈

　동발이 되는 꿈

　종이가 되는 꿈

　문짝이 되는 꿈.

— 「나무 동무 일곱 동무」 부분, 『집게네 네 형제』, 70쪽

　인용한 두 편의 시에서 연이나 시행이 들여쓰기 된 부분은 모두 꿈 장면을 나타낸 부분이다. 「어리석은 메기」에서는 넓은 바다 물속에서 푸른 실, 붉은 실을 입에 물고 하늘로 둥둥 높이 오르는 메기의 꿈을 묘사한 연을 들여쓰고 있다. 마찬가지로 「나무 동무 일곱 동무」에서도 나무 동무 일곱 동무가 밤마다 꾸는 꿈을 보여주는 장면에서 시행을 들여쓰고 있다. 이런 경우는 매우 의도적인 형식적 장치라고 보아야 한다. 『집게네 네 형제』 수록시에서는 이런 경우를 제외하고는 시행을 들

여쓴 부분을 찾을 수 없다.

송준이 편한 『백석 시 전집』에서는 『백석 문학 전집』 1-시와는 다른 오류를 범하고 있다. 「집게네 네 형제」의 해당 부분은 오류 없이 수록하고 있지만, 「어리석은 메기」의 꿈 장면과 「나무 동무 일곱 동무」의 꿈 장면에서 들여쓰기를 하지 않고 앞뒤의 연이나 행과 동일한 형식으로 시행과 연을 배치하고 있다.[14]

그 밖에도 『조선문학』 1960년 3월호에 실린 「눈」은 기 출간 시 전집 수록시에서 모두 한 행이 누락되어 있다. 「눈」의 4연은 8행으로 이루어져 있는데, 김재용 편, 『백석전집』 수록본과 이동순·김문주·최동호 편, 『백석 문학 전집』 1-시 수록본, 송준 편, 『백석 시 전집』 수록본에서는 「눈」의 4연이 7행으로 되어 있다. 확인해 본 결과, "또 하루 당의 뜻 대로 살은 떳떳한 마음 우에"와 "눈이 내린다, 눈이 쌓인다" 사이에 "오늘의 만족 우에, 래일의 희망 우에"라는 행이 누락되어 있었다.[15] 이러한 오류들은 추후의 연구를 통해 좀 더 면밀히 밝혀지고 수정될 필요가 있다.

2. 어석 연구의 현황과 쟁점

백석은 평북 정주 지역의 방언과 고어 및 표준어와의 경쟁에서 누락된

---

14 송준 편, 『백석 시 전집』, 361~362·380쪽.
15 김재용 편, 『백석 전집』(증보판), 실천문학사, 2008, 365쪽; 이동순·김문주·최동호 편, 앞의 책, 323쪽; 송준 편, 『백석 시 전집』, 445쪽.

말 등을 시에 적극적으로 활용했으므로 초창기 연구에서부터 그의 시어에 대한 어석 연구는 활발히 이루어졌다. 백석에 관한 최초의 학위논문인 고형진의 석사논문에서 백석의 시어에 대한 어석 연구가 선구적으로 시도되었고, 이후 1987년에 이동순 편, 『백석 시 전집』이 출간되면서 백석의 시에 등장한 시어에 대한 풀이는 본격적으로 이루어진다.

최근에도 이숭원 주해, 이지나 편, 『원본 백석 시집』과 이숭원, 『백석을 만나다』에서 시도한 분단 이전의 백석 시 전편 해설, 고형진의 『정본 백석 시집』에서 시도한 어석 풀이, 최정례의 박사논문에서 시도한 일부의 어석 풀이, 서정시학에서 출간된 『백석 문학 전집』 1 – 시의 어석 풀이와 송준의 『백석 시 전집』에서 시도한 어석 풀이 등이 지속적으로 이루어져 왔다. 그 밖에도 『백석 시 읽기의 즐거움』에 수록된 개별 작품 해설과 다양한 연구자들의 부분적 연구들까지 백석의 시에 대한 어석 연구는 아직도 현재진행중이라고 할 수 있다.

이 글에서는 그중에서도 백석 시의 어석 연구에서 쟁점이 되어 온 몇 가지 문제들을 유형화해서 살펴보고자 한다. 첫째, 근거 자료의 부족으로 인해 시어의 정확한 의미가 밝혀지지 않아 연구자에 따라 의견이 갈리는 경우를 들 수 있다. 백석 시의 어석 연구 중 가장 많은 비중을 차지하는 것으로, 문제적인 부분이라고 할 수 있겠다. 이 글에서는 비교적 최근에 출간된 백석 시 전집 네 권을 대상으로 몇 가지 대표적인 사례를 살펴보고자 한다.[16]

〈표 1〉에서 예로 든 「古夜」에서 논쟁의 대상이 되는 시어는 '쥔두기

16 이숭원 주해, 이지나 편, 『원본 백석 시집』의 경우, 이후 이숭원의 『백석을 만나다』에서 일부 시어 풀이가 보충되므로 두 권의 책을 함께 고려해 비교하기로 한다.

	『정본 백석 시집』(고형진 편)	『원본 백석 시집』(이숭원 주해, 이지나 편) + 『백석을 만나다』(이숭원)	『백석 문학전집』 1 – 시 (이동순·김문주·최동호 편)	『백석 시 전집』(송준 편)
쥔두기송편		"진드기 모양처럼 작고 동그랗게 빚은 송편"이라는 어석이 나와 있는데, 먹는 것을 진드기에 비유한다는 것은 받아들이기 어렵다. 작고 존득하게 빚은 송편을 뜻하는 것으로 짐작된다.		쥔드기 모양으로 작고 동그랗게 빚은 송편.
진상항아리	가장 소중한 항아리.	귀한 물건을 넣어 두는 항아리. 사전에 "허름하고 보잘것없는 항아리"라고 나와 있으나 문맥으로 볼 때 이 뜻은 받아들이기 어렵다.	귀한 물건을 담아 두는 항아리.	허름하고 보잘것 없는 항아리.

송편'과 '진상항아리'이다. '쥔두기송편'에 대해서는 1987년에 출간된 이동순 편, 『백석 시 전집』에서 "진드기 모양처럼 작고 동그랗게 빚은 송편"으로 풀이된 바 있는데, 이 해석에 대한 구체적인 근거가 명시되어 있지는 않다. 이숭원은 2008년에 태학사에서 출간한 『백석을 만나다』에서 이동순의 어석을 비판한다. "먹는 것을 진드기에 비유한다는 것은 받아들이기 어렵"다는 이유에서다. 이숭원은 '쥔두기송편'을 "작고 존득하게 빚은 송편"으로 풀이한다. 이숭원의 견해는 문맥을 고려할 때 일견 타당해 보이지만, "조개송편에 달송편에 쥔두기송편에 떡을 빚는 곁에서"라는 구절 속에서 등장한다는 것을 고려하면 '쥔두기'도 '조개'나 '달'처럼 특정한 모양의 송편을 가리키는 명사일 가능성이 높아 보여 그 의미를 확정하기는 쉽지 않다. 이동순과 이숭원의 견해 모두 나름의 일리와 한계를 지니고 있어 보다 세밀한 검토가 필요해 보이는데, 최근 발간된 『백석 문학 전집』 1 – 시에서 '쥔두기송편'에 대한 언급이 없는 점은 아쉽다. 송준 편 『백석 시 전집』에서는 '쥔드기 모양으

	『정본 백석 시집』(고형진 편)	『원본 백석 시집』(이숭원 주해, 이지나 편) + 『백석을 만나다』(이숭원)	『백석 문학전집』1 - 시 (이동순·김문주·최동호 편)	『백석 시 전집』(송준 편)
벌배	벌배나무(팥배나무)의 열매. 팥알 모양의 타원형으로 9~10월에 황홍색으로 익는다. 잎의 모양에 따라 '털팥배', '벌배' 등으로 부른다.	벌레 먹은 배	산과 들에 저절로 나는 배	산과 들에 저절로 생긴 야생 배

로 작고 동그랗게 빚은 송편'이라고 풀이해 놓아 이전의 이동순의 견해를 수용하였다. 먹는 것을 진드기의 모양에 비유한 것이 좀 어색하게 느껴질 수는 있지만, 이 시가 쓰인 당시에는 '진드기'를 좀 더 흔하게 볼 수 있어서 친숙했을 것이고, 이 시가 유년 화자의 목소리를 취하고 있으며 백석 시가 동물과 식물, 무생물에 대해서도 인간과 동등한 자리에 나란히 놓기를 즐겨했다는 점 등을 고려할 때 '진드기 모양처럼 작고 동그랗게 빚은 송편'이라는 해석도 가능해 보인다.[17]

「여우난곬」에는 "어치라는 산새는 벌배 먹어 고웁다는 골에서 돌배 먹고 앓븐 배를 아이들은 떨배 먹고 나았다고 하였다"라는 구절이 나오는데 여기 등장하는 '벌배'에 대해서는 연구자들 간에 이견이 있다. 고형진, 이동순·김문주·최동호, 송준은 '벌배'를 대체로 '산과 들에 저절로 나는 야생 들배나무의 열매'로 보고 있지만, 이숭원은 '벌레 먹은 배'라는 다른 의미로 보고 있다. 그런데 국어 단어형성법에서 고유어 명사의 일부 음절과 고유어 명사가 합성명사를 이루는 경우는 찾아보기 어렵다. 일반적으로 '벌레띠, 벌레집'처럼 합성명사가 만들어지는

---

17 한 가지 가능성을 더 덧붙이자면, '손으로 쥔 듯한 모양의 송편'이라는 어석을 추가할 수 있겠다. 손가락 모양이 선명하게 남아 있는 송편을 연상하면 된다.

	『정본 백석 시집』 (고형진 편)	『원본 백석 시집』 (이숭원 주해, 이지나 편) + 『백석을 만나다』(이숭원)	『백석 문학전집』 1 – 시 (이동순·김문주· 최동호 편)	『백석 시 전집』 (송준 편)
손방아	'디딜방아'의 방언	사전에는 '디딜방아'의 잘못된 말이라고 나온다. 그러나 젊은 처녀가 달밤에 디딜방아를 찧을 리는 없다. 손절구를 찧는다는 뜻일 것이다.	손으로 찧는 방아	손으로 찧는 방아

것으로 보아 이 경우에도 '벌레 먹은 배'의 의미였다면 '벌레배'와 같이 쓰여야 했을 것이다.[18] 개나리의 평북 방언인 '벌나리'라든가 벌판의 참외를 가리키는 '벌치' 같은 말이 쓰이는 것으로 볼 때 '벌배'는 대부분의 연구자들이 지지하는 '산과 들에 저절로 나는 야생 들배나무의 열매'로 해석하는 것이 타당해 보인다.

『조선일보』 1936년 1월 23일자에 발표된 백석의 「통영」이라는 시에는 "녕나즌집 담나즌집 마당만노픈집에서 열나흘달을업고 손방아만 찧는 내 사람을생각한다"는 구절이 나오는데, 여기서 '손방아'의 의미에 대해서 연구자들 간에 이견이 있다. 고형진은 『정본 백석 시집』에서 '손방아'를 '디딜방아'의 방언으로 보았다. 이숭원은 이에 대해 이견을 제시하며 사전에는 손방아가 '디딜방아'의 잘못이라고 나오지만 젊은 처녀가 달밤에 디딜방아를 찧을 리는 없으므로 손절구를 찧는다는 뜻일 것이라고 보았다. 이후 『백석 문학 전집』 1 – 시와 송준이 편한 『백석 시 전집』에서는 '손으로 찧는 방아'로 보았다. 백석의 시를 읽을 때에는 사전적 의미에 충실한 것이 오히려 오류를 범하게 하기도 하는데

---

18 국어 단어형성법에 대해서는 국어문법론을 전공하는 양명희 교수의 감수를 받았다.

이 경우에도 그런 예로 볼 수 있다. 이숭원의 지적대로 디딜방아를 여자 혼자 밤에 찧는 모습이 자연스럽지 않을 뿐만 아니라, 손방아는 일반적으로 절구, 디딜방아는 발방아로 표현했다고 한다. 또한 통영은 어촌이라 디딜방아를 찾기 어려운 곳이고, '넝 낮은 집 담 낮은 집 마당만 높은 집'이라는 표현으로 볼 때 산기슭에 세워져 있는 일반적인 어촌의 모습을 보여주고 있으므로 '손방아'를 디딜방아로 보기는 어렵다고 판단된다.[19] 또한 문맥상으로 볼 때 열나흘 달을 업고 손방아를 찧었다고 하니까 작은 절구보다는 곡식을 빻는 데 쓰이는 일반적인 절구로 보는 견해가 더 타당해 보인다.

둘째, 문맥 속에서의 해석이 연구자에 따라 달라지는 경우가 있다. 연구자들 사이에 이견이 잘 좁혀지지 않는 경우이기도 하다. 「고방」에 나오는 "할아버지가예서"를 어떻게 볼 것인가 하는 문제가 그 대표적 예라고 할 수 있다. 이동순,[20] 고형진,[21] 이숭원[22]의 해석 외에도 「고방」에 대한 해석에서 다수의 연구자들은 "귀먹어리할아버지가예서"를 '귀머거리 할아버지 가에서'로 해석한다. '가'를 주변의 뜻을 나타내는 명사로 해석한 것이다. 그러나 서정시학에서 나온 『백석 문학 전집』 1 - 시와 송준의 『백석 시 전집』에서는 "귀먹어리할아버지가예서"를 '귀머거리 할아버지가 예서'로 기재하면서 '가'를 주격 조사로 규정한다.[23]

---

19 어촌에서 디딜방아를 보기 어려웠다는 사실에 대해서는 민속학자 김종대 교수의 자문을 받았다.
20 이동순, 『백석 시 전집』, 창작과비평사, 1987.
21 고형진, 앞의 책; 고형진, 『백석 시 바로 읽기』, 현대문학, 2006.
22 이숭원 주해, 이지나 편, 앞의 책.
23 유성호는 면밀한 검토를 통해 '예서'를 '여기서'로 보았다.(유성호, 「백석 시편 「고방」의 해석」, 『한국언어문화』 46, 한국언어문화학회, 2011, 331~336쪽) 2012년에 출간된 전집들은 유성호의 해석을 받아들인 것으로 보인다.

그 결과 이 구절은 '귀머거리 할아버지가 여기서'로 해석되며 "왕밤을 밝고 싸리꼬치에 두부산적을께"는 주체가 '귀먹어리할아버지'로 바뀌게 된다. 이에 대해서는 연구자들 간에 이견이 잘 좁혀지지 않고 있지만, "왕밤을밝고 싸리꼬치에 두부산적을께"는 주체가 유년 화자이기보다는 귀머거리 할아버지인 것이 더 자연스러우므로 '에서'는 '여기서'로 해석하는 것이 더 타당해 보인다.

셋째, 문맥에 따른 해석을 적극적으로 시도하지 않고 사전에 의존해 기계적으로 해석하면서 이견이 발생한 경우를 들 수 있다. 주로 2012년에 출간된 송준의 『백석 시 전집』 뒤에 수록된 시어 풀이에서 이런 오류가 자주 발견된다. 〈표 1〉에서 '진상항아리'의 경우도 여기에 해당한다. 1987년에 출간된 이동순 편, 『백석 시 전집』에서는 '진상항아리'를 사전적 의미를 받아들여 "허름하고 보잘것없는 항아리"라고 풀이했는데, 이후 이숭원, 고형진 등의 대부분의 연구자들은 "귀한 물건을 넣어 두는 항아리"로 보았다. 이동순·김문주·최동호 편, 『백석 문학 전집』1 – 시에서도 진상항아리가 "귀한 물건을 담아 두는 항아리"로 풀이되어 있는 것으로 보아 이동순이 처음의 시어 풀이를 수정한 것으로 보인다. 송준 편 『백석 시 전집』에서는 사전적인 의미를 취해 '허름하고 보잘것 없는 항아리'로 풀어 놓았는데, 이는 시의 문맥 속 의미를 충분히 고려하지 않고 사전적 의미를 우선적으로 취한 송준 편 『백석 시 전집』의 시어 풀이 성향을 보여주는 것이기도 하다. 귀중하게 받은 '눈세기물'을 "냅일물이라고 제주병에 진상항아리에 채워두"는 것으로 보아 '진상항아리'는 긍정적 의미를 지니고 있는 것으로 보아야 할 것이다.

넷째, 해석상의 이견이라기보다는 단순한 표기상의 오류로 보이는 불일치가 눈에 띄기도 한다. 오래 전의 연구에서 상세히 분석한 바와 같이 김학동 편, 『백석 시 전집』과 정효구 편, 『백석』에서 이런 오류가 상당수 발견되며,[24] 최근에 출간된 전집 중에서는 2012년 서정시학에서 출간된 『백석 문학 전집』1 – 시에서 이러한 오류가 종종 발견된다. 예를 들면, 『아동문학』 1957년 4월에 발표된 「메'돼지」, 「강가루」, 「기린」, 「산양」을 1957년 5월에 발표된 것으로 표기한 것 같은 서지상의 오류가 눈에 띈다.[25] 그 외에도 표기상의 오류가 곳곳에서 발견되는데, 『사슴』선광인쇄주식회사, 1936에 수록된 「여우난곬族」의 경우를 예로 들면 연 구분과 행갈이, 띄어쓰기 등에서 많은 오류가 보인다. 이는 "2부는 『사슴』의 시들을 그대로 수록하였"다는 전집의 일러두기의 원칙에 위배된다. 『文章』 1940년 6·7월 합호에 발표된 「北方에서」의 경우에도 1연의 행갈이와 구두점에서부터 오류가 발견되고, 2연과 3연과 6연에서도 표기상의 오류가 발견된다.

3. 앞으로의 과제

이상에서 2000년대 중반 이후 출간된 네 종의 백석 시 전집—이숭원 주해, 이지나 편, 『원본 백석 시집』(이숭원, 『백석을 만나다』를 포함해서); 고형진 편, 『정본 백석 시집』; 이동순·김문주·최동호 편, 『백석 문학 전집』1 – 시; 송준 편, 『백석 시 전집』 등—을 중심으로 백석 시

---

24 이경수, 앞의 글, 28~30·68~71·77~78·92·96쪽; 이지나, 앞의 글, 273~297쪽.
25 이동순·김문주·최동호 편, 앞의 책, 361쪽.

전집의 출간 현황을 살펴보고, 그것을 토대로 백석 시에 대한 어석 연구의 현황과 쟁점을 분석해 보았다.

이 글에서 주목한 분석의 결과는 다음과 같다. 먼저 이숭원 주해, 이지나 편, 『원본 백석 시집』과 고형진 편, 『정본 백석 시집』은 원문 시 수록이나 시어 풀이에서 서로 이견을 보이기는 하지만 그 이전까지 출간된 백석 시 전집의 오류를 상당 부분 극복한 의미 있는 성과였다고 평가할 수 있다. 다만 1948년까지 발표된 백석 시만 싣고 있어서 북한에서 발표한 백석의 시를 확인할 수 없는 점은 아쉬움으로 남는다. 또한 두 시 전집의 원문 수록에서 차이가 나타나는 경우가 적지 않은데, 그 원인은 당시 신문이나 잡지의 편집 양식이나 기술의 미비로 인한 백석 시 원문의 불확정성에 있다고 볼 수 있다. 따라서 백석 시 원문의 시행 분절이나 연 구성 등에 대해 판단해 정본을 수립하기 위해서는 백석 시의 일반적인 시행 구성의 특징 및 시의 의미 단위, 시상의 전개와 흐름, 호흡과 리듬, 문체 등에 대해 전반적으로 고려하여 연구자가 충분한 근거를 가지고 설득력을 확보할 필요가 있다.

2012년에 출간된 두 권의 백석 시 전집, 이동순·김문주·최동호 편, 『백석 문학 전집』1−시와 송준 편, 『백석 시 전집』의 경우에는 북한에서 발표한 백석의 시는 물론이고 새로 발굴된 작품들도 포함하고 있어서 백석의 창작시 전체를 수록하고자 한 노력이 인정되나, 원문 수록 및 시어 풀이에서 상당한 오류가 발견된다. 면밀한 실증적 검토를 통해 두 시 전집의 오류가 보완될 때 백석 시의 전모를 온전히 파악하고 정본을 확정하는 작업이 이루어질 수 있을 것으로 보인다.

백석 시의 어석 연구에서 쟁점이 되어 온 문제는 다음 네 가지로 유형화된다. 첫째, 근거 자료의 부족으로 인해 시어의 정확한 의미가 밝혀지지 않아 연구자에 따라 의견이 갈리는 경우를 들 수 있다. 둘째, 문맥 속에서의 해석이 연구자에 따라 달라지는 경우가 있다. 연구자들 사이에 이견이 잘 좁혀지지 않는 경우이기도 하다. 셋째, 문맥에 따른 해석을 적극적으로 시도하지 않고 사전에 의존해 기계적으로 해석하면서 이견이 발생한 경우를 들 수 있다. 넷째, 해석상의 이견이라기보다는 단순한 표기상의 오류로 보이는 불일치가 눈에 띄기도 한다. 이상의 오류들이 적절히 수정되고 보완될 때 백석 시의 전모에 대한 좀 더 심도 있는 이해에 도달할 수 있을 것으로 기대된다.

　최근 몇 년간 백석이 분단 이후 쓴 시와 동시, 동화시를 비롯해서 번역시, 그리고 평론 및 수필, 번역문을 포함한 산문들이 다수 발굴되었다. 분단이라는 장벽에도 불구하고 백석의 작품 총량에 대한 발굴 및 보완 작업이 지속적으로 이루어져 온 셈이다. 백석은 최근 십여 년간 한국 현대시 분야에서 가장 많은 수의 석·박사논문 및 소논문을 양산하고 있는 시인이니만큼 그의 작품을 발굴하고 생애를 추적하고 연보를 확정하는 실증적 연구는 앞으로도 지속적으로 이루어져야 한다. 또한 최근에 발굴된 작품들까지 포함해서 백석의 분단 이후의 작품들에 대한 타당한 해석과 평가가 본격적으로 이루어질 필요가 있다. 특히 백석의 번역 작품은 상당히 방대한 양을 띠고 있는데 아직까지는 정선태 편, 『백석 번역시 선집』과 송준 편, 『백석 번역시 전집 1』에서 백석의 번역시 일부가 공개되었을 뿐이다.[26] 그 밖에도 백석의 번역물에 대한

─────────
26　이 글을 발표한 후, 『테스-백석 문학전집』 3, 서정시학, 2013, 『고요한 돈 1·2-백석 문학전집』 4·5, 서정시학, 2013 등의 백석의 번역 작품이 『백석 문학전집』의 시리즈물

출간 작업을 준비하고 있는 연구자들이 있으므로 조만간 더 많은 양의 백석의 번역물을 확인할 수 있을 것이다. 번역가로서의 백석의 면모는 지금까지는 거의 알려지지도 주목받지도 못했지만 후속 연구를 통해 시인으로서뿐만 아니라 번역가로서의 백석의 문학사적 위치도 재조명될 필요가 있어 보인다.

또한 기 출간된 백석 시 전집들의 텍스트와 시어 풀이를 비교하여 백석 시의 정본을 확정하는 작업도 지속적으로 이루어져야 한다. 앞에서 간략히 살펴본 것처럼 백석의 시어 중에는 아직 그 의미가 충분히 밝혀지지 않은 것들이 상당수 있고, 연구자들 간의 이견도 좁혀지지 않고 있어서 공론의 장에서 이에 대한 논의가 좀 더 활발히 이루어질 필요가 있어 보인다.

로 연속 출간되었고, 마르샤크, 백석 역, 박태일 편, 『동화시집』, 경진출판, 2014도 출간되는 등 백석의 번역물에 대한 출간이 계속 이어지고 있다.

1930년대 후반기 시에 나타난 '가난'의 의미
— 백석과 이용악의 시를 중심으로

1. '가난'의 시적 계보

1990년대에 생태주의 시에 대한 관심이 증가하면서 '자발적 가난'은 문학적 관심의 대상으로 떠오르게 된다. 자본주의가 극에 달해 '신자유주의'라는 새로운 논리로 무장한 오늘의 한국 사회에서 풍요가 아닌 가난에 주목한다는 것은 분명 특별한 의미를 갖는다. 21세기에 관심의 대상으로 부각되고 있는 가난은 사회·경제적 의미로 제한된 빈곤과는 또 다른 철학적이고 정신적인 의미를 포괄하고 있다.[1] '자발적 가난'이 과연 이 시대의 대안이 될 수 있을지는 또 다른 논의를 필요로 하는 문제이지만, 자본주의 시대의 문학, 특히 시는 역설적으로 가난에 대한 운명적 친연성으로부터 자유로울 수 없어 보인다.[2]

특정 시대의 시에 나타난 '가난'의 의미를 살펴보려고 하는 이 글의

---

1 이런 의미로 '가난'을 정의하는 방식은 E.F. 슈마허 외, 골디언 밴던브뢰크 편, 이덕임 역, 『자발적 가난』, 그물코, 2006에서 대표적으로 찾아볼 수 있다.
2 거대담론이 붕괴되었다고 흔히 말해지는 1990년대 이후의 한국문학에서 소외와 소통부재가 대개의 문학작품을 관통하는 주제가 된 현상과 '가난'이 다시 문학적 관심의 대상이 된 현상은 유사한 맥락에서 논의해 볼 수 있을 것이다. 자본의 물신화가 극에 달하고 자유자재로 몸을 바꾸며 탈주를 거듭하는 자본의 흐름에 어떻게 맞설 것인가라는 문제는 21세기 문학의 중요한 주제가 될 것으로 보인다.

문제의식 역시 오늘의 문학에 대한 고민으로부터 시작된 것이다. 빈익빈 부익부 현상이 심화되면서 상대적 박탈감은 느낄지언정 물질적으로는 훨씬 풍요로워진 시대에 왜 새삼 '가난'이 관심사로 떠오르고, 경제적 의미를 넘어선 삶의 태도이자 철학적 의미로 '가난'이 주목받고 있는지 따져볼 필요가 있다. '가난'은 우리 시사에서도 꾸준히 다루어진 주제이지만, 그 시적 계보에 대해 관심을 가진 연구는 드문 실정이다. 개별 시인의 작품에서 가난이 어떻게 형상화되었으며 어떤 의미를 지니는지 밝힌 연구들은 일부 있었지만,[3] 시사적 맥락에서 자리를 잡아주고 유사점과 차이점을 따져본 연구는 거의 이루어지지 않았다. 신자유주의가 득세하면서 경쟁논리가 한층 치열해지고 양극화가 심화되어가고 있는 오늘날, '돈'의 문학사회학이라는 관점에서도 새롭게 접근해 볼 필요가 있는 것이 바로 '가난'에 대한 태도라고 할 수 있다.

이 글은 그중에서도 '가난'의 의미에 커다란 변화가 생기는 백석과 이용악의 시를 중심으로 1930년대 후반기 시에 나타난 '가난'의 의미를 살펴보려고 한다. 1920년대까지의 우리 시에서 가난은 민족적·사회적 현실과 깊이 관련되어 있었다. 신경향파 문학은 물론이고 계급성이 좀 더 분명하게 표방된 카프 문학, 심지어 김소월의 시에서도 '가난'은 식민지로서의 조선 사회의 현실을 환기시켜 왔다. 그것은 현실적 굴레라는 부정적 의미를 지닌 것이었다. 그런데 1930년대 들어서 경제적 빈곤과 궁핍이라는 의미에 한정되었던 '가난'의 의미에 변화가 일어나기 시작한다. '가난'은 좀 더 개인적인 의미를 지니게 되고, 시인의

---

3 김신정, 「백석 시의 '가난'에 대하여」, 『문예연구』, 2001.가을; 이경수, 「천상병 시에 나타난 가난의 의미와 형식」, 『경기문화재단 주최 천상병문학제 발표문』, 2006.

내면적 공간으로 '가난'이 떠오르기 시작한다. 이 글에서는 1930년대 후반기를 대표하는 시인인 백석과 이용악의 시를 중심으로 그들의 시에 나타난 가난의 의미를 추적해보고자 한다.

2. 자발적 가난의 도덕적 염결성−백석의 시

백석의 시에서 '가난한 나'가 등장하는 것은 시집 『사슴』 이후의 일이다. 『사슴』에 실린 「여우난곬족」 같은 시에서는 오히려 새 옷 냄새와 맛있는 음식 냄새 속에서 흥성대는 명절날의 분위기를 아이의 시선으로 그리고 있어서 가난이 부각되지는 않는다. 유년의 고향은 그에게 자족적인 곳에 가까웠다. 개개 인물의 가슴 아픈 사연이 그려져도 그것은 지금은 잃어버린 유년의 고향의 공동체적 연대와 자족적 풍요로움 앞에서 두드러지게 부각되지는 않았다.

불행한 여인의 삶 뒤에 가난이라는 원인이 도사리고 있음을 짐작하게 하는 시로 「여승」과 「정문촌」이 눈에 띄기는 하지만, 집 나간 지아비를 십 년이 넘도록 기다리다 어린 딸마저 죽은 후 여승이 된 한 여인과 열다섯에 늙은 말꾼한테 시집 간 정문집의 가난이의 삶을 간섭하는 가난은 특별할 것이 없는 것이었다. 이때 백석 시의 화자는 여승이 된 여인과 '정문집 가난이'를 객관적으로 바라보는 관찰자의 자리에 서 있다.

『사슴』 이후에 발표된 시에서 '가난'이라는 말이 처음 등장하는 시는 1936년 3월 8일자 『조선일보』에 '南行詩抄(四)'로 발표된 「三千浦」이다.

졸레졸레 도야지새끼들이간다

귀밑이 재릿재릿하니 볏이 담복 따사로운거리다

재ㅅ덤이에 까치올으고 아이올으고 아지랑이올으고

해바라기 하기조흘 벼ㅅ곡간마당에

벼ㅅ집가티 누우란 사람들이 둘러서서

어늬눈오신날 눈을츠고 생긴듯한 말다툼소리도 누우라니

소는 기르매지고 조은다

아 모도들 따사로히 가난하니

—「三千浦 – 南行詩抄(四)」 전문, 『조선일보』, 1936.3.8

'남행시초' 연작시들이 대개 그렇듯이 이 시에서 그려지는 풍경도 따뜻하고 평화로운 모습이다. 돼지새끼들이 줄레줄레 걸어가고 귀밑이 간지러울 만큼 볕이 따사로운 거리의 풍경은 한가롭고 여유로워 보인다. 까치와 아이와 아지랑이는 활기를 불어넣고, 누런 색감은 나른하고 한적한 분위기를 더해준다. 안장[4]을 지고 조는 소의 모습은 따뜻한 남쪽 시골의 따사로운 정경을 대표한다. 흥미로운 것은 이런 풍경을 시인이 "아 모도들 따사로히 가난"하다고 표현하는 점이다. 따사로움이야

---

4 '기르매'는 '길마'의 평안도 방언이다. '길마'는 짐을 싣기 위해 소나 말의 등에 얹는 안장을 가리킨다.

볕 좋은 날 시골의 풍경에서 당연히 느껴지는 것이지만, '가난함'은 일반적인 용법과는 거리가 멀어 보인다.

가난의 사전적 의미는 '살림살이가 넉넉지 못하고 쪼들리거나 그런 상태'를 가리킨다. 하지만 위의 시에 그려진 풍경은 넉넉지 못하고 쪼들리는 모습이라기보다는 여유롭고 한가로워 보인다. '따사로히'와 '가난하니'를 나란히 놓음으로써 그 의미가 미묘하게 충돌하는 것을 느낄 수 있다. 볕 좋은 날의 평범한 시골의 풍경이라는 점에서 아주 넉넉하고 풍요롭지는 않을 것이라는 것을 전제하고 읽을 수는 있지만, 그렇다고 해서 위의 시에 그려진 '가난'함에서 궁핍함이 느껴지는 것은 아니다.

그렇다면 인용한 백석의 시는 '가난'하다는 것을 좀 다른 의미로 사용하고 있음을 짐작해 볼 수 있다. 적어도 거기에는 부정적인 가치 판단은 들어 있지 않은 것으로 보인다. '가난'의 의미가 예사롭지 않게 쓰이기 시작한 단초를 위의 시에서 확인할 수 있다면, 『사슴』 이후에 발표한 시들 중 '가난한 나'가 등장하는 시들에서는 그 의미가 좀 더 분명해진다. 이때 가난은 시인과 매우 밀착되어 있는 시적 화자 '나'를 구성하는 매우 중요한 요건을 이룬다.

낡은 나조반에 힌밥도 가재미도 나도나와앉어서
쓸쓸한 저녁을 맞는다

힌밥과 가재미와 나는
우리들은 그무슨이야기라도 다할것같다
우리들은 서로 믿없고 정답고 그리고 서로 좋구나

우리들은 맑은물밑 해정한 모래톱에서 하구긴날을 모래알만 헤이며 잔뼈
가 굵은탓이다

바람좋은 한벌판에서 물닭이소리를들으며 단이슬먹고 나이들은탓이다

외따른 산골에서 소리개소리배우며 다람쥐동무하고 자라난탓이다

우리들은 모두 욕심이없어 희여졌다

착하디 착해서 세괏은 가시하나 손아귀하나 없다

너무나 정갈해서 이렇게 파리했다

우리들은 가난해도 서럽지않다

우리들은 외로워할 까닭도없다

그리고 누구하나 부럽지도않다

흰밥과 가재미와 나는

우리들이 같이 있으면

세상같은건 밖에나도 좋을것같다

— 「膳友辭 – 咸州詩抄」 전문, 『朝光』 3-10, 1937.10, 212〜213쪽

　　마치 한시漢詩에서 제목을 붙이는 방식으로 시의 화자는 반찬을 뜻하
는 한자 '선膳'에 '우友'자를 붙여서 마주 대하고 있는 쓸쓸한 저녁상을
친구처럼 여긴다. 낡은 나조반에 흰 쌀밥에 가자미 반찬이라는 조촐한
상차림이지만 1930년대 후반이라는 시대적 상황을 고려하면 가난한
밥상이라고 부르기는 어렵다. 화자는 자신과 흰 쌀밥과 가자미 반찬을

'우리들'이라고 부르면서 서로 미덥고 정답고 좋은 사이임을 자랑한다. 셋 다 모두 욕심이 없어서 흰 빛깔을 띠고 있다는 것이 화자의 설명이다. 착하디착하고 정갈하다는 것도 이들의 공통점이다. 백석 시에서 흰색은 시인의 염결성을 나타내는 정서적인 의미가 담긴 색깔인데, 이 시에서도 흰 쌀밥과 흰 살 생선의 하얀빛에 시인 자신을 동일시함으로써 거기에 욕심 없이 청렴결백하다는 의미를 부여한다.

그런데 시인은 여기서 "우리들은 가난해도 서럽지않다"고 말한다. 풍족하지는 않아도 가난하다고 말하기도 어려운 상황인데, 시인은 '우리들'이 '가난함'을 전제하고 있다. 이때의 가난함은 많은 것을 소유하고 있지 않음 정도의 의미로 받아들이면 될 것이다. 중요한 것은 이 가난함은 서러움을 동반하지 않는다는 데 있다. 그것은 자족적인 성향을 지니며 우리들끼리의 연대감을 강화한다. 그 세계에는 서러움도 외로움도 부러움도 끼어들지 않는다. 희고 착하고 깨끗한 그들끼리의 연대감에 만족하면서 화자는 세상 같은 건 밖에 나도 좋을 것 같다고 말한다. 화자는 공동체적 연대감을 말하고 있지만, 그것은 모두에게 해당되는 것은 아니다. 그들이 서로 친밀감을 느끼며 연대할 수 있는 것은 바깥의 세상에 의해 소외되었다는 공통점 때문이기도 하다. 그들이 함께하는 저녁, 사실은 화자 혼자 맞이하는 저녁은 1연에서 노출했듯이 쓸쓸하기 그지없다. 그러므로 가난해도 서럽지 않고 외롭지도 부럽지도 않다고 말하는 화자에게서는 숨길 수 없는 쓸쓸함이 느껴진다.

여기서 가난은 시인의 처지를 가리키는 동시에, 시인이 세상에 맞서 취하는 하나의 태도를 지칭한다. 선량하고 청렴결백한 이들을 소외시키는 세상에 맞서 시인은 스스로 기꺼이 가난에 기거하는 선택을 감행한다. 그것은 불가항력의 경제적 궁핍이라기보다는 하나의 삶의 태도로서 시인이 선택한 일종의 자발적 가난에 가깝다.

가난한 내가
아름다운 나타샤를 사랑해서
오늘밤은 푹푹 눈이나린다

나타샤를 사랑은하고
눈은 푹푹 날리고
나는 혼자 쓸쓸히 앉어 燒酒를 마신다
燒酒를 마시며 생각한다
나타샤와 나는
눈이 푹푹 쌓이는밤 힌당나귀타고
산골로가쟈 출출이 우는 깊은산골로가 마가리에살쟈

눈은 푹푹 나리고
나는 나타샤를 생각하고
나타샤가 아니올리 없다
언제벌서 내속에 고조곤히와 이야기한다
산골로 가는것은 세상한데 지는것이아니다
세상같은건 더러워 버리는것이다

눈은 푹푹 나리고

아름다운 나타샤는 나를 사랑하고

어데서 흰당나귀도 오늘밤이 좋아서 응앙 응앙 울을것이다

— 「나와 나타샤와 흰당나귀」 전문, 『女性』 3-3, 1938.3, 16~17쪽

이제 가난은 시적 화자를 구성하는 요건으로 제시된다. '가난한 나'
는 미지의 여인인 아름다운 나타샤를 사랑한다. 나는 나타샤를 사랑하
고 그녀를 기다리며 홀로 쓸쓸히 소주를 마시지만, 정작 그녀는 나타나
지 않는다. 아니, 어쩌면 그녀가 오고 오지 않고는 처음부터 중요하지
않았는지도 모른다. 그녀가 눈앞에 나타나지 않아도 이미 나는 그녀와
함께 있다. 푹푹 내려쌓이는 눈은 온 세상을 하얗게 뒤덮고, 그 속에서
화자는 자기만의 세상에 빠져든다. 화자의 몸은 방안에서 혼자 쓸쓸히
소주를 마시고 있지만, 이미 그의 마음은 뱁새 우는 깊은 산골 오막살
이에 가 있다. 그가 사랑하고, 그녀 역시 그를 사랑한다고 믿는 아름다
운 나타샤와 그를 닮은 흰 당나귀가 그곳에 함께 있다. 실제로 마주하
고 있는 대상이냐 상상 속의 존재냐의 차이만이 있을 뿐 나타샤와 흰
당나귀는 「膳友辭」에 등장하는 흰밥과 가자미와 다르지 않다. 화자와
함께 있으면서 비슷한 속성을 지닌 존재라는 점에서 더욱 그렇다. 내가
사랑하던 아름다운 나타샤가 마지막 연에 오면 어느새 나를 사랑하는
아름다운 나타샤가 되어 있는 까닭도 바로 거기에 있다. 게다가 나와
나타샤와 흰 당나귀는 모두 흰 빛깔을 띠고 있다.

　나는 세상 같은 건 더러워서 버릴 만큼 도덕적 염결성을 지니고 있고,
내가 사랑하는 나타샤는 이름에서부터 백색 미인이 연상된다.[5] 게다가
내가 나타샤와 함께 산골로 갈 때 타려고 하는 당나귀는 다름 아닌 '흰당

나귀'이다. 흰 빛깔로 인해 당나귀는 비현실적인 신비감을 지니게 된다. 그들의 밀월여행은 어차피 화자의 상상 속에서 벌어지는 일이지만, 흰 빛으로 하나가 되면서 이들끼리의 유대감은 더욱 강화된다.

'나'를 수식하고 구성하는 '가난'은 아름다운 나타샤와의 현실적 사랑의 성취를 가로막는 조건이기도 하다. 온 세상을 뒤덮으며 푹푹 내리는 눈은 가난한 나와 아름다운 나타샤의 이루어질 수 없는 사랑을 비유하는 것이자 이들의 안타까운 사랑에 대한 정서적 공감의 깊이를 나타내는 장치이다. '나타샤가 아니올 리 없다'고 그는 생각하지만 사실은 푹푹 쌓이는 눈 때문에라도 올 수 없음을 안다. 푹푹 내려 쌓이는 눈은 두 사람의 사랑이 험난할 것임을 예고하는 동시에 나타샤가 '나'를 사랑한다는 사실을 의심하지 않게 하는 장치로서 기능한다. 눈이 많이 올수록 아름다운 나타샤와 가난한 나의 사랑은 깊어지고 이들 사이의 유대는 단단해진다.

이 시에서도 가난함은 물질적 조건만을 의미하지 않는다. 그것은 세상을 버릴지언정 세상과 타협하지는 않겠다는 자존심과 도덕적 염결성을 동반하는 것이다. 그러므로 '가난한 나'는 혼자 쓸쓸히 소주를 마시고 있다.

밖은 봄철날 따디기의 누굿하니 푹석한 밤이다

거리에는 사람두 많이나서 흥성 흥성 할것이다

어쩐지 이사람들과 친하니 싸단니고 싶은 밤이다

5 이에 대해서는 이경수, 「한국 현대시의 반복 기법과 언술 구조-1930년대 후반기의 백석·이용악·서정주 시를 중심으로」, 고려대 박사논문, 2002, 68쪽 참조.

그렇것만 나는 하이얀 자리우에서 마른 팔뚝의

샛파란 피ㅅ대를 바라보며 나는 가난한 아버지를

가진것과 내가 오래 그려오든 처녀가 시집을간것과

그렇게도 살틀하든 동무가 나를 벌인일을 생각한다

또 내가 아는 그 몸이성하고 돈도있는 사람들이

즐거이 술을먹으려 단닐것과

내손에는 新刊書 하나도 없는것과

그리고 그 「아서라 世上事」라도 들을

류성기도 없는것을 생각한다

그리고 이러한 생각이 내눈가를 내가슴가를

뜨겁게 하는것도 생각한다

— 「내가생각하는 것은」 전문, 『女性』 3-4, 1938.4

인용한 시에서 가난은 화자가 처한 물질적 조건인 동시에 상실감을
동반하는 것이다. 직접 시의 문면에 등장하는 것은 '가난한 아버지'이
지만, 아버지의 가난은 화자에게로 유전된다. '마른 팔뚝의 새파란 핏
대'를 지녔다는 것으로 화자 역시 아버지의 가난을 물려받았음을 짐작
할 수 있다.

2연에서 화자는 그가 가지지 못한 것, 그를 상처 입힌 것을 떠올린다.
가난한 아버지를 가진 것, 오래 사모해 오던 처녀가 시집을 간 것, 살뜰
하던 동무로부터 버림받은 것. 이 세 가지로 인해 화자는 마음에 상처를

받는다. 가난과 실연과 배신은 동급에 놓이며 화자의 상실감을 부각시킨다.

3연에서는 좀 더 구체적으로 그가 가지지 못한 것들이 나열된다. 몸이 성하고 돈도 있는 사람들은 마른 팔뚝에 새파란 핏대가 서 있는 데다 가난한 아버지를 둔 화자와 대조된다. 그들은 흥청망청 즐거이 술을 먹으러 다니지만 화자는 그럴 수 없다. 술은커녕 좋아하는 책과 음반을 살 여유도 그에겐 없다. 화자의 손에는 신간서 하나도 없고 '아서라 世上事'를 들을 유성기도 없는 것이다.

가지지 못한 것에 대한 화자의 결핍감에 초점이 맞춰져 있어서 그렇지 백석 시에 나타나는 가난은 생존을 위협할 만큼 궁핍한 상황은 아니다. 오히려 흥청망청 누리는 사람들에 대해 느끼는 상대적 박탈감에 가깝다고 보아야 한다. 화자의 눈가와 가슴가가 뜨거워지는 것도 결국 자기연민 때문이다. 자본주의가 극심해질수록 전체적인 삶은 풍요로워지지만 상대적 박탈감은 심해지게 마련이다. 인용시는 상대적 박탈감으로서의 가난에 주목하고 있다는 점에서 눈여겨볼 만하다.

> 내가 이렇게 외면하고 거리를 걸어가는것은 잠풍날씨가 너무나 좋은탓이고
> 가난한동무가 새구두를신고 지나간탓이고 언제나 꼭같은 넥타이를매고 곬은사람을 사랑하는 탓이다
>
> 내가 이렇게 외면하고 거리를 걸어가는것은 또 내 많지못한 월급이 얼마나 고마운탓이고

이렇게 젊은나이로 코밀수염도 길러보는탓이고 그리고 어늬 가난한집 부엌으로 달재 생선을 진장에 꼿꼿이 짖인것은 맛도 있다는말이 작고 들려오는 탓이다.

— 「내가이렇게외면하고」 전문, 『女性』 3-5, 1938.5, 18~19쪽

내가 이렇게 외면하고 거리를 걸어가는 이유가 장황하게 여섯 가지로 열거되어 있는 시이다. '가난한 나'가 직접 등장하지는 않지만 '내많지 못한 월급'이라는 구절로 보아 '가난'은 '나'를 구성하는 요소이기도 하다. 많지 못한 월급에 고마움을 느낀다는 것은 그가 가난한 자신의 처지에 만족하고 있다는 뜻이다. 가난은 자족적인 내면 공간이자 화자를 구성하는 여건이 된다.

화자는 무언가를 외면하며 거리를 걸어가고 있다. 그 구체적 대상이 무엇인지 시에 밝혀지지는 않았지만 시적 정황으로 보아 바깥세상임을 짐작할 수 있다. 세상을 외면하고 걸어간다는 것은 세상에 대해 그가 느끼는 소외감이 큼을 의미한다. 백석의 후기 시에서 가난은 상실감이나 소외감과 짝을 이루며 시적 화자의 내면 상태를 지시하는 공간으로 등장하게 된다.[6] 그것은 물질적 궁핍이라는 의미에 한정되지 않고, 자신을 소외시키는 바깥 세상에 의해 자신의 내면이 훼손되지 않기 위해 자발적으로 선택한 정신적 태도로서의 가난이라는 의미를 지니게 된다. 백석 시의 가난이 도덕적 염결성과 관련되는 것은 바로 그 때문이다.

---

6   자의식의 공간으로서의 가난에 대해서는 이경수, 「백석 시의 낭만성과 동양적 상상력」, 『한국학연구』 21, 고려대 한국학연구소, 2004, 71~72쪽에서 일부 언급하였다.

오늘저녁 이 좁다란방의 흰 바람벽에

어쩐지 쓸쓸한것만이 오고 간다

이 흰 바람벽에

히미한 十五燭전등이 지치운 불빛을 내어던지고

때글은 다낡은 무명샷쯔가 어두운 그림자를 쉬이고

그리고 또 달디단 따끈한 감주나 한잔 먹고싶다고 생각하는 내 가지가지

외로운 생각이 헤매인다

그런데 이것은 또 어인일인가

이 흰 바람벽에

내 가난한 늙은 어머니가 있다

내 가난한 늙은 어머니가

이렇게 시퍼러둥둥하니 추운날인데 차디찬 물에 손은 담그고 무이며 배추

를 씻고있다

또 내 사랑하는 사람이 있다

내 사랑하는 어여쁜 사람이

어늬 먼 앞대 조용한 개포가의 나즈막한 집에서

그의 지아비와 마조 앉어 대구국을 끓여놓고 저녁을 먹는다

벌서 어린것도 생겨서 옆에 끼고 저녁을 먹는다

그런데 또 이즈막하야 어늬사이엔가

이 흰 바람벽엔

내 쓸쓸한 얼골을 처다보며

이러한 글자들이 지나간다

─나는 이 세상에서 가난하고 외롭고 높고 쓸쓸하니 살어가도록 태어났다

그리고 이세상을 살어가는데

　　내 가슴은 너무도 많이 뜨거운것으로 호젓한것으로 사랑으로 슬픔으로
가득찬다

　　그리고 이번에는 나를 위로하는듯이 나를 울력하는듯이

　　눈질을하며 주먹질을하며 이런 글자들이 지나간다

　　―하눌이 이세상을 내일적에 그가 가장 귀해하고 사랑하는것들은 모두

　　가난하고 외롭고 높고 쓸쓸하니 그리고 언제나 넘치는 사랑과 슬픔속에
살도록 만드신것이다

　　초생달과 바구지꽃과 짝새와 당나귀가 그러하듯이

　　그리고 또 「프랑시쓰・쨈」과 陶淵明과 「라이넬・마리아・릴케」가 그러하
듯이

― 「힌 바람벽이 있어」 전문, 『文章』 3-4, 1941.4, 165~167쪽

　　가난에 대한 백석 시의 태도는 이 시에 이르러 정점을 이룬다. 내 가난한 늙은 어머니와 내 사랑하는 어여쁜 사람이 비치는 '힌 바람벽'은 시인의 내면이 비치는 자의식의 공간이다. 이 좁다란 방의 흰 바람벽에 쓸쓸한 것만이 오고 가는 까닭은 바로 시인의 마음이 그러하기 때문이다. 고향을 떠나와 방랑길에 오른 화자에게는 가지가지 외로운 생각들이 떠올랐다 사라지곤 한다. 그에겐 유년의 풍족한 고향의 기억이 있었고, 비록 가난하지만 사랑하는 어머니와 아버지, 사랑하는 여인도 있었지만 모든 것을 버리고 떠나와야만 했다. 그러나 몸이 떠났다고 해서 마음까지 금세 떠날 수 있는 것은 아니다. 그가 사랑하고 아끼던 존재들은 그리움으로 남아 여전히 화자의 현재를 간섭해 온다. 그의 흰 바람벽에

는 추운 겨울 차디찬 물에 무며 배추를 씻고 있을 가난한 어머니와 지금은 다른 이의 아내가 되어 지아비와 아이와 함께 대굿국을 끓여놓고 저녁을 먹을 사랑하는 여인이 어른거린다. 고향을 떠나오면서 그가 잃어버린 사랑하는 존재들을 떠올리며 화자는 상실감에 사로잡힌다. 그리고 문득 흰 바람벽에 비친 자신의 모습을 바라보며 "나는 이 세상에서 가난하고 외롭고 높고 쓸쓸하니" 살아가도록 태어났다는 운명적 목소리를 듣는다. 가난함은 외롭고 높고 쓸쓸함과 함께 시적 화자를 구성하는 태생적 요건이 된다.

이 시에서 가난함은 시적 화자가 느끼는 상실감과 좀 더 긴밀히 관련된다. 가족과 사랑하는 여인마저 지키지 못하고 떠나온 화자는 스스로 아무것도 소유하지 못했다는 의미에서 가난하다고 말한다. 그런데 그것은 무기력하게 다 빼앗긴 자의 상실의 공간만은 아니다. 하늘이 가장 귀하게 여기고 사랑하는 것들에게 가난하고 외롭고 높고 쓸쓸한 운명을 주었다고 그는 믿는다. 그 믿음은 아무것도 소유하지 못한 가난과 고고孤高하고 쓸쓸한 운명이 무가치한 것이 아니라 오히려 기꺼이 선택할 만한 가치를 지닌 것임을 인정하는 데서 온다. 물론 거기에는 바깥의 세상에 대한 부정적 인식이 얼마간 작용하고 있다. 오히려 이런 세상에선 넉넉하고 풍요로운 것보다는 가난을 자발적으로 선택하는 것이 시인으로서 가능한 선택임을 그는 운명적으로 직감하고 있었던 것으로 보인다.

3. 부끄러움과 죄의식의 내면 공간으로서의 가난

―이용악의 시

이용악의 시에서 가난은 시인이 겪은 실제 체험과 관련해서 나타난다. 누대에 걸쳐 상업에 종사한 것으로 알려져 있는 그의 집안은 줄곧 궁핍함을 벗어나지 못했다고 한다.[7] 그의 조부는 소금을 싣고 러시아 영토를 넘나들었고, 그의 아버지는 「풀버렛소리 가득차잇섯다」에서도 등장하는 것처럼 낯선 이국땅에서 객사한 것으로 추정된다.[8] 일찍 부친을 여의면서 어린 그가 더욱 궁핍한 생활을 했을 것임은 불을 보듯 뻔하다. 이런 체험이 바탕이 되어 이용악의 시에는 궁핍함에 시달리는 주체가 자주 등장한다. 그의 시에서 가난은 물질적 궁핍이라는 의미를 항상 포괄하고 있는데, 그것은 종종 식민지 치하의 민족적 현실을 환기하곤 한다. 가족의 가난과 그로 인한 비극이 민족적 비극으로까지 확장되는 것을, 그의 시는 가난으로 인해 조국을 등져야 하는 운명에 처한 유민들의 삶을 통해 핍진하게 보여주고 있다. 여기까지만 보면 이용악의 시에서 그려진 가난은 1920년대 시에 나타나는 가난의 연장선 위에 놓여 있다고 평가할 수 있겠다.

> 쌈 맑는 얼골에
>
> 소곰이 싸락싸락 돗친 나를

---

[7]   이러한 저간의 사정에 대해서는 이수형, 「용악과 용악의 예술에 대하여」, 『이용악집』, 동지사, 1949 참조.

[8]   윤영천, 「민족시의 전진과 좌절」, 윤영천 편, 『이용악 시 전집(증보판)』, 창작과비평사, 1998, 206쪽.

공사장 갓싸운 숩속에서 만나거던

　내손을 쥐지말라

　만약 내손을 쥐드래도

옛처럼 네손처럼 부드럽지못한 리유를

그 리유를 물人지 말어다오

주름 잡힌 이마에

石膏처럼 창백한 불만이 그윽한 나를

거리의 뒷골목에서 만나거던

　먹었느냐고 물人지말라

　굶었느냐곤 더욱 물人지말고

슲갓흔 이야기는 이야기의 한마듸도

나의 沈黙에 浸入하지 말어다오

페인인양 씨드러저

턱을 고이고 안즌 나를

어득한 廢家의 廻廊에서 만나거던

　울지말라

　웃지도 말라

너는 不凡한 表情을 힘써 직혀야겠고

내가 자살하지 안는 리유를

그 리유를 물人지 말어다오

　　　　　　　—이용악, 「나를 만나거던」 전문, 『分水嶺』, 三文社印刷所, 1937

이용악의 시에 나타나는 가난이 독특한 정서를 형성하게 되는 것은 인용한 시에서처럼 '부끄러움'이라는 정서가 추가되면서부터이다. 이때 가난은 타인에게 들키고 싶지 않은 최소한의 자존심을 동반하며 화자를 부끄러움에 휩싸이게 한다.

　　화자는 공사판에서 막노동을 하며 근근이 살아가고 있는 것으로 보인다. 그가 가장 두려워하는 것은 자신을 아는 누군가와 마주치는 일이다. 초라한 모습으로 지독한 가난에 시달리며 하루하루 근근이 살아가는 자신의 모습을 아는 사람에게 들키고 싶어 하지 않는 심리가 잘 드러나 있다. 굶기를 밥 먹듯이 하는 가난이라는 점에서 이용악의 시에 그려진 가난은 백석 시의 가난과는 차원을 달리한다. 거기에는 낭만이 끼어들 여지가 없다. 지독한 식민지 조선의 현실이 이용악의 시에서 종종 환기되는 까닭은 바로 여기에 있다.

　　비참한 처지의 화자가 그를 잘 아는 누군가와 우연히 마주치는 상황을 가정하고 있는 이 시에서 가난은, 일차적으로는 시적 화자가 겪는 물질적 궁핍을 가리킨다. 흥미로운 것은 가난이 유발하는 정서적 상태로 부끄러움과 자존심이 형상화되고 있다는 점이다. 자신에게 어쭙잖은 동정이나 연민을 보이는 것을 화자가 극구 거부하는 이유는 바로 여기에 있다. 그는 자살을 생각할 만큼 비참한 상황에 놓여 있지만, 상대방에게 애써 평범한 표정을 지어 달라고 요구함으로써 마지막 자존심을 지키고자 한다. 가난은 개인의 힘으로 극복하기엔 불가항력적인 것으로서, 인간으로서의 최소한의 자존심마저 짓밟는 힘으로 우리 문학 작품에 종종 등장했다. 그 사실을 상기하면, 이용악의 시에 그려진 부끄러움과 자존심을 동반하는 심리적 상태는 특이한 것이라 하지 않을 수 없다. 이는 생존의 문제 앞에서도 체면을 중시하는 전통적 지식인으로서의 이용악의 면모를 짐작게 하는 장면이기도 하다.[9]

어디서 호개 짓는 소리
서리찬 갈밧처럼 어수성타
집허가는 人間의 밤—

손톱을 물어 쯧다도 살그만히 눈을 감는
제비갓혼 少女야
少女야
눈 감은 양볼에 울ㅅ정이 돗친다
그럴째마다 네 머리에 써돌
悲劇의 群像을 알고십다

지금 오가는 네 마음이
濁流에 흡살리는 江가를 헤매는가
비새는 토막에 누덕이를 쓰고 안젓나
쭝쿠레 안젓나

감앗던 두 눈을 써
입술로 가져가는 유리잔

---

9   실제로 육체노동의 경험이 있었고 공사판에서 일하는 화자가 그의 시에 등장하기도 하지만, 이용악의 시적 주체는 식민지 지식인으로서의 면모를 지니고 있었다.

그 풀은 잔에 술이 들었슴을 기억하는가

부푸러올을 손ㅅ등을 엇지려나

윤쌀 나는 머리칼에

어릿거리는 哀愁

胡人의 말모리 고함

높나저 지나는 말모리 고함—

쌔자린 채ㅅ죽 소리

젓가슴을 감어 치는가

너의 노래가 漁夫의 자장가처럼 애조롭다

너는 어느 凶作村이 보낸 어린 犧牲者냐

집허가는 人際의밤—

未久에 먼동은 트려니 햇살이 피려니

성가스런 鄕愁를 버리자

제비갓흔 少女야

少女야……

— 이용악, 「제비갓흔少女야 – 강건너酒幕에서」 전문, 『分水嶺』, 三文社印刷所, 1937

　　"너는 어느 凶作村이 보낸 어린 犧牲者냐"라는 구절을 통해 우리는 '제비 같은 소녀'가 낯선 땅에 팔려온 것이 다름 아닌 가난 때문임을 짐작할 수 있다. 어디서 호개 짖는 소리가 들려오는 깊어가는 밤, 낯선 대륙의 강 건너 주막에서 화자는 그곳에서 일하는 어린 조선 여자를 만난다. 화자는 이내 가난 때문에 팔려왔을 그녀의 사연을 가늠해 보며 마음 아파한다. 가난 때문에 어린 딸과 아내를 팔아야 하는 사람들이나 가난 때문에 낯선 땅에 팔려온 여인네들이나 나라에 힘이 없어 여인들이 팔려가는 것을 보면서도 무력한 나라의 백성이나 안타깝기는 매한가지다. 이용악의 시에서 가난은 개인적 궁핍이라는 의미에 그치지 않고 일제 하의 민족적 현실이라는 의미로 확대된다. 조국과 고향을 등지고 떠돌아다니는 사람들을 끝없이 양산하는 가난. 그의 시에 그려진 가난이 더욱 비참하게 느껴지는 이유는 바로 여기에 있다. 그것은 한 개인이나 가족의 비극에 그치지 않고 민족적 비극으로 확대된다.

그러므로 가난으로 인해 고통 받는 이들을 바라보며, 때로는 자신이 그 가난의 희생양이 되며, 이용악 시의 화자는 부끄러움을 느끼고 자괴감에 사로잡힌다. 가난이 개인의 힘으로 극복하기 어려운 불가항력의 것임을 잘 알고 있지만, 아무것도 할 수 없는 자신을 보며 이용악 시의 주체는 형언할 수 없는 부끄러움과 죄의식을 느낀다. 그것은 민족의 비극 앞에서 아무것도 할 수 없는 자신의 신세를 돌아보며 느끼는 부끄러움과 맞물리기도 한다. "女人이 팔려간 나라"인 북쪽을 바라보며 "시름 만흔 북쪽 하늘에 / 마음은 눈 감을 줄"「北쪽」, 『分水嶺』, 삼문사인쇄소, 1937 모르고 늘 시달린다.

우리집도 안이고
일갓집도 안인 집
고향은 더욱 안인 곳에서
아버지의 寢床 업는 최후 最後의 밤은

풀버렛소리 가득차 잇섯다

露領을 단이면서까지

애써 자래운 아들과 딸에게

한마듸 남겨두는 말도 업섯고

아무을灣의 파선도

설룽한 니코리스크의 밤도 완전히 이즈섯다

목침을 반듯이 벤채

다시 쓰시잔는 두 눈에

피지못한 쑴의 쏫봉오리가 쌀안 쓰고

어름짱에 누우신듯 손발은 식어갈샌

입술은 심장의 영원한 停止를 가르쳣다

쌔 느진 醫員이 아모말 업시 돌아간 뒤

이웃 늙은이 손으로

눈빗 미명[10]은 고요히

낫츨 덥헛다

우리는 머리맛헤 업듸여

잇는대로의 울음을 다아 울엇고

---

10 『李庸岳集』, 동지사, 1949와 『리용악시선집』, 조선작가동맹출판사, 1957에 실린 같은 시에서 이용악은 "눈빛 무명"으로 텍스트를 수정해 놓았다. 이로 인해 죽은 아버지를 눈 빛처럼 새하얀 무명천으로 덮어 주었다는 문맥상의 의미가 좀 더 분명해진다.

아버지의 寢床업는 최후 最後의 밤은

풀버렛소리 가득차 잇섯다

— 이용악, 「풀버렛소리 가득차잇섯다」 전문, 「分水嶺」, 三文社印刷所, 1937

낯선 이국땅에서 아버지를 여읜 비극에 이들 가족이 봉착하게 된 것도 따지고 보면 가난 때문이다. 침상도 없는 곳에서 최후의 밤을 맞은 아버지의 죽음과 갑자기 아버지를 잃은 가족들의 슬픔은 가득 찬 풀벌레소리로 형상화 된다. 가족들의 통곡 대신 들려오는 것은 풀벌레소리이다. 그것은 아버지의 적막하고 비극적인 죽음을 더욱 강화하는 효과가 있다.

화자의 아버지의 죽음은 2연과 3연의 객관적인 진술을 거치면서 개 인적인 죽음을 넘어 시대적인 죽음이라는 의미를 획득하기에 이른다. 객지에서 아버지를 잃은 '아들과 딸'은 시적 화자와 그의 누이만을 가 리키는 것이 아니라, 당시에 고향을 떠나 떠돌며 살았던 조선 유민들 전체를 가리키는 것으로 의미가 확장된다. 가난은 객지에서의 외로운 죽음이라는 비극의 원인인 동시에 죽음 같은 삶이라는 비참한 현실의 원인으로서 이용악의 시에 작용하고 있다.

그가 아홉살 되든 해

사냥개 꿩을 쫓아단이는 겨울

이집에 살던 일곱 식솔이

어대론지 살아지고 이튿날 아침

북쪽을 향한 발자옥만 눈우에 떨고있었다

더러는 오랑캐영 쪽으로 갔으리라고
더러는 아라사로 갔으리라고
이웃 늙은이들은
모두 무서운 곳을 짚었다

지금은 아무도 살지않는 집
마을서 흉집이라고 꺼리는 낡은 집
제철마다 먹음직한 열매
탐스럽게 열던 살구
살구나무도 글거리만 남았길래
꽃피는 철이 와도 가도 뒤울안에
꿀벌 하나 날아들지 않는다

— 「낡은집」 부분, 『낡은집』, 三文社, 1938

　　털보네의 몰락과 야반도주를 그리고 있는 이 시에서 유년의 화자의
'싸리말 동무'인 털보네 셋째 아들은 태어날 때부터 환영받지 못한 존
재로 그려진다. 지독한 가난은 새 생명의 탄생마저 온전히 기뻐할 수
없게 만든다. 결국 가난에 시달리던 털보네는 추운 어느 겨울날 밤 마
을 사람들 몰래 야반도주를 하고 만다. "오랑캐영 쪽으로" 갔는지 아라
사로 갔는지 정확한 행선지를 가늠할 수도 없다. 먹고 살기 힘든 그 시
절의 유민流民들 대부분이 그랬듯이 북쪽으로 갔을 거라고 짐작만 할
뿐이다. 그리고 털보네 가족의 비극적 운명을 암시하기라도 하듯이, 이
들이 버리고 간 낡은 집은 마을서 흉집이라고 꺼리는 집이 되었으며,

제철마다 먹음직스런 열매가 열리던 살구나무도 지금은 그루터기만 남아 봄이 와도 꿀벌 한 마리 날아들지 않는 곳이 되었다.

이용악의 시에서 가난은 항상 상실감을 동반한다. 가난 때문에 고향을 등질 수밖에 없었고, 가난 때문에 처자식을 팔 수밖에 없었고, 가난 때문에 굶주려야 했고, 가난 때문에 사랑하는 아버지와 어릴 적 동무를 잃어야만 했다. 이 불가항력의 운명 앞에서 속수무책일 수밖에 없었던 시인은 항상 부끄러움과 죄의식이라는 정서적 색채를 가난에 입힌다. 이용악 시의 화자는 종종 환한 대로변이 아닌 어두운 뒷골목을 고개 숙인 채 걸어간다. 누구 자신을 아는 이라도 마주칠까 봐 '죄인처럼 수그리고 코끼리처럼 말이 없이'「두만강 너 우리의 강아」, 『낡은집』, 삼문사, 1938 지나가는 것이다. 가난으로부터 가족과 친구를 지키지 못했다는 자괴감이 거기엔 들어 있다. 그것은 달리 말하면 나라를 잃은 힘없는 백성의 부끄러움이기도 하다. 그러면서도 그는 동정과 연민을 거부하는 최소한의 자존심을 지키고자 했다. 부끄러움과 자존심이라는 정서를 동반함으로써 이용악의 시에 나타난 가난 역시 시인의 내면적 공간으로서 기능한다.

4. 1930년대 후반기 시와 '가난'의 의미

이상에서 살펴본 바와 같이 백석과 이용악의 시에서 '가난'은 물리적 궁핍과 빈곤이라는 일반적인 개념을 넘어서서 시인의 내면적 공간을 가리키는 새로운 의미를 지니게 된다. 백석의 시에 나타나는 가난은 시인이 유대감을 느끼는 존재들과 함께 기꺼이 기거하는 내면적 공간으로서 '자발적 가난'이라는 의미를 지닌다. 백석의 시에서 물리적 궁핍으로서의 가난은 크게 부각되지 않는다. 반면, 이용악의 시에 나타나는 가난은 물리적 궁핍과 좀 더 밀착되어 있으면서 거기에 부끄러움과 자괴감이라는 시인의 자의식을 동반한다. 이용악 시의 가난이 물리적 궁핍이라는 의미를 넘어서 시인의 내면적 공간을 지칭하는 의미를 획득하게 되는 것은 그 때문이다. 이용악의 시에서 가난은 개인적인 의미에 국한되지 않고 일제하의 민족적 현실이라는 의미로 확장된다.

백석과 이용악의 시에 나타나는 가난은 그 의미나 형상화 방식에 차이가 있지만, 시적 주체의 상실감과 관련된다는 점에서 함께 논의될 필요가 있다. 시적 체험의 원천이기도 했던 고향을 상실한 백석 시의 주체는 떠돌며 길 위에서 훼손된 풍경을 발견하고 지독한 상실감에 사로잡힌다. 백석 시의 가난에는 아무것도 소유하지 못했다는 상실감이 투영되어 있다. 개인의 힘으로는 어찌해 볼 수 없는 불가항력의 현실 앞에서 백석 시의 주체는 '가난'을 시인의 운명으로 받아들이면서 기꺼이 '가난'에 기거하고자 한다. 이는 시인이 세상의 힘이나 논리에 휘둘리지 않으며 시인으로서의 염결성을 지키려는 선택이기도 했을 것이다. 세상과는 격리된 그 내면 공간에는 시인이 유대감을 느끼는 존재들만이 들어올 수 있다. 백석 시의 가난은 '자발적 가난'의 원형을 보여준다는 점에서 눈여겨볼 필요가 있다.

이용악에게 고향은 그리움의 대상이면서 동시에 가난과 그로 인한 이향離鄕이라는 현실적 고통을 환기하는 곳이다. 가난은 이용악의 시에서 고향과 가족, 친구 등 소중한 존재들을 잃어버리게 하는 현실적 조건으로 기능한다. 그런데 거기에는 가난 앞에 불가항력일 수밖에 없었던 시적 주체의 죄의식과 부끄러움이 항상 동반된다. 시인의 내면적 갈등과 죄의식을 형상화한 공간으로 도시의 뒷골목이 종종 등장하는데, 그곳에서 시인은 사람들과 대면하는 것을 꺼리고 부끄러워한다. 이용악의 시에는 가난 때문에 고향을 등지고 길 위에 서 있는 사람들이 자주 등장한다. 그의 시적 주체 역시 그들과 함께 있지만 아무것도 할 수 없는 무기력한 인물로 그려진다. 거기에는 일제 하의 민족적 비극 앞에서 아무것도 할 수 없었던 스스로에 대한 자괴감과 부끄러움이 투영되어 있다.

1930년대 후반기의 시를 대표하는 백석과 이용악의 시에 나타나는 가난은 단지 일제 말의 물리적 궁핍이라는 의미에 한정되지 않고, 그것을 넘어서는 시인의 내면적 공간으로서의 의미를 지닌다. 가난이 형상화된 시를 통해 우리는 일제 말이라는 시대적 상황 속에서 두 시인이 불가항력의 세상에 맞서 어떻게 응전하고 도덕적 염결성을 지키려 했는지 짐작해 볼 수 있다. 이들 시에 나타나는 가난의 새로운 의미는 가난의 시적 계보를 구축하는 데도 중요한 역할을 할 것으로 기대된다.

어석 연구의 새로운 지평을 연 백석 시어 분류 사전

—『백석 시의 물명고—백석 시어 분류 사전』 서평

1. 이 책의 특징 및 의의

고형진의『백석 시의 물명고—백석 시어 분류 사전』고려대 출판문화원, 2015은 저자가 서문에서 밝히고 있듯이 10여 년의 공력이 고스란히 녹아 있는 백석 시어 분류 사전이다. 30여 년이 넘게 백석 시 연구에 기여해 온 고형진은 그동안 축적된 백석의 시어에 대한 연구들을 망라해 1935년부터 1948년까지 백석이 발표한 모든 시의 시어를 의미별로 분류하고 각 시어의 뜻풀이와 용례를 함께 제시하여 백석 시어 분류 사전을 완성했다.

이 책의 체제는 다음과 같다. 먼저 제1부에는 '백석 시어의 분류와 풀이와 용례'를 배치하였다. 1935년부터 1948년까지 발표된 98편의 백석 시에 쓰인 3,366개의 시어를 크게 체언(명사, 대명사, 수사), 용언과 수식언(동사, 형용사, 부사 관형사), 기타(감탄사, 접속부사, 지시대명사, 지시관형사)로 분류하고 다시 체언은 "사람, 기본생활, 생활환경, 자연환경, 산업생활, 문화생활, 사물, 감각, 식물, 동물"로, 용언과 수식언은 '사람 및 동식물, 기본·산업·문화 생활, 생활·자연 환경, 사물, '감각, 분위기', '사람, 동식물, 사물, 자연환경의 혼합''으로, 기타는 '감탄사, 접속부사, 지시대명사, 지시관형사'로 분류하고, 각 항목을 다시 하위분류해 백석 시에 쓰인 모든 시어를 의미별로 유형화해 분류하였다. 제2부에는 백석 시어의 풀이를 자모순으로 배열해 실었다. 분류 사전의 특성상 일러두기가 없이는 표제어를 찾는 데 어려움이 있으므로 이 책에서 다루는 모든 시어를 자모순으로 배열해 간단한 뜻풀이를 제시해 둠으로써 찾고자 하는 표제어를 쉽게 찾아갈 수 있도록 독자들에게 편의를 제공한 것이다. 부록에는 백석 시어를 분류해 풀이와 용례를 제시한 이 책의 작업을 총정리한 논문 「백석 시 어휘의 빈도수와 내용적 특징에 관하여」와 '백석 시어의 분류별 어휘 수', '백석 시어의 자모순 목록과 빈도수', '참고 문헌' 등이 제시되어 있다.

백석의 시어에 대해서는 많은 선행 연구들이 축적되어 있지만 사전의 형식으로 출간된 책은 『백석 시의 물명고 – 백석 시어 분류 사전』이 처음이다. 특히 이 시어 사전은 분류 사전의 형태를 띠고 있다는 점에서 기존의 시어 사전과는 차별화된다. 표제어를 자모순으로 배열해 뜻풀이를 하고 용례를 제시하는 형식의 기존의 시어 사전과 달리 이 책은 백석 시에 쓰인 시어를 조사를 제외하고 의미별로 분류하여 재구성한 사전이므로 백석의 시어에 대한 정확한 뜻풀이를 제공하는 것은 물론이고, 백석이 사용한 시어를 다양한 기준으로 유형화함으로써 백석 시어의 특징을 일목요연하게 살펴보게 해준다는 장점이 있다. 예를 들면 백석 시에 '나'와 '것'이 높은 빈도로 쓰였다는 사실은 많이 알려져 있고 그에 대한 선행 연구들도 나와 있지만,[1] 이 책에서는 '나'와 '것'이

---

1   이경수, 「백석 시에 쓰인 '-는 것이다'의 문체적 효과」, 『우리어문연구』 22, 우리어문학회, 2004; 고형진, 「백석 시에 쓰인 '~이다'와 '~것이다' 구문의 시적 효과」, 『한국시

출현하는 백석 시의 모든 용례를 한눈에 볼 수 있게 제시하여 백석 시의 언어적 특징을 살펴볼 수 있도록 해준다. 그 밖에도 백석 시에는 '어머니'라는 시어가 자주 등장하고 같은 의미를 지니는 시어로 '어미, 엄마, 엄매, 오마니' 등도 쓰였는데, 이 책은 용례를 바탕으로 이를 일목요연하게 확인할 수 있도록 도와준다. 게다가 그림과 당대의 지도 등을 활용해 명확한 뜻풀이를 제시하고 있는 점은 이 책만의 특별한 미덕이라고 할 수 있겠다.

이 책을 통해 다시 한번 확인할 수 있는 백석 시어의 특징은 다음과 같다. 첫째, 백석의 시어에서는 생활어가 두드러진다. 둘째, 명명의 구체성이 주목된다. 그는 총칭어보다는 구체적인 사물어를 주로 구사하는 특징을 보여준다. 셋째, 시어의 하위분류를 기준으로 볼 때 음식, 세간, 집 순으로 시어의 사용 빈도수가 높다는 점을 알 수 있다. 넷째, 사람 관련 시어가 높은 빈도로 쓰였는데 그중에서도 '나'가 압도적으로 많이 쓰였다는 점을 확인할 수 있다. 다섯째, 백석 시의 용언류 중 이동 동사의 사용 빈도수가 가장 높으며 길과 거리의 빈도수도 높아 백석 시의 상당수가 길 위에서 쓰였음을 확인할 수 있다. 그 밖에도 의성어의 사용 빈도가 높고 접속부사 중에서는 '그리고'의 사용 빈도가 높다는 것을 확인할 수 있다.[2] 이러한 결과들은 분류 사전의 형식을 빌리지 않

학연구』 14, 한국시학회, 2005; 고형진, 「'가난한 나'의 무섭고 쓸쓸하고 서러운, 그리고 좋은」, 『비평문학』 45, 한국비평문학회, 2012; 고형진, 「백석 시의 표현형태에 나타난 조사의 활용양상」, 『백석 시를 읽는다는 것』, 문학동네, 2013; 황선희, 「백석 시의 문체적 특성 연구─분단 이전 시편들과 분단 이후의 시·번역시의 연속성 문제를 중심으로」, 중앙대 석사논문, 2015.

2 번역시까지 포함한 백석의 전 시기 시를 대상으로 연결어미, 인칭 표현, 접속사의 문체적 특성과 언술의 관계를 면밀히 살펴본 논문으로는 황선희, 앞의 글이 있다.

았다면 정확한 수치와 근거를 통해 확인하기 어려웠을 것이다.[3] 그런 점에서 이 책은 앞으로의 백석 시 연구에도 많은 시사점을 제공해 줄 것으로 보인다.

『백석 시의 물명고―백석 시어 분류 사전』은 서문에서 저자가 밝히고 있듯이, 정확한 시어의 의미를 파악하기도 전에 해석부터 하려고 드는 최근 연구의 관행에 경종을 울리는 역할을 충실히 수행하고 있는 책이다. 연구방법론이나 이론적 측면에서는 최근의 한국 현대시 연구가 분명히 양적으로나 질적으로 성장했다고 말할 수 있지만, 정량 평가가 중시되는 분위기 속에서 기본에 충실하지 않은 연구물들이 나오고 있는 것 또한 부정할 수 없는 사실이다. 그런 점에서 오랜 세월 공들이지 않고서는 할 수 없는 꼼꼼하고 섬세한 작업을 바탕으로 완성한 고형진의 『백석 시의 물명고―백석 시어 분류 사전』은 어석 연구의 모범적인 사례로 남을 것으로 보인다.

2. 기존 시어 풀이의 결정판

앞서 언급했듯이 백석의 시어에 대해서는 상당수의 연구가 축적되어 있다. 백석 시 전집의 형태로 시어 풀이를 제공한 예도 많았고,[4] 기존의

---

3 백석 시의 시어들을 선행 연구의 오류를 검토하며 살펴본 연구로 김영범, 「백석 시어 연구―선행 연구의 오류 검토를 중심으로」, 고려대 석사논문, 2005가 있고, 백석의 시어를 통계적 방법으로 연구한 선행 연구로는 박순원, 「백석 시의 시어 연구―시어 목록의 고빈도 어휘를 중심으로」, 고려대 박사논문, 2007이 있다.

4 대표적인 예로 다음과 같은 것이 있다. 이동순 편, 『백석 시 전집』, 창작과비평사, 1987; 이숭원 주해, 이지나 편, 『원본 백석 시집』, 깊은샘, 2006; 고형진 편, 『정본 백석 시집』,

전집에서 풀이한 시어들 간의 차이를 한눈에 볼 수 있게 표로 정리하고 뜻풀이가 어긋나는 시어에 대해 판단하거나 새로운 해석을 제안한 『다시 읽는 백석 시』라는 책도 2014년에 출간되었다. 그 밖에도 1980년대 중반부터 현재까지 백석 시에 대한 어석 연구는 지속적으로 이루어져 왔다. 그렇다면 『백석 시의 물명고─백석 시어 분류 사전』은 그러한 선행 연구들과 얼마나, 어떻게 다른가? 여기서는 기존의 시어 풀이가 새롭게 수정되거나 논란이 정리된 경우 중 동의할 만한 해석을 중심으로 그 차이를 살펴보고자 한다.

먼저 논란이 있었던 기존의 견해들을 정리하고 납득할 만한 해석을 제공한 경우인데 그중에서도 특히 눈질, 소의연, 갓사둔, 깽제미, 집살이, 초롱, 개지꽃, 끼밀다, 이즈막하다 등의 시어 풀이를 눈여겨볼 만하다. 그중 몇 가지만 살펴보겠다.

「흰 바람벽이 있어」에 등장하는 '눈질'은 그동안 고형진 편, 『정본 백석 시집』, 이숭원의 『백석을 만나다』, 이동순·김문주·최동호 편, 『백석 문학 전집』 1─시 등에서 '눈으로 흘끔 보는 것'으로 풀이했고 송준 편 『백석 시 전집』에서 '눈길, 눈짓을 하는 것, 눈을 놀리는 동작이나 눈을 움직여 신호나 주의를 주는 모양'으로 풀이해 약간의 이견이 있었다. 『백석 시의 물명고─백석 시어 분류 사전』에서는 눈질을 눈짓으로 보아 이전의 견해를 수정하고 후자의 손을 들어주었다. 이 사전에 따르면 눈질은 『표준국어대사전』엔 '눈으로 흘끔 보는 것'으로 풀이되

문학동네, 2007; 송준 편, 『백석 시 전집』, 흰당나귀, 2012; 이동순·김문주·최동호 편, 『백석 문학 전집』 1─시, 서정시학, 2012; 현대시비평연구회 편, 『다시 읽는 백석 시』, 소명출판, 2014. 그 밖에 시어 풀이를 제공하고 있지는 않지만 백석의 북한 시까지 아우른 전집으로 김재용 편, 『백석전집』(개정증보판), 실천문학사, 2011이 있다.

어 있지만 『조선말대사전』엔 '눈짓'으로 풀이되어 있다. 고형진은 이 책에서 『표준국어대사전』, 『평북방언사전』 외에도 『조선말대사전』을 적극 참고하여 문맥에 좀 더 잘 어울리는 뜻을 찾아내고 있는데, '눈질'의 경우에는 '눈짓'이 "위로하는 듯이"라는 시의 구절과 문맥상 좀 더 잘 어울린다고 판단한 것으로 보인다.

　「오리」에 등장하는 '소의연'은 이동순 편 『백석 시 전집』, 고형진 편 『정본 백석 시집』, 이동순·김문주·최동호 편 『백석 문학 전집』 1 － 시 , 송준 편 『백석 시 전집』에서 '소의원', 즉 '소의 병을 치료해주는 사람'으로 풀이한 반면, 이숭원의 『백석을 만나다』에서는 앞뒤의 문맥으로 볼 때 '所以然그리된 까닭'에서 온 말로 짐작된다고 풀이했는데 『백석 시의 물명고－백석 시어 분류 사전』에서는 '소의원'으로 풀이하면서 '원'이 '연'으로 표기되는 다른 용례를 들어 근거를 제시했다. 「칠월 백중」의 "건들건들 씨연한 바람이 불어오고"에서도 '시원한'이 "씨연한"으로 표기되었다는 것이다. 고형진은 발음의 용이성에서 그 원인을 찾는다.

　「모닥불」에 등장하는 '갓사둔'에 대해서도 기존의 견해를 넘어선 새로운 뜻풀이를 제시하는데 상당히 설득력이 있다. 그동안 '갓사둔'은 출간된 모든 백석 시 전집에서 '새 사돈'으로 풀이해 왔다. 이동순의 『백석 시 전집』의 시어 풀이를 이견 없이 수용한 것인데 『백석 시의 물명고－백석 시어 분류 사전』에서는 '갓사둔'에 대해 '가시사둔, 즉 남자 편에서 여자 쪽의 사돈을 가리키는 말'로 풀이하였다. '갓'을 가시로 보아 '갓＋사둔'의 합성조어로 본 것인데, 『표준국어대사전』에서도 "가시-"를 "(일부 명사 앞에 붙어) '아내' 또는 '아내의 친정'이라는 뜻을 더하는 접두사"로 풀이하면서 '가시아비, 가시어미, 가시집'의 용례를 제시하고 있는 것으로 보아 이러한 고형진의 견해는 상당한 설득력을 지닌 것으로 보인다. 다만, '가시'가 '갓'이 되는 용례가 함께 제시되었더라면 좀 더 설득력을 얻을 수 있었을 것이다.

「국수」의 '예데가리밭'에 대해서는 산의 맨꼭대기에 있는 오래된 비탈밭(이동순), 대여섯 낮 동안 갈 정도 넓이의 밭(고형진), 오래 묵은 비탈밭(이숭원, 이동순·김문주·최동호, 송준), 끄트머리에 있는 밭(이경수) 등의 뜻풀이가 있었지만 어학적 근거나 용례를 명확하게 제시하지는 못했다. 이 책에서 고형진은 이전의 뜻풀이를 수정하여 '예데가리밭'을 '예제가리밭', 즉 '여기저기 갈아 놓은 밭'으로 보았는데 어학적 근거를 어느 정도 밝힐 수 있고 'ㅈ'이 'ㄷ'으로 바뀌는 예가 백석 시에서는 흔하게 발견된다는 점에서 지금까지 나온 견해 중에서는 상당히 설득력 있는 뜻풀이로 판단된다. '예데가리밭'을 '예데(예제, 여기저기) + 가리(갈이, 논밭을 갈고 김을 맴) + 밭(田)'의 합성조어로 보아 아무렇게나 산지의 여기저기에 갈아 놓은 밭을 말하는 것으로 짐작한 것이다.

둘째, 기존의 견해에 다양한 분야의 문헌이나 유사한 용례를 적극 활용해 근거를 제시함으로써 풀이의 정확성을 더한 경우로 노왕, 쥔두기, 갈부던, 게모이다 등을 들 수 있다.

「귀농」의 '노왕'에 대해서는 '라오왕. 왕씨. 또는 왕선생'으로 선행 연구에서도 의견의 일치를 보여 왔지만 고형진의 이 책에서는 중국사회과학원 언어연구소사전편찬실에서 편찬한 『(漢英雙語)現代漢語詞典』을 참고하여 '老라오'가 중국어 사전에 호칭이나 차례, 순서를 나타내는 명사, 또는 동식물의 이름 앞에 붙이는 접두사로 풀이되어 있음을 근거로 제시한다.

「고야」의 '쥔두기송편'에 대한 풀이도 흥미롭다. '쥔두기송편'에 대해서는 '진드기 모양처럼 작고 동그랗게 빚은 송편'(이동순, 송준), '작고 존득하게 빚은 송편'(이숭원) 등의 견해가 제시되었는데, 고형진은 이 책에서 '주먹을 쥔 모양의 송편'이라는 견해를 새로 제출하며 '쥔두기(쥔두기)'와 같은 형태의 말로 '깍두기'를 든다. 깎은 모양을 한 것이라는 뜻으로 '깍두기'가 쓰였던 것처럼 (주먹으로) 쥔 모양을 뜻하는 말로 '쥔두기(쥔두기)'가 쓰일 수 있다는 것이다. 이러한 해석은 꽤 설득력이 있어 보인다. 다만, 엄밀하게 말하면 '주먹을 쥔 모양의 송편'이라기보다는 주먹을 쥐듯이 송편에 손자국이 나게 만든 모양의 송편을 가리키는 것으로 보는 편이 좀 더 타당해 보인다. 요즘도 떡집에서는 이런 모양의 송편을 가끔 볼 수 있는 것으로 보아 수용할 만한 해석이라 판단된다.

「산지」와 「삼방」에 등장하는 '갈부던'에 대해서는 이동순이 '평안북도 지방에서 아이들이 조개를 가지고 놀며 만들어 놓던 장난감'이라고 처음 풀이했고, 이후 이숭원에 의해 '갈부던'이 '갈+부던(부전)'의 합성 조어로 '부전'은 색헝겊을 알록달록하게 맞대어 만든 여자아이들의 노리개를 가리키고 '갈부던'은 갈잎으로 만든 부전이라고 풀이된 후 대부분의 연구자가 이 뜻풀이를 수용해 왔다. 고형진도 『백석 시 바로 읽기』에서 '조개로 만든 아이들의 장난감'으로 갈부던을 풀이했다가 『정본 백석 시집』에서 '갈대로 엮어 만든 부전'으로 뜻풀이를 수정했었는데, 이번 책에서 다시 새로운 해석을 제기한다. '갈부던'을 '삿자리'의 황해 방언인 '갈보전'으로 보아 '갈대를 엮어서 만든 자리'로 풀이한 것이다. 고형진도 언급했듯이 일찍이 김영배가 「백석 시의 방언에 대하여」 『한실 이상보박사 회갑기념 논총』, 형설출판사, 1987에서 '갈부던'을 '갈대로 짠 돗자리'로 풀이한 바 있다. 「산지」와 「삼방」에서 '약수터의 산거리'를 '갈부던'에 비유하고 있는 것으로 보아 '노리개'보다는 '삿자리'가 좀 더 타당해 보인다. 약수터의 산거리가 복잡하고 얼기설기하다는 의미로는 아무래도 노리개보다는 얼기설기 짠 삿자리가 더 잘 어울린다. 관행적으로 굳어진 해석에 다시 의문을 품고 새로운 해석을 제기했다는 점에서 '갈부던'의 뜻풀이의 의미를 찾을 수 있을 것이다.

「연자간」의 '게모이고'에 대해서는 '개들이 침을 흘리며 정신없이 모여드는 모습'(고형진), '게걸스럽게 모이고'(이숭원, 이동순·김문주·최동호) 등의 해석이 제시되었는데, 이 책에서 고형진은 기존의 견해를 유지하되 약간의 수정을 가해 '게모이다'를 '침이나 코를 흘리며 지저분한 모습으로 모이다'로 풀이하면서 유사한 용례로 '게바르다'를 제시해 근거를 보충한다. 『조선말대사전』에 '게바르다'가 "지저분하게 바르다"라는 뜻으로 등재되어 있다는 것이다.[5]

셋째, 기행시도 많이 썼던 백석 시에는 지명이 꽤 높은 빈도로 등장하는데 백석 시에 등장하는 모든 지명에 대해 일일이 당대의 지도를 찾아 그 위치를 확인하여 함께 제공한 점은 이 책의 자료적 가치를 높이는 데 기여한다.

넷째, 풍속이나 농기구 등과 관련된 시어의 경우 그림을 함께 제공한 점도 높이 평가할 만하다. 해당 시어를 직접 보거나 경험한 적이 없는 젊은 세대들을 위한 배려라고 볼 수 있는데, 이러한 노력 덕분에 백석의 시가 더 오랫동안 후속 세대들에게 사랑받을 수 있을 것으로 보인다.

---

5   고형진, 『백석 시의 물명고─백석 시어 분류 사전』, 고려대 출판문화원, 2015, 596쪽.

3. 해소되지 않은 의문들

앞서 살펴본 내용만으로도 이 책의 가치는 충분히 인정된다. 그러나 백석의 시어는 평북 정주를 비롯해 다양한 지역의 방언을 구사한 것은 물론이고, 고어, 표준어와의 경쟁에서 밀려난 말들 등 다양한 언어의 층위를 가지고 있어서 그 의미를 정확히 추론하기 어려운 것들이 꽤 있다. 고형진의 『백석 시의 물명고─백석 시어 분류 사전』에서 상당수 시어의 의미를 정확히 판독해 제시했지만 제시된 시어 풀이 중에는 아직 의문이 완전히 해소되지 않았거나 재론의 여지가 남아 있는 시어들, 제시된 뜻풀이에 동의하기 어려운 시어들도 일부 있다. 여기에서는 주로 좀 더 논의가 필요한 시어들을 중심으로 살펴보되, 분류의 기준이나 위치를 문제 삼은 경우와 뜻풀이에 이견을 제시한 경우로 나누어 살펴보고자 한다.

이 책에서 제시하고 있는 분류의 기준이나 항목, 위치 등에 이견이 있는 경우를 몇 가지 예를 중심으로 살펴보면, 우선 체언의 'I. 사람' 중 '2. 감정, 마음'과 '3. 정신, 생각'은 분류의 기준이 명확하지 않다. '마음'은 일반적으로 'mind'나 'heart'로 번역되는데 넓은 의미의 마음에는 정신, 혼, 'heart'로 번역될 수 있는 마음, 생각 등이 모두 포함될 수 있고 최근의 연구에서는 마음에 대한 이론적 연구가 다양한 영역으로 확장되고 있기도 해서 감정의 영역을 마음, 논리적인 이성의 영역이 좀 더 우세한 것을 정신으로 나누는 것이 과연 타당한 분류인지에 대해서는 좀 더 논의가 필요해 보인다. 『표준국어대사전』의 '마음'에 대한 뜻풀이만 살펴보아도 ① 사람이 본래부터 지닌 성격이나 품성, ②

사람이 다른 사람이나 사물에 대하여 감정이나 의지, 생각 따위를 느끼거나 일으키는 작용이나 태도, ③ 사람의 생각, 감정, 기억 따위가 생기거나 자리 잡는 공간이나 위치, ④ 사람이 어떤 일에 대하여 가지는 관심 등으로 풀이되고 있어서, 감정, 정신, 생각의 영역을 모두 포괄하고 있다고 볼 수 있다. 따라서 백석의 시어를 '감정, 마음'과 '정신, 생각'으로 분류하는 것은 적절해 보이지 않는다. 이런 분류가 가능하려면 백석 시에 마음과 정신의 영역을 가르는 분명한 기준이 서 있어야 하는데 이 또한 분명해 보이지는 않는다.

체언의 'I. 사람' 항목에 '3. 정신, 생각'이 하위분류되어 있지만 체언의 'VI. 문화생활' 항목의 '1. 문예와 수리'에도 '1) 추상, 논리, 이성'이 하위분류되어 있어서 '정신, 생각'이 '추상, 논리, 이성' 항목이 아닌 '정신, 생각'에 하위분류되어 있는 정확한 분류의 기준도 잘 이해가 되지 않는다. 마찬가지 이유로 '정신'과 '생각'이 함께 묶인 까닭도 충분히 납득되지는 않는다. 사람과 관련된 시어라는 것이 분류의 기준이었을 것으로 추정되지만 그 기준이 다소 애매한 것도 사실이다. 'I. 사람' '2. 감정, 마음' 항목에는 '가슴, 가슴가, 걱정, 근심, 기쁨, 낙, 디겁, 마음, 맘, 부끄러움, 사랑, 성, 속, 슬픔, 시름, 시악, 싫증, 야우소회, 욕심, 울음, 웃음, 인정, 절망, 정, 즐거움, 통곡, 튀겁, 푸념, 한탄, 향수, 흥'이 표제어로 수록되어 있고, 'I. 사람' '3. 정신, 생각' 항목에는 '꿈, 넋, 덕, 도, 뜻, 생각, 소원, 어리석음, 얼혼, 자랑, 정기, 지혜, 혼'이, 'VI. 문화생활' '1. 문예와 수리' '1) 추상, 논리 이성' 항목에는 '까닭, 넷적본, 넷투, 력사, 본, 신세, 옛적본, 이름, 잘못, 조화, 종아지물본, 탓 ①, 탓 ②'가 수록되어 있는데, 분류의 기준이 명확하지 않고 이러한 분류 작업이 시어의 다의성을 다소 해치는 것은 아닌지 의문이 들기도 한다.

「쓸쓸한 길」의 "수리취 땅버들의 하이얀 복이 서러웁다"에 등장하는 '복'을 이 책에서는 '복服'으로 풀이하면서 상복, 소복을 가리킨다는 풀이와 함께 시의 문맥을 고려해 수리취나 땅버들의 하얀 솜털을 상복에 빗대어 표현한 말이라는 해석을 덧붙이고 있다. 뜻풀이에는 이견이 없지만 이 시어를 체언의 'IX. 식물' 중 '3. 식물 일반과 부분'의 '3) 식물의 다른 부분'에 배치하고 있는 점에는 다소 의문이 든다. 의미를 분류의 기준으로 삼아 '복'이 궁극적으로 수리취나 땅버들의 하얀 솜털을 상복에 빗대어 은유적으로 표현한 말이라고는 해도 비유적 의미의 취지를 추론해 시어를 거기에 귀속시켜 분류하기보다는 원래의 의미를 살려 의복 항목에 배치해 놓고 뜻풀이에서 살리는 편이 더 합당하지 않았을까 싶다.

논란이 된 기존의 뜻풀이를 정리하여 하나의 뜻풀이를 제시하거나 새로운 뜻풀이를 제시한 경우 중에서 동의가 되지 않거나 좀 더 논의가 필요하다고 판단되는 시어 풀이에 대해서도 몇 가지만 살펴보고자 한다.

「넘언집 범 같은 노큰마니」의 "집에는 아배에 삼춘에 오마니에 오마니가 있어서 젖먹이를 마을 청능 그늘밑에 삿갓을 씌워 한종일내 뉘어두고 김을 매려 단녔고"에서 '오마니에 오마니'에 대해『백석 시의 물명고-백석 시어 분류 사전』은 앞의 '오마니'는 '어머니의 방언(평안)'으로 풀이하고 뒤의 '오마니'는 '삼춘 오마니, 작은어머니'로 풀이하였다. 이는 '오마니에 오마니' 중 뒤의 '오마니'는 삼춘에 대응되는 말이므로 '삼촌 오마니', 즉 '작은 오마니'를 가리킨다는 이숭원의 견해를 수용한 것이다. 한편 『다시 읽는 백석 시』에서는 '오마니에 오마니'를 '어머니의 어머니' 즉 노큰마니로 보는 유성호의 견해를 수용한 바 있다.[6] 해당 구절은 시의 문맥을 고려해 다시 읽어볼 필요가 있는데, 「넘언집 범 같은 노큰마니」의 3연에 해당하는 위의 구절은 젊은 시절 고생했던 사연을 노큰마니가 늘어놓는 부분이라고 볼 수 있다. 그렇다면 집에는 '아배에 삼촌에 오마니에 오마니'가 있어서, 즉 아이를 봐줄 만한 식구가 집에 없어서 김을 매러 나갈 때에도 젖먹이를 데리고 나가 마을 청능 그늘 밑에 삿갓을 씌워 한종일내 뉘어 두었다는 의미로 보는 것이 문맥상 타당해 보인다. 이렇게 볼 때 '오마니에 오마니'는 어머니의 어머니, 즉 할머니를 가리키는 것으로 보되 신세한탄의 주체인 노큰마니와는 구별되는 인물로 보는 것이 설득력이 있어 보인다.

「동뇨부」의 '싸개동당'에 대해서는 '오줌이 마려워 몹시 급하게 서두르며 발을 동동 구르는 일'(이동순), '오줌싸개의 왕'(고형진, 송준), '어린아이가 자면서 오줌똥을 가리지 못하고 마구 싸서 자리를 온통 질펀하게 만들어 놓는 일'(이숭원, 이동순·김문주·최동호) 등으로 상이한 풀이가 제시되었는데, 이 책에서 고형진은 '오줌싸개의 왕'이라는 이전의 풀이를 고수하면서 '싸개동당'이 '싸개(오줌싸개) + 동당(동장洞長, 동네의 우두머리)'의 합성조어라는 설명과 '싸개동당을 지나는데'를 '오줌싸개의 왕을 지내는데'로 풀이해야 한다는 설명을 덧붙인다. 『표준국어대사전』에서는 '싸개동당'을 북한어로 등재하면서 '어린아이가 자면서

---

6   현대시비평연구회 편저, 『다시 읽는 백석 시』, 소명출판, 2014, 373쪽.

오줌똥을 가리지 못하고 마구 싸서 자리를 온통 질펀하게 만들어 놓는 일'로 풀이하고 용례로 '싸개동당을 치다'를 제시하였는데, 고형진은 이것을 언급하면서 이 시에 쓰인 '싸개동당'이 '지나다'와는 호응할 수 없다고 보았다. 하지만 고형진의 이 해석에는 '지나다=지내다'라는 전제가 깔려 있어서 재고의 여지가 있어 보인다. '싸개동당'을 사전에 등재된 의미로 보아도 '오줌을 질펀하게 싸놓은 일을 지나는데'라는 풀이가 가능하며, 이때 오줌을 질펀하게 싸놓은 일을 한 시간의 경과를 가리키는 술어로 '지나다'라는 동사를 쓸 수 있다고 판단된다.

「국수」의 '은댕이'에 대해서는 언저리(이동순, 이동순·김문주·최동호, 송준), 마을 이름(고형진), 산비탈에 턱이 져 평평한 곳(이숭원), '-댕이'를 일부 명사 뒤에서 친근함의 뜻을 더하는 접미사로 보아 '언덕을 가리키는 보통 명사이자 시골의 지명을 가리키는 고유 명사로 보자는 견해'(이경수) 등의 풀이가 있었다. 이 책에서는 '은댕이'에 대해 '평평한 곳', 또는 어떤 특정의 지역 이름으로 추정된다고 보았지만 선행 연구의 견해들을 소개해 놓았을 뿐 특정한 뜻풀이를 제시하고 있지는 못하다. 어학적인 근거를 정확히 밝힐 수 없어서인데, 『다시 읽는 백석 시』의 견해를 참고하지 않은 점은 다소 아쉽다.

「統營」에 등장하는 '손방아'에 대해서는 디딜방아(이동순, 고형진)로 보는 견해와 손으로 찧는 방아, 즉 손절구(이숭원, 이동순·김문주·최동호, 송준)로 보는 견해가 양립해 있었는데, 이경수는 디딜방아를 여자 혼자 밤에 찧는 모습이 자연스럽지 않다는 점, 손방아는 일반적으로 절구, 디딜방아는 발방아로 표현했다는 점, 통영이 어촌이라 디딜방아를 찾기 어려운 곳이었다는 점 등을 근거로 '손방아'를 '디딜방아'로 보기는 어렵다고 판단했다.[7] 고형진은 이 책에서 이러한 선행 연구의 견해에 대해 아무런 언급도 하지 않고 '손방아'를 '디딜방아'의 방언으로 풀이했는데『금성판국어대사전』에서 '손방아'를 '디딜방아'의 방언으로 제시한 것 외에 다른 근거를 제시하고 있지는 않아 잘 수긍이 가지 않는다.

「넘언집 범 같은 노큰마니」에 나오는 '종아지물본'에 대한 뜻풀이도 선뜻 동의하기 어렵다. '종아지물본'은 그 의미를 정확히 알 수 없는 대표적인 백석의 시어이다. 그동안 대부분의 연구자들이 '종아지물본'을 '세상물정'이라고 본 이동순의 견해를 따랐고, 송준의 경우에만 '종아지'를 홍역을 일으키는 귀신으로 보고 '물본'을 사물의 근본 이치나 까닭으로 보아 종아지물본을 홍역귀신의 이치로, 문맥에서는 '홍역으로 죽어나가는 까닭'이라는 속뜻을 지니는 것으로 다르게 풀이하였지만, 선행 연구들에서 뜻풀이의 어학적 근거를 밝히지는 못했다. 이경수는『다시 읽는 백석 시』에서 '종아지물본'의 뜻풀이에 근본적인 문제 제기를 하면서 한자어일 경우와 한자어가 아닐 경우를 모두 고려해 좀 더 다양한 문헌을 살펴볼 필요가 있다고 제안하면서 한자어일 경우의 조어 가능성을 네 가지 정도로 제시했다. '從我至物本 나로부터 사물의 근본이나 세상의 이치에 이르기까지'이나 '從我之物本 나로부터의 사물의 근본(세상의 이치)'의 한자 조어로 보아 문맥상 '사리분간도 못 하고' 정도의 의미로 보거나 '種芽之物本'이나 '從芽之物本'의 조어로 보아 '병에 걸린 원인' 정도의 의미로 해석할 가능성을 열어두었다. 덧붙여 송준의 견해처럼 한자어가 아닐 가능성에 대해서도 열어두고 근거와 용례를 찾아볼 필요

---

7   이경수,「백석 시 전집 출간 및 어석 연구의 현황과 과제」,『한국근대문학연구』27, 한국근대문학회, 2013, 87쪽.

가 있다고 제안하였다.[8] 고형진은 『백석 시의 물명고─백석 시어 분류 사전』에서 '종아지물본'을 '종아지宗旨＋물본物本'의 합성조어로 추정하여 '세상이나 사물의 근본 뜻이나 형편'으로 풀이하였다.[9] 그런데 '종아지물본'을 '종지물본'으로 보는 근거를 제시하고 있지 못하며 선행 연구의 제안에 대해서도 언급하거나 반박하고 있지 않아 아쉬움이 남는다.

그 밖에도 가수내, 동말랭이, 섭가락, 청능의 해석에 대해서는 충분한 근거가 제시되었다고 보기는 어려워 앞으로도 논의의 여지가 있어 보인다.

4. 남은 과제

이상에서 살펴보았듯이 백석 시어에 대한 선행 연구들을 총망라하고 『표준국어대사전』, 『조선말대사전』, 『평북방언사전』, 문세영의 『조선어사전』1938, 『고어사전』을 비롯한 사전류와 『한국민속종합보고서』, 『정주군지』, 『함경남도지』, 『통영시지』, 『국학도감』, 『조선식물지』, 『한국의 문과 창호』, 『전통한복양식』, 『한국복식사연구』, 『원색약용식물도감』, 『한국의 음식용어』, 『우리 옷과 장신구』 등 다양한 분야의 문헌들을 두루 살펴 가급적 정확한 근거를 통해 백석 시어의 뜻풀이를 제공하고자 한 고형진의 『백석 시의 물명고─백석 시어 분류 사전』은 어석 연구의 새로운 지평을 연 의미 있는 연구 성과임에 분명하다. 십여 년의 공들임이

---

8   현대시비평연구회 편저, 앞의 책, 371~372쪽.
9   고형진, 『백석 시의 물명고─백석 시어 분류 사전』, 354쪽.

고스란히 느껴지는 백석 시어 분류 사전은 백석 시에 대한 후속 연구에도 많은 영향을 끼칠 것으로 보인다.

이 책의 의의를 충분히 인정하면서도 마지막으로 몇 가지 아쉬운 점에 대해 언급하고자 한다. 먼저 이 책에서 다루는 백석 시가 1935년에서 1948년까지의 작품에 한정되어 있다는 점을 들 수 있다. 백석은 1948년 이후에도 1962년까지 46편의 작품을 더 발표하였고 『집게네 네 형제』라는 동화시집도 출간했다. 최근에는 재북 시기의 백석의 동화시와 창작시는 물론 번역시에 대한 연구도 활발히 진행되고 있는 추세이다. 물론 이 시기의 시에서 이전의 백석 시만큼의 시적 완성도를 기대하기 어려운 것은 사실이지만 그렇다고 해서 이 시기의 백석 시의 존재 자체를 인정하지 않는 관점에는 동의하기 어렵다. 이는 이 책의 한계라고도 볼 수 있겠지만, 백석의 시를 바라보는 이 책의 저자와 이 글의 필자 사이의 관점의 차이에서 기인하는 것이기도 하다. 분단 이후 재북 시기에 창작된 시와 아동문학 평론 등에서 백석은 체제와 타협하지 않으며 시와 아동문학에 대한 자신의 관점을 끝까지 고집했고, 이는 이후 백석을 문학적 숙청에까지 이르게 한다. 시론에 해당하는 글을 남기지 않았던 백석의 경우, 아동문학평론과 그 연장선 위에서 살펴보아야 하는 번역시 작업 및 창작 동화시 작업을 통해 시와 아동문학에 대한 백석의 관점을 추론할 수 있다. 이에 대해서는 이미 선행 연구가 상당히 진행되기도 했다.[10] 백석의 시를 아끼고 사랑하는 독자의 관점에서는 재북 시기의 백석 시가 단지 오점에 불과하다고 여

---

10 박태일, 「백석이 옮긴 마르샤크의 『동화시집』」, 『비평문학』 52, 한국비평문학회, 2014;
   이경수, 「마르샤크의 『동화시집』 번역을 통해 본 『집게네 네 형제』 창작의 의미」, 『비교한국
   학』 23-1, 국제비교한국학회, 2015; 이경수, 「백석의 동화시 창작과 음악성 실현의 의미」,
   『우리문학연구』 47, 우리문학회, 2015.

겨질 수도 있겠지만, 체제의 압력 앞에서도 끝까지 시인이기를 고수했던 백석의 고투와 시대적 좌절의 기록으로 이 시기의 시와 번역, 아동문학평론 등을 읽을 수도 있다. 또한 분단 이후 재북 시기의 백석 시와 이전의 백석 시와의 연속성에 대해서도 선행 연구가 축적되어 가고 있고 실제로 재북 시기의 백석 시에서도 이전의 백석 시의 흔적이 상당 부분에서 발견된다. 두 시기 사이에 단절이 없다고는 할 수 없으므로 백석 시어 분류 사전을 집필하면서 1948년까지의 시라는 한계를 설정한 것이 이해가 되지 않는 것은 아니지만, 한편으로는 이 작업을 통해 백석 시의 성과를 1948년까지로 제한하려 한 점은 아쉽다. 고백건대『백석 시의 물명고-백석 시어 분류 사전』을 읽는 시간은 감동적이었지만, 한 시인의 시어의 총량과 전모를 살피기 위해서는 그의 시 전체를 다루어야 하지 않을까 하는 의문은 끝내 지울 수 없었다.

둘째, 이 책은 백석의 시어에 대한 선행 연구들을 망라하고자 시도했지만 누락된 선행 연구들이 있어서 그 점도 다소 아쉽다. 시어 사전의 형식은 아니었지만 2014년에 출간된『다시 읽는 백석 시』에서 백석 시 전체를 대상으로 시의 원문과 기존 전집의 시어 풀이 비교, 어긋나는 시어 풀이에 대한 정리 및 새로운 해석의 제기 등을 시도한 바 있는데,『백석 시의 물명고-백석 시어 분류 사전』에는『다시 읽는 백석 시』에서 지적한 내용이 반영되어 있지 않다. 아마도 출판 시기 문제와 관련이 있어 보이지만『다시 읽는 백석 시』에서 제기한 견해까지 참조했다면 좀 더 완성도 있는 시어 분류 사전이 나올 수 있었을 거라는 점에서 이 또한 아쉬운 것이 사실이다.

마지막으로, 분류 사전의 특성상 어쩔 수 없는 측면이 있지만 시어의 분류 기준이 다소 애매하다는 점을 들 수 있다. 시어를 분류함으로써 백석 시어의 특성이 좀 더 선명히 드러나는 장점도 있지만, 분류 작업을 통해 오히려 시어의 다의성이 특정한 의미 영역 안으로 귀속될 우려가 있다는 점도 고려되어야 할 것이다. 아마도 이 책의 서문에서 밝힌 것처럼 분류 항목을 세분하는 데는 남영신의 『우리말 분류사전』과 박용수의 『우리말 갈래사전』을 참고하되 백석 시어의 특성과 의미가 잘 드러날 수 있는 적절한 분류 단위를 설정한 것으로 보이는데, 분류의 기준이 명확히 제시되어 있지 않아 '적절한 분류 단위'에는 아무래도 주관적인 판단이 작용할 수밖에 없었을 것이다. 이는 분류사전이라는 체제를 선택하면서 감수할 수밖에 없었던 한계라고 판단되지만 약간의 아쉬움이 남아 첨언한다.

참고문헌

1. 기본 자료

고형진, 『백석 시의 물명고―백석 시어 분류 사전』, 고려대 출판문화원, 2015.

고형진 편, 『정본 백석 시집』, 문학동네, 2007.

김광혁 편, 『새날의 노래』, 아동도서출판사, 1962.

김문주·이상숙·최동호 편, 『백석 문학전집 2―산문·기타』, 서정시학, 2012.

김소월, 『진달내꽃』, 매문사, 1925.

김억, 『오뇌의 무도』, 조선도서주식회사, 1921.

김재용 편, 『백석전집』, 실천문학사, 1997.

_____, 『백석전집』(증보판), 실천문학사, 2003.

_____, 『백석전집(증보판)』, 실천문학사, 2008.

_____, 『백석전집(증보판)』, 실천문학사, 2011.

김학동 편, 『백석전집』, 새문사, 1990.

박태일 편, 마르샤크 저, 백석 역, 『동화시집』, 경진출판, 2014.

백석, 「나의 항의, 나의 제의」, 『조선문학』, 1956.9.

___, 「동화 문학의 발전을 위하여」, 『조선문학』, 1956.5.

___, 「마르샤크의 생애와 문학」, 『아동문학』, 1957.11.

___, 「막씸 고리끼」, 『아동문학』, 1956.3.

___, 「소월과 조선생」, 『조선일보』, 1939.5.1.

___, 「아동 문학의 협소화를 반대하는 위치에서」, 『문학신문』, 1957.6.20.

___, 「조선인과 요설」, 『만선일보』, 1940.5.26.

___, 「큰 문제, 작은 고찰」, 『조선문학』, 1957.6.

___, 『사슴』, 선광인쇄주식회사, 1936.

___, 『집게네 네 형제』, 조선작가동맹출판사, 1957.

송준 편, 『백석 번역시 전집1』, 흰당나귀, 2013.

_____, 『백석 시 전집』, 흰당나귀, 2012.

쓰 마르샤크, 백석 역, 『동화시집』, 민주청년사, 1955.

이동순 편, 『백석 시 전집』, 창작과비평사, 1987.

이동순·김문주·최동호 편, 『백석 문학 전집』 1―시, 서정시학, 2012.

이숭원, 『백석을 만나다』, 태학사, 2008.

이숭원 주해, 이지나 편, 『원본 백석 시집』, 깊은샘, 2006.

이용악, 『낡은집』, 삼문사, 1938.

_____, 『리용악 시 전집』, 조선작가동맹출판사, 1957.

_____, 『분수령』, 삼문사인쇄소, 1937.

_____, 『오랑캐꽃』, 아문각, 1947.

_____, 『이용악집』, 동지사, 1949.

정선태 편, 『백석 번역시 선집』, 소명출판, 2012.

현대시비평연구회 편, 『다시 읽는 백석 시』, 소명출판, 2014.

С. МАРШАК, 『СКАЗКИ ПЕСНИ ЗАГАДКИ』, ДЕТГИЗ, 1953.

『文章』창간호(1939.2)~폐간호(1941.4), 서울 : 문장사, 1939.2~1941.4(영인판, 서울 : 역
　　락출판사, 1999)

『삼천리문학』

『시와 소설』

『女性』 3-3, 서울 : 조광사, 1938.3(영인판, 서울 : 현대사, 1982)

『인문평론』 1939.10~1941.4, 서울 : 인문사, 1939.10~1941.4(영인판, 서울 : 태학사, 1975)

『朝光』 문예면, 서울 : 조선일보사 출판부, 1935.11~1938.12(영인판, 서울 : 혜성문화사, 1986)

『조선문학』

『조선일보』

『學風』

2. 국내외 논문·평론 및 단행본

고형진, 「'가난한 나'의 무섭고 쓸쓸하고 서러운, 그리고 좋은」, 『비평문학』 45, 한국비평문학회,
　　2012.9.

_____, 「1920~30년대 시의 서사지향성과 시적 구조」, 『한국 현대시의 서사지향성 연구』, 시
　　와시학사, 1995.

_____, 『백석 시 바로 읽기』, 현대문학, 2006.

_____, 「백석 시에 쓰인 '이다'와 '것이다' 구문의 시적 효과」, 『한국시학연구』 14, 한국시학회,
　　2005.12.

_____, 「백석 시 연구」, 고려대 석사논문, 1983.

_____, 「백석 시와 '엮음'의 미학」, 박노준·이창민 외, 『현대시의 전통과 창조』, 열화당, 1998.

_____,『한국현대시의 서사지향성 연구』, 시와시학사, 1995.

곽효환,「백석 기행시편 연구」,『한국근대문학연구』18, 한국근대문학회, 2008.10.

구양수,『귀전록』, 台北 : 藝文印書館, 1965.

김기림,「『사슴』을 안고」,『조선일보』, 1936.1.29.

김명인,「백석시고」, 우보 전병두박사 화갑기념논문집 편찬위원회,『우보 전병두박사 화갑기념
　　　논문집』, 1983.

_____,『한국 근대시의 구조 연구』, 한샘, 1988.

김시천,『철학에서 이야기로─우리 시대의 노장 읽기』, 책세상, 2004.

김신정,「백석 시의 '가난'에 대하여」,『문예연구』30, 2001.가을.

김영민,「백석 시의 특질 연구」,『현대문학』411, 1989.3.

김윤식,「허무의 늪 건너기」,『민족과문학』2-1, 1990.봄.

김윤정,「'마음'을 통한 한용운 문학의 불교해석학적 고찰」,『한국시학연구』29, 한국시학회,
　　　2010.12.

김인환,『비평의 원리』, 나남, 1994.

김재용,「일제말 한국인의 만주 인식」, 민족문학연구소 편,『일제말기 문인들의 만주체험』, 역락,
　　　2007.

_____,「중일전쟁 이후 재일본 및 재만주 조선인 문학의 분화와 식민주의 협력」, 김재용 외,『재
　　　일본 및 재만주 친일문학의 논리』, 역락, 2004.

김재홍,「민족적 삶의 원형성과 운명애의 진실미, 백석」,『한국문학』192, 1989.10.

김종한,「조선시단의 진로」,『매일신보』, 1942.11.15.

김진희,「시인 존재론의 탐구에서 동화시에 이르는 길」,『한국시학연구』34, 한국시학회,
　　　2012.8.

남기혁,「백석의 만주시편에 나타난 '시인'의 표상과 내면적 모럴의 진정성」,『한중인문학연구』
　　　39, 한중인문학회, 2013.4.

문성원,「닫힌 유토피아, 열린 유토피아」,『철학연구』47, 철학연구회, 1999.

박명옥,「백석의 동화시 개작 연구─「지게게네 네 형제」와「집게네 네 형제」를 중심으로」,『비평
　　　문학』45, 한국비평문학회, 2012.9.

_____,「백석의 동화시 연구─동화시집『집게네 네 형제』를 중심으로」, 고려대 석사논문, 2005.

_____,「백석의 동화시와 마르샤크의 동화시 비교 연구」,『한국아동문학연구』28, 한국아동문
　　　학학회, 2015.5.

_____,「백석의 동화시와 푸시킨의 민담시 비교연구」,『한국어문학국제학술포럼 학술대회 발표

자료집』, 한국어문학국제학술포럼, 2007.7.

박순원, 「백석 시의 시어 연구」, 고려대 박사논문, 2007.6.

박주식, 「제국의 지도 그리기-장소, 재현 그리고 타자의 담론」, 고부응 편, 『탈식민주의-이론과 쟁점』, 문학과지성사, 2003.

박주택, 「낙원의 원상과 영혼의 풍경」, 『문예연구』 30, 2001.가을.

_____, 『낙원회복의 꿈과 민족정서의 복원』, 시와시학사, 1999.

박진숙, 「식민지 근대의 심상지리와 문장파 기행문학의 조선표상」, 민족문학사연구소 기초학문 연구단, 『'조선적인 것'의 형성과 근대문화담론』, 소명출판, 2007.

박태일, 「백석이 옮긴 마르샤크의 『동화시집』」, 마르샤크, 백석 역, 박태일 편, 『동화시집』, 경진 출판, 2014.

_____, 「백석이 옮긴 마르샤크의 『동화시집』」, 『비평문학』 52, 한국비평문학회, 2014.6.

방연정, 「1930년대 후반 시의 표현방법과 구조적 특성 연구」, 한국교원대 박사논문, 2000.8.

배대화, 「백석의 러시아 문학 번역에 관한 소고 : 남·북한의 평가를 중심으로」, 『인문논총』 31, 경남대 인문과학연구소, 2013.

서준섭, 「백석과 만주」, 『한중인문학연구』 19, 한중인문학회, 2006.

석영중, 「백석과 푸슈킨, 진실함의 힘」, 『2013 만해축전 시사랑회 학술세미나 발표집-백석의 번역 문학』, 만해사상실천선양회·시사랑문화인협의회, 2013.5.

소래섭, 「백석 시에 나타난 음식의 의미 연구」, 서울대 박사논문, 2008.

_____, 「백석 시와 음식의 아우라」, 『한국근대문학연구』 16, 한국근대문학회, 2007.10.

손진은, 「백석 시와 어린아이」, 『어문학』 84, 한국어문학회, 2004.6.

손철성, 『유토피아, 희망의 원리』, 철학과현실사, 2003.

송재목, 「한국어 '증거성' 종결어미 '-네'-정경숙(2007, 2012)에 대한 대답」, 『언어』 39-4, 한국언어학회, 2014.12.

송준, 『남신의주유동박시봉방-세계 최고의 시인 백석 일대기』 I·II, 지나, 1994.

_____, 『시인 백석』 1·2·3, 흰당나귀, 2012.

신범순, 「백석의 공동체적 신화와 유랑의 의미」, 윤여탁·오성호 편, 『한국현대리얼리즘시인 론』, 태학사, 1990.

신주백, 「만주인식과 파시즘」, 방기중 편, 『일제하 지식인의 파시즘체제 인식과 대응』, 혜안, 2005.

신주철, 「백석의 만주체류기 작품에 드러난 가치 지향」, 『국제어문』 45, 국제어문학회, 2009.4.

심재휘, 「1930년대 후반기 시 연구-백석·이용악·유치환·서정주 시의 시간의식을 중심으로」, 고려대 박사논문, 1997.7.

안도현, 『백석평전』, 다산북스, 2014.

엄경희, 「가난을 재생산하는 자는 누구인가?」, 『작가와비평』 5, 2006.상반기.

여태천, 「1930년대 조선어의 위상과 현대시의 형성과정」, 『한국시학연구』 27, 한국시학회, 2010.4.

오장환, 「백석론」, 『풍림』 5, 1937.4.

유권종, 「비교인문학의 방법과 방향」, 『철학탐구』 27, 중앙대 중앙철학연구소, 2010.5.

_____, 「유교 심학의 맥락 형성에 관한 연구」, 『철학탐구』 28, 중앙대 중앙철학연구소, 2010.11.

유성호, 「백석 시편 「고방」의 해석」, 『한국언어문화』 46, 한국언어문화학회, 2011.12.

유임하, 「지상의 쓸쓸한 삶과 생명에의 자비」, 『한국문학과 불교문화』, 역락, 2005.

유종호, 『다시 읽는 한국 시인』, 문학동네, 2002.

윤여탁, 「1920~30년대 리얼리즘시의 현실인식과 형상화 방법에 대한 연구」, 서울대 박사논문, 1990.

윤영천, 「민족시의 전진과 좌절」, 윤영천 편, 『증보판 이용악 시 전집』, 창작과비평사, 1998.

이경수, 「1930년대 후반기 시에 나타난 '가난'의 의미」, 『현대문학의 연구』 32, 한국문학연구학회, 2007.7.

_____, 「마르샤크의 『동화시집』 번역을 통해 본 『집게네 네 형제』 창작의 의미」, 『비교한국학』 23-1, 국제비교한국학회, 2015.4.

_____, 「백석 시 연구―화자 유형을 중심으로」, 고려대 석사논문, 1993.8.

_____, 「백석 시에 나타난 문화의 충돌과 습합」, 『한국시학연구』 23, 한국시학회, 2008.12.

_____, 「백석 시에 쓰인 '-는 것이다'의 문체적 효과」, 『우리어문연구』 22, 우리어문학회, 2004.6.

_____, 「백석 시의 낭만성과 동양적 상상력」, 『한국학연구』 21, 고려대 한국학연구소, 2004.11.

_____, 「백석 시의 반복 기법 연구」, 『상허학보』 7, 2001.8.

_____, 「백석의 동화시 창작과 음악성 실현의 의미」, 『우리문학연구』 47, 우리문학회, 2015.7.

_____, 「차이를 생성하는 반복의 미학」, 『국어문학』 36, 국어문학회, 2001.11.

_____, 「천상병 시에 나타난 가난의 의미와 형식」, 『경기문화재단 주최 천상병 문학제 발표 자료집』, 2006.4.

_____, 「한국 현대시의 반복 기법과 언술 구조―1930년대 후반기의 백석·이용악·서정주 시를 중심으로」, 고려대 박사논문, 2002.12.

이근화, 「1930년대 시에 나타난 식민지 조선어의 위상 – 김기림 · 정지용 · 백석을 중심으로」, 고
　　려대 박사논문, 2008.

이기성, 「초연한 수동성과 '운명'의 시쓰기 – 1930년대 후반 백석 시의 자화상」, 『한국근대문학
　　연구』 17, 한국근대문학회, 2008.4.

이동순, 『민족시의 정신사』, 창작과비평사, 1996.

이명찬, 「1930년대 후반 한국 현대시의 고향의식 연구」, 서울대 박사논문, 1999.2.

이상숙, 「박재삼 시에 나타난 '마음'의 의미」, 『비평문학』 40, 한국비평문학회, 2011.6.

＿＿＿, 「백석 번역시 연구를 위한 시론 – 북한 문학 속의 백석」 III, 『비평문학』 46, 한국비평문학
　　회, 2012.12.

이수형, 「용악과 용악의 예술에 대하여」, 『이용악집』, 동지사, 1949.

이숭원, 「풍속의 시화와 눌변의 미학」, 『한국시문학의 비평적 탐구』, 삼지원, 1985.

＿＿＿, 『백석을 만나다』, 태학사, 2008.

이지나, 「백석 시 원본과 후대 판본의 비교 고찰」, 『한국시학연구』 15, 한국시학회, 2006.4.

이창민, 「김영랑 시에 언급된 마음의 내포」, 『우리어문연구』 35, 우리어문학회, 2009.

이혜원, 「백석 시의 동심지향성」, 『생명의 거미줄』, 소명출판, 2007.

＿＿＿, 「백석 시의 동심지향성과 그 의미」, 『한국문학연구소 제15회 연구발표회 발표 자료집』,
　　고려대 한국문학연구소, 2002.9.

장정희, 「분단 이후 백석 동시론 – '유년 화자'와 '대상으로서 아동'의 문제」, 『비평문학』 45, 한
　　국비평문학회, 2012.9.

정효구, 「백석 시의 정신과 방법」, 『한국학보』 57, 1989.겨울.

조영복, 「백석 시의 언어와 정치적 담론의 소통성」, 『한국현대시와 언어의 풍경』, 태학사, 1999.

조은주, 「일제 말기 만주체험 시인들과 '기억'의 계보학적 탐색」, 『한국시학연구』 23, 한국시학
　　회, 2008.12.

조재룡, 『앙리 메쇼닉과 현대비평』, 길, 2007.

조진기, 「1920년대 고리키의 수용과 그 영향」, 『모산학보』 10, 동아인문학회, 1998.2.

조해옥, 「내면의 가난과 가난이 주는 풍요 – 90년대 이후 시를 중심으로」, 『작가와비평』 5,
　　2006.상반기.

채완, 「국어 의성어 의태어 연구의 몇 문제」, 『진단학보』 89, 진단학회, 2000.6.

최동호 외, 『백석 시 읽기의 즐거움』, 서정시학, 2006.

최석영, 『일제의 동화이데올로기의 창출』, 서경문화사, 1997.

최정례, 「백석 시 연구」, 고려대 석사논문, 2001.7.

_____,『백석 시어의 힘』, 서정시학, 2008.

최학출,「1930년대 한국 모더니즘 시의 근대성과 주체의 욕망체계에 대한 연구」, 서강대 박사논
    문, 1995.1.

현대시비평연구회 편,『다시 읽는 백석 시(백석 시 전집)』, 소명출판, 2014.

홍용희,「마음의 미의식과 허무 의지－김영랑론」,『국어국문학』150, 국어국문학회, 2008.12.

황선희,「백석 시의 문체적 특성 연구－분단 이전 시편들과 분단 이후의 시·번역시의 연속성
    문제를 중심으로」, 중앙대 석사논문, 2015.2.

황현산,「번역과 시」,『잘 표현된 불행』, 문예중앙, 2012.

아지뜨 다스굽따, 강종원 역,『무소유의 경제학』, 솔, 2000.

엠마뉘엘 수녀, 백선희 역,『풍요로운 가난』, 마음산책, 2001.

유약우, 이장우 역,『중국시학』, 명문당, 1994.

유협, 최동호 역편,『문심조룡』, 민음사, 1994.

장파[張法], 유중하 외 역,『동양과 서양, 그리고 미학』, 푸른숲, 1999.

Anika Lemaire, 이미선 역,『자크 라캉(*Jacques Lacan*)』, 문예출판사, 1994.

B. 조빈스키, 이덕호 역,『문체론(*Stilistik. Stiltheorien und Stilanalysen*)』, 한신문화사, 1999.

Daniel Cohen, 주명철 역,『부유해진 세계 가난해진 사람들』, 시유시, 2000.

E.F.슈마허 외, 골디언 밴던브뤄크 편, 이덕임 역,『자발적 가난』, 그물코, 2006.

G. 레이코프·M. 존슨, 노양진·나익주 역,『삶으로서의 은유』(수정판), 박이정, 2009.

G. 레이코프·M. 존슨, 임지룡·윤희수·노양진·나익주 역,『몸의 철학』, 박이정, 2011.

Majid Rahnema, 이혜정 역,『버리지 못한 가난』, 책씨, 2005.

Peter Stockwell, 이정화·서소아 역,『인지시학개론』, 한국문화사, 2009.

Thierry Paquot, 조성애 역,『유토피아』, 동문선, 2002.

Walter J. Ong, 이기우·임명진 역,『구술문화와 문자문화(*Orality and Literacy*)』, 문예출판사, 1995.

Wolfgang Kaiser, 김윤섭 역,『언어예술작품론(*Das sprachliche Kunstwerk*)』, 시인사, 1988.

3. 기타

철학사전 편찬위원회,『철학사전』(개정증보판), 중원문화, 2009.

「꼭꼭 숨었던 백석 시 '머리카락' 찾았다」,『중앙일보』, 2009.3.16.

「백석을 좇는 여정 그 고통과 환희」,『시사IN』, 2012.10.17.

수록 글 발표 지면

「백석 시의 낭만성과 동양적 상상력」, 『한국학연구』 21, 고려대 한국학연구소, 2004.11.

「백석 시에 쓰인 '-는 것이다'의 문체적 효과」, 『우리어문연구』 22, 우리어문학회, 2004.6.

「백석 시에 나타난 문화의 충돌과 습합」, 『한국시학연구』 23, 한국시학회, 2008.12.

「백석의 기행시편에 나타난 장소의 심상지리」, 『민족문화연구』 53, 민족문화연구원, 2010.12.

「마르샤크의 『동화시집』 번역을 통해 본 『집게네 네 형제』 창작의 의미」, 『비교한국학』 23-1,
    국제비교한국학회, 2015.4.

「백석의 동화시 창작과 음악성 실현의 의미」, 『우리문학연구』 47, 우리문학회, 2015.7.

「백석 시에 나타난 '마음'의 형상화 방식과 의미」, 『한국시학연구』 38, 한국시학회, 2013.12.

「백석의 시와 산문에 나타난 '아이-시인'의 표상」, 『국제어문』 67, 국제어문학회, 2015.12.

「백석 시 전집 출간 및 어석 연구의 현황과 과제」, 『한국근대문학연구』 27, 한국근대문학회,
    2013.4.

「1930년대 후반기 시에 나타난 '가난'의 의미」, 『현대문학의 연구』 32, 한국문학연구학회,
    2007.7.

「어석 연구의 새로운 지평을 연 백석 시어 분류 사전」, 『민족문학사연구』 58, 민족문학사학회,
    2015.8.

찾아보기

ㄱ ──────────────

가난   7, 20, 30, 31, 35, 36, 38~42, 46,
  52, 69, 93, 102, 128, 134, 144, 145,
  234, 235, 248~251, 253, 255, 259,
  265, 266, 268, 269, 278, 326~328,
  330~338, 340~342, 344, 346, 347,
  349~353
「가무래기의 樂」   230
「가재미와 넙치」   180
「가즈랑집」   100, 135, 259
각자 병서   308
「감자」   305
「갓나물」   248
「강가루」   290, 322
강소천   273, 274
「강촌」   171
「개구리네 한솥밥」   180, 227
거리(距離)   25, 40, 42~44, 51, 52, 70,
  99, 107, 114~116, 118, 120, 123~
  125, 137, 138, 147, 227, 245, 256,
  330
거리   5, 41, 91, 92, 99, 124, 128, 132,
  139, 140~142, 145~147, 230,
  273, 329, 338, 356
거리두기   223, 274
「게으름뱅이들과 고양이」   163, 176
계급성   327
계보   327, 353
「계월향사당」   305
고골리   167
고리키   5, 154, 160~162, 187~189,
  191~195, 202, 204, 205, 217, 218,
  283, 285

「고방」   264, 275, 320
「고사」   136
「고성가도」   124, 132
「고야」   49, 225, 226, 361
고향 상실 의식   16, 17
고형진   7, 256, 298~301, 303, 316~
  323, 354, 357~363, 366~369
공간적 은유   237
「공동 식당」   248
공동운명체   259, 283, 285, 286, 293,
  294
공동체   46, 51, 52, 89, 104, 107~109,
  128, 328, 332
「공무여인숙」   58
공자   30, 31, 269
과장   155
관용적 용법   225, 228, 254
관형사형 전성어미   56, 74
「광원」   225, 227, 233
교양성   158, 160~162, 192, 196
구르몽   169
구양수   22
구체성   221, 231, 239~241, 254, 356
「국수」   45, 64, 360, 367
「굴」   290, 305
「귀거래사」   30
「귀농」   259, 360
「귀머거리 너구리」   180
『귀전록』   22
「그 母와 아들」   113
근대성   4, 16, 18, 51, 81
근대의 파국   112
『금성판국어대사전』   368
「금잔디」   171
기독교   82~84, 100, 104, 105, 109, 234,

235, 237

기독교적 세계관 83, 105

기려도 22

기려행 22~25

「기린」 161, 322

기본 문장 64, 77

기억 4, 49, 83, 95~99, 102

「기중기」 198~200

기행 체험 111, 124

기행시편 5, 111~114, 116~118, 126
~129, 132, 134, 139, 146, 147

김기림 115, 118

김문주 298, 304, 310, 315, 317~319,
321~323, 358~360, 362, 366, 367

김소월 115, 167, 168, 171, 199, 200,
327

김신정 35

김억 168~171, 199, 200

김영랑 220, 235, 249

김영배 361

김윤식 40

김윤정 220

김일성 282

김재용 297, 306, 315, 358

김종한 306

김진희 257

김학동 297, 322

김학연 200, 203

「까치와 물까치」 152, 177, 182

「꼴두기」 225

『꼼무니스트』 157

ㄴ ─────────────

「나루터」 181

「나를 만나거던」 343

「나무 동무 일곱 동무」 180, 227, 313~
315

「나와 나타샤와 힌당나귀」 20, 23, 25,
39, 43, 52, 94, 105, 135, 137, 208,
266, 274, 275

「나와 지렝이」 224

「나의 항의, 나의 제의」 154, 156, 186,
191, 195

낙원 지향성 17

낙원 회복 의식 20

「낡은집」 350

『낡은집』 351

남기혁 257

「남신의주유동박시봉방」 3, 31, 64, 163,
164, 176, 246, 264, 315

남영신 372

「남향-물닭의 소리」 259

낭만 16, 17, 20, 25, 26, 36, 51, 81

낭만적 상상력 19

「내가이렇게외면하고」 40, 338

「내고향 푸른 벌에서」 196

내면적 공간 7, 328, 351~353

내어쓰기 300, 309

「넘언집 범같은 노큰마니」 49

-네 5, 165~168, 170~182, 185

「노루」 136

노자 28, 29, 31, 269

『논어』 30

논평적 기능 59, 61, 62, 65, 172

-는 것이다 4, 57, 65, 68, 70~74, 78~
80

「늙은갈대의獨白」 224

ㄷ ─────────────

「다락집」 156

「다락집 다락집」 164, 210, 211

『다시 읽는 백석 시』 4, 7, 358, 366~
368, 371

다의성 365, 372

「닭은 꼬끼오」 171
「닭을 채인 이야기」 58
「당나귀」 153
『당이 부르는 길로』 282
대유 131, 146
도가 24, 83
도교 34, 84
『도덕경』 28
도브롤류보프 197
도스토예프스키 268
도식주의 155, 157~160, 197, 218, 257, 285, 292, 293
도연명 30, 31, 38, 45, 142, 145, 277, 278, 280
동격 구문 73, 78, 79
「동뇨부」 69, 207, 366
동물 우화 165
동물 유래담 165, 291
동시 5, 8, 22, 51, 53, 74, 81~84, 92, 98, 108, 109, 121, 131, 146, 163, 181, 200, 228, 243, 245, 246, 273, 281, 285, 290, 293, 305, 324, 332, 335, 336, 349, 352
동시적 공존 128
『동아일보』 306, 309
동아협동체론 89
동양적 상상력 18~20, 26, 36, 40, 42, 51~53
「동화 문학의 발전을 위하여」 154, 156, 186, 195
동화문학 155, 285, 286
동화시 5, 6, 152~154, 156, 162~164, 166~168, 170~173, 177, 178, 180~188, 194, 195, 204, 205, 208, 211, 212, 216~218, 228, 243, 244, 247, 257, 259, 282, 283, 285, 290~294, 324, 370

동화시집 5, 58, 84, 152, 153, 156, 162, 164~166, 171, 177, 178, 180, 181, 184, 215, 244, 281, 370
『동화시집』 5, 6, 49, 61, 69, 79, 124, 152~154, 156, 161~166, 170, 171, 173, 175~177, 179~182, 184~187, 205, 207, 209~211, 215, 217, 218, 246, 259, 265, 266, 281, 283, 291, 299, 300
동화적 상상력 50
「두만강 너 우리의 강아」 351
두보 22, 33, 34, 143, 234, 256, 271
「杜甫나李白같이」 33, 143, 233, 234
「드네쁘르 강과의 전쟁」 164, 209, 211
들여쓰기 300~302, 310, 311, 313~315
「등고지」 305

ㄹ

라이너 마리아 릴케 38, 145, 277, 278
레이코프 222, 237, 239, 240
류연옥 156~158, 191, 196, 200, 202, 292
률동 6, 187, 195, 196, 198~200, 293
리듬 25, 55, 216, 291, 300, 303, 304, 323
리얼리즘 16, 26, 110
리용악 152, 184
리원우 154, 160, 161, 185, 285, 293

ㅁ

마르샤크 5, 151~154, 156, 161~168, 170, 171, 175~177, 179~182, 184~189, 193~195, 204, 205, 210, 211, 215~218, 281, 283, 285, 291

「마르샤크의 생애와 문학」 154, 163,
    186~188
마르셀 프루스트 95
「마을의 遺話」 58, 65
마음 6, 21, 28, 31, 46, 87, 88, 90, 92,
    94, 99, 104, 119, 141~143, 145,
    169, 176, 219~231, 233~237, 239
    ~255, 262~266, 268, 271, 273,
    278, 280, 281, 315, 334, 336, 340,
    347, 363, 364
「막씸 고리끼」 153, 154, 186, 187
『만선일보』 90
만주 28, 31, 84, 87~91, 93, 110~113,
    116~118, 141, 144
만주시편 3, 110, 112, 139, 140, 145,
    147, 242, 257, 280
「말」 200, 201, 203
「말똥굴이」 180, 215, 290, 291
「맘 켕기는 날」 171
『매신사진순보』 153
『매일신보』 306, 307, 309
맹호연 22
「머리카락」 306~310
「메'돼지」 322
모계적 공동체 49, 51
「모닥불」 259, 359
모더니즘 16, 26
모럴의식 257
묘향산 129
무소유 38
무속 49, 50, 82~84, 100, 101, 103,
    108, 109
무위자연 29
문세영 369
『文章』 37, 49, 64, 67, 69, 118, 144,
    231~233, 236, 252, 258, 261, 267,
    277, 322, 340

문체 4, 54~56, 59, 71~74, 78~80,
    216, 304, 323
문체론 54~56, 58
문학사회학 327
『문학신문』 160, 161, 193
문화 4, 5, 82~84, 94, 100, 103, 108,
    109, 239, 255, 260
미각 95, 96, 98, 99
미래의 시인 265, 266
미르스키 185
「미명계」 100
「미스터 트비스터」 164, 210, 211
민간 신앙 101
민족 공동체 20

ㅂ ——————————

「바쎄이나 거리의 얼 빠진 사람」 193
박경련 119
박명옥 207
박순원 223, 224
박용수 372
박재삼 220, 221
박주택 20
박태일 153, 164, 185
박팔양 281
반복 기법 205
반복 25, 42, 56, 64, 66, 69, 71, 77, 79,
    126, 167, 171, 173, 174, 193, 203,
    261, 262, 291
반성적 기능 62, 78
「髮の毛」 309, 310
발화(의) 주체 59, 62, 64~66, 68, 78,
    173, 175
방 5, 87, 139, 140, 142~145, 147, 264,
    275, 277, 340
「배군과 새 세 마리」 164, 180, 215, 216
『백석 문학 전집』 1-시 298, 303~306,

308, 310, 311, 313, 315~317, 319
~323, 358, 359
『백석 문학 전집』 2−산문   298
『백석 시 읽기의 즐거움』   316
『백석 시 전집』(창작과비평사, 1987)   297,
316, 317, 321, 359
『백석 시 전집』(학영사, 1995)   297, 305
『백석 시 전집』(흰당나귀, 2012)   298,
305, 306, 309, 310, 315~323, 358,
359
『백석 시의 물명고』   6, 7, 256, 354, 355,
357~359, 363, 365, 369, 371
『백석을 만나다』   298, 300~302, 316~
319, 322, 358, 359
『백석전집』   297, 315
『백석』   297, 322
벅찬 시   157
벅찬 현실   157, 191, 292
번역   5, 6, 23, 77, 151~154, 156, 158,
161~163, 165, 166, 168~171,
175~177, 179~182, 184~188,
205, 207, 208, 210~212, 215~
218, 281, 283, 324, 325, 363, 371
번역시   8, 151, 153, 166~168, 170,
171, 178, 211, 217, 310, 324, 370
베를렌   169
벨린스끼   159
변주   25, 42, 64, 74, 174, 263
병렬적 구조   70
병렬직 반복   76
「병아리 싸움」   305
병치   38, 45
보들레르   169
부끄러움   7, 41, 344, 347, 351~353,
364
부연적 기능   57, 71, 74, 78, 79
부연적 반복   71

「北쪽」   347
북관   97, 98, 129~134, 146, 251
「북관−함주시초」   136, 146
「북방에서」   3
「北新−西行詩抄(二)」   99, 101, 236
북한 문학   248, 254
북한시   224, 225, 242, 243, 246, 247,
249
「불」   188
불교적 상상력   83, 100, 103, 104, 108,
109
「불이 났다」   163, 174, 175, 208, 211
붉은 마음   247, 248, 254
붉은 편지 사건   161
블레이크   169
비극성   25
비유론   55
빠포쓰   157

ㅅ ──────────────────────

사맹   169
사무일 야코블레비치 마르샤크   151, 152
사물 주어   62, 64, 66
사상성   160~162
『사슴』   3, 16, 17, 19, 20, 24, 26, 31,
33~35, 39, 48, 57, 58, 65, 71, 78,
85, 95, 96, 100, 102, 104, 105, 112,
114, 115, 135, 147, 177, 202, 207,
224, 226~228, 233, 235, 250, 256,
264, 275, 301, 304, 322, 328, 330
「사회주의 바다」   181, 245, 246
「산골총각」   164, 180, 214~216, 227,
228, 243
「산」   171
산   87, 101, 134~139, 146, 147, 318,
319, 360
「산곡−함주시초」   301

「산양」 161, 322
「산유화」 171
「산지」 361, 362
「삼방」 361, 362
「삼천포」 124, 259
삼황오제 28
상상적 지리 111
상실감 7, 17, 41, 90, 93, 99, 120~122,
　　145, 227, 234, 336~338, 341, 351,
　　352
『새날의 노래』 181, 245, 246
생태주의 326
생활어 356
샤머니즘 46, 104
서행시초 87, 99, 116, 129, 132, 134,
　　146
석광희 198, 200
「석양」 131, 132
석영중 211
「석탄이 하는 말」 245, 246
선경후정 45
선만일여 88
「선수-망그지르기 선수」 174, 176,
　　209, 211
「선우사」 266, 274, 275
소극적 부정 94
소극적 저항 31, 275
소래섭 94
소외감 39, 338
「소월과 조선생」 168
손진은 260, 265
「송아지들은 이렇게 잡니다」 245
송재목 172
송준 119, 297, 298, 305, 306, 309, 310,
　　315~324, 358~361, 366~368
「수박씨, 호박씨」 27, 28, 45, 93, 116,
　　225, 231, 233, 238

수사학 55
술이편 30
「슬픔과 진실」 90
습합 5, 84, 101, 103, 108, 109
시각적 감각 141
시각적 표지 303
「柿崎의 바다」 116, 235
시성(詩性) 290~293
시어 분류 사전 7, 354, 370, 371
시적 개성 157, 292
시적 주체 7, 222, 261~267, 269, 271,
　　274, 275, 277, 278, 280, 352, 353
시혼 199
신경 28, 88, 89, 91, 93, 111, 113, 116
신경향파 문학 327
신라 98, 120, 131
신자유주의 326, 327
신체화 221, 222, 239, 240~242, 244,
　　254
심상지리 5, 111, 118, 139, 146, 147
심학 221, 235, 237, 255
「쓸쓸한 길」 365

○
「아동 문학의 협소화를 반대하는 위치에
　　서」 154, 160, 186, 193, 195
아동문학 논쟁 154
아동문학 5, 6, 8, 153~162, 182, 185~
　　189, 191~197, 200, 203~205,
　　212, 217, 218, 259, 281, 283, 285,
　　290~294, 370, 371
아동문학분과위원회 157
아동문학평론 191
『아동문학』 153, 156, 177, 178, 181,
　　182, 187, 198, 245, 286, 287, 322
아서 시먼스 169
아오야마(青山) 학원 113

아이러니   24, 86
아이-시인   6, 7, 258, 276, 283, 285,
    286, 292, 293
「安東」   91, 116, 140
안룡만   196
안빈낙도   31, 39~41
「알락말」   194
楊子   142
「어리석은 메기」   180, 214, 314, 315
「어리석은 쥐 이야기」   188
「어머니의 마음」   200, 202, 203
어석 연구   3, 7, 298, 316, 323, 357, 358,
    369
언술 구조   58, 74
언술의 주체   59, 65, 66, 69, 78
언어의식   166, 167
여성 형상   50, 52
『女性』   84, 113, 116, 229, 274, 336
「여승」   38, 41, 328
「여우난골」   259
「여우난곬族」   34, 322
여진   98, 130, 131
여행 시   82, 85, 87, 93, 97
여행 시편   81
역사적 장소   86, 120, 123
역시론   169
연대   128, 129, 143, 145, 147, 251, 328,
    332
연대감   68, 70, 106, 142, 143, 145, 147,
    332
연민   104, 251, 255, 265, 290, 337, 344,
    351
연쇄의 효과   70
「연자ㅅ간」   44
염결성   7, 24, 253, 332, 334, 335, 338,
    352, 353
영생고보   104, 113, 273

예술성   158, 159, 196, 293
예이츠   169
「오금덩이라는 곳」   57
『오뇌의 무도』   169, 171
오류선생   30, 45
「오리」   359
오산고보   113
오산학교   83, 104, 168, 169, 234, 235,
    237
오우가   107
「오징어와 검복」   180, 213, 227, 228,
    243, 288, 291
「왕십리」   171
「우레기」   305
「우리 마을 봄이야기」   196, 197
『우리 목장』   281
『우리 옷과 장신구』   369
『우리말 갈래사전』   372
『우리말 분류사전』   372
우상화   282
「우편」   163, 174, 175, 188, 208, 211
운명론   257
웃음   143, 159~161, 192~194, 205,
    217, 218, 291, 292, 364
『원본 백석 시집』   298~302, 304, 316~
    319, 322, 323
『원본 정지용 시집』   299
원본   152, 298~301, 305, 309
『원색약용식물도감』   369
유가   24, 25
유년 화자   39, 258, 260, 318, 321
유성호   366
유토피아   18, 19, 36, 43~46, 49~51
『유토피아』   18
유형화   221, 246, 247, 253, 254, 316,
    324, 355
윤복진   196

은둔   4, 19, 23~25, 29~31, 34, 35, 38,
    41, 51, 52, 72, 94, 135, 137, 138,
    147
은유 이론   222, 237
음악성   5, 6, 186, 187, 189, 191~196,
    200, 202~205, 212, 217, 218, 291
    ~293
음영   199, 200
의고형 종결어미   171
의성어   6, 170, 187, 205~207, 210~
    212, 215~218, 291, 356
의역   169, 170
의인화   62, 64, 84, 106, 108, 109
의태어   6, 170, 187, 205~208, 210~
    212, 215~218, 291
이경수   186, 360, 367, 368
이기성   257
이동 동사   356
이동순   297, 298, 304, 310, 315~323,
    358~362, 366~368
이미지   22, 23, 25, 38, 53, 67, 86, 100,
    107, 121, 133, 137, 153, 221, 233
이백   33, 34, 143, 234, 256, 271
이상숙   220, 298
이순신   86, 120, 122
이숭원   298~302, 303, 316~323, 358
    ~362, 366, 367
이승훈   83, 234
이용악   7, 40, 41, 327, 328, 342, 344,
    345, 347, 349, 351~353
이지나   298~300, 316~319, 322, 323
이질적인 공동체   51
이창민   220
이향 체험   5, 114, 116~118
인지과학   221
일탈적 문체   56, 79
『잃어버린 시간을 찾아서』   95

『잃어버린 진주』   169

ㅈ ──────────

자기 극복   145, 147
자기 성찰   235, 253~255
자본주의   326, 337
자성적 공간   37
자의식의 공간   42, 252, 340
「자주 구름」   171
「장미꽃」   156, 157, 191, 196, 200~
    202, 292
장소   5, 18, 111, 118~124, 127~129,
    132, 134, 135, 137, 139, 145~147
재북 시기   151, 153, 158, 167, 185~
    187, 194, 202, 205, 218, 258, 259,
    281~294, 370, 371
「적경」   226
「적막강산」   34
전경화   203
전래동화   163, 180, 182
전선문학기행   118
전지적 시점   180
『전통한복양식』   369
전형기   112
전환기   112
「절망」   133
접속부사   354~356
「정문촌」   259, 328
『정본 백석 시집』   298~301, 304, 316~
    319, 322, 323, 358, 359, 361
정본   299, 304, 323, 325
정서적 공감   25, 335
정선태   324
『정주군지』   369
정지용   51
정효구   297, 322
「제비갓흔少女야－강건너酒幕에서」

346

제유 274

「제이·엠·에스」 168

『朝光』 44, 76, 84, 87, 97, 107, 116,
119, 130, 136, 138, 230, 231, 275,
301, 302, 331

「조국의 바다여」 305

「조당에서」 259, 266, 281

조만식 168

조선고적조사보존사업 111, 112, 146,
147

『조선말대사전』 359, 362, 369

『조선문학』 154, 156, 159, 191, 247,
248, 282, 315

조선시 담론 110

「조선시단의 진로」 306

『조선식물지』 369

조선어 94, 115

『조선어사전』 369

「조선인과 요설」 90

『조선일보』 58, 75, 91, 99, 113, 116,
122, 123, 125, 127, 140, 168, 185,
319, 328, 329

조이스 268

존슨 222, 237, 239, 240

존재론 39, 257, 265

종결어미 5, 65, 70, 71, 92, 165~168,
170~182, 185

종결형 4, 54, 56~58, 62, 66, 68, 71~
74, 79, 80, 170, 172, 177, 203, 263

죄의식 7, 347, 351, 353

「죠이쓰와 애란문학」 185

주시편 139

주체 25, 59, 62, 64, 65, 67, 69, 70, 78,
82, 84, 108, 109, 111, 128, 180,
193, 215, 222, 235, 248, 264, 271,
291, 321, 342, 347, 352, 366

「준치가시」 180, 215, 244

중일전쟁 112, 113

「지게게네 네 형제」 152, 156~178, 185

직역 169

『진달래꽃』 171

진실성 158, 159

「집게네 네 형제」 156, 179, 180, 185,
212, 215, 310, 311, 315

『집게네 네 형제』 5, 58, 152~154, 156,
162~166, 170, 177, 178, 180~
182, 185, 186, 207, 215, 218, 243,
244, 281, 288, 290, 291, 310, 311,
313, 314, 370

「쫓기달래」 164, 180, 212, 313

ᄎ ──────

「昌原道－南行詩抄(一)」 75

창작 의식 20, 22, 24

창작방법론 15, 18, 221

창작역 169, 170

채완 205, 206, 216

「책에 대한 이야기」 164, 175, 176, 209,
211

「천 년이고 만 년이고…」 282

「철 없는 새끼쥐의 이야기」 164, 173,
207, 210, 216

청각적 감각 141

청각적 이미지 121

청산학원 88, 116, 118

체호프 167, 204

「초동일」 259

초점 대상 69, 70

촉각적 감각 264

「촌에서 온 아이」 6, 232, 258~261,
264, 266, 294

총칭어 356

최동호 298, 303, 304, 308, 310, 311,

315, 317~319, 321~323, 358~ 360, 362, 366, 367

최정례   316

「추일산조」   101

「축복」   58, 228, 282

축자역   169, 170

충돌   5, 82, 83, 86, 100, 108, 109, 330

ㅋ ───────────────

카프 문학   327

「큰 문제, 작은 고찰」   154, 159, 186, 191, 195, 204

ㅌ ───────────────

타자   46, 82, 84, 106, 108, 109, 142, 143, 145, 251

탈식민주의   111

토(吐)   169

토마스 모어   18

토속성   4, 16, 18, 26, 81

토포스   18

「통영」   116, 119, 122, 123, 127, 132

「통영─남행시초(2)」   122~124

『통영시지』   369

통합 인문학   255

통합적 기능   66, 70, 74

ㅍ ───────────────

「파충류동물」   299

파토스   221

판본   301

「팔원」   38, 41, 129

『평북방언사전』   359, 369

포르   169

표상   7, 31, 111, 133, 134, 146, 147, 253, 257, 258, 265, 266, 269, 271,

273, 275, 282, 294

『표준국어대사전』   358, 359, 363, 366, 369

푸시킨   167, 211

「풀버렛소리 가득차잇섯다」   342, 349

풍자   158, 164, 165, 182

풍자시   165

프란시스 잠   145, 256, 277, 278

피사레바 라리사   163

ㅎ ───────────────

「하답」   259

『학조』   299

『學風』   61, 116, 236

『한국민속종합보고서』   369

『한국복식사연구』   369

『한국의 문과 창호』   369

『한국의 음식용어』   369

한산도대첩   86, 120, 122

한설야   89

한용운   72, 73, 220, 249

「할아버지와 아이와 나귀」   164, 210

『함경남도지』   369

함흥영생고보   83, 88, 91, 100, 116

합용 병서   308

해방기   151, 177, 185

『해파리의 노래』   171

해학   159, 189, 205

행위의 주체   62, 64, 65, 67, 68, 70, 173, 180

허무   40, 43

「허준」   266, 267

현실 도피   19, 20, 23, 24, 26, 35, 94

현지 파견   161

형식주의   16, 55, 155, 196

형용사 166, 219, 222, 223, 226, 249~
251, 253~255, 354
『호박꽃초롱』 272, 273
『「호박꽃초롱」서시」 266
홍용희 220
화자 8, 25, 28~30, 33~35, 37~39,
41, 42, 49, 50, 57~59, 62, 65, 70,
86~88, 91, 92, 95, 96, 98, 99, 102
~105, 107, 111, 120~122, 126,
127, 130~137, 139~147, 171,
172, 175~177, 180, 227, 229, 230,
234, 236, 239~242, 244, 249~
255, 256, 264, 290, 328, 330~332,
334~338, 340, 341, 344, 346, 347,
349~351
환기 65, 67, 70, 78, 79, 83, 86, 87, 94~

99, 108, 120, 127, 128, 130, 131,
135, 146, 178, 181, 227, 327, 342,
344, 352
환상 155, 285
황선희 169
황현산 180
후각적 감각 86, 102
흰색 37, 42, 107, 137, 139, 248, 332
「흰 바람벽이 있어」 37, 46, 116, 144,
236, 252, 266, 277, 340

기타

1930년대 후반기 7, 17, 19, 39, 53, 79,
327, 328, 353
1인칭 화자 41, 59, 62
『СКАЗКИ ПЕСНИ ЗАГАДКИ』 184